T0267103

Las hijas de la fábrica

RAÚL MONTILLA

Las hijas de la fábrica

Grijalbo

Papel certificado por el Forest Stewardship Council®

Primera edición: marzo de 2024

© 2024, Raúl Montilla
Autor representado por The Foreign Office Agència Literària, S. L.
© 2024, Penguin Random House Grupo Editorial, S. A. U.
Travessera de Gràcia, 47-49. 08021 Barcelona

Penguin Random House Grupo Editorial apoya la protección del *copyright*.
El *copyright* estimula la creatividad, defiende la diversidad en el ámbito de las ideas y el conocimiento, promueve la libre expresión y favorece una cultura viva. Gracias por comprar una edición autorizada de este libro y por respetar las leyes del *copyright* al no reproducir, escanear ni distribuir ninguna parte de esta obra por ningún medio sin permiso. Al hacerlo está respaldando a los autores y permitiendo que PRHGE continúe publicando libros para todos los lectores.
Diríjase a CEDRO (Centro Español de Derechos Reprográficos, http://www.cedro.org) si necesita fotocopiar o escanear algún fragmento de esta obra.

Printed in Spain – Impreso en España

ISBN: 978-84-253-6691-8
Depósito legal: B-591-2024

Compuesto en La Nueva Edimac, S. L.
Impreso en Rotoprint by Domingo, S. L.
Castellar del Vallès (Barcelona)

GR66918

A Jéssica

Leonor

1961

Leonor bordaba con calma una pequeña margarita en la áspera tela de saco. En aquel atestado compartimento de tren, la modesta labor se convertiría en testigo de su nueva vida. Había pensado en dibujar con aguja e hilo, cada año, una de aquellas flores que siempre le habían gustado. Cada margarita simbolizaría lo que en esos meses sucediera en sus vidas. Entre puntada y puntada miraba a Manuel, que estiraba las piernas en el estrecho pasillo del vagón de madera. Su marido apuró el cigarrillo de picadura e intercambió desde la distancia una leve sonrisa con ella. Se conocían desde niños, del cortijo. La casa de la tía de Manuel, que fue antes la de sus padres, lindaba con la vivienda de la familia de Leonor, la más grande de todas las de los trabajadores porque su padre era el capataz.

Leonor recogió con cuidado la tosca tela de color marrón en la que la pequeña margarita asomaba tímida, perdida. La guardó junto con los hilos y las agujas en la maleta de cartón que tenía a sus pies. La mujer, morena, delgada, de ojos de color miel y que apenas superaba el metro sesenta de altura, pasó la mano por el pelo de su hija Lucía, tan negro como el suyo. La niña, que estaba a punto de cumplir los siete años, se agitó entre sueños. Juanito seguía sentado a su lado. El chaval, cada vez que se iba a quedar dormido, daba un salto sobre sí mismo para despertarse. El pequeño de la familia no había echado ni una cabezada durante todo aquel largo viaje que había comenzado el día anterior. El chiquillo, de cara redonda y ojos verdes, ni siquiera había llegado a tumbarse. Permanecía sentado, con la cabeza erguida, como si no quisiera verse sorprendido por el sueño.

El rumor en el tren era continuo: las conversaciones apagadas de los que estaban dentro, el traqueteo persistente del exterior. De tanto en tanto, el frío de fuera se colaba por las ventanas y a través de las paredes de madera de los vagones, atestados de personas como si fueran ganado. En el compartimento que ocupaban Leonor y los niños había dos familias más con otros críos que dormían. Venían de Palma del Río. En la puerta del habitáculo se acurrucaban también cuatro chicos jóvenes que, como Leonor y Manuel, eran de Montilla. Los tenían vistos por el pueblo. El más joven de todos estuvo a punto de acabar el viaje al llegar a Almansa, ya que desde que se subió al tren en Córdoba no había parado de vomitar. Sus amigos convencieron con algunas pesetas al hastiado revisor para que lo dejara continuar cuando estaba a punto de echarlo a patadas.

Leonor se cercioró con el pie de que sus maletas de cartón seguían bajo el asiento. Allí dentro viajaba todo lo que tenían: ropas viejas y un recuerdo, el único retrato de los padres de Manuel, una foto que parecía dibujada y que se tomó apenas tres semanas antes de que llegara la guerra de la que nadie hablaba y que a ellos se los había llevado para siempre.

¡Pom, pom, pom!, se escuchó de repente. El ruido anunciaba que el viejo revisor se acercaba. Los golpes que se abrían paso entre el rumor continuo del tren eran de la pierna de madera que aquel tipo arrastraba por el firme desigual del convoy.

—¡Cierren las ventanas! ¡Cierren las malditas ventanas! —comenzó a gritar violentamente el malhumorado revisor.

—Disculpe, señor —interrumpió Manuel.

El empleado del ferrocarril se volvió con cara de pocos amigos hacia el joven de metro setenta, espigado, con nariz aguileña, cara afilada y quemada por el sol, vestido con gorra y un traje viejo de color azul, que llamaba su atención como si le pidiera perdón. «Un muerto de hambre más, un mierda», parecía que pensaba el revisor, exmiembro de la División Azul, gracias a la cual había conseguido aquel trabajo pero también la cojera, provocada por la bala perdida de un ruso en la batalla de Krasni Bor.

—¿Y a ti qué cojones te pasa? —escupió el veterano de trincheras.

—¿Queda mucho para llegar a Barcelona? —preguntó Manuel.

—La puta tierra prometida —masculló el funcionario.

Dentro del compartimento, Juanito se incorporó de nuevo huyendo de la cabezada. Leonor, sin perder detalle de lo que pasaba en el angosto pasillo, abrazó cariñosamente a su hijo pequeño. A Juanito era como si le diera miedo cerrar los ojos, aunque lo que más le preocupaba a su madre era que, con tres años, apenas hablase. Habían llegado a pensar que quizá tenía algún retraso, pese a que un caro médico de Córdoba capital les había afirmado lo contrario. «Poco a poco se soltará», les aseguró. Lucía, que en cambio no se callaba ni debajo del agua, se despertó en ese momento. Con los ojos adormilados, la niña se estiró y fijó la mirada en su padre, que en el pasillo esperaba la respuesta del revisor.

El tren entró en un túnel. El convoy se llenó de oscuridad, humo y tizne.

—¿No les dije que subieran las ventanas? ¡Que luego se muere algún chiquillo por la carbonilla y se pondrán a llorar! —exclamó el revisor clavando los ojos en Manuel—. ¿Pero te vas a apartar de mi camino?

—Disculpe —respondió el marido de Leonor bajando la mirada.

Manuel no insistió en su pregunta. Era de los que no insistían, de los que estaban pero de pronto podían no estar. Al cabo de una hora, el tren penetraba en una ciudad gris, en la que altas chimeneas expulsaban más negrura al cielo.

—¡Ya estamos en Barcelona! —gritó alguien en el vagón.

El convoy aminoró la marcha y entró en la estación. No era el final del viaje; para todos era el principio. Tanto para los que no tuvieran a nadie aquí, y que habrían de buscar dónde pasar la noche, como para los que tenían familiares o amigos. Los más afortunados deberían salir en busca de calles, barrios e incluso otros pueblos cercanos a Barcelona: el Carmel, Montjuïc, L'Hospitalet, Cornellà, Santa Coloma de Gramenet, Rubí... Nombres que conocían de viva voz o por las cartas de los amigos y familiares que iban a acogerlos durante los primeros días de su nueva vida. El destino de Leonor y su familia era Sant Joan Despí, donde vivía su hermana mediana. Rosa, la Rubia, como la habían llamado de siempre en el pueblo, le había insistido aquel último verano en que fueran a Barcelona, que su marido, Rafa, tenía la confianza de su jefe y que en la fábrica textil había trabajo para Manuel. Rosa les había explicado que a los hombres les pagaban hasta diez pesetas al día y les había ofrecido su casa para que se quedaran con ellos hasta que pudieran permitirse algún sitio en el que vivir. Desde entonces, Leonor no había parado hasta convencer a Manuel. No le había costado demasiado, todo el mundo emigraba. Su marido había aprendido algo de mecánica en el ejército, al que se reenganchó varios meses cuando acabó el servicio militar. Al volver al pueblo esos conocimientos no le habían servido de nada. Ni siquiera el marqués le dejaba acercarse al viejo Fiat 508 Balilla que tenía en el cortijo y que fue un regalo de un general italiano al acabar la guerra. En Barcelona sí que podría poner en práctica esos conocimientos. Además, Manuel y Leonor vivían en una habitación de la casa de los padres de ella y trabajaban por peonadas. Su suegro era el capataz de la finca, pero ni siquiera así tenían el jornal asegurado. La mecánica y los coches fascinaban a Manuel.

«En Barcelona tienes muchas más posibilidades de poder trabajar en coches, de hacer de mecánico, que es lo que te gusta y puede ser un buen trabajo», le decía a su marido Leonor, que sabía de paisanos que se habían colocado en Seat, la gran fábrica de coches española. Manuel, poco dado a los sueños, solo tenía uno y era conseguir un empleo en esa enorme factoría que salía en las películas del NO-DO. Dejar atrás la miseria y trabajar en la industria automovilística, con eso lo azuzó Leonor hasta convencerlo. Manuel, desde que decidieron que se iban a Barcelona, había enviado dos cartas al director de la factoría solicitándole trabajo. La primera se la pagó a un profesor de la República que ahora se ganaba la vida redactando cartas para otros. La segunda la escribió de propio puño con la ayuda de Antonio, el hermano mayor de Leonor.

Justo cuando frenó el tren, el revisor entró de nuevo en su zona de pasillo.

—No se olviden nada, que luego soy yo quien tiene que limpiar la mierda —reclamó de nuevo con malas formas el ferroviario—. Y en cuanto bajen, tengan preparados los papeles.

Tras casi un día entero de viaje, a todos les costó recobrar el paso al bajar de aquel vagón de madera y adentrarse en la majestuosa estación de Francia, la primera de todas las que se habían construido en España cuando en el siglo XIX el ferrocarril comenzó su andadura, unas instalaciones que habían sido ricamente remodeladas con mármol, bronce y vidrieras decorativas para la Exposición Internacional de Barcelona de 1929. Cada día, el magno edificio daba la bienvenida a los que llegaban a la gran ciudad en aquellos trenes atestados, haciéndolos sentir todavía más insignificantes.

Lucía miraba con curiosidad a su alrededor. Juanito, con miedo. Leonor apretó la mano de sus hijos. Manuel cargaba con las dos maletas, que apenas pesaban.

—¡Echo humo por la boca! —exclamó la niña—. ¡Parezco una locomotora!

Leonor sonrió a su hija, aunque Manuel con la mirada le dijo que callara, que no llamara la atención. Su marido era dos hombres: uno, paciente y cariñoso; otro, al que parecía que el miedo le dictara lo que tenía que hacer y, sobre todo, lo que no.

A pesar de la multitud que transitaba por la estación, bajo aquellas majestuosas cúpulas Leonor sentía mucho más el frío que dentro del tren.

—¿Cómo se llama el sitio donde vive tu hermana? —preguntó Manuel. Se lo había dicho mil veces. Pero ninguno de los dos se acordaba. La mujer cogió la última carta manuscrita que Rosa le había enviado. En ella le daba todo tipo de consejos para el viaje y le indicaba con letras grandes la dirección.

—San Juan Despí —contestó Leonor.

Al coger el papel, Leonor fue consciente de lo heladas que tenía las manos, de lo agitada que estaba. Varias parejas de la Guardia Civil, fusil en ristre, se habían desplegado por la estación. De tanto en tanto paraban a algún hombre o alguna familia. Les pedían los papeles, que no eran más que algún documento de identificación y las señas del lugar adonde se dirigían, o sin mediar palabra los apartaban a un lado sin decirles que regresarían al pueblo en el siguiente tren que saliera hacia el sur. En Cataluña seguía faltando mano de obra, pero había demasiadas barracas. El régimen franquista no podía dejar que todas aquellas personas, aunque fueran necesarias, llegasen sin más. No podía dar la sensación de que renunciaba al control, que era la base de su poder. Desde hacía meses no cesaba de anunciar nuevas promociones de viviendas en Barcelona y en otras grandes urbes españolas para acoger a todos los que emigraban o lo habían hecho, pero no daban abasto.

—¿Ustedes adónde van? —preguntó un guardia civil a Manuel.

—A San Juan Despí —contestó Leonor, sin darse cuenta de que estaba hablando ella en nombre de la familia estando presente su marido. No le preocupaba tanto que Manuel se pudiera molestar como la forma en que podían reaccionar aquellos guardias, que iban armados y tenían cara de tener peores pulgas que los del pueblo.

—¿Y a qué van? —intervino el otro de la Benemérita, sin apartar la mirada de unos chicos de diecisiete o dieciocho años que, no lejos de allí, caminaban sin maletas por los andenes.

—Viven allí mis cuñados, señor guardia... Tenemos casa y trabajo —contestó nervioso Manuel.

La atención de los guardias civiles se desvió a los chicos

del andén, que habían comenzado a caminar en dirección contraria a las personas que se bajaban del Sevillano. La presencia de esos grupos era habitual cuando a Barcelona llegaban centenares de inmigrantes. Acudían a la estación dispuestos a ganarse un jornal sisando a los recién llegados. Eran víctimas fáciles, cansadas del viaje e ignorantes de lo que les esperaba en su nueva vida. Aunque viajaban con pertenencias a menudo escasas, también hay grados diferentes de miseria.

—Mira a aquellos —le dijo un guardia al otro.

—Va, va... prosigan —concluyó el segundo. Sin decir nada más, los agentes se encaminaron con paso ligero hacia los chicos, que al verlos arrancaron a correr. Los guardias civiles les ordenaron a gritos que se detuvieran mientras se abrían camino entre la multitud, paralizada ante aquella situación.

—Vámonos, Leonor —dijo Manuel, que se puso en marcha en dirección a la salida. Leonor apretó las manos de Lucía y de Juanito y siguió tras su marido hasta llegar a la inmensa avenida que se extendía ante la majestuosa estación.

Era de noche y hacía frío. Desconocían qué hora era, aunque hubieran pasado bajo el enorme reloj de la estación. Leonor se fijó en la esfera, pero no retuvo lo que marcaban las agujas.

—¿Eso es un taxi? —preguntó retóricamente Manuel, señalando con la mirada un coche oscuro con las puertas pintadas de amarillo—. Voy a preguntar cuánto nos puede costar ir hasta San Juan Despí.

Leonor asintió plantada en la escalinata de la estación, con los niños cogidos de la mano, a lado y lado. El viaje, aunque largo y cansado, no había servido para que tomase del todo conciencia de la nueva situación, de cómo se había convertido en cuestión de horas en otra andaluza más que había dejado atrás todo lo conocido para empezar una nueva vida en la otra punta de España. Ahí, por primera vez, observando la enorme avenida, en medio de una ciudad oscura y fría que la aterraba, se percató del cambio.

Manuel los llamó con un gesto tras parar un taxi.

El conductor era parco en palabras. En pocos minutos, dejaron atrás la gran ciudad y emprendieron el camino por una carretera que transitaba por pequeños municipios, donde fábricas y bloques de pisos no muy viejos todavía convivían con campos de cultivo y algunas masías. El invierno parecía más invierno. Llegaron a Sant Joan Despí cuando era noche cerrada. Un puñado de farolas era insuficiente para iluminar aquel ambiente tenebroso.

Hacía cuatro años que Rosa se había marchado del pueblo y, desde entonces, tan solo se había visto con Leonor y los demás dos veranos, uno de ellos el último. Le había contado que vivían en una pequeña casa con dos habitaciones, en un pueblo muy cerca de Barcelona y al lado de Cornellà, donde se encontraba la fábrica en la que estaba empleado Rafa. Manuel trabajaría con él, al menos para empezar.

Bajaron del taxi. Aquel silencio, la oscuridad... ¿Se habían escondido las estrellas? Hasta allí no alcanzaban ni las farolas ni las calles asfaltadas. Era un pedazo de montaña pelada. No había ni pisos ni casas. Solo una serie de casetas construidas con chapa.

El taxi se marchó.

—¿Es aquí? —preguntó extrañada Leonor.

—Es la dirección que nos dio tu hermana, si es que no nos ha engañado el taxista.

—¡Leonor! ¡Leonor!

Los cuatro se giraron hacia esa voz que gritaba en la oscuridad y que avanzaba hacia ellos, una sombra que aparecía de la nada en la noche cerrada y que caminaba acelerada. Rosa abrazó con fuerza y entre lloros a su hermana pequeña y a los niños. También a Manuel.

—Estáis fríos. Vamos a casa, que allí estaremos calentitos —dijo Rosa al tiempo que se secaba las lágrimas y cogía del brazo a Leonor. Los acompañó con seguridad entre aquellas penumbras hasta que llegaron a una puerta entreabierta por la que asomaba una tenue luz—. Os llevo esperando toda la tarde. ¡Toda la tarde! Cuando he visto llegar un taxi... Qué feliz me he puesto. Qué feliz soy. Entrad, entrad...

La casa olía a caldo. Estaba iluminada con muchas velas. Lucía se fijó en las paredes encaladas y el techo abovedado.

—Esto es como una cueva —dijo la niña.

—Es una cueva y es nuestra casa —contestó Rosa con una sonrisa—. Y ahora es vuestra. Es una cueva, pero ¿a que no lo parece? Además, ¿sabes qué, Lucía? ¡No hay cavernícolas! ¿Habéis cenado? ¿Tenéis hambre?

—Nosotros tenemos el estómago un poco extraño, pero a los niños les puede ir bien cenar algo —dijo Leonor.

Rosa apretó de nuevo el brazo de su hermana. Le dio un beso. Estaba completamente feliz. Fue a la cocina, que estaba abierta del todo al comedor, y sirvió dos platos de sopa a los niños, que no tardaron en sentarse a la mesa. Aunque más delgada y blancuzca que la última vez que se habían visto en el pueblo, el pasado verano, la Rubia brillaba. Siempre lo había hecho. Por eso era de las mujeres más guapas de Montilla, tras la que andaban siempre todos los quintos.

—Esa de ahí es vuestra habitación, Leonor. Ya está preparada. Pero bueno, contadme, ¿cómo está todo el mundo en el pueblo? —preguntó Rosa.

No dio tiempo a que contestaran. Rafa, el marido de la Rubia, abrió la puerta de la cueva. Tanto a Manuel como a su mujer les sorprendió que pareciera un hombre totalmente distinto al que conocían. Envejecido, estaba más lleno de arrugas y tenía menos pelo. No hacía tanto del verano, pero lo encontraron muy cambiado. A Leonor nunca le había generado confianza aquella mirada, desde siempre le había parecido como si ocultara algo. Solo con verlo le venía un desasosiego. Fue, además, como si de repente Rosa perdiera el brillo. Rafa estrechó la mano de su cuñado, le dio dos besos a Leonor, dejándole un rastro húmedo en las mejillas, y sonrió a los niños mostrando una dentadura maltrecha.

—Bienvenidos a casa —dijo el anfitrión, que vestía mono de trabajo y un gordo abrigo militar. Sin decir nada más, ni saludar a Rosa, se sentó en una silla junto a los críos. Su mujer fue a buscar rápidamente otro plato con sopa.

—Rosa os ha preparado una de las habitaciones —continuó Rafa—. Aquí podréis pasar el mes. En este tiempo, Manolo, puedes aprovechar para hacerte tú mismo un agujero. La gente también se construye casas de chapa, pero una cueva es mucho más cómoda. Y la chapa también tienes que buscarla o pagarla, cuando todavía hay algunos agujeros que se pueden aprovechar. ¿Sabéis? Esto eran casas cuando la guerra, las cuevas no son nuevas... Mañana iremos a la fábrica poco antes de que amanezca. Ya tienes un trabajo allí esperándote, Manolo.

Rafa sonrió a Leonor con aquellos dientes deteriorados. Su mirada era fría, no era limpia. Ella sintió un escalofrío.

Las dos primeras semanas en Sant Joan Despí pasaron volando. Manuel se marchaba a la fábrica al amanecer y regresaba cuando era noche cerrada. A la semana de instalarse en la cueva, Lucía comenzó las clases en un colegio de religiosas. Rosa se había ocupado de todo. Juanito era todavía demasiado pequeño para llevarlo a la escuela, por lo que se quedaba en casa con las dos mujeres.

Leonor se fijó en Lucía y Juanito, que todavía dormían a su lado. Hacía unos diez minutos que Manuel se había marchado con Rafa. Cogió la bata que le había regalado su hermana y salió al cuarto de mayor tamaño, que hacía de comedor, salón y cocina, así como de entrada a la cueva. Además de este espacio y de las dos habitaciones, había un pequeño agujero excavado en la tierra que usaban como letrina de emergencia. Siempre que se podía, tenían que salir de la cueva para hacer aguas mayores y menores.

Rosa estaba en la tosca mesa que presidía la estancia principal. Leonor se sentó a su lado después de darle un beso y ella le devolvió una sonrisa. Cuando Rafa estaba cerca, era como si le quitara la energía a su hermana mediana, como si le absorbiera la belleza. No tenía la paz en la mirada que mostraba en aquel momento. El marido de Rosa fue de los primeros del pueblo que emigró a Barcelona. Estuvo varios años solo, sin familia, primero en una habitación de alquiler y luego en una pequeña barraca en el Carmel. Regresó al pueblo una temporada y se casó con Rosa. Cuando volvió a Cataluña, aquella tierra no era desconocida para él. Le esperaban el trabajo en la fábrica y la cueva que había apalabrado con un viejo conocido. Rafa, el de la Casilla Azul de la sierra, casado con la Rubia, la más guapa de todas las chicas de Montilla. Al padre de Leonor y Rosa, no era el pretendiente que más le gustaba, pero no se moría de hambre como la mayoría. Los de la Casilla Azul de la sierra eran de los que habían ganado la guerra y mandaban en la Falange. Y Rosa necesitaba un marido.

—¿Dormiste bien? —preguntó Leonor.

—Dormí —contestó con una sonrisa su hermana—. ¿Ya te levantas? Puedes dormir un poco más. Es muy temprano. Todavía falta mucho para el colegio de Lucía.

Rosa le echó leche caliente en un tazón que ya estaba sobre la mesa y le acercó un poco de pan blanco para que lo pudiera migar.

—El no hacer nada va a acabar conmigo. Voy a buscar trabajo —dijo Leonor—. A lo mejor haciendo alguna faena en casa de alguna catalana. O cosiendo. Ayer, cuando llevé a la niña al colegio, una chica de Azuaga me contó que cose y se saca así unas pesetas; y otra, que va a limpiar casas. ¿Te podrás quedar tú con Juanito? Seguiré haciendo la faena de la cueva también, que no soy ninguna señorita…

—Leonor, yo no tengo ningún problema en quedarme con Juanito, como si me tengo que hacer cargo también de Lucía cuando salga del colegio. Y tampoco me cuesta nada hacer la faena de casa… ¿Pero Manuel te va a dejar trabajar? Rafa nunca me ha dejado, quiere que solo me dedique a tener hijos… —contestó Rosa, que hizo un silencio.

—¿Estás bien? —preguntó Leonor.

Rosa se la quedó mirando unos segundos antes de contestar. Sus ojos claros habían comenzado a chispear pena.

—Me casé muy vieja. ¡Con veinticinco años! Y no sé, Leonor, hay cosas que… Creo que soy yerma. Que Dios me ha castigado con no poder tener hijos por algo que hice… —añadió con una sonrisa agria, casi a punto de llorar. Leonor le cogió las manos. Las tenía frías.

—Rosa… A veces tardan más en venir. Y luego vienen todos de golpe. Además, tú todavía manchas cada mes: eres joven, ¿no? —preguntó Leonor—. No creo que Dios tenga ningún motivo para castigarte…

—Sí, sí que lo tiene... —Tomó aire—. Mancho, pero no encinto. En el pueblo fui con madre y Carmela a curanderas, también a una vieja que vive aquí y dicen que todo lo sana, que incluso habla con los muertos... Me asegura que estoy bien, que no encinto porque no quiero encintar. Rafa dice que no quiero tener un hijo con él... —Comenzó a llorar—. Ay, Leonor, a ti se te ve tan bien con tus niños, con Manuel... Y luego está Carmela, que tiene tres, más el cuarto que perdió. Soy la única hermana sin hijos...

Rosa lloraba a lágrima viva con tal intensidad que, en algunos momentos, parecía que le faltaba el aire. Leonor la acercó a su pecho. Notaba cómo la tristeza atravesaba la bata.

—A veces, si se piensa mucho en algo, de tanto pensar no pasa, por mucho que se desee... —continuó Leonor, tratando de calmar a Rosa, que siempre había sido mucho más fuerte que ella. Le costaba reconocer a su hermana en aquella mujer. Estaba mermada, delgada, aunque no de pasar hambre: no brillaba. Leonor siempre se había sentido la más débil de las tres hermanas, quizá por ser la pequeña. Rosa no era así, era casi tan fuerte como Antonio, el mayor de todos ellos.

—No puedo dejar de pensar, quizá es la cueva... Sobre eso también te he de decir... Anoche Rafa me dijo que ha dado una entrada para un piso, que en dos o tres meses ya no estaremos aquí. —Rosa dejó de llorar—. Os podréis quedar en la cueva todo el tiempo que queráis. Nosotros nos iremos aquí al lado, a la Ciudad Satélite. Es un barrio que están construyendo en Cornellá, entre campos de cultivo y de acacias... ¡Pero enseguida seremos vecinos en un piso! —A Rosa se le iluminó por un momento el rostro.

Leonor le dio otro beso a su hermana.

—Ya verás como en el piso encintas seguro —añadió la hermana pequeña, apretándole cariñosamente el brazo.

—Me dijo que el piso está casi acabado. Fue una sorpresa. No sabía nada... La verdad es que Rafa cada vez gana más duros. Mira a Manuel. ¿A que no costó encontrarle trabajo, aunque acabase de llegar? Allí, en el pueblo, nunca lo habríais tenido fácil con lo que lleva arrastrando tu marido...

—¿Qué quieres decir? —preguntó Leonor, que hizo un gesto como si se diera cuenta de que entraba en algo que no debiera.

—Ya lo sabes... Mucha suerte tuvo de que su tía se hiciera cargo de él desde niño y de no acabar en un hospicio, como tantos otros. Y que también padre le dejara quedarse en el cortijo, a pesar de todo. Yo soy la última persona a quien tienes que convencer de que tu marido sea una buena persona... —Rosa notó en ese momento la cara de incomodidad de su hermana.

—Era un niño, tan pequeño como Juanito... Cuatro años cuando pasó aquello, cuando la guerra. No se acuerda de nada... ¿No es suficiente condena haber crecido sin sus padres? —dijo Leonor, molesta.

Era un tema del que no le gustaba hablar, una cuestión que Manuel nunca trataba. Pero Leonor sabía mejor que nadie que precisamente el hecho de que los padres de su marido fuesen unos rojos, y que por eso desaparecieran una noche, era algo que no gustaba.

—Yo no juzgo —dijo Rosa, al ver que la pequeña de la familia parecía un tanto molesta—. Solo digo que es huérfano de la guerra... No te enfades.

—No lo hago —contestó Leonor, en el momento en que Juanito y Lucía entraban en la sala.

La tristeza que sentía Rosa se disipó completamente con

la presencia de los dos niños con cara de sueño y legañas. Fuera de la cueva hacía poco que había amanecido un sol frío de invierno. A Leonor le aliviaba la idea de que su hermana y su cuñado se mudaran a un piso y que ellos se quedaran solos, aunque fuera por poco tiempo y en aquella cueva. No por Rosa, sino por Rafa. Manuel le había contado unos días atrás que en la fábrica se comentaba que el cuñado daba chivatazos a la policía, que por eso estaba tan bien considerado en la empresa y cuidado por los dueños. Los compañeros le detestaban y le temían por igual. A Leonor no le extrañaba. Rafa era malo, lo decía su mirada. Leonor se había fijado en la forma como miraba a su hermana, a Manuel... Y también a ella.

Manuel y Leonor llevaban todo el domingo acarreando hasta el piso nuevo las pocas cosas que Rosa y su cuñado tenían en el agujero de Sant Joan Despí. Rafa había pedido prestado un camión a su jefe sin que este le pusiera ninguna pega. Manuel hacía de chófer, de mozo y de lo que hiciera falta. Rosa y Rafa no tenían amigos a pesar del tiempo que llevaban aquí.

Las semanas de espera para el traslado se habían convertido en meses. Se construían pisos, muchos y muy rápido, pero la demanda también era muy alta. El bloque de Rafa y Rosa se levantaba en una de las primeras calles de la conocida como Ciudad Satélite, donde cuatro edificios más se erigían a lo largo de un polvoriento vial en el que la acera se había urbanizado por tramos, con baldosas grises, y que acababa en una plaza circular, sin rematar y llena de matorrales. Leonor le había preguntado varias veces a su hermana, los días anteriores, si aquello estaba acabado. Ella le había asegurado que sí, como lo había hecho más tajante y molesto Rafa, a pesar del ambiente de provisionalidad que lo rodeaba todo. En aquel pedazo de nuevo barrio habían sobrevivido tan solo un par de acacias. Leonor no había visto, hasta llegar a Barcelona, tantos de aquellos árboles de hojas amarillas. En Montilla también había acacias, pero pocas, y todas se concentraban cerca del palacio que los marqueses tenían en el centro del pueblo, al lado del gran convento de las monjas. Su madre decía que eran árboles de brujas y curanderas porque sus hojas eran curativas: se hacía infusión, servían para lavarse el pelo... En su familia, en particular las mujeres, siempre habían sabido de árboles y de hierbas.

—¡Qué calor! —exclamó Leonor en la portería del inmueble. La mujer chorreaba sudor por la frente, cuando ella apenas sudaba. El verano aquí no era como el de Córdoba. Las temperaturas no eran tan altas, no había bofetadas de viento cálido ni momentos del día en los que solo respirar ya quemaba, pero la humedad provocaba que siempre estuviera empapada y que ni siquiera la sombra le aliviara el bochorno.

Era septiembre, pero el verano persistía con fuerza. Rosa y Rafa habían pasado el mes de agosto en el pueblo. Ellos no pudieron ir. Leonor se secó el sudor de la frente mientras se apoyaba en el portal de aquel edificio rectangular que se erigía junto a otros idénticos, rodeados todos de solares y de campos de cultivo. Los inmuebles de ladrillo parecían nacer de las entrañas de la tierra. El piso de Rosa era un tercero, que daba a la especie de plazoleta, un descampado lleno de tierra. Al otro lado del edificio, se extendía una inmensa llanura, la del delta del Llobregat, en la que se mezclaban fábricas, pisos y aún más campos de cultivo. Las vistas alcanzaban hasta el mar y el aeropuerto de El Prat. El piso de Rosa y Rafa se ubicaba a unos centenares de metros de la torre de la Miranda, el mirador de una casa noble cuyos jardines, que ocupaban casi tanto terreno como aquel nuevo barrio que crecía a su lado, eran un bosque salvaje al que gentes con escopeta iban a cazar. Si Leonor había sentido vértigo al asomarse al pequeño balcón, tanto a Lucía como a Juanito les fascinó la altura, y más porque vieron pasar un par de aviones en un corto intervalo de tiempo. En Montilla solo se divisaba el vuelo de las aeronaves de tanto en cuanto, y mucho más a lo lejos. Días atrás, Leonor, Manuel y Rosa habían visitado con los niños el aeropuerto de El Prat. El viaje, de por sí una aventura de transbordos en autobús, culminó con varias horas en la terraza de un bar que justo se asomaba a las pistas y constituía todo un reclamo de fin de semana. El ruido de los aviones era ensordecedor; los trajes y vestidos de los pasajeros, de una elegancia que ninguno había visto nunca.

Manuel apareció por el portal también sudado. Bajaba del piso. Se quedó junto a su mujer y se encendió un pitillo.

—¿Ya habéis acabado arriba? —preguntó Leonor.

Su marido se encogió de hombros.

—Depende de Rafa, ahora quería mover no sé qué después de haberlo movido todo... Está todo el rato: Manolo eso, Manolo lo otro... Y eso que tienen pocos trastos. Él sí que se mueve poco. Es más vago que la chaqueta de un guarda. A él le gusta mucho mandar, pero poco dar el callo.

—Manuel, nos dejan un sitio donde vivir.

—Un agujero.

Leonor y su familia podían seguir en la cueva de Sant Joan Despí a cambio de que Manuel le pagara dos décimas partes de su salario a su cuñado. Lo habían hablado con el capataz. El dinero iría directamente al sobre de Rafa, ese de color marrón en el que cobraban cada semana.

—¿Un día tendremos un piso como el de mi hermana?

El hombre exhaló la primera bocanada de humo. Asintió.

—Seguro —contestó.

Lucía y Juanito correteaban en aquellas calles marrones, de arena, rodeadas de campos y edificios a medio construir. Bloques de ladrillos. Calles sin terminar. Campos yermos que alguna vez fueron de cultivo. Huertos que sobrevivían a pesar de todo. Juanito se cayó y comenzó a llorar. Su hermana lo recogió del suelo polvoriento de aquel barrio al que cada día llegaban personas procedentes de Andalucía y Extremadura, y también de Galicia.

No hacía ni siquiera dos años que había comenzado la urbanización de la Ciudad Satélite, un barrio de Cornellà que una década antes había sido proyectado como un área residencial, con pisos, jardines y numerosos equipamientos que debían ocupar unas siete mil personas. Ahora se erigía un barrio para cincuenta mil habitantes y los árboles habría que buscarlos, más que nada, en el nombre de las calles.

—Voy arriba a ayudar a mi hermana.

Leonor subió al piso de Rosa para limpiar y acabar de colocar los cuatro trastos que tenían.

Manuel siguió fumando en el portal mientras observaba a sus hijos. Juanito dejó de llorar y comenzó a dibujar con un palo en la arena, en medio del descampado. Se les acercó otro niño delgado, con flequillo y mirada traviesa, de unos nueve años, que tenía los zapatos manchados de barro y la cara llena de churretes, aunque no se le apreciaba ni un solo remiendo en la ropa.

—¿Cómo os llamáis? —preguntó el pequeño.

Juanito, que apenas hablaba, se encogió de hombros. Era un gesto natural en él, que repetía desde que cumplió un año.

—Yo soy Lucía y este es Juanito, mi hermano… ¿Y tú?

—Yo me llamo Quico. ¿Vivís aquí?

—Mi tita Rosa y mi tito Rafa van a vivir en ese bloque de allí. Nosotros nos quedaremos a vivir en su cueva de San Juan Despí.

—¿Y no hay murciélagos?

Lucía se quedó sin decir nada. Juanito se encogió de hombros otra vez.

—En las cuevas hay murciélagos. Mi padre dice que son ratas con alas —continuó Quico.

—Niños —interrumpió Manuel—. Subid a ayudar a la tita Rosa y a vuestra madre a ordenar todo lo que hemos traído de la cueva.

—¿Y tú adónde vas, padre? —preguntó Lucía.

—Voy a dar un paseo.

—¿Puedo ir?

Manuel se la quedó mirando. Tiró el cigarrillo. Asintió.

—¿Tú te quieres venir, Juanito?

El niño negó con la cabeza.

—Hambre —añadió.

—Acompaña a tu hermano con tu madre. Y le dices que vienes conmigo a dar un paseo. Aquí te espero —dijo a Lucía.

La niña cogió de la mano a Juanito y corriendo entró en aquel portal, medio en sombras, del que había salido su padre. Eran las seis de una tarde de septiembre, pero el contraste entre el exterior y las entrañas del edificio de ladrillo era importante. El frescor de allí dentro, sin embargo, no era como el de la casa del cortijo, aquella en la que habían pasado gran parte de su vida y que ahora les parecía tan lejana... Llevaban más de siete meses aquí, lejos de los abuelos, del resto de la familia. Subieron por aquellas estrechas escaleras hasta la tercera planta. El tercero segunda era el piso de sus tíos.

—¿Se puede saber adónde vas con tanta prisa? —preguntó Leonor a Lucía.

—Me voy a pasear con papá, Juanito se queda —respondió la niña que, sin dar más explicaciones, dio media vuelta y bajó a toda prisa las escaleras.

Cuando salió de nuevo a la calle, su padre estaba hablando con el niño delgaducho con flequillo.

—El padre de Quico trabaja en la Seat —anunció Manuel con cara de satisfacción a la cría. Aunque tenía solo siete años, Lucía conocía perfectamente qué era el sitio que le había mencionado su padre. En más de una ocasión le había hablado de esa factoría que la niña casi imaginaba como un lugar mágico por el halo de ilusión que envolvía esa palabra cada vez que en casa alguien la pronunciaba: SE... AT...

—Es una fábrica de coches —apuntó Quico.

—Ya lo sé —contestó Lucía.

—¿Tu padre está por aquí? —preguntó Manuel.

El niño negó con la cabeza.

—Fue a hacer horas. Nos vamos a comprar un coche poco a poco —continuó Quico.

Al padre de Lucía se le iluminó la cara.

—Chaval, si un día me ves por aquí y estás con tu padre, me lo presentas. ¿Sabes? A mí también me gustaría trabajar en la Seat.

—Mi padre dice que a todo el mundo le gustaría.

—Razón no le falta... Queda con Dios, chico, y si ves a tu padre... Ya sabes, me dices algo. Vamos, hija, a dar un paseo.

El niño sonrió a Lucía, quien le sacó la lengua. Manuel no se dio cuenta. Había comenzado a caminar por aquellas calles de tierra salpicadas por los esqueletos de los edificios que se erigían junto a campos de cultivos que hacía años que no se trabajaban. A veces, aquello parecía una ciudad en construcción; otras, pedazos de terruño como los que había conocido toda su vida. Con un sol distinto, con un aire diferente. La niña le dio la mano a su padre y cerró los ojos. Imaginó que pronto aparecería Araceli, o cualquiera de sus primas, o su tía Carmela. Allí estaba la tita Rosa y en las monjas había hecho amigas, pero ninguna como las que había dejado en el pueblo.

Lucía y su padre caminaron más allá del pequeño cuartel de la policía, en un extremo del barrio que estaba naciendo, y llegaron a un descampado en el que esperaban varios coches oscuros, además de decenas de agentes de la Guardia Civil. A lo lejos, observaron a hombres de todas las edades que, a pesar del calor, vestían elegantes trajes oscuros. También había cinco carpas de tela blanca de las que salían decenas de camareros con pajarita que cargaban bandejas de comida.

—¿Es una boda? —preguntó Lucía, que echó a correr hacia la multitud y dejó atrás a su padre, ajena a que la llamaba y le reclamaba que se quedara a su lado.

Por su tamaño pasó inadvertida entre una pareja de guardias civiles que custodiaban uno de los flancos de la fiesta. La niña de siete años llegó adonde estaban los camareros con pajarita y los hombres vestidos con trajes oscuros. En un lateral se levantaba un escenario con una orquesta, al que subió un hombre delgado, con un fino bigote, fuertemente ovacionado por el público. La pequeña Lucía también aplaudía, pero frenó en seco cuando oyó el ligero repique del platillo de una batería y el sonido de una primera trompeta, a la que se unió casi de inmediato el trombón.

Era la primera vez que Lucía escuchaba una música así,

que veía una orquesta tan grande. El hombre del bigote comenzó a cantar algo sobre una verde campiña, la esperanza, el amor... La niña atendía a la melodía sin reparar en los cuatro guardias civiles que impedían el paso a su padre. Tenían órdenes de que nadie de aquel barrio en construcción o de las barracas cercanas accediera al recinto. Demasiada gente importante ahí dentro y demasiada poca gente importante ahí fuera.

—¿Te gusta la música? Es una canción muy bonita.

Lucía se giró hacia el hombre que le hablaba, que iba vestido elegantemente, con traje oscuro y corbata a rayas blancas y azules. Se fijó en sus zapatos. No había visto en su vida unos mocasines oscuros tan brillantes. El desconocido de pelo blanco y barba crecida y gris, pero sumamente cuidada, aguardaba paciente la respuesta.

—Sí.

—Sí, ¿qué?

—Que me gusta la música.

El cantante ahora hablaba de los torcales y el triunfo de las flores...

—¿Te has perdido? A esta fiesta no se podía venir con niños... y creo que pareces más de aquí... que...

—¿De aquí? No. Soy de Montilla, de Córdoba. Señor..., ¿esto es una boda?

Un guardia se acercó a Lucía, buscando la mirada del hombre de pelo cano y barba cuidada que hablaba con ella. El tipo elegante le hizo un gesto con la mirada, le ordenó que se detuviese.

—No es una boda, niña. Es una primera piedra.

—¿Una primera comunión? —preguntó Lucía, extrañada.

El tipo sonrió con dulzura.

—Más o menos... Una primera piedra es cuando se celebra que se va a construir algo. Aquí vamos a levantar una fábrica de motos muy grande. Unas motos que son las mejores y que se llaman Montesa...

—Pues mi padre sabe mucho de mecánica. Aprendió en el ejército. Sabe reparar muchas cosas. Le gustan las motos y también los coches. Quiere trabajar en la Seat. Dice que la Seat es el mejor sitio en el que se puede trabajar.

—¿La Seat?

—Sí, señor.

—Es mucho mejor Montesa. ¡Dónde va a parar! Ni punto de comparación. ¿Seguro que tu padre no te ha dicho que quiere trabajar en la Montesa? —preguntó divertido el hombre del traje.

Lucía negó con la cabeza, ignorando que el señor Reverter, que así se llamaba aquel tipo elegante, estaba de broma. También sin saber que ella le recordaba a la pequeña Claudia, una hija suya que falleció cuando más o menos tenía su edad. Para el señor Reverter era como si ahora mismo la tuviera delante: esa inocencia, esa sonrisa y, a la vez, esa mirada pícara...

—Señor... —intervino finalmente el guardia. El hombre del traje asintió, dándole permiso para hablar—. La niña estaba paseando con su padre, lo tenemos allí fuera. Dice que ha salido corriendo detrás de ella, pero que no le ha hecho caso. La mocosa se ha colado y...

—¿Dónde tienen a ese mecánico? ¿A ese señor que tanto sabe de motos y de coches? —dijo guiñando un ojo a la niña.

—Allí, en el flanco de la zona donde están construyendo los pisos.

La canción terminó. Todos los asistentes arrancaron a aplaudir.

De nuevo las trompetas, la batería marcando el ritmo, el cantante del bigote entonando una melodía.

—¿Cómo te llamas, niña? —preguntó el hombre del traje oscuro.

—Lucía, señor.

—Lucía. Ahora este guardia te llevará con tu padre. Yo me llamo señor Reverter y voy a mandar mucho en esa fábrica de la que hoy hemos puesto la primera piedra. Me recuerdas mucho a una niña a la que quise mucho... ¿Sabes? Dile a tu padre que, cuando esté abierta, venga a verme. Que pregunte por mí, por el señor Reverter, y que diga que es tu padre. Si es tan buen mecánico, tendremos que ficharlo nosotros antes de que se vaya a la Seat. ¿No crees?

Lucía asintió y el señor Reverter regresó con los otros hombres de traje oscuro y las mujeres con vestidos de colores.

—Venga, mocosa, vamos a ver a tu padre. ¿No ves que este no es sitio para una niña churretosa como tú? —dijo el agente de la Guardia Civil, que casi a empujones la llevó con Manuel, al que flanqueaban varios de sus compañeros.

—Aquí tiene a su hija —anunció el guardia más veterano, que lucía un frondoso bigote—. Ya está poniendo los pies en polvorosa. Y tú, niña, no te quiero dando problemas por aquí, que cada vez sois más los criajos en este barrio...

—No vivimos aquí, es que mis cuñados se han comprado un piso en Ciudad Satélite y... —dijo Manuel.

—¿Y a ti te hemos preguntado por tu vida? —preguntó, retándolo, el guardia que había ido a buscar a Lucía, al tiempo que amagaba con descolgarse el fusil del hombro.

—Coño, Matías, allí tenemos a un tío cantando que parece el mismísimo José Guardiola y tú quieres ponerte aquí a pegar tiros porque a este se le escapó su hija... Venga, fuera de aquí —sentenció el sargento.

Lucía sintió que su padre le estrechaba con fuerza la mano. Manuel comenzó a caminar erguido, serio, sin decir nada. Cuando ya se habían alejado lo suficiente, se detuvo delante de su hija. Lucía nunca lo había visto tan enfadado.

—¿No te dije que no te fueras? —preguntó alterado.

Lucía bajó la mirada. Se le humedecían los ojos, estaba a punto de llorar. Manuel siguió gritando. Lucía recibió una fuerte colleja en la nuca que casi le hizo perder el equilibrio y que se cayera en la calle sin asfaltar.

—¿Pero no has visto que estaba todo lleno de guardias? Recontra, Lucía, ¡que ya tienes siete años!

De nuevo, notó que le apretaba la mano y caminaron hacia el piso.

Quico, el niño cuyo padre trabajaba en la Seat, había desaparecido.

Lucía lloraba en silencio.

Manuel frenó en seco al ver a su cuñado Rafa, justo en la puerta del edificio, en compañía de un tipo no muy alto, con una fina chaqueta de piel y unas enormes gafas de sol. Se quedó plantado en medio de aquella suerte de plaza sin asfaltar, llena de tierra, sin soltar la mano de su hija que no paraba de llorar. Aquel tipo de grandes gafas y cara apretada era el mismo que había visto en la fábrica, del que le habían advertido algunos de sus compañeros: «No te fíes de tu cuñado, es amigo de ese, del calvo, el de la chaqueta de cuero... Es un secreta, un madero... Ese hijo de su madre dispara, pero Rafa le dice dónde tiene que apuntar...». El Llanero Solitario, lo llamaban. Lucía se fijó también en él. En ese momento, aún no podía imaginar cómo aquel tipo le cambiaría la vida.

La niña olvidó por algún tiempo el nombre del señor Reverter y el mensaje que le había dado para su padre.

1962

«Ya ha pasado un año desde que vivimos solos en esta cueva», pensó Leonor mientras bordaba una margarita más grande que la primera. No habían sido trescientos sesenta y cinco días de abundancia, aunque sí de muchos cambios, desde su llegada a la monumental estación de Francia de aquella Barcelona gris que cada vez le era menos ajena y parda. Más de un domingo habían ido en familia hasta el centro, hasta La Rambla, evitando, eso sí, el barrio chino. El viaje en metro, en uno de aquellos vagones de madera, era ya una experiencia. Habían caminado hasta el mar y recorrido el pequeño paseo marítimo que hacía un par de años se había comenzado a construir en el litoral de la ciudad y que terminaba de forma abrupta en las miserables chabolas del Somorrostro.

Leonor guardó la tosca tela de saco con la segunda margarita bordada. La dio por acabada. Regresó a la máquina de coser. Juanito jugaba justo al lado. El pedal no era tan ligero como el de la Singer que tenía su madre en el cortijo, con la que había aprendido a coser. Esta era una vieja Alfa, que Manuel le había regalado meses atrás por su cumpleaños. Daba certeras puntadas y también complejos pespuntes.

Manuel se iba al amanecer y difícilmente regresaba a casa antes de la hora de cenar. Lucía seguía en el colegio de monjas al que la habían apuntado al poco de llegar. La madre de Leonor, María del Valle, siempre le había insistido en que de los curas mejor era desconfiar: «Son hombres que lo justifican todo diciendo que sirven a Dios». La atraían más las curanderas que aseguraban que hablaban con muertos y podían ver el mal de las personas...

Leonor comenzó a marcar unas telas con las que confeccionaría unos pantalones para Juanito y otros para su marido. Seguiría los patrones que le había dado una modista, una mujer a la que conoció meses atrás por casualidad y que vivía en el centro de Sant Joan Despí, al lado de la capilla del Bon Viatge, situada en una de las calles principales del pueblo, cerca de la iglesia consagrada a san Juan Bautista, más grande y reciente. Leonor y su familia vivían en una cueva, alejados de casi todo, pero Sant Joan Despí era un pueblo de casas modestas y bonitas, algunas con un jardín cuidado. Pequeñas viviendas cuadradas, con pocas ventanas y de color tierra, que se alternaban con otras de fachada luminosa y balcones de hierros retorcidos, en algunos de los cuales incluso asomaban pequeños dragones.

La modista de Sant Joan Despí, la que le había regalado aquellos patrones, era una catalana. La única que conocía. Un día en que Leonor y los niños paseaban cerca de la estación de tren, se detuvieron delante de una hermosa casa, de jardín arreglado, en cuya puerta una mujer de la edad de la madre de Leonor cosía un vestido. Era la señora Montserrat. Aquella mujer, de porte distinguido, con el pelo suelto, rojizo a pesar de la edad, y que vestía de azul turquesa, no tardó en reparar en Lucía, que con sus ojos vivarachos no perdía detalle de cada puntada, cogida de la mano de su madre.

—Es muy bonito —dijo la niña—. Es un vestido de princesa. Como el que usted lleva.

La mujer sonrió. Tenía cerca de sesenta años, pero parecía una actriz americana de las películas que se proyectaban en el cine después del NO-DO.

La intervención de Lucía dio pie a que las dos mujeres se conocieran. Fue el origen de una amistad familiar. Aquel día, las tres y Juanito pasaron toda la tarde en la puerta de aquella casa. Leonor estuvo a gusto. Fue la primera vez, desde su llegada a Barcelona, que se sintió acogida, más incluso que cuando Rosa le abrió la puerta de su cueva. Allí no iba a aparecer de pronto un Rafa. Aunque hacía tres años que la señora Montserrat había enterrado a su marido, seguro que en vida no fue tan desagradable como su cuñado. El señor Llucià, que así se llamaba, había ejercido de sastre del pueblo de Sant Joan Despí desde que era un mozalbete, como también lo habían hecho antes que él su padre y su abuelo. Los Sastre, que así se apellidaban, fueron conocidos por su buena mano en todo el Baix Llobregat y en Barcelona, hasta el punto de que vistieron durante años a varios diputados de la Lliga Regionalista. Leonor desconocía que los nombres que mencionaba la señora Montserrat eran los de políticos conservadores y catalanistas de principios de siglo, pero asentía con agrado a las palabras entusiastas que pronunciaba aquella mujer pelirroja, que hablaba con acento catalán y que lucía un vestido realmente bonito. Aunque inicialmente le chocó que siendo viuda vistiera de color, pasó por alto aquel detalle a cambio de sentirse acogida y de ver jugar a los niños en aquel precioso jardín.

La señora Montserrat le explicó que tanto ella como su difunto Llucià eran de Sant Joan Despí de *tota la vida*. «Catalanes de pura cepa, nena», decía, pero que siempre se habían llevado bien con los andaluces, porque todo el mundo se tenía que ganar la vida, aunque hubiera de todo: «Pero a los catalanes nos pasa igual». La señora Montserrat le contó que, al menos que ella supiera, su familia siempre había vivido aquí, en Sant Joan Despí. Los abuelos de su marido habían llegado en el siglo XIX desde Tortosa. Aquel fue el primer Sastre del pueblo, de apellido y de profesión, un oficio al que también se habrían dedicado los dos hijos de la señora Montserrat si no hubieran muerto durante la Guerra Civil. Concretamente, en el río Ebro, defendiendo una República de la que Leonor, nacida dos años antes de que comenzara la contienda, tan solo había escuchado de segundas y para mal.

—En el cortijo no se hablaba de política —dijo un día Leonor cuando la señora Montserrat le contaba que a uno de sus hijos ni siquiera lo había podido enterrar por culpa del *fill de puta* de Franco.

—No es política. Es justicia.

—Pero la guerra…

—La guerra es una mierda, hija, casi todos perdemos. Pero hubo alguien que la comenzó y que, después de ganarla, siguió matando. Y ahora, si le apetece, aún lo hace. Eso no es política… ¿Tú encuentras lógico que no se pueda hablar de eso o de cualquier cosa? Pues tú, cuando quieras, lo hablas conmigo. De eso o de lo que te dé la gana… —contestó la señora Montserrat, que era hija única, como también lo era su marido, y que había cosido todo tipo de prendas desde siempre, aunque el sastre fuera su esposo.

—Llévate los patrones que quieras —le dijo ese primer día cuando, después de conversar un buen rato en la puerta de la casa, le enseñó el interior y, más concretamente, el taller en el que trabajaba. Allí Leonor se fijó en unas antiguas tijeras con forma de garza, delicadas y muy bellas. La señora Montserrat le explicó que habían pertenecido al abuelo de Llucià, que eran de plata y que se las había regalado un general carlista, que se llamaba Cabrera, en agradecimiento por un bonito traje que le acompañó hasta la tumba. «Son nuestro tesoro», concluyó.

Aquella fue la primera vez que Leonor entró en una casa desde su llegada a Cataluña. Conocía cuevas y pisos, como el de su hermana, pero no una casa.

La señora Montserrat, que decía que desde la muerte de su querido Llucià había perdido mucha vista, llegó a un acuerdo con Leonor. Ella podría tomar prestados todos los patrones que quisiera y usar con cabeza una parte de los hilos y algunas telas que tenía en el taller, así como su propia máquina de coser si alguna vez la necesitaba... A cambio, de tanto en tanto se pasaría por allí para ayudarla a limpiar y a recoger, además de hacer un poco de tertulia. A Leonor el trato le pareció bien desde el principio: los niños podían jugar en un jardín y a ella le apetecía la compañía de aquella mujer.

La señora Montserrat la esperaba aquella misma tarde. Sonó un trueno.

—Pero si voy mañana, tampoco pasará nada, hoy parece que seguirá lloviendo —dijo en voz alta Leonor, observando cómo Juanito jugaba con los cochecitos—. A ver si el tiempo aguanta más o menos hasta que salga Lucía del colegio...

Días atrás, la señora Montserrat le habló de unas galerías que le daban faena de tanto en tanto, sobre la posibilidad de trabajar para ellas, algo que a Leonor no le desagradó. «A lo mejor podemos hacer negocio», respondió. Leonor disponía de una máquina de coser en casa. La Alfa era para ella una oportunidad, como lo era también haber conocido a la señora Montserrat.

Leonor miró el reloj que Manuel, hacía poco, había colgado en la pequeña cocina que se abría al comedor de la cueva.

—Es la hora de ir a buscar a tu hermana —dijo a Juanito, que seguía entretenido con los coches de juguete y que se encogió de hombros casi de forma automática.

Leonor sufrió un escalofrío ante ese cielo gris profundo, oscuro, vivo, amenazante. Durante todo aquel 25 de septiembre de 1962, se habían sucedido las tormentas, nada que ver con el día anterior, de un calor sofocante. Cogió la mano de su hijo y, acelerada, se dirigió hacia la escuela, que era solo para niñas. A Juanito lo apuntarían en otro centro, un colegio de franciscanos en Cornellà al que, al contrario del de Lucía, iban sobre todo los niños de aquí de toda la vida, no solo los inmigrantes. La señora Montserrat había intercedido para que admitieran a Juanito. No se entraba sin recomendación. A Leonor, la señora Montserrat le había recordado a su madre, ya que le dejó claro que no le gustaban ni los curas ni nada que tuviera que ver con la Iglesia; sin embargo, tenía mano con «aquel viejo franciscano hijo del diablo», porque su marido trabó amistad con uno de los viejos párrocos del pueblo, don Severiano, «que a pesar de ser cura no lo parecía». Y eso, para la señora Montserrat, quería decir que era buena persona, pero que también le gustaba vestir bien y no siempre de sotana. «No te fíes de los curas a los que les gusta la sotana cuando hace años que dejaron de ser monaguillos. Esos están *tocats del bolet*». *Tocats del bolet*. La señora Montserrat siempre hablaba en castellano, pero de tanto en tanto utilizaba expresiones en catalán. «En castellano sería "estar tocado de la seta", lo que no tiene mucho sentido: es "estar loco". *Tocat del bolet*», le explicó.

Leonor y Juanito se plantaron en pocos minutos delante

de la puerta del colegio de Lucía. Un fuerte trueno rompió el cielo, iluminado por el relámpago, hasta el punto de ensordecer el bullicio habitual a la salida del centro. Lucía, que en ese momento cruzaba la puerta, corrió hasta donde la esperaban su madre y su hermano.

El cielo se oscureció todavía más. Parecía noche cerrada, a pesar de ser primera hora de la tarde.

Leonor cogió con fuerza a los niños de la mano y desanduvo sus pasos con decisión, sin prestar atención a los pequeños hasta que entró en la cueva y aseguró las maderas recortadas, de diferentes colores y tamaño, que hacían las veces de puerta. Encendió varias velas. Como los habitantes de otras cuevas o de las barracas, estaban enganchados a la electricidad, pero esta era inestable. Al poco se apagó la bombilla del comedor, que dejaban encendida a todas horas.

Lucía observaba lo que había cosido su madre. Cuando Juanito chocó con violencia los dos cochecitos metálicos que le habían regalado Rafa y Rosa, se escuchó un violento trueno y toda la cueva retumbó: parecía que el techo les iba a caer sobre la cabeza. Lucía corrió a abrazar a su madre. Su hermano, también asustado, hizo lo mismo. Leonor, en el interior de aquella cueva en penumbra, en aquel silencio sordo, acarició cariñosamente a sus hijos y optó por permanecer abrazada a ellos, mientras hasta allí dentro penetraba el ruido continuo de las fuertes precipitaciones. De pronto, apareció un hilo de agua en el espacio que hacía de cocina. En cuestión de minutos, las pequeñas filtraciones se convirtieron en enormes goterones que, a cada momento, aumentaban más y más.

La puerta se abrió de golpe. El ruido de la lluvia era ensordecedor. Una sombra apareció en la entrada. Era Manuel.

—¡Salid! ¡Salid! ¡Las cuevas se hunden!

Leonor se dio la vuelta en el colchón, con cuidado de no despertar a Lucía y a Juanito. Dormían todos juntos otra vez, como lo hicieron durante los primeros meses en la cueva. De nuevo estaban bajo el techo de Rosa y de Rafa, pero en esta ocasión en el piso de Ciudad Satélite. Ya llevaban varias semanas allí y, aunque era mucho más cómodo que vivir en una gruta, tanto Lucía como Juanito parecían más nerviosos. «Se habrán vuelto niños de las cavernas», pensaba Leonor, que los veía un tanto tristes. «Quizá les pasa como a los gatos, que dicen que perciben los malos ambientes y esto les afecta en el ánimo», dijo para sí, pensando en Rafa y en cómo estaba su hermana, mucho más consumida que cuando habían estado todos juntos conviviendo en la cueva. Nada que ver con lo que había sido la Rubia. Era como si le estuvieran chupando la energía, como si le estuvieran arrebatando la vida poco a poco. Desde que se habían trasladado al piso, Rafa no ocultaba que allí no eran bien recibidos. Si Leonor ya no lo soportaba durante las últimas semanas de convivencia en la cueva, ahora además le costaba disimular. Por cómo trataba a su hermana y por cómo era, aunque Manuel se dedicara a quitarle hierro a la situación, a Leonor no le gustaba que aquel hombre se pudiera quedar a solas con Lucía, aunque fuese solo una niña... Cómo la miraba. Hay cosas de las que tan solo se dan cuenta las mujeres.

Leonor pidió cobijo a su hermana después de que el aguacero, que se había llevado centenares de vidas, hubiera deshecho el agujero de Sant Joan Despí. Llegaron al piso de Ciudad Satélite, convertida en un enorme barrizal, aquella misma noche en la que el río Llobregat se desbordó. Ya habían pasado semanas de aquellas inundaciones que mostraron al mundo las miserias del régimen franquista, pero aún se localizaban cadáveres. Existía un centro de Barcelona, como también existía un Madrid moderno, lleno de coches, árboles, fuentes ornamentales y casas señoriales, pero también existía una periferia que la dictadura trataba de ocultar bajo la alfombra y que afloraba de tanto en tanto, muchas veces a raíz de desgracias que despojaban todavía más de humanidad al régimen franquista.

Leonor abandonó el colchón y salió con cuidado de la habitación para que los niños siguieran durmiendo. Era la única persona despierta en el piso, ya que Rosa se había acostado también cuando ella se fue a la cama con los críos. Como si bailara sobre sus pasos, entró en el comedor. Tenía preparada en la cocina la cena para Rafa y su marido, que, aunque estaba entrada la noche, todavía no habían regresado de la fábrica. Se sentó en el sillón de escay rojo de aquel pequeño comedor presidido por un cuadro enorme, de marco dorado, que representaba una escena de caza. Comenzó a coser a mano las cremalleras de unas faldas de color gris, ceñidas y ásperas, que le había proporcionado la señora Montserrat, un encargo de las galerías del centro de Barcelona. El primero. Habían podido salvar la máquina de coser, aunque una parte de la cueva hubiera caído sobre ella. La señora Montserrat ya le había comentado que llegarían más encargos, que tendría todo el trabajo que quisiera. Sin embargo, quedarse en el piso mucho tiempo podía ser un impedimento: a su hermana no le molestaba que cosiera, aunque les quitara una esquina del comedor; a Rafa le molestaba todo.

Aunque de inmediato acudieron al piso de Ciudad Satélite, la señora Montserrat también les había ofrecido quedarse en su casa. Leonor se lo agradeció, pero Manuel lo había descartado casi desde el primer momento. Rosa insistió en que se quedaran con ellos. Leonor sentía cómo la idea de marcharse entristecía todavía más a su hermana. A su cuñado no se le vio a gusto con el ofrecimiento, pese a que fue él quien al final les dijo que sí. Al cabo de unos días, Manuel y Leonor comenzaron a valorar la compra de un piso. Él había empezado a hacer más horas, los números cuadraban, y Leonor también iba a poder aportar algo si trabajaba para aquellas galerías del centro de Barcelona en las que la señora Montserrat tenía conocidos.

La puerta del piso se abrió cuando Leonor estaba en el comedor, acabando de coser a mano las cremalleras. Las faldas parecían las de un uniforme de azafata. A lo mejor eran de Iberia, a lo mejor aquellas prendas volarían por todo el mundo. La idea le hizo gracia. Por la puerta solo entró Rafa.

—¿No está Rosa? —preguntó su cuñado a modo de saludo.

—Se fue a dormir... No se encontraba bien.

El hombre lanzó un gruñido. A pesar de que se llevaba unos seis años con Manuel, parecía mucho mayor. Rosa estaba con menos energía, débil; él tampoco tenía la buena cara de años atrás. Pero aquella mirada...

—¿Y Manuel? ¿Cómo es que no viene contigo? —preguntó ella.

—Manolo se quiso quedar un rato más en la fábrica, había que limpiar unos telares. Vosotros necesitáis más pesetas para poder compraros otro agujero donde vivir. ¿No es así? Además, supongo que algo me tendréis que pagar también por mi cueva... —dijo Rafa, violentamente.

Desde que se habían instalado en el piso, su cuñado no había sido agradable con ellos ni un solo segundo; además, siempre apestaba a vino y trataba a su hermana con desprecio.

—Un agujero no, lo que queremos es irnos a un piso como este.

Rafa gruñó.

—Como este no creo, que es de tres habitaciones y de los que tienen mejores vistas. Para esto tu marido tiene que ser al menos encargado, y ahora mismo no es más que un muerto de hambre con mono de trabajo. Gracias a mí... Ha tenido mucha suerte, tú también la has tenido. Y espero que os acordéis siempre de a quién se lo debéis todo... Si un día os olvidáis, ¡ay!, si un día os olvidáis... Si no fuera por mí os estaríais muriendo de hambre en el pueblo, o viviríais en un charco, en una maldita cueva llena de barro.

Leonor no le contestó. Su cuñado estaba borracho. Rafa se sentó en la mesa de la cocina. Cogió una botella de vino que estaba a la mitad y se llenó generosamente un vaso.

—¿Nadie me va a servir? Vengo de trabajar y, que yo sepa, soy el cabeza de familia en esta casa.

Leonor no dijo nada. Se levantó, engullendo su orgullo, y fue a la cocina a calentar la comida. Cada vez soportaba menos a su cuñado. Su familia y la de ella se conocían desde pequeños, igual que se conocían con la de Manuel. Sin embargo, la familia de Rafa era una de las que vivían bien: no eran ricos, pero no se morían de hambre y habían hecho una buena guerra. A ellos les había servido para progresar en el pueblo. Una cosa les pesaba, no obstante, y no era otra que ser de la sierra. Siempre se hacía esa distinción, fuera cierta o no: a los de la sierra se les consideraba más vulgares, más incultos. Incluso en la miseria hay distinciones.

Todos los varones de la familia de Rafa habían sobrevivido a la contienda, algo que no era habitual, y alguno, a pesar de ser de la sierra y de no tener estudios, había llegado a sargento. Al hermano mayor de Rafa lo llamaron a filas a poco de empezar la guerra y fue progresando «por matar a más rojos que los demás». Se decía que incluso habían estado a punto de nombrarlo alférez, aunque más de un oficial se había quejado por su origen humilde y sus escasos conocimientos y recursos.

La familia de Rafa vivía en una casa de la sierra que les pertenecía desde siempre: se ponían a recordar a familiares y los perdían en el tiempo. Tenían un buen pedazo de tierra, e incluso el padre de Rafa fue uno de los fundadores de la pequeña cámara agraria del municipio, justo después de la Guerra Civil. No era un centro de poder, porque este siempre lo fue y lo seguía siendo el casino de los señoritos, que estaba en la calle principal del pueblo, pero la cámara agraria daba prestigio. Era un punto de encuentro entre esos grandes señores y los campesinos o pequeños propietarios más fieles al régimen, de los que tenían algo más que la gran mayoría, entre ellos algunos avispados, pero que no suponían un peligro para el *statu quo*. Los señoritos entendían que la cámara también les proporcionaba fortaleza, más que quitársela. Era su camarilla de adeptos. Todos los que tenían algo que decir en la agrupación local de la Falange frecuentaban el Casino, y gran parte de los que se limitaban a obedecer eran socios de la Cámara Agraria que, además, se ubicaba al lado de la iglesia del Santo.

Desde el comienzo de la guerra, la familia de Rafa apoyó activamente a los sublevados. De hecho, de su padre se contaba que incluso había conocido al mismísimo Queipo de Llano. Al contrario que Manuel, Rafa no cargaba con ninguna mochila desagradable, por lo que la familia de Leonor no se opuso cuando comenzó a cortejar a la hija mediana. Y eso que Antonio, el padre de Leonor y Rosa, siempre se había llevado muy bien con Juan, el padre de Manuel; como también habían tenido una excelente relación María del Valle y Lucía... Como mandaba la tradición, los niños se llamaban así por ellos. También conocían de siempre a los padres de Rafa, y no eran precisamente de su agrado, pero aquel muchacho se había fijado en su hija y podía ser una buena salida para ella... Así que aceptaron.

Leonor le acercó el plato de comida a su cuñado.

Rafa comenzó a comer la carne en salsa sin pronunciar palabra. Solo gruñía. Su cuñada tenía la sensación de que en aquella pequeña estancia de azulejos verdes se estaba alimentando una alimaña. Así veía al marido de Rosa. No tenía ninguna duda de que él era quien le estaba quitando la vida a su hermana.

Leonor le sirvió un poco de agua en otro vaso, porque engullía el vino con más presteza que la cena. Apestaba a alcohol. «Es normal que los hombres beban», le había dicho Rosa.

Pero él siempre apestaba a alcohol.

—¿No hay más vino? ¿Me acercas el agua como si fuera un animal que va a abrevar? —preguntó rezongando su cuñado cuando se acabó la botella.

—Algo te queda todavía. No mucho —contestó Leonor.

—¿Algo? ¿Os bebéis el vino en mi ausencia?

—Yo no lo pruebo y Rosa, menos. Mi Manuel solo cuando cena contigo...

—Mi Manuel, mi Manuel... —repitió Rafa imitando a Leonor—. Todos lo llamáis así, si en el campo siempre ha sido Manolo... Te digo que si queda vino..., ¿a qué esperas para servirme? Que yo sepa, estoy en mi casa, no de prestado. ¿Ahora resulta que no me voy a poder beber mi vino?

Leonor fue a por una garrafa de dos litros, que rara vez duraba más de una noche. La habían comprado en la pequeña bodega de un matrimonio de Lanjarón que vendía vino de las Alpujarras, el que más le gustaba a Rafa.

Cuando Leonor se disponía a llenar el vaso, su cuñado le metió con agilidad las manos entre las piernas, por debajo de la bata. La mujer se quedó paralizada. La zarpa de su cuñado le subió por los muslos hasta que, bajo la ropa pero por encima de las bragas, le apretó el sexo. Rafa comenzó a respirar acelerado. Con dos dedos presionó la vulva de Leonor, que sintió como si se parara el tiempo, como si se quedara sin aire, totalmente inmóvil. Rafa apretó todavía más el sexo de su cuñada. Respiraba como un animal salvaje. Cuando se disponía a penetrarla con un dedo, se escuchó la puerta.

Rafa deshizo el movimiento y continuó comiendo como si nada.

Leonor seguía paralizada. Quien había abierto la puerta era Manuel, que entró en la cocina.

—Buenas noches —dijo a modo de saludo.

—¿Ya acabaste con la limpieza de los telares? —preguntó Rafa.

—Al final no era tanta faena. ¿La cena está caliente?

Leonor asintió.

—Voy a lavarme las manos y ahora vuelvo.

En cuanto Manuel se fue, Rafa se giró hacia su cuñada.

—Como le digas algo a tu marido, se queda sin trabajo y os vais todos a la calle. ¡Puta! —exclamó, zampando como si tal cosa.

Leonor se fue a la habitación. De camino, le dijo a Manuel que no se encontraba bien, que tenía, ya sabía él, lo que tienen las mujeres una vez al mes. Sin desvestirse, se tumbó junto a Juanito y Lucía, en el colchón que había en el suelo. Se recogió sobre sí misma y comenzó a llorar en silencio.

Al día siguiente, Leonor no le contó nada a Rosa, tampoco a Manuel. Era ella la que se sentía sucia, como si les hubiera fallado a los dos, como si se hubiera fallado a sí misma. Trató de olvidar, de hacer como si no hubiera pasado nada, pero era como si continuamente sintiera la mano de Rafa apretándole el sexo. Que desde aquella noche su cuñado actuara con total normalidad le hizo dudar en algún momento de que aquello hubiera sucedido de verdad.

Así pasaron las semanas. Y llegó el invierno.

Por primera vez, Lucía y Juanito vieron nevar, pero también Leonor y Manuel.

La nieve que cayó aquella Navidad de 1962 hizo que Leonor casi se olvidara de lo lejos que estaban del pueblo, de lo grises que eran aquellas calles, de lo sórdido que era Rafa. La nieve hizo que casi se olvidara de aquella situación de la que no estaba muy segura, que no había comentado con nadie, con la que trataba de vivir como si no pasara nada.

Rafa apenas hablaba con el resto de la familia, se mostraba más taciturno de lo habitual. Aunque salía de la fábrica antes que Manuel, siempre encontraba bares en los que pararse de camino al piso. En la fábrica se comentaba que, además de los bares, Rafa también visitaba a mujeres a las que pagaba para tener sexo. Que algunas veces, a media tarde, lo dejaba todo para dirigirse al barrio chino de Barcelona en busca de prostitutas. Rafa era una mala hierba con la que ni siquiera el dueño de la fábrica se atrevía porque, aseguraban los que estaban más metidos en política, era un confidente de la Brigada Político-Social de la Policía. Un chivato. Decían que al que señalaba como sospechoso de ser rojo desaparecía a los pocos días, y que si tenía suerte y regresaba, lo hacía con al menos unas cuantas costillas rotas. De hecho, las visitas del secreta, aquel de la cara apretada, las gafas de sol y la chaqueta de piel a quien conocían como el Llanero Solitario, eran cada vez más habituales en la fábrica. Y Rafa no hacía para que no los viesen juntos, todo lo contrario: aquel policía que daba miedo, a pesar de su baja estatura, era una de sus bazas de poder.

La nieve provocó que las fábricas parasen: el día de la gran nevada y los de después. Todo se detuvo, también los colegios. A la tarde siguiente, Manuel bajó con Lucía y Juanito a jugar a la calle. Rosa también. Leonor, muy resfriada, permaneció tumbada en el colchón sin saber que todos bajaban a la calle salvo Rafa, que, hastiado, alegó que estaba harto de tanta nieve y que se quedaba en casa. Nadie le insistió.

Leonor estaba medio dormida cuando una persona entró en la habitación. No se percató de que allí había alguien más hasta que, bajo la manta, notó que se le pegaba otro cuerpo. La mujer siguió con los ojos cerrados, aunque despierta, cuando aquella persona se quitó los pantalones y comenzó a restregarle el pene erecto contra su trasero. No era Manuel, era un animal. El olor a alcohol de Rafa, su respiración entrecortada. Olía a vino y a sudor, a una suciedad ácida. Por detrás, la cogió del cuello con la mano derecha. Comenzó a masturbarse enganchado al cuerpo de Leonor, que tenía ganas de llorar, aunque estaba tan bloqueada que casi no podía ni respirar.

—¡Qué coño está pasando aquí! —exclamó Manuel al abrir la puerta.

Leonor se sentía morir. Estaba petrificada.

—¡La puta de tu mujer! —contestó Rafa mientras se ponía en pie y se subía los pantalones con rapidez.

—¿La has matado, hijo de puta? —acertó a decir Manuel, que veía como Leonor permanecía inmóvil, inerte.

—¿Qué coño la voy a matar, muerto de hambre? —contestó el cuñado, con la cara apretada, con los puños retando a que fuera a por él, con la firmeza del que se siente impune, abrazado por quienes mueven los hilos.

Leonor, todavía temblorosa, se levantó. Arrancó a llorar.

—Manuel, vámonos.

En ese momento apareció Rosa con los niños. Lucía se había olvidado en casa las manoplas de lana que le había tejido su madre, y habían subido todos. La hermana de Leonor no dijo nada, solo se llevó a los niños al comedor hasta que Rafa cogió el abrigo y se fue. Luego, en silencio, ayudó a su hermana a hacer la maleta. A recoger sus pocas pertenencias. En silencio y llorando.

Antes de que regresara Rafa, de adonde fuera que se hubiera ido, ya estaban los cuatro en la calle cargando con lo poco que tenían. No se llevaron la máquina de coser. Ni siquiera eso le importó a Leonor.

El frío intenso había vaciado las calles.

Manuel caminaba delante, serio, con paso firme a pesar del hielo que a cada zancada los ponía en peligro de caer. Los niños iban al lado de Leonor, callada, todavía impactada por lo que había sucedido. Esperando a que su marido le preguntara, le dijera, la abrazara...

—Tenemos que buscar refugio para la noche... Quizá en casa de Millán. —Manuel nombraba a un compañero de la fábrica, con el que compartía turno, con el que apenas hablaba... Él hablaba con pocas personas, era más de escuchar—. Contra, en las que nos tenemos que ver. ¡En las que nos tenemos que ver! —gritó.

Lucía y Juanito caminaban asustados.

—Estoy en la maldita calle y me acabo de quedar sin trabajo —masculló de nuevo.

—Vamos a casa de la señora Montserrat. Esta noche la podremos pasar allí. Mañana ya buscaremos —dijo la mujer.

Manuel no dijo nada.

Leonor comenzó a caminar con firmeza y adelantó a su marido, que calló de nuevo como callaba siempre. A Leonor le entraron otra vez las ganas de llorar, pero no lo hizo. Tragó saliva, se prometió que nunca más lloraría. Se lo dijo para sus adentros, segura de que sería así, que nunca jamás derramaría otra lágrima. No lo consiguió.

1964

Leonor dio por terminada la nueva margarita. La de 1964 era la más grande y hermosa de las que había bordado. Usó un hilo distinto y de más calidad, un obsequio de la señora Montserrat. Para ella, si aquella flor era más bonita que las anteriores era sin duda por la energía con la que había trabajado. Aquella cuarta margarita parecía la madre de las otras tres. La primera, la del viaje a Barcelona, se asomaba asustada de la tela de saco. La segunda, la del primer año en la cueva, era diminuta como si no quisiera existir. La tercera, la de los meses transcurridos tras marcharse de Ciudad Satélite, comenzó mal, como equivocada, pero obtuvo el equilibrio del bordado al final. La cuarta era, pues, la más bella.

Leonor estaba convencida de que, al alejarse de Rosa y Rafa, se habían quitado de encima un manto de tristeza, que habían eliminado también un escollo de sus vidas. Su madre y su hermana Carmela hablaban a menudo de las personas que llevan el mal en su interior, aquellas que hacen desdichado a quien esté cerca: emanan el mal y esparcen el dolor a su alrededor. Leonor no tenía ninguna duda de que su cuñado Rafa era de esas personas malas que hacían infortunadas a los demás. Un alma tan llena de maldad que, aunque no lo quisiera, atraía incluso la mala suerte...

Leonor pensaba en cómo les había cambiado la vida desde que se habían alejado de Rafa y por mucho que le doliera de Rosa en lo distinta que ella misma se sentía. Cuando abandonaron el piso de su hermana, en medio de la gran nevada, la señora Montserrat no dudó en acogerlos en su casa. «El tiempo que necesitéis, nena. Para mí es como si fuéramos familia». Aquella noche de invierno llegaron a la puerta de la modista cargados con lo que pudieron, con los dos niños congelados del frío. Juanito estaba casi de color azul y Leonor no se sentía los pies. Había pasado mucho tiempo, pero aún tenía muy presente aquella sensación, de cosquilleo y entumecimiento, y más aún la tristeza con la que se presentó ante la señora Montserrat, aunque esta la consolara y abrazara.

No necesitaron mucho tiempo para rehacer sus vidas. Manuel no regresó a la fábrica en la que Rafa era encargado, a pesar de que dejó sin cobrar el jornal de una semana. Sabía perfectamente que había perdido el empleo, que su cuñado lo echaría a la calle así que lo viera entrar por la puerta; y, si no hubiera sido este el caso, que lo maltrataría más que nunca. Manuel no hablaba de Rafa, como hacían otros trabajadores en la fábrica, pero sabía igual que los demás el tipo de persona que era. Manuel nunca habló con Leonor de lo que pasó, en parte porque se sentía culpable y en parte porque estaba molesto con ella. No es que la culpara de lo sucedido, porque no dudaba de su mujer, sino que la hacía responsable de haber propiciado aquellos acontecimientos. Él nunca se hubiera ido a casa de Rafa y de Rosa. Antes de salir del pueblo se lo había dicho una y mil veces. Pero era su hermana...

Al poco de trasladarse a la casa de la señora Montserrat, hacía ya más de un año de eso, en febrero de 1963, cuando la nieve ya se había derretido, Manuel encontró el que sería el trabajo de su vida. Ya fuera por el azar o por haberse alejado del influjo de Rafa, la suerte le sonrió un día en las inmediaciones de Ciudad Satélite, cuando con Lucía y Juanito iba de camino a una fuente en la vecina población de Esplugues de Llobregat. Al pasar por delante de la puerta principal de la recién inaugurada fábrica de Montesa, se toparon con el mismo hombre que Lucía, cuando tenía siete años, había conocido cuando echó a correr hacia la música que sonaba en aquel descampado. Allí se erigía ahora una enorme nave de planta rectangular, con una fachada formada por grandes placas de hormigón, unidas por franjas verticales de hierro, y una imponente cubierta de metal. Alrededor del edificio principal, se levantaban otras dependencias más pequeñas, así como jardines y varios circuitos en los que se probaban las motos que salían de la factoría.

El señor Reverter vestía de nuevo un elegante traje. Al verlos, por suerte para Manuel, se acordó de inmediato de la niña que tanto le había recordado a su pequeña Claudia. «Mi padre se quedó sin trabajo y por eso estamos paseando por aquí los tres», respondió Lucía a aquel tipo delgado, de barba cuidada, con un corte de pelo matemático, elegante, de nariz aguileña y sonrisa ordenada, cuando le preguntó sin grandes aspavientos qué se les había perdido por allí con el frío que hacía. Aquellos prudentes ojos se agrandaron al escuchar a la niña. «Pues nosotros le vamos a dar trabajo —anunció el señor Reverter—. ¿Quiere trabajar con nosotros? Eso sí, si no sabe, ha de aprender a ir en moto». Manuel sabía. Tenía todos los carnets, porque se los había sacado en el ejército. El señor Reverter, que era el jefe de personal, de contabilidad, o quizá las dos cosas o ninguna, pero que en cualquier caso mandaba mucho, lo citó dos días después en las oficinas de la empresa y le ofreció un contrato de trabajo mucho mejor pagado que en la fábrica donde tenía a Rafa como jefe.

Los motores de la nueva fábrica de Montesa habían comenzado a rugir en 1962, pero la inauguración oficial no tuvo lugar hasta abril de 1963, un acontecimiento que Manuel vivió ya como trabajador de la compañía. Aquel mismo día rompió y tiró a la basura la cuarta y última carta manuscrita, ya casi terminada, que desde que habían llegado a Barcelona iba a enviar al director de Seat para pedirle una oportunidad en la mejor empresa de toda España.

Con el nuevo salario de Manuel y el jornal que Leonor se iba sacando con la costura, ese mismo mes de mayo de 1963 lograron reunir el dinero para la entrada de un piso de tres habitaciones en Ciudad Satélite. Tomaron la decisión la tarde en que Manuel se presentó en casa de la señora Montserrat con una de las motos que estaban probando en la fábrica. Era la primera vez que le dejaban sacar una Montesa de la planta. También ese mismo día, llegó un pedido de las galerías del centro de Barcelona de más de trescientas faldas de invierno, de color gris, para la temporada siguiente. Un camionero, también vecino de Sant Joan Despí, se encargaba del transporte de las telas, cremalleras, botones y demás complementos de cada encargo hasta la casa de la señora Montserrat, donde Leonor trabajaba junto a la modista con una nueva máquina eléctrica de la marca Alfa. Ni siquiera se le pasó por la cabeza regresar a buscar la suya al piso de Rafa y Rosa.

Manuel había visto el anuncio de una nueva promoción de pisos en la Satélite, donde cada vez se veían más esqueletos de edificios y menos campos de cultivo. En la publicidad, la promotora insistía en las zonas ajardinadas, los parques infantiles y los comercios, por mucho que en el barrio solo hubiese bares, alguna bodega y, sobre todo, mucho barro. Al pueblo no iban a volver: de una vez, las cosas les iban bien. Y en casa de la señora Montserrat tampoco podían quedarse para siempre. Así que se decidieron a dar el paso y, a pie de obra, en unos barracones donde se enseñaban los planos del piso y se conocía al señor del banco, entregaron a cuenta las diez mil pesetas que tenían ahorradas.

A principios de 1964, cuando se cumplía algo más de un año de su marcha del piso de Rosa y de Rafa, les dieron las llaves de una vivienda de cincuenta metros y noventa y cinco centímetros cuadrados, como rezaba la escritura que firmaron en la notaría de la avenida José Antonio Primo de Rivera de Barcelona. Allí tenía su despacho José María de Porcioles y Colomer, alcalde de la capital catalana, notario y, ante todo, artífice del desarrollo especulativo de la capital. En aquella enorme oficina de moqueta roja, en la que varias secretarias mecanografiaban en tintineantes máquinas de escribir, cabían unos cuantos pisos de los de Ciudad Satélite.

Cien mil doscientas sesenta y nueve pesetas con sesenta céntimos. Por ese precio, Leonor y Manuel se convirtieron en propietarios de un piso en la calle Álamo. Empezaron con poca cosa: un colchón y un armario para ellos, otro colchón y otro armario para Lucía y Juanito, que compartían habitación, una mesa y cuatro sillas. El viejo retrato de los padres de Manuel presidía el comedor. A Leonor se le pasó por la cabeza colgar un cuadro con las margaritas bordadas, pero desistió de hacerlo al no estar acabado.

En los meses que vivieron con la señora Montserrat no hubo ni una sola discusión. Aunque a la anciana le gustaba la compañía, Leonor tenía la impresión de que la modista echaba ya de menos la soledad. Y a ella, tener un piso propio, y lo que se presentaba como una nueva vida, la ayudó a sepultar todo lo vivido con su cuñado. También intentó soterrar el dolor que le provocaba el mutismo de Manuel, que nunca le preguntara sobre lo sucedido, que simplemente callara. Trató de vivir sus recuerdos con indiferencia, pero de vez en cuando, aquella situación emergía en un mar de sensaciones, de desaliento y lejanía.

Tardó años en darse cuenta, porque le parecía que estaban mejor que nunca, pero el piso marcó el inicio de una nueva etapa de la que, con el paso del tiempo, su marido dejaría de formar parte. La pareja acusó el terrible peso de vivir como si aquello no hubiera pasado.

Un día, cuando todavía vivían en casa de la señora Montserrat y las cosas les comenzaban a ir bien, Leonor sacó el tema, por mucha vergüenza que le diera y por muy culpable que se sintiera. A pesar de ser la víctima.

—Manuel, lo que pasó con Rafa...

—¿El qué?

—Lo del piso, cuando la nevada, cuando nos fuimos de casa de mi hermana —continuó Leonor, que tenía claro que su marido sabía a qué se estaba refiriendo—. Él comenzó a hacer aquello... Y me quedé inmóvil, no supe reaccionar —continuó llorando.

Su marido la escuchaba estático, con los ojos llorosos. Por tristeza o por rabia, no lo sabía... O por ambas.

—Leonor... Eso lo tenemos que olvidar, pertenece al pasado. Las cosas están cambiando, y a mejor —dijo él, mientras se acercaba a su mujer y le secaba las lágrimas—. Hay que olvidar.

Leonor asintió, aunque nunca lo lograron. Aquel tabú

incómodo que trataron de ignorar se convirtió en un doloroso desencuentro insepulto.

El piso no quedaba lejos de la factoría de Montesa. Al final de la calle Álamo, se encontraba el cuartelillo de la policía, desde donde partía un vial que conectaba la Satélite con Esplugues y, a su vez, con la fábrica de motos. Manuel estaba tan cerca del trabajo que podía llegar en pocos minutos a pie. Aun así, siempre que podía iba de casa al trabajo en moto. Al principio, el pretexto era que formaba parte de sus obligaciones, ya que estaba en el departamento de verificaciones. Con el tiempo se dio cuenta de que todo aquello era innecesario, que iba en moto porque podía y quería. En la fábrica le fue bien de buenas a primeras y, al poco de entrar, asumió una cierta responsabilidad, lo que vino acompañado de un pequeño aumento de sueldo.

En apenas un año, Manuel se olvidó casi por completo de Seat, el gran sueño de quienes habitaban aquella Ciudad Satélite en la que, a pesar del número creciente de bares y la nueva iglesia, seguía faltando de casi todo. La empresa constructora, que levantaba más y más edificios donde ya no quedaba ni rastro de campos de cereales ni de acacias, cedió un barracón para que allí se pudiera celebrar misa. Leonor, como no era de bares, comenzó a ir a la iglesia los domingos. Poco tenía que ver el cura del barracón, que se llamaba Federico, con el don Justo que oficiaba las misas en el cortijo, cuya capilla, comparada con aquella iglesia improvisada, parecía una catedral. El religioso, que prefería que lo llamaran Fede y parecía sacado de una manifestación, no era de sotana: vestía pantalones tejanos y lucía barba lampiña. A misa asistían tanto hombres como mujeres del barrio, y no todos iban de domingo. Solo unos pocos. Para Leonor, que por ir cada semana a misa, en el pueblo no habrían tardado en calificarla de beata, los domingos se convirtieron en una liturgia que la mantenía al tanto de todo lo que allí pasaba y le proporcionaba la oportunidad de recoger encargos de faldas, pantalones y blusas. En una de las habitaciones, Leonor instaló la Alfa, que al poco sustituyó por una máquina de coser Singer. La primera acabó por volver a casa de la señora Montserrat, donde también cosía.

La señora Montserrat veía cada vez menos y peor, y los encargos de trabajo no dejaban de llegar. Así que Leonor buscó entre las mujeres del barrio aquellas que dieran buenos pespuntes y fueran responsables, y les ofreció trabajo. De lo que pagaban por cada falda y cada pantalón, la señora Montserrat y ella se quedaban con un pequeño margen que, de hecho, ya les venía sugerido por las propias galerías. Eso, al principio, le supo mal a Leonor. «Es el capitalismo, nena, esto siempre fue así. Nosotras les damos trabajo y también el material, si lo necesitan», la convenció su amiga de Sant Joan Despí.

Al salir de misa, Leonor repartía los encargos entre las mujeres que cosían para ella, que al poco sumaban ya la media docena. La mayor era Vicenta, del pueblo extremeño de Azuaga; las otras chicas rondaban los treinta, como ella. Adela era con quien más afinidad tenía, una muchacha de Santaella, también en la provincia de Córdoba, que conocía al dedillo todo lo que iba a acaecer en el barrio.

—Van a construir unos cines... ¡Y una plaza de toros! —anunció Adela el día en el que Fede se pasó todo el oficio hablando de san Pablo, de lo importante que era caerse del caballo. En verdad, la homilía derivó en lo peligroso de la Policía Armada, que actuaba en las manifestaciones montada a caballo. Aquel año ya habían aparecido en alguna que otra protesta en los polígonos industriales.

A Leonor el cine le gustaba. Desde que vivían en la Satélite, habían ido a ver *Sandokán* y una película del Oeste, *Tres hombres buenos*. Lucía y Juanito se asustaron la primera vez, sobre todo él, pero de repente fue como si se sumergieran en un mundo mágico. Y el cine lo era.

—En Esplugas están construyendo un poblado del Oeste, y van a rodar películas allí —anunció también Adela a las mujeres que se quedaron de tertulia cuando Fede, el cura, dio por terminada la misa.

—Cines, una plaza de toros, un poblado del Oeste para hacer películas aquí al lado... ¡A ver si nos van a montar un parque de atracciones en medio de la Satélite! Podrían poner una montaña rusa que fuera de grúa en grúa. ¡Nacen como champiñones! —exclamó Vicenta, provocando más de una sonrisa.

—Lo que podrían hacer son colegios... Y sitios para que jueguen los niños. ¡Y no nos irían mal también unos médicos, que para cualquier cosa tenemos que bajar a Cornellá! Y alguna tienda, que solo hay bares... —prosiguió otra mujer.

—Pues ¡hale!, si quieres poner una tienda, ya nos dirás de qué —contestó Vicenta.

—Es verdad lo del poblado, es verdad lo de que van a hacer más cines, y también lo de las plazas de toros... Me han dicho que van a hacer una enorme que se llamará La Alegría —se reafirmó Adela en sus anuncios, que nadie había dado por falsos, pero que de alguna forma le servían para reivindicarse. Lo de la plaza de toros La Alegría lo dijo mirando a Leonor, que asintió a sus palabras como si le diera la razón.

—Y tú ¿cómo sabes tanto? —preguntó Vicenta, guiñándole un ojo a la compañera de pespuntes—. Ah, claro, como tu marido es cartero, así andas, que te enteras de todo gracias a Correos. Vaya con la de Santaella, si nos va a salir periodista y todo...

—Pues si es cartero, a ver si hace que lleguen las cartas más a menudo... Que aquí parece que haya que pagar aparte, si una quiere recibir a tiempo la carta de su madre o de su hermana —se quejó una mujer del corrillo, una gallega de Monforte que trabajaba de limpiadora. De tanto en tanto, llegaba anunciando casas en Barcelona que buscaban mujeres para limpiar, en el Eixample y en sitios así. En pisos enormes que a veces tenían hasta dos plantas.

—Si su marido viene a la Satélite a trabajar, y se va del centro de Cornellá, solo se enterará de las miserias de aquí. Y entonces, ¿quién nos contará qué va a ser de nosotros? Para eso ya tenemos los bares del barrio o nuestras tertulias —ironizó Vicenta, lo que provocó sonrisas y unas cuantas carcajadas.

—Yo no digo que venga su marido. Solo quiero mis cartas —contestó la gallega de Monforte, a la que aquel comentario, y sobre todo las risas posteriores, no le habían hecho ninguna gracia.

—Si hacen cines, plazas de toros y todo tipo de fiestas es para que no pensemos, para que olvidemos que todos los días tenemos a diez mil chiquillos en las calles, y que no hay colegios... Vecinas, tenemos que organizarnos y hacer algo. ¡Hay que protestar! ¡Hay que despertar conciencias! —gritó de pronto un hombre que allí nadie había visto antes. Cruzó por delante de las mujeres y siguió caminando sin esperar respuesta.

Todas callaron.

—¿Y ese quién es? —preguntó Leonor.

—Uno de Comisiones de Barrios y Fábricas —aclaró Vicenta—. Trabaja en la Siemens. Es de los que llevan allí el cotarro.

Ninguna preguntó nada más. No hacía falta. Todas sabían quiénes eran los de Comisiones de Barrios y Fábricas: rojos. Sindicalistas. Comunistas. Los que repartían octavillas. Los que organizaban huelgas como la que no hacía tanto tuvo lugar en la planta de Siemens, donde despidieron a más de cuarenta personas y diez incluso acabaron en un consejo de guerra.

Eran algunos de aquellos hombres que habían despedido de las fábricas los que construían los pisos de la Satélite. No faltaba trabajo en la construcción, como tampoco en las grandes industrias, como Pirelli y Laforsa, o en las pequeñas empresas, como la textil en la que aún mandaba Rafa. Lo tenían difícil los alborotadores para conseguir empleo en una factoría si ya los habían echado de otra. Muchos acabaron en el ladrillo. Siempre había quien los denunciaba, como Rafa, que desde hacía meses se paseaba por aquellas calles con un rutilante Seat 600 de color rojo. El Chivato, lo llamaban. «La putita del Llanero Solitario», decían algunos. Ya no se escondía para reunirse con aquel policía de chaqueta de piel oscura, aquel demonio de la Brigada Político-Social que parecía el sheriff corrupto que campaba a sus anchas en un pueblo del Oeste americano. Con la mala leche a punto. Y también con la pistola. Cuando alguien lo veía por la Satélite, ya se le atribuía una nueva tortura, alguna muerte en extrañas circunstancias allí o en algún otro pueblo del Baix Llobregat.

—Lo de la plaza de toros... Que se haga sin que se celebren las fiestas del barrio ni nada... Sí que parece algo para tenernos entretenidos. Porque aquí faltar, falta de todo menos miseria —concluyó Leonor con gravedad ante el silencio del grupo.

—¡Anda!, si resulta que la patrona nos ha salido roja —bromeó Vicenta, que la cogió del brazo y le dijo en un aparte—: Tú, querida, no te me vayas a meter ahora en follones... Que aquí a veces nos olvidamos, pero no se puede opinar en voz alta, que hay corderitas que mudan en lobas. —Observaba de reojo al resto de las mujeres, mientras con la otra mano hacía un gesto como si las estuviera vigilando—. Eso sí, para lo que necesites, cuenta con la Vicenta —remató guiñándole el ojo.

—Tiene razón Leonor. —Se armó de valor Adela, que informar, informaba mucho, pero opinar, como las demás, apenas lo hacía—. Si nos tienen entretenidos, no nos quejaremos.

—Habría que hacer algo para conseguir que tengamos médico, colegios, sitios donde los niños puedan jugar. Parques... Necesitamos también farolas... ¡Necesitamos de todo! —continuó Leonor. Dos mujeres, a las que conocía bien del barrio, salieron de allí poniendo pies en polvorosa.

—Pues montemos una plataforma o una coordinadora —señaló Vicenta.

—¿Una coordinadora o una plataforma? —preguntó Leonor, a quien seguía teniendo cogida del brazo.

—Pues sí, algo para pedir derechos. Se llaman así... Bueno, es reunirnos nosotras.

—Plataforma Mujeres y Madres de San Pablo —dijo de pronto Leonor, que le vino a la mente el nombre al ver salir al cura del barracón y acordarse de lo de caerse del caballo—. Y pediremos para el barrio las cosas que necesitamos —zanjó su intervención entre los aplausos de algunas mujeres. Y se sintió feliz, reconfortada, llena, como hacía ya mucho tiempo que no lo hacía.

La reunión duró unos minutos más. Fueron una decena de mujeres las que aceptaron al final la propuesta, la mitad de las cuales cosían por encargo para Leonor. Ella repitió hasta la saciedad que ninguna debía verse forzada a participar, que una cosa era hacer faldas y otra bien distinta pedir que hicieran escuelas.

De vuelta a casa, delante del edificio, Leonor se encontró a Manuel sentado en la calle, solo, con un cigarrillo en la mano y observando a Juanito y Lucía, que jugaban con otros niños en el descampado de enfrente. La mayoría de los pisos tenían, como el suyo, poco más de cincuenta metros cuadrados. Para ellos era una mansión, después de salir de la cueva. Además, en viviendas similares a la suya vivían hasta doce personas: dos familias, tres, cuatro...

—¿Qué haces sentado en el suelo?

—Intentar no coger frío... ¿Fue bien la misa? —preguntó Manuel—. Al final te estás aficionando —dijo con una sonrisa.

La vida de su marido también había cambiado a mejor desde que había comenzado a trabajar en Montesa. Se sentía más seguro, y eso se notaba en la interacción con los otros vecinos, pero también en su matrimonio.

—No estuvo mal. Algún día podrías venir conmigo a la iglesia. Es la forma de hacer amistades, ¿sabes? Luego hemos estado hablando un grupo de mujeres que tendríamos que hacer algo para mejorar el barrio.

—No te metas en política, mujer...

—No, no es eso, es pedir colegios, que haya bancos para que no te tengas que sentar en el suelo —contestó su mujer, que le acariciaba el pelo con cariño.

Él sonrió. Lucía, que ya tenía diez años, jugaba con otras niñas a la comba. Días atrás, un vecino le había comentado a Leonor que, si quería, estaban buscando a niñas de su edad en una empresa textil. No tardó ni un segundo en rechazar la oferta de trabajo, y no solo porque se trataba de la fábrica en la que era encargado su cuñado. A Lucía se la veía feliz en el colegio. Leía y escribía con soltura, y se sabía de sobras la cuatro reglas... pero tenía que seguir estudiando. Juanito, que acababa de cumplir los seis años, jugaba al fútbol con otros niños más mayores, o al menos trataba de chutar la pelota y evitar que le diesen un balonazo.

Los bloques de pisos salpicaban unas calles en las que los solares se convertían en el punto de reunión de los jóvenes, de los muchos niños que había y de los hombres que, como Manuel, preferían no acercarse al bar. Eran todos inmigrantes, pero no todos eran iguales. La condición social en aquel barrio humilde venía un poco dada por el puesto de trabajo. No era lo mismo estar empleado en la fábrica textil de Rafa que en la Siemens o en la Pirelli.

Montesa no era Seat. Nada era como Seat, pero no estaba mal.

Manuel y Leonor no tenían coche, como Rafa y Rosa. Pero Manuel iba cada día a casa en una moto distinta, aunque ninguna fuera suya. Últimamente utilizaba la Montesa Impala Sport: motor de 175 centímetros cúbicos, llantas de aleación ligera reforzadas, manillar bajo, carburador inclinado, nuevo depósito de color rojo, guardabarros mejorados... La siguiente que probaría sería menos glamurosa, la Impala Comando: llantas de acero cromado, faro más simple, tacómetro e incluso cubrecadenas... Con un depósito de color teja, era la moto con la que Montesa pretendía llegar al público más modesto. Eso le dijo a Manuel el señor Reverter, y él lo repitió a Leonor, que de motos no entendía nada y lo que quería era otra máquina de coser eléctrica, esta de tipo industrial, para confeccionar más rápido las faldas, aunque fueran complejas y de tela gruesa.

Manuel le dio el permiso para que comprara la nueva

máquina antes de final de año, quizá esperanzado en que una nueva subida de sus ingresos les permitiría amortizar la letra del piso o empezar a pagar una nueva, la de un coche. Y entonces sí, cuando dispusieran de vehículo propio, entonces sí que irían al pueblo, pero como unos señores: sobre cuatro ruedas.

1965

Un total de 767 centímetros cúbicos que daban unos 25 caballos de motor a 4.800 revoluciones por minuto. Suspensión delantera independiente con ballesta transversal de doble punto de apoyo y funciones estabilizadoras, además de amortiguadores telescópicos. Un depósito de 30 litros y una velocidad máxima de 108 kilómetros por hora. ¿El consumo? Siete litros cada 100 kilómetros, pero en el año 1965, en agosto y de camino al pueblo... ¿quién pensaba en el consumo?

Leonor se agarró bien al asiento del pequeño y fulgurante 600 D cuando, tras haber ascendido durante más de dos largas horas, iniciaron el descenso de Despeñaperros. Aquel paraje de Jaén era ya la última prueba para el coche que habían comprado dos semanas antes: entre montañas y barrancos, curvas y más curvas que, si de subida parecían eternas, de bajada eran demasiado cortas.

—¿Queda mucho? —preguntó Lucía.

—Cada vez menos —contestó la madre, convencida de que cuando llegaran al pueblo nadie reconocería a su niña, que ahora regresaba con once años. Cuatro hacía desde que emigraron: sin ver a los abuelos, a las primas, a los primos, a las amigas del cortijo...

—¿Queda mucho? —preguntó apenas unos minutos más tarde Juanito, que estaba a punto de cumplir los siete.

—Queda poco, algo menos que cuando preguntó tu hermana. Pero quedar todavía queda. Mirad el paisaje, esas montañas de allí. Lo verde que está todo... Igual hasta veis algún animal salvaje. En la Satélite no tenemos montañas ni todo este verde. Aquí no se ve el hormigón —contestó Leonor.

El atronador aire caliente entraba a borbotones por las ventanas del pequeño coche: todo era ruido, aunque de bajada el motor había dejado de quejarse. El 600 aumentaba de velocidad conforme descendía por aquel tenso desfiladero. Leonor cerró los ojos. Sacó la mano por la ventanilla derecha. La resistencia al viento casi se la torció. Desde su llegada a Barcelona, podrían haber regresado al pueblo en más de una ocasión, sobre todo los últimos dos veranos, en los que iban más desahogados de dinero y a Manuel le dieron en Montesa unos días de vacaciones. Podrían haber regresado a Montilla en el mismo tren con el que se marcharon. Pero no lo hicieron.

—Madre, se me han taponado los oídos —apuntó de nuevo Juanito.

—Haz como si bostezaras, es por el cambio de presión —le aconsejó Manuel.

Leonor abrió los ojos. Miró a su marido, que sujetaba el volante con firmeza. Desde que trabajaba en Montesa, volvía a ser el chico del que Leonor se había enamorado, y que dejó de existir en cuanto pusieron un pie en Barcelona. Manuel ya no parecía atemorizado. La fábrica de motos era su nueva vida, y había cambiado también la de ella.

Leonor le apretó la mano derecha, con la que sujetaba el cambio de marchas.

Manuel le sonrió.

A Rosa y a Rafa se los encontrarían en el pueblo. Le generaba desasosiego pensar en su cuñado, pero a Leonor los malos recuerdos le volvieron de sopetón cuando Carmela le anunció que la Rubia también iría a Montilla, que al fin las tres hermanas se podrían reencontrar. Se le hizo un nudo en el estómago. Eso no lo había hablado con Manuel. A su hermana mayor y a su madre tampoco les había contado nada de lo sucedido con Rafa. Ya no pensaba en aquello, hasta que Carmela le anunció que se verían todos en Montilla. Entonces ya era tarde para dar marcha atrás. No habían vuelto a estar juntos desde aquel día, cuando se marcharon de su piso. Ni siquiera habían hablado, pero la proximidad del reencuentro acentuaba en Leonor la necesidad de restablecer la relación con Rosa. Aún no había dado el paso de hablar con su hermana, pero sabía que lo haría en cuanto se vieran en el pueblo. Allí, junto a su hermana Carmela y a María del Valle, su madre, no podría marcar distancias. Seguía dolida porque aquel día Rosa no fue tras ella ni la apoyó, pero ansiaba abrazarse con ella, que lloraran juntas.

Durante el último año y medio, había visto a su hermana unas pocas veces, y siempre a distancia. Rosa casi nunca salía del piso, y cuando lo hacía era con Rafa, en coche, para ir a comprar. Vivía en clausura. Eso le contaba Vicenta, vecina de su hermana: que no se relacionaba con nadie, que siempre parecía triste. Su cuñado, que sí entraba y salía, tampoco hacía vida en la Satélite ni frecuentaba sus bares. Nunca pisaba el de Serafín, el más concurrido, porque, de haber entrado allí una noche, quizá nunca habría logrado salir: aquel local sí que era un nido de rojos. Hasta lo sabía la Policía Armada, que en más de una ocasión había aparecido por allí. Rafa era un chivato y nadie quería cuentas con él.

En Montilla sabían que las medio catalanas, como llamaban ya con sorna a las dos hermanas, habían discutido. Desconocían el motivo y, al menos a Leonor, nadie le había preguntado. «De pequeñas siempre os peleabais, pero luego siempre ibais juntas», le recordó su madre, convencida, como su hermana Carmela, de que el pueblo lo curaría todo. Aquello no era como Barcelona, porque en la ciudad las cosas son más complicadas. «Las hermanas de verdad solo se pelean por las herencias, y ni tu padre ni yo tenemos pensado morirnos pronto. Y ya te digo que, según las cartas, tenemos una salud de hierro», le aseguró por teléfono María del Valle.

Las cartas. Carmela también las echaba, había aprendido de su madre. ¿Y la baraja no decía nada de Rafa, de lo había intentado hacer con ella y de lo que había hecho?, se preguntaba Leonor. Ella nunca las echó, aunque tanto su hermana mayor como su madre le propusieron enseñarle más de una vez. Que se le daría bien leer el futuro, que ella tenía mucha intuición.

Leonor bajó la ventanilla y tomó aire. No quería pensar ni en la noche del maldito vino ni en el día de la nevada. No quería recordar lo sucedido, y mucho menos en cómo reaccionó Manuel, aquel otro Manuel tan distinto del que conducía el 600 D por Despeñaperros. Lo repitió para sí varias veces hasta convencerse. Lo miró. Sonrió y de nuevo puso la mano sobre la de su marido.

«Mucha gente viene cada año. Y ustedes no han vuelto desde que se marcharon, hace cuatro. No sé por qué no han cogido estos años el tren», le recriminó su madre la misma noche que le anunció que sí, que aquel agosto regresarían al pueblo. «No es que no hayamos querido, madre, es que las cosas...». «¿Necesitan dinero? Lo hablo con padre y...». «No, no... Estamos bien, y a partir de ahora iremos a mejor.

Además, bajamos en un coche». «¿Era eso? Podían haber bajado en tren».

No era eso. Bueno, un poco sí.

Desde que se casaron y se fueron a Barcelona, Rosa y Rafa volvían al pueblo cada mes de agosto. Al Chivato, que le daban vacaciones todos los veranos, no le faltaba el dinero: era el encargado de la fábrica y, todos decían, la policía lo tenía con una paguita. Viajaron a Montilla incluso cuando no disponían de coche propio. O cuando Rafa vivía solo en Barcelona: en tren, en coche de línea o con algún paisano. ¿Con amigos? Su cuñado no los tenía. «Si iba con alguien, era pagando. O les amenazaba con que los detendrían si no se hacía lo que él quería. El maldito borracho tiene veneno», pensó con rabia Leonor. Se le retorcía el estómago si se acordaba de Rafa, ante la posibilidad de coincidir con él en la misma habitación, bajo un mismo techo...

En verdad, no era por no encontrarse con su cuñado; no habían viajado antes al pueblo porque, días libres y dinero aparte, Manuel no estaba preparado. No hacía falta que él se lo dijera: Leonor lo sabía. Estaba convencida de que, de haber ido, se habrían quedado allí, no habrían regresado a Barcelona. Y eso hubiera sido demasiado humillante, para su marido y para ella. Una derrota. Un tiempo perdido. Una marcha atrás.

El arañazo del ocaso, de una tarde quemada por el sol.

Despeñaperros quedó atrás. El pequeño coche avanzaba por el valle del Guadalquivir. Eran las siete de la tarde. Habían salido de la Satélite de madrugada con el objetivo de escapar de aquel calor que al final les atrapó a medio viaje. Y eso que solo se perdieron una vez, al cruzar Valencia, y no necesitaron ni una hora para ponerse de nuevo en ruta.

Cuando dejaron atrás la ciudad de Córdoba y se internaron en los pueblos de la campiña, Manuel apartó el coche hacia un terruño que quedaba junto al arcén.

Todo eran campos de olivos y de vid.

Lucía y Juanito estaban adormilados del viaje y del calor.

—Chicos, que hay que asearse —les urgió Leonor mientras su marido, en medio de la nada, que para ellos era el todo, estiraba las piernas bajo un enorme cartel publicitario del toro de Osborne. La negra silueta de aquel bravo animal, que anunciaba un brandy de Jerez, salpicaba las principales carreteras.

Leonor les cambió a los críos la ropa empapada de sudor por prendas limpias y frescas. Ella se puso también un vestido nuevo y se peinó, mientras que su marido se colocó bien la camisa, por dentro del pantalón, y se refrescó con el agua de una botella recalentada del viaje.

Ya estaban arreglados para entrar en Montilla, en el pueblo. El pequeño municipio cordobés se extendía bajo un cerro dominado por una casa señorial erigida sobre los cimientos del castillo del Gran Capitán, que ni Leonor ni Manuel tenían muy claro quién fue. Vivió en tiempos de los Reyes Católicos, y eso constituía motivo de orgullo suficiente entre todos los paisanos. El militar, hijo ilustre del municipio, compartía popularidad con san Francisco Solano, el patrón, y con los vinos de aquellas tierras, el medio de trabajo para la mayoría y de riqueza para unos pocos, y que hacían de Montilla uno de los pueblos con más bodegas y señoritos de toda Córdoba. No era ni mucho menos un pueblo pequeño, aunque también hubiera miseria: menos que en otras partes, si bien la guerra fue cruenta y la emigración, abundante, en particular hacia Barcelona.

El pueblo cada vez más cerca, los recuerdos también.

Los padres de Leonor ya no vivían en el cortijo. El patriarca de la familia, que se llamaba Antonio como su hermano mayor, compró una casa en el pueblo, con patio interior y cuatro habitaciones repartidas entre las dos plantas. No quedaba lejos de la iglesia de San Sebastián, la más antigua de las construidas en Montilla, que comenzó a edificarse, según contaban, en cuanto los cristianos echaron de allí a los musulmanes, en la Edad Media.

En la nueva casa del pueblo, sus padres reservaban las habitaciones de más para acoger a aquellas hijas, y a sus familias, que se encontraban a mil kilómetros de distancia. Carmela, la hermana mayor de Leonor, también abandonó el campo para trasladarse a Montilla. Su marido, Juan, era albañil y, aunque conservaba algunas tierras de su familia, tenía más sentido vivir «en la ciudad», como decían ellos, que en la sierra o entre terruños. Solo permanecía en el cortijo Antonio, el hermano mayor de Leonor, con su mujer y sus cuatro hijos, que recientemente había tomado el relevo de Antonio padre como capataz. El patriarca, recién cumplidos los sesenta y tres, seguía trabajando para el marqués, pero desde el último año la salud no le acompañaba.

Mucha tos. Demasiado tabaco.

En el cortijo cada vez quedaba menos gente: muchos se habían ido a Barcelona o a Madrid. La compra de pequeños tractores y otra maquinaria hacía innecesaria tanta mano de obra fija. A los que no se habían marchado, o se lo estaban pensando, se les contrataba a jornal si no conseguían otro trabajo. La miseria persistía, aunque no iba a más gracias a la ayuda de los que habían emigrado, que enviaban dinero a la familia que permanecía en el pueblo. Quien aún vivía en el cortijo era la tía de Manuel, la que se había hecho cargo de él tras morir sus padres cuando era tan solo un niño.

A las ocho de la tarde, cuando se retiraba el calor y la vida regresaba a las calles de Montilla, el pequeño Seat 600 D hizo su entrada por la calzada empedrada que conducía a la casa de los padres de Leonor, en la que se instalarían los siguientes veinte días. El estrépito del automóvil llenó de ruido la angosta calle, una sucesión de casas encaladas cuyas persianas se iban levantando al paso del vehículo.

Los ritmos allí eran muy distintos a la Satélite, sobre todo en verano. Aunque todavía no había comenzado la vendimia, ya había trabajo en el campo. Los hombres se levantaban antes del alba y aprovechaban el frescor del rocío para luego, al mediodía o a primera hora de la tarde, quedarse en casa, a refugio de las altas temperaturas, hasta que el sol perdiera aquella fuerza, aunque no siempre desaparecía el calor. Con el ocaso, el pueblo y el campo recuperaban la vida que durante el día se hacía de puertas adentro.

Los padres de Leonor salieron a la puerta. Antonio, el patriarca, era pequeño, fuerte y de espalda ancha, con la cara quemada y arañada por los rayos del sol, nariz poderosa y mentón pronunciado. Vestía pantalones de traje y camisa de rayas. Aunque trabajador del campo y capataz en el cortijo, poseía también tierras propias para las que contrataba a algunos paisanos. Tras la guerra, ingresó en la Cámara Agraria de Montilla, como el padre de Rafa. Era uno de los pocos que no tenía bodega ni grandes extensiones de tierra, y no se le permitía el acceso al casino de los señoritos, en plena calle de la Corredera. Sin embargo, gozaba de su benevolencia por su bien conocida lealtad.

La tos. El tabaco. Estaba más delgado de lo habitual. No hacía buena cara.

La madre, María del Valle, llevaba un vestido claro, estampado, y en aquellos cuatro años todo su cabello, que recogía en un moño, se había vuelto blanco. Tenía cincuenta y ocho años, cinco menos que su marido, pero ya eran ancianos.

El coche paró en la puerta de la casa. Leonor lloró, de felicidad y por aquellos años de ausencia. Salió del coche justo cuando Manuel levantaba el freno de mano, disparada hacia el abrazo de su madre. De los ojos de María del Valle caían también las lágrimas, como las demás personas. La primera vez que lo veía.

—¡Vamos, chicos! —animó Manuel a sus hijos, todavía medio dormidos por el cansancio y el calor. Le obedecieron como autómatas.

—Lucía, ¡si ya eres una mujer! Juanito, ¡ven a mis brazos! —exclamó la abuela, que también le dio un fuerte apretón a su hija pequeña. María del Valle no dejaba de llorar—. Parece que haya pasado una vida. Mucho tiempo sin estar contigo.

—Mucho tiempo sin estar con usted —dijo Leonor, también emocionada.

—Qué pena que al final Rosa no pueda venir. Así os habría tenido a las dos.

El anuncio fue como una liberación para Leonor, por mucho que le doliera admitirlo.

—¿Rosa no viene?

—Por lo que se ve, se le ha complicado no sé qué faena a Rafa en la fábrica y no podrá. Cuando ya creía que os iba a tener a las dos conmigo este año...

Leonor suspiró, y le pareció que lo hacía también Manuel. A ella su cuñado le provocaba desasosiego, por mucho que echara de menos a Rosa.

Se instalaron los cuatro en una habitación de la planta superior de la casa. Allí había una cama de matrimonio y, para los niños, tiraron en el suelo un colchón enorme hecho de jirones de esponja.

Aquellos días evocaron en Lucía una infancia que, desde el

viaje a Barcelona, había quedado sepultada por las clases en el colegio de monjas y los juegos con sus amigas en los descampados de la Satélite. A pesar de sus once años, allí se percató de que tenía dos vidas, aunque la anterior, la del pueblo, que era familiar y entrañable, era como si ya no le perteneciera.

Se reencontró Lucía con sus recuerdos, pero también con aquellas personas que habían dejado de existir durante los últimos cuatro años, o eso le parecía a ella: la prima Araceli y Engracia, su amiga del cortijo. La niña ignoraba que sus padres muchas veces sentían lo mismo, a pesar de ser adultos. Para Juanito, en cambio, aquello no suponía el regreso a una vida pasada, sino el emocionante despliegue de nuevas experiencias. Él apenas tenía recuerdos del pueblo.

Aquellos días pasaron deprisa para todos, a pesar de que casi siempre cumplían con la misma rutina. Por la mañana temprano, el abuelo se marchaba al campo. Manuel a veces iba con él. Si no salían de visita, a casa de algún familiar o de alguna amiga de la familia, acompañaban a la abuela a hacer algún mandado. Cuando el calor comenzaba a apretar, ya estaban de vuelta en casa. Leonor o la abuela cocinaban. Regresaba Antonio y comían todos juntos. Los hombres se acostaban y las dos mujeres, Leonor y María del Valle, se sentaban en las mecedoras que presidían una suerte de salón que daba acceso al patio y se pasaban la tarde cosiendo, haciendo ganchillo o confeccionando pañitos. En ocasiones se les sumaba una de las muchas primas o Carmela, la hermana mayor. El pueblo estaba lleno de familiares, porque en Montilla casi todo el mundo tenía lazos de sangre con este o el de más allá. Eso no sucedía en Cornellà.

Juanito dormía.

Que se fuera a la cama, le decían también a Lucía, pero ella se quedaba jugando en las frescas escaleras de mármol que unían la planta baja con la de arriba, en la que estaban todos los dormitorios menos el de los abuelos.

Lucía escuchaba.

Las cartas solo las tiraban cuando se aseguraban de que el abuelo Antonio y Manuel dormían. Se preguntaban. Le explicaban a Leonor cómo interpretarlas, a pesar de que desde niña nunca les prestó atención. «Si tu madre no lo hace, un día te enseñaré a leer las cartas», le dijo a Lucía su abuela. «Cuando volvamos a Barcelona», contestó la madre. Leonor jamás les contó lo sucedido con Rafa ni qué tipo de persona era en realidad su cuñado. Carmela no soportaba a Rafa. Y la matriarca de la familia, María del Valle, tampoco. Aquellos días echaron las cartas en varias ocasiones: «Ese es pura maldad», zanjaban las dos.

A partir de las siete de la tarde, con el final del día, llegaba el momento de salir a jugar a la calle. Había más niñas de visita, como ellos, y otras que vivían allí.

La luz que había, incluso de noche, llamaba la atención a Lucía. Con el ocaso era el momento de seguir haciendo visitas. El momento en el que todos sacaban las sillas a la calle para hacer tertulia o simplemente estar y tomar el fresco.

«¿Esta es tu nieta la catalana?», le preguntaban a María del Valle.

Un día fueron al cortijo, a visitar a la tía de su padre, que se llamaba Azucena. Aquel día fue para Lucía el más gris de todos. La pequeña casa encalada, en la que ya solo vivía la anciana, irradiaba tristeza. Quiso marcharse desde el primer momento. La mujer apenas habló. Extraña. El silencio resultó tedioso e incómodo incluso para ella, que era una niña. Todos ahí sentados, en el comedor, sin hablar.

Lo mejor del pueblo, además de jugar en las calles adoquinadas, eran las ferias. La de Montilla era tardía, porque se celebraba en septiembre, con la vendimia, pero aquellas tardes y noches disfrutaron de las guirnaldas, las banderolas, los dulces y las atracciones de Santaella, de La Rambla y de Espejo. Esos municipios vecinos, más pequeños que Montilla, se llenaban de puestecitos de comida y música popular, aunque las orquestas nunca eran tan lujosas como la de la primera piedra de la fábrica de Montesa.

La penúltima noche antes de regresar a Barcelona, Lucía se durmió más pronto de lo habitual. Estaba cansada y le dolía la barriga. A primera hora de la madrugada, se despertó retorciéndose de dolor. Sentía como si, en la parte inferior de la espalda, la golpearan con un martillo, como si una garra le arañara las entrañas. No entendía qué le pasaba, jamás había experimentado un dolor tan intenso como aquel, que la dejaba sin aire.

No tenía ni fuerzas para gritar.

De pronto, notó algo viscoso entre los muslos. El dolor. Se llevó la mano a la parte inferior del abdomen, luego a las piernas: estaban llenas de sangre. La invadieron el miedo y un dolor aún más agudo.

Gritó. Leonor ya estaba a su lado.

Juanito gritó también.

Leonor tomó en brazos a su hija descompuesta de miedo, avergonzada sin saber por qué, dolorida.

—No te preocupes, hija, sangras porque eres ya una mujer.

No entendió nada. Nadie le había explicado lo que le iba a suceder, lo que le estaba sucediendo. «¿Esto es ser una mujer?», pensó. «Ser mujer no puede ser esto», trató de convencerse.

1966

A los nueve meses de aquel primer viaje al pueblo, que durante años se convertiría en una tradición del mes de agosto, nació Esperanza. En mayo de 1966, Juanito dejó de ser el pequeño y a Lucía nadie la volvió a ver como una niña. En casa había un bebé y ella ya había tenido su primera menstruación.

Esperanza vino al mundo con una frondosa mata de pelo negro que no cogió por sorpresa a Leonor, quien se pasó todo el embarazo con unos terribles ardores. Salió del vientre de la madre con los ojos abiertos como platos, curiosos, y los cerraba prácticamente solo cuando dormía. A los pocos días sonreía. Para la veterana comadrona que la trajo a este mundo en el Hospital de la Cruz Roja de L'Hospitalet, la pequeña vena que la criatura tenía entre el ojo y la nariz era señal inequívoca de niña inquieta, de que abordaría con pasión los retos que se presentaran en el camino. Que nada la detendría.

A los pocos días de nacer, Fede celebró el bautizo de Esperanza en la nueva y pequeña iglesia construida para la parroquia del barrio, lejos ya del barracón. El cura, que lucía melena y barba, le dio la bienvenida: «A una comunidad cristiana que, por serlo, quiere la justicia social, cree en la solidaridad y es consciente de que no todo lo que se ha hecho siempre, solo por ello, está bien hecho». Era una de las frases que repetía el párroco a sus feligreses casi cada domingo, y Leonor lo sabía porque asistía a misa sin falta.

Tras recibir el sacramento, los padres de Esperanza celebraron un pequeño convite de picoteo con vino, algo de cerveza y una bebida amarga hasta entonces inédita, que se llamaba Bitter Kas, en uno de los muchos bares de camino entre su piso y la iglesia. La señora Montserrat, que ejerció de orgullosa madrina de Esperanza, se sentó en la mesa junto a Manuel, Leonor y los niños, como si fuera la abuela. Hubo generosos platos de aceitunas, queso y patatas, así como alguna que otra loncha de jamón que también indicaba el estatus de la familia: coche y piso de tres habitaciones, todo a plazos. Además, el padre era trabajador de Montesa, pero de taller, no de cadena. Manuel estrenó traje y un pequeño bigote, fino y cuidado. Aunque era callado y no le gustaba llamar la atención, las cosas le iban bien y le apetecía lucirlo. Sus jefes confiaban cada vez más en él y no era un desconocido para el señor Reverter, uno de los directivos en quien más se apoyaba el dueño de la planta, el señor Permanyer.

En el pueblo, los que mandaban eran los terratenientes, los dueños de las grandes bodegas, aquellos a los que llamaban los señoritos. Allí, en la Barcelona industrial, a los que mandaban se les llamaba señores. Eran los dueños de las fábricas, los fundadores de las empresas, los directores generales. En esencia, lo mismo que los señoritos, aunque no lo pareciese por la indumentaria o los ademanes. Al menos, eso se decía en el barrio, en los círculos que no frecuentaba Manuel, pero sí su mujer. En la iglesia, sin ir más lejos, porque no hacía falta poner los pies en el bar de Serafín. «Son señoritos, los de allí y los de aquí también, aunque podamos creer que son diferentes», se decía a la salida de misa.

Leonor, habitual de los domingos en las misas que oficiaba Fede y en las conversaciones en las que se discutían las mejoras para el barrio, daba ya trabajo a una decena de mujeres. La mayoría eran más jóvenes que ella, pero todas tenían buena mano para la máquina de coser. A algunas las enseñaban y a todas les daban buenos consejos. La señora Montserrat sabía de una tienda, en el puerto de Barcelona, donde se conseguían máquinas de coser a buen precio, ya que algunas modistillas tenían viejas cosedoras incapaces de soportar el ritmo constante de trabajo. Cada vez les llegaban más encargos a Leonor y a la modista de Sant Joan Despí. Trabajaban para varias galerías, que les pedían faldas, blusas, pantalones, trajes chaqueta e incluso algún vestido que parecía de grandes señoras. Los transportistas entregaban el material y las telas en la Satélite, en casa de Leonor, de donde también se llevaban el producto ya confeccionado. El piso en la calle Álamo hacía de centro de distribución, aunque de tanto en tanto la casa de la señora Montserrat aún funcionaba como punto de descarga y de recogida. Para los clientes que vendían en toda España, había que trasladar las prendas hasta una nave industrial en la Zona Franca de Barcelona, que precisamente estaba al lado de la fábrica de Seat. Era entonces Manuel, algunos jueves, cuando acababa de trabajar, quien hacía de transportista en su 600.

En el convite del bautizo de Esperanza, no faltó el lanzamiento de céntimos, alguna peseta y unos pocos duros desde la mesa en la que se sentaba la familia, una tradición desconocida por la señora Montserrat y de la que normalmente se encargaban los padrinos. Fue Manuel quien la ayudó a lanzar las monedas, a falta de padrino presencial, porque ya estaba hablado con Leonor que, si un día le pasaba algo a la niña, quien tendría que responsabilizarse sería su hermano Antonio. El cura no se opuso: se hacía cargo de la distancia y de la situación de cada una de las familias.

La señora Montserrat y Manuel congregaron delante de la mesa a todos los niños de la fiesta para, acto seguido, lanzar al aire varios puñados de monedas y caramelos. Juanito se revolcó a la caza del premio junto a los otros críos, pero no Lucía. Cuando se estaba preparando, le advirtió Leonor: «Eres demasiado mayor», una frase que, para disgusto de la niña, su madre repetía desde el nacimiento de Esperanza.

Al domingo siguiente del bautizo, como acto final del festejo, Leonor, Manuel, Lucía y Juanito fueron al recién inaugurado Parque de Atracciones de Montjuïc, ubicado en los terrenos ocupados por un parque similar antes de la Guerra Civil. La nueva zona recreativa también tenía como objetivo reordenar la montaña más especial de la ciudad de Barcelona, atestada de barracas.

Aparcado el 600 en las inmediaciones, entraron en aquel lugar como quien entra en una gran feria, con decenas de atracciones y miles de familias como ellos, niñas y niños vestidos de domingo que hacían cola para subir en El Pulpo, las camas elásticas, los caballitos o El Loco Ratón, la montaña rusa más famosa. En total, había una cuarentena de atracciones que se completaban con diferentes puntos de venta de bebidas y unos cuantos restaurantes, así como un teatro al aire libre con capacidad para más de cinco mil personas, donde Manuel y Leonor decidieron quedarse junto con Esperanza.

—¿Podemos ir allí? —preguntó Lucía a su madre mientras señalaba unos pequeños aviones que subían y bajaban mediante un brazo mecánico.

—Sí, pero estate atenta a tu hermano, que tú eres la mayor —contestó Manuel.

Lucía y Juanito fueron hacia la atracción. En el escenario del auditorio, un hombre con traje y corbata, a pesar del calor, cantaba coplas acompañado por una generosa orquesta. Los niños no pararon de reír mientras duró el viaje en aquellos avioncitos que se movían arriba y abajo sin cesar. A pesar de las sacudidas, constituían una magnífica atalaya desde la que contemplar una ciudad enorme y gris que, sin murallas que la contuvieran, rebosaba sobre los municipios metropolitanos vecinos, entre los cuales cada vez quedaba menos espacio sin urbanizar, como también quedaban menos solares desocupados entre los edificios y las grandes avenidas de Barcelona.

Tras dos viajes, los hermanos regresaron al auditorio. Esperanza se había dormido. Sus padres, apoyados el uno en el otro, seguían la actuación de aquella orquesta ante la que se habían congregado centenares de personas y que, entre aplausos y algunos vítores, interpretaba una amplia antología de la copla. Los dos niños se sentaron con cara de aburridos, sin ganas de escuchar aquel repertorio de música popular española, y menos aún con todas las atracciones esperándolos.

—Si vais con cuidado, podéis ir solos —concedió su padre. Antes de que echaran a correr, insistió—: Lucía, te encargas tú de tu hermano, que eres la mayor...

La niña resopló y cogió de la mano a Juanito, que no hacía tanto que había cumplido los ocho años. Era callado como su padre, y tranquilo como nunca lo sería la pequeña Esperanza, que aún dormía plácidamente en el carro mientras Manuel y Leonor seguían el concierto, satisfechos, felices, con el convencimiento de que así era y debía ser su vida. Pensaban poco en el pueblo y casi habían olvidado ya que habían llegado a vivir en una cueva. Qué lejano le parecía aquel tiempo a Leonor.

Los dos críos se acercaron hasta el acceso por el que habían entrado al parque. Circulaba más gente por allí que en la Satélite cuando se iba a celebrar una corrida de toros. Porque Ciudad Satélite no era un barrio cualquiera: allí se habían llegado a instalar hasta tres plazas de toros a la vez. Faltaba de casi todo, pero habían abierto tres cines, en los que cada semana se proyectaban películas nuevas, muchas de Joselito y otras tantas de Marisol. Y también las del Oeste, algunas de las cuales se rodaban allí cerca, en Esplugas City, cuna del espagueti western. Un día, en el 600, habían ido con sus padres hasta las puertas de aquellos estudios, ubicados entre el casco histórico de Esplugues de Llobregat y aquella montaña que habían recorrido en alguna excursión, que olía a retama y que todos conocían como la Emisora, por la gran torre de comunicaciones instalada en la cima.

De pronto, Lucía se percató de que su hermano pequeño no estaba a su lado. Embelesado con las atracciones y sorteando la multitud, el niño se había soltado de la mano y había desaparecido.

—¿Juanito? ¡Juanito! —gritó.

La niña miró a su alrededor. Era un ir y venir de gente, pero ni rastro de su hermano. No tenía ni idea de en qué momento había desaparecido de su lado. Lucía se sintió mareada y ausente; se le contrajo el estómago. Comenzó de repente a tener calor, a sudar como no lo había hecho en toda la mañana.

—¡Juanito! ¡Juanito! ¡¿Dónde estás?! —gritaba y gritaba. Algunas de las familias que pasaban a su lado se detenían un instante y perdían de vista las atracciones y las espectaculares vistas de Barcelona para fijarse en aquella niña con coletas, que llevaba un vestido de cerezas, zapatos negros y unos calcetines tan blancos que parecía que brillaban. Para aquellos desconocidos, era tan solo una niña que gritaba un nombre.

—¿Qué te pasa, niña? —preguntó alguien entre la multitud que comenzaba a congregarse a su alrededor.

—¡Juanito! ¡Juanito!

Lucía estaba a punto de llorar.

Dos trabajadores del parque se acercaron hasta ella.

—¿Qué ha pasado?

—No encuentro a mi hermano... Se llama Juanito —dijo entre sollozos.

—¿Cómo es? —preguntó uno de los empleados.

—Tiene ocho años, es delgado, con el pelo de color negro, ojos verdes... Llevaba pantalones cortos de color gris, una camisa blanca... Tiene pecas y...

—¿Dónde están tus padres? —preguntó el otro trabajador.

—¡Aquí! —exclamó de pronto Manuel, que de camino al lavabo se había percatado del tumulto que se estaba organizando y se acercó hasta allí empujado por la curiosidad, ignorando que su hija era la protagonista.

—¿No estaba con ellos? —preguntó uno de los curiosos, un hombre con traje que tenía un bigote más cuidado y fino que el de Manuel y también peinaba canas.

—Los niños... Ya sabe...

—¡Juanito! —gritó de nuevo Lucía, porque estaba convencida de que su hermano era el niño que, a través de la verja, muy cerca de la entrada, hablaba con alguien que estaba fuera del parque.

La niña echó a correr hacia allí, dejando atrás el corrillo de gente que se había arremolinado a su alrededor. Su hermano estaba charlando con otros dos niños, de su edad o un poco más pequeños. Con la cara llena de churretes. Sin camisa ni camiseta. Delgados, a uno incluso se le marcaban las costillas. Llevaban pantalones cortos, desgastados, y unos zapatos al menos un par de tallas más grandes de la cuenta.

—Juanito —le dijo Lucía a su hermano, a quien abrazó como si hubieran transcurrido años sin verse, como si hubiera perdido las esperanzas de encontrarlo. Nunca había tenido tanto miedo, ni siquiera la noche de su primera menstruación, en el pueblo.

—Lucía... Estos niños dicen que les gustaría entrar al parque de atracciones... ¿Se lo decimos a padre y madre? —preguntó Juanito a su hermana.

Justo en ese momento, Manuel llegó adonde estaban sus hijos. A su espalda, la concentración de personas se diluía al ver que el padre del niño extraviado y su hija se habían reunido con el supuesto desaparecido. La niña miró apenada a Manuel y se encogió de hombros como si con aquel gesto le trasladara la pregunta de su hermano. El padre no tuvo tiempo de responder.

—Señor... ¿Me puede ayudar? —preguntó un hombre de no más de cuarenta años, que apareció tras los niños, al otro lado de la valla. Iba con unos pantalones rotos que parecían harapos, una americana de paño y una camisa que algún día, quizá, fue de color blanco. La cara la tenía tostada por el sol, por la miseria.

—Vamos, Lucía, Juanito... —Manuel trató de llevarse a sus hijos, que se habían quedado plantados delante de los niños y del desconocido que había aparecido tras ellos.

—Señor...

—No tengo dinero —añadió el padre de Lucía.

—No quiero dinero, no quiero mendigar... ¿Me podría dar trabajo?

—¿Yo?

—Usted… Va bien vestido, arreglado. Sus ropas no son de caridad, como las mías. Están nuevas y limpias. Mire las mías…

Manuel se sintió halagado e incómodo a la vez. Él podría ser perfectamente el hombre del otro lado de la valla. Tenía un piso de cincuenta metros, en la Satélite, pero había olvidado casi por completo el tiempo que habían vivido amontonados en una cueva, aunque no hubieran pasado tantos años… Trabajo no faltaba, pero cada día llegaban al barrio decenas o centenares de personas. Ellos habían llegado antes, ellos habían tenido suerte.

—No puedo ayudarle… Pero en la construcción no falta el trabajo, y tampoco en las fábricas…

—Pero yo quiero vestir un traje como el suyo. Una ropa tan nueva y buena. Quiero venir con mis criaturas al parque, comer helado, escuchar música… —continuó aquel tipo.

Manuel hizo una mueca nerviosa, el gesto incontrolado de quien no sabe cómo reaccionar.

—Quiero estar al otro lado, como usted.

Juanito y Lucía miraban a uno y a otro adulto, y seguían la conversación como si se tratara de un partido de tenis, un deporte que en realidad desconocían. Los niños del otro lado, en cambio, solo se fijaban en Manuel y comenzaban a dibujar una sonrisa.

—Yo es que… ya le digo que no puedo hacer nada en concreto, pero que sigue habiendo mucho trabajo. ¿De dónde es usted?

—¿Yo?

—Sí, usted.

—¡Del coño de tu madre! ¡Pamplinas! —le gritó el hombre, que a continuación explotó en una estruendosa carcajada. Los niños también se reían de un modo exagerado, mientras Manuel cogía de la mano a Lucía y a Juanito y se marchaban los tres de allí. Al otro lado de la valla, las risas histriónicas resonaban cada vez con más fuerza.

—¡Que tú no eres de los suyos! ¡Que sois unos muertos de hambre, pero que con mejor ropa! —gritó aquel tipo. Lucía observó que su padre apretaba más y más la cara.

—Padre, ¿qué ha querido decir ese señor? —preguntó Juanito, que no entendía qué estaba pasando.

Manuel no dijo nada. Solo le dio una sonora torta.

—¡Que sea la última vez que te pierdes! —exclamó.

Y cuando iba a abrir la boca, Lucía se llevó otro sopapo, aún más fuerte que el de su hermano y que casi la tira al suelo. Le dolió la cara durante toda la tarde.

—¡Que sea la última vez que no cuidas de tu hermano! ¡Ya no eres una niña!

1967

Manuel canturreaba, quizá, para mantenerse despierto. Habían viajado toda la noche para evitar el calor, aunque las temperaturas no fueran tan intensas como en 1965 o el año anterior. Aquel verano iban al pueblo más tarde, a punto de acabar el mes de agosto, porque en Montesa tuvieron que dar respuesta a un pedido muy importante de Estados Unidos. El señor Reverter pagó esos días de trabajo extra con generosidad y, además, Manuel no perdió los días de fiesta. A Leonor todavía no le había llegado el grueso de los encargos de temporada, por lo que se podían marchar tranquilamente a Montilla en los días que por costumbre estaban de regreso, al acabar el verano. Rosa y Rafa se acababan de marchar, según le comentó su madre. «No he visto bien a tu hermana, no la he visto bien... Y no podéis seguir peleadas», le dijo María del Valle por teléfono, días atrás, cuando Leonor la llamó desde una cabina. Sus padres se habían instalado un teléfono en la casa de Montilla. El llamamiento a la reconciliación se repetiría durante aquellas vacaciones.

—¿Ya estáis todos despiertos? Casi estamos a punto de llegar al pueblo —anunció Manuel.

Manuel y Leonor decidieron aprovechar las horas más frescas de la noche por Esperanza, que apenas tenía un año. La pequeña pasó casi todo el trayecto encima de su madre, en el asiento del acompañante, sin hacer apenas un ruido. Lucía y Juanito se quedaron con la parte de atrás del 600 para ellos solos, ya que Manuel había instalado una baca en el techo del vehículo para transportar el poco equipaje que tenían. Leonor se mantuvo despierta casi todo el recorrido, pero Juanito también. El pequeño de nueve años apenas pegó ojo.

—Este año viviréis la vendimia —les anunció Leonor—. Y también las fiestas de Montilla.

Era temprano, pero el sol ya apretaba. Los campos estaban más quemados, menos verdes, y hasta el cielo les parecía distinto del de veranos anteriores. Aun así, se tomaron también el descanso para asearse y cambiarse de ropa, y aparecer después en el pueblo como si allí nadie hubiera viajado doce horas en coche por estrechas y tortuosas carreteras. Entraron por las adoquinadas calles de Montilla, de blancas casas encaladas, al mediodía. Todo estaba cerrado a cal y canto. Cuando el coche se detuvo delante de la casa de los abuelos, no tardó en abrirse la puerta metálica del exterior. Aparecieron Antonio y María del Valle. Y detrás, la tía Carmela.

—Pues ya pensábamos que no os íbamos a ver este año —dijo la hermana mayor de Leonor, que le pellizcaba el carrillo a Juanito mientras abrazaba con fuerza a Lucía—. ¡Pero si estás ya hecha toda una mujer! ¡Si el año pasado aún eras una chiquilla!

—Trece años tiene ya mi Lucía —exclamó con orgullo María del Valle, que ahora besaba y achuchaba también a su nieta.

Al rato estaban instalados. Comieron temprano. Manuel y Leonor se echaron a dormir la siesta. Lucía y Juanito se pusieron a jugar en las blancas escaleras de mármol, aquellas que unían la planta baja con la primera. El niño de ojos verdes aguantaba sin dormir.

—¿Papá no tiene padres? —preguntó Juanito a su hermana.

—Tuvo —contestó Lucía, tras dudar unos segundos—. Pero murieron cuando él era joven y se crio con su tía.

—¿Con qué tía? ¿La que se llama Azucena? ¿La del cortijo?

—Sí.

—¿De qué murieron sus padres?

—Les pasó algo —afirmó Lucía con precaución, consciente de que había escuchado comentarios, que le sonaba que los habían matado, pero que tampoco lo sabía a ciencia cierta. La niña barajaba en su mente las ideas dispares que había capturado al azar durante los últimos años. Había asumido con tal naturalidad que solo tenía dos abuelos de verdad y otra abuela medio postiza, la señora Montserrat, que en ese instante se percató de que nunca se había planteado la pregunta que le acababa de formular su hermano pequeño.

A pesar de ser finales de agosto, hacía mucho calor todavía para deambular por la calle antes de las seis de la tarde.

Aquel año en el pueblo fue para Lucía el de la libertad, el primero en el que sus padres le permitieron moverse con los primos a su aire. Fue su primo Antonio, el mayor de todos y de cuyo liderazgo nadie dudaba, quien le hizo de guía durante la fiesta de la Vendimia, que se celebraba en los primeros días de septiembre, cuando los otros años ya estaban de vuelta en Cornellà.

La fiesta comenzaba con una ceremonia privada, que acogía una de las grandes bodegas del municipio, a la que no faltaba ni una sola autoridad: los señoritos y los dirigentes políticos y los militares, que en la mayoría de los casos eran lo mismo. Aquella muestra del poder que emanaba del vino, una puesta de largo que se acompañaba de una misa entre toneles, precedía a la llegada de las damas de honor a la bodega, un desfile público que todos los paisanos podían admirar.

Lucía y su primo Antonio el grande, acompañados de Araceli y otras niñas, presenciaron aquella comitiva de mujeres con vestidos elegantes, de hombres con trajes oscuros y de militares de cabello cano que exhibían la pechera rebosante de medallas. Era para ella un espectáculo sorprendente, como después también lo fue el desfile de la Virgen de las Viñas, en el que participó incluso un tractor con remolque. Cuando la imagen religiosa descansó bajo palio en un altar enorme en plena calle, que también acogía a las autoridades, dos hombres pisaron la uva transportada en el tractor junto a una prensa de madera. Con el zumo de uva, llenaron una jarra delicada que les acercó una mujer elegante.

—¿Qué hacen? —preguntó Lucía a sus primos.

—Es el primer mosto. Se le ofrece ahora a la Virgen de las Viñas.

La multitud arrancó a aplaudir, pero Lucía se quedó mirando a una mujer con el pelo gris oscuro, rizado y poco abundante, que clavaba los ojos en ella desde el otro lado de la plaza. Su primo Antonio también se percató, a pesar de la euforia del momento.

—¿Sabes quién es? —preguntó él.

—Me es familiar, pero no sé de qué.

—Te es familiar porque es familia tuya. Es la tía Azucena, la que crio a tu padre. La debes de tener vista del cortijo, lo que pasa es que tú eras más chiquitita y ella menos vieja.

—¡Eh!, que no soy chiquitita —exclamó Lucía, sin apartar la mirada de aquella mujer que aún la observaba fijamente y que tanta tristeza le transmitía—. Sí, sí... Hace dos años, cuando bajamos al pueblo la primera vez, fuimos a verla al cortijo. Pero la veo ahora mucho más mayor. Casi da miedo.

—No te la quedes mirando mucho, a ver si te va a echar mal de ojo —le advirtió Antonio. Su prima lo miró muy seria—. La tía Carmela dice que echa el mal de ojo.

—Parece triste.

—Siempre ha sido una mujer muy extraña, pero se hizo cargo de tu padre después que se llevaran de paseo a tus abuelos.

—¿De paseo? —preguntó extrañada Lucía.

Ahora fue Antonio quien se la quedó mirando, sorprendido.

—Sí, cuando se llevaron de paseo a tus abuelos. ¿No sabes qué les pasó?

—Nunca hemos hablado. Nunca me han contado nada... Pero quiero saber qué pasó —insistió Lucía, ajena a los aplausos de la gente cuando un individuo con traje y corbata depositaba ante los pies de la Virgen de las Viñas, ya en un engalanado altar, la jarra del mosto.

—Tu abuelo estaba metido en política, era de los que querían quitarles los cortijos a los señoritos... O eso dicen, porque mi madre me ha contado que tampoco tanto... Pero, vamos, que era rojo. Cuando comenzó la Guerra Civil, como sabían que podían matarlos, tus abuelos se escondieron en una cueva, pero alguien dio el chivatazo y el marqués, que era el que mandaba, hizo que los apresaran.

—¿Quién dio el chivatazo? —preguntó Lucía.

Antonio se quedó unos segundos en silencio.

—No lo sé, alguien que los conociera y que supiera que estaban allí. Al final fueron hasta allí algunos del pueblo y los cogieron...

—¿Los mataron? —preguntó Lucía. Su primo asintió.

—A tu tía Azucena, la hermana de tu abuelo, la dejaron quedarse en el cortijo y criar a tu padre, dicen que porque se lo pidió el abuelo Antonio. Todos tus abuelos eran amigos, se conocían de pequeñitos... Pero a tu tía Azucena, por lo que se ve, tampoco se lo hicieron pasar bien. Por lo que dicen, le afeitaron la cabeza y todo...

Lucía buscó de nuevo a la anciana con la mirada, pero ya había desaparecido.

—¡Viva el vino! —gritó la multitud antes de deshacerse en aplausos y más vítores.

—¡Viva! ¡Viva!

Entre la muchedumbre, Leonor y Manuel también habían presenciado la pisa de la uva y la ofrenda del primer mosto. Él estaba con su suegro y sus cuñados, y su mujer tenía a un lado a su madre y, al otro, a su hermana Carmela. Paquita, la mujer de Antonio, el hermano de Leonor, se mantenía alejada unos pasos. Era una mujer callada y poco familiar.

—No puede ser que estéis las dos en Barcelona, Rosa y tú, y que no habléis —le dijo de pronto María del Valle a su hija. No era la primera ocasión que lo mencionaba desde que habían llegado—. Tu hermana no estaba bien, estaba triste, como si se le hubiera metido algo en la cabeza que... no sé qué.

A Leonor le dolieron aquellas palabras, pero era la ausencia de relación con Rosa lo que de verdad la hacía padecer.

—Tenéis que hacer las paces... ¿Tan grande es Ciudad Satélite que no os veis? —preguntó Carmela.

—Poco la veo, y siempre de lejos. Las vecinas dicen que apenas sale del piso, que está todos los días dentro de casa. —En los últimos meses había hecho realmente por encontrarse con su hermana, pasando por su calle, pero no lo consiguió.

—¿No sale de casa? —preguntó María del Valle.

—Estaba blancuzca, sin brillo, mucho más delgada... Más vieja que yo —continuó Carmela—. Este año se han quedado muy poco, apenas una semana, y no nos ha contado nada. Las veces que ha estado en casa, le cambiaba la cara en cuanto venía Rafa... Sí es cierto que se quedaron en la casilla de la sierra y, al menos ella, poco ha estado aquí. Poco se la vio.

—No sé qué es lo que pasó entre vosotras —insistió la madre de Leonor—, pero sois hermanas. Y allí estáis solas. Cuidad una de la otra: si ella está más débil, haz todo lo que esté en tu mano para que no se encuentre sola —zanjó la matriarca con una voz tan firme que a su hija solo le quedó asentir con la cabeza, sin decir nada más.

Manuel se acercó adonde estaba su mujer.

—¿Todo bien? —preguntó él, a lo que Leonor asintió también—. He visto a mi tía Azucena, está aquí también.

—¿Quieres que vayamos a saludarla? —dijo ella. El hombre negó con la cabeza. No le tenía ningún afecto. Leonor sabía que le había criado con excesiva dureza, eran vecinos del cortijo. No había sido una madre para él.

—La verdad es que ninguna gana. Lo que tengo son ganas de marcharme. Me voy con tu padre, tu hermano y el cuñado a tomar unos vinos, aquí al lado. Nos vemos luego en casa de tus padres.

Leonor asintió de nuevo. Manuel se fue.

Lucía

1969

A la salida del instituto, dos Seat 1500 de la policía irrumpieron a toda velocidad en la calzada y estuvieron a punto de atropellar a Lucía, que cruzaba la calle. Los destellos azules de las sirenas de los coches de color gris, cargados de agentes, se perdieron en dirección al sur de Cornellà, hacia el polígono industrial de Almeda.

El ir y venir de la policía era habitual aquellos últimos meses. Al menos tres coches permanecían apostados en el cuartelillo que quedaba cerca del piso de la calle Álamo, entre la Satélite y Esplugues, antes de llegar a la fábrica de Montesa. Cuando un vehículo salía a la carrera, otro tomaba el relevo en el aparcamiento. Los policías no cabían en la pequeña comisaría, cada día más rodeada de edificios.

Lucía a sus quince años sabía perfectamente en qué mundo vivía, y que no siempre era el que le contaban las monjas. Sabía más o menos qué era una dictadura: alguien que mandaba mucho, que podía dar miedo, que podía hacer que te castigaran si decías que no estabas de acuerdo, aunque tuvieras razón. Sabía quién era Franco, un dictador, que era el que mandaba, el que lo decidía todo. El gran jefe. Y que, si la policía se apresuraba en una dirección, debía marcharse en sentido contrario, porque seguro que iba hacia alguna manifestación o alguna concentración, le insistía su madre, que aquel año había muchas y que allí en medio como poco podía acabar en un susto.

—Los de la Siemens están haciendo huelga —anunció Laura, una compañera de Lucía cuyo padre trabajaba en aquella fábrica. Vicente se llamaba. Un tipo bajo, de manos grandes, que todo el mundo sabía que era de los duros de Comisiones de Barrios y Fábricas. De los que imprimían octavillas, o eso se decía; de los que estaban en las huelgas, o eso se comentaba. Se decía allí y en todas partes, también en la Satélite. Vicente el de la Siemens era uno de esos que a la vez eran muchos.

—Tu padre estará bien —dijo Lucía.

Su amiga no parecía preocupada, le brillaban los ojos.

—¿Y si vamos?

—¿A Almeda?

—A ver qué está pasando.

Lucía no se lo pensó dos veces. Asintió.

En casa, su padre nunca hablaba de las huelgas. Ni de eso, ni de mucho más que no fuera Montesa: la última moto, el último encargo que habían recibido, el último país extranjero adonde viajaría la marca, la última confianza que se había ganado en la fábrica de motos, el último halago del señor Reverter... Y también del nuevo Seat. El 1430, que acababa de salir «y que ya no era un 600», decía, porque era un coche distinto, que no tenía todo el mundo y que él ya pensaba en comprar «porque podemos», casi como una obligación. Su madre, en cambio, sí que hablaba del barrio: que las calles eran un barrizal, que había tres plazas de toros y ningún médico, que solo se abrían bares, que los niños no tenían otro sitio donde jugar que no fueran los descampados, algunos llenos de basura... Y que faltaban colegios y sobraban ratas, porque había mucha miseria. Cada domingo volvía de la iglesia hablando del barrio.

Leonor había participado en alguna manifestación, incluso en su organización, pero se trataba de protestas por los destrozos de las inundaciones que nadie arreglaba o en contra del abandono del barrio, que seguía creciendo día a día y donde casi todo era ya ladrillo y hormigón. Sin panaderías y sin ambulatorio, los que vendían los pisos todavía aseguraban que allí se construiría un hospital. Leonor se marchaba de las concentraciones cuando llegaba la Policía Armada o la Guardia Civil.

El barrio de Almeda estaba situado en un extremo del término municipal de Cornellà. Era un conjunto de fábricas y bloques de pisos, rodeado todavía de campos de cultivo y descampados: un enorme barrizal cuando llovía, una extensión del río cuando diluviaba. Almeda nació una década antes con la construcción de edificios de vivienda social en unos terrenos cedidos por dos hermanos ricos. En aquel barrio, las industrias casi entraban por la puerta de las casas, como lo hacían el aire contaminado y el ruido, pero también los conflictos obreros y las reivindicaciones laborales. Era lo más rojo de Cornellà, quizá de toda el área metropolitana, también el destino de cantautores e intelectuales. Y, cómo no, de otros curas rojos como Federico.

Lucía y su amiga Laura cruzaron toda la ciudad hasta plantarse en aquel pedazo de Cornellà de hombres toscos y mujeres duras que los jóvenes tenían idealizados. Cerca del Llobregat, el hedor les resultó insoportable. El río olía cada año peor que el anterior. Ya nadie iba a pescar y, aunque todavía había quien pasaba el domingo en la orilla, hacía siglos que nadie se bañaba, ni siquiera en Sant Joan Despí.

Todavía existían caminos y campos de cultivos, incluso alguna masía, pero aquella ciudad parecía ya dominada por las fábricas y los edificios.

A lo lejos sonaron las campanas, mientras que más cerca lo que atronaba era el bullicio del gentío que no se veía. Alguna sirena. ¿Una pequeña explosión? ¿Aquello había sido un disparo? Cómo iban a saberlo si nunca habían escuchado ninguno.

En cuestión de segundos, abandonaron la zona agrícola que rodeaba el barrio de Almeda y se adentraron en el terreno del hormigón y el ladrillo. Las dos chicas se cogieron de la mano. Lucía sentía como si el corazón se le fuera a salir del pecho. Nunca le había latido tan fuerte, tan rápido, de una forma tan intensa. Pero no era una sensación desagradable.

Lucía y Laura caminaron hacia aquel estruendo que cada vez era más recio. Conforme aumentaba el sonido, aumentaba también la opacidad del gris del cielo. Al girar una calle, dieron con neumáticos ardiendo y trabajadores enfundados en monos azules, pilas de piedras que se amontonaban en las esquinas y puertas de madera transformadas en escudos, como los de las películas de romanos que se proyectaban en los cines en Semana Santa. Y frente a los centenares de hombres con mono azul, no todos de la Siemens: los grises.

Los policías que habían llegado en los Seat 1500, con las sirenas aún en marcha, se habían apostado junto a los agentes a caballo, otros tantos con escudos y muchos con las porras en ristre o armados con… ¿fusiles? Naranjeros, los llamaban. Lucía lo sabía, como lo sabían los jóvenes y los adultos que ocupaban la calle. Era el lenguaje de la Satélite, de la Almeda y de la Cornellà de la protesta.

—¿Qué coño haces aquí, Laura? —preguntó a su hija

Vicente, el de la Siemens, el bajito fornido que andaba con lo de las Comisiones y que todo el mundo sabía que era rojo—. ¿Y esta quién es? —siguió, ahora mirando a Lucía, extrañado.

—Es Lucía —dijo Laura.

—¿Y te vienes con una amiga de excursión? ¿No veis que esto puede ser peligroso? ¡Esto es una guerra! —exclamó Vicente.

Y el bullicio se hizo mayor. La calma tensa se rompió: sobrevino el caos.

Hacía mucho tiempo que Lucía no se sentía tan pequeña. Casi la tiró al suelo un caballo que pasó desbocado a su lado. Gritos, alaridos de dolor. Perdió la mano de Laura, que se la volvió a agarrar con fuerza. Sudada. Todo era polvo. Se ahogaba.

—¡Salid de aquí! —gritó Vicente el de la Siemens, mientras cogía un palo del suelo y se encaraba con dos policías que avanzaban hacia ellas con escudos—. ¡Corred!

Sonó un disparo. Lucía no se giró. Echaron a correr en la misma calle por la que habían llegado. Había más gente. Aquellos hombres fornidos de mono azul no parecían ahora tan fuertes. Cosas del miedo: puede con todo. No era bullicio, ahora se oían los golpes. Las dos chicas corrían en desbandada junto a hombres fuertes y grandes, que caían a media carrera; otros se daban la vuelta, como si de pronto se hubieran decidido a afrontar su futuro plantando cara a lo que les deparaba el destino. Las guerras obligan a luchar.

Una calle a la derecha, otra a la izquierda. El ruido, cada vez más lejos. Corrieron y corrieron. Aquel polígono que al llegar les pareció tan pequeño era ahora enorme. No se acababa nunca. Fábricas y más fábricas.

—¡Alto! —gritó de repente una voz grave al girar la última calle. Al otro lado tenían la escapatoria, un campo de cereales. Pero entre ellas y el cultivo se interponían ocho policías y un par de guardias civiles, con escudos y escopeta, que montaban guardia para interceptar a los obreros que huyeran de la batalla, como habían hecho aquellas chicas con cara de miedo.

Lucía y Laura se cogieron de nuevo de la mano. Les había dado el alto el único policía armada que no llevaba casco, el mayor de todos, un tipo con galones que peinaba canas y arrastraba una rotunda y redonda barriga. Las dos chicas se mantuvieron estáticas. Ahora todo era silencio, hasta el punto de que Lucía escuchó con fuerza el latido de su corazón. Incluso el de su amiga, o eso creía. El veterano policía se acercó a las chicas. Le apestaba el aliento a alcohol y a podrido.

—¿Alguno de vosotros quiere interrogar a estas comunistas? —preguntó el policía. Agarró a Laura del pelo y soltó una sonora carcajada. La amiga de Lucía comenzó a temblar.

—No somos comunistas, señor —se atrevió a decir Lucía.

Aquel tipo se quedó serio. La miró fijamente, esbozó una sonrisa que mostraba una roñosa dentadura y volvió a reír.

—Todas decís eso... Hasta que os metemos la porra bien adentro. Entonces es como si Dios os bendijera y os convertís en mujeres honradas, obedientes y sumisas, que es como tiene que ser. Sois animales salvajes, y se os tiene que adiestrar. A enseñar. Sois peores que perras —escupió.

Lucía también temblaba, aunque se esforzó para que no se la notara asustada. No apartó la mirada y siguió observando a aquel policía de enorme buche que tanto pavor le provocaba. A Laura le faltaba el aire, como si estuviera a punto de desmayarse.

—Brigada, deje que se marchen. Hoy no tenemos tiempo para tonterías. En cualquier momento nos vienen sus padres y sus hermanos y necesitaremos las manos libres para repartir hostias —dijo de pronto una voz menos grave, pero que sonaba firme.

—Mi capitán, ¡si son nuestras prisioneras!

—No tienen pinta de sindicalistas peligrosas —continuó el oficial, que vestía también el uniforme gris de la Policía Armada. A diferencia del brigada, superaba de poco los veinte años, estaba en forma y tenía buena planta.

El gordo agarró ahora a Lucía y le tiró del pelo hacia el suelo, para que su cabeza le quedara por debajo de la barriga. Olía a orina.

—Estas ya son comunistas... aunque ni siquiera lo sepan. Nos darán problemas, bien haríamos de enseñarles cuáles son los límites que no se deben cruzar, o este país se irá a la mierda.

Medio caída, Lucía se resistía a ponerse de rodillas, lo que buscaba en realidad el veterano policía al agarrarla del pelo.

—¡Brigada! ¡Le he dado una orden! —gritó el capitán, que se dirigía hacia su hombre como si, a cada paso, fuera a desenfundar su revólver Astra 960 y descerrajarle un tiro allí mismo.

El veterano policía soltó el pelo de Lucía, que ya no escuchaba a su amiga ni sabía dónde estaba: si seguía a su lado, si se había desmayado. Era ella a quien ahora le costaba respirar, la que se mareaba.

—¿Me vas a tocar los cojones, gordo de las pelotas? —preguntó el capitán mientras se encaraba al suboficial, que le aguantó la mirada como si esperara cualquier gesto para empezar una pelea.

—¿Qué coño pasa aquí? —preguntó un tercer hombre que apareció de entre los guardias que aguardaban con el escudo. El veterano dejó libre a Lucía, que se incorporó. La chica lo reconoció al instante. Era aquel secreta, ese a quien todos llamaban Llanero Solitario. Llevaba tiempo sin aparecer por Cornellà. Algunos decían que a aquel tipo calvo, siempre con gafas de sol y chaqueta de piel, aunque fuera verano, se lo habían llevado un tiempo a Valencia porque se le fue la mano con dos obreros en comisaría. Uno desapareció y el otro volvió a su casa medio muerto y paralítico.

El Llanero Solitario no envejecía, no cambiaba de aspecto, era como un fantasma. Un maldito. No era de gran envergadura, pero infundía miedo.

—¡¿Tú?! —exclamó, sorprendido, al ver a Lucía.

—¿Conoce a esta chiquilla, Expósito? —preguntó el capitán a aquel tipo que no necesitaba presentación. Las historias que le precedían y la crueldad que lo acompañaba, como el apodo, lo despojaban de cualquier rasgo humano. Pero lo tenía.

—Es la sobrina de... un amigo.

—¿Tuyo? —preguntó el brigada gordo. Ante la mirada amenazante del Llanero Solitario, se calló, dio unos pasos atrás y dejó a su superior con aquel inspector de la Brigada Político-Social del que se decía que sus detenidos tenían tantos números de sentarse delante del Tribunal de Orden Público como de desaparecer y, si lo hacían, varios días después, encontrarlos en cualquier calle con la cara y las entrañas destrozadas.

—¿Qué quiere que hagamos con ellas, Expósito? —preguntó el oficial. El Llanero Solitario las observó unos segundos en silencio. A pesar de las gafas oscuras, Lucía sentía todo el peso de su mirada. Era el que daba más miedo de todos ellos.

—Es lo que usted ha dicho, mi capitán. Nos podríamos divertir un rato, desahogarnos, enseñarles a estas zorras quién manda... Pero la cosa hoy parece complicada y tenemos que estar atentos a cuando vengan los primeros rojos que huyan del fregado.

—Muy bien. Fuera de aquí, que no os vuelva a ver —ordenó el capitán a las dos chicas.

Lucía cogió la mano de Laura, que seguía paralizada. Tiró de ella y, cuando consiguió que su amiga se moviera, fue el Llanero Solitario quien agarró a Lucía del brazo.

—La próxima vez que te vea, no te irás de rositas, putita... —le susurró con palabras pesadas, acompañadas de un aliento profundo a ajo, mientras la sujetaba con fuerza.

Lucía y Laura no pararon hasta llegar a Ciudad Satélite.

Una decena de vecinos del barrio acabaron detenidos, con más de una costilla rota. El padre de Laura, Vicente el de la Siemens, ingresó en la Modelo con la cara completamente desfigurada. Pasó varios meses en la cárcel, sin juicio, hasta que un buen día lo dejaron libre porque necesitaban la celda para alguien más importante. Lucía se enteró por su madre, pero no por su amiga. Laura no regresó al instituto.

A todas esas, Manuel parecía ajeno a aquel explosivo año 1969, a las idas y venidas de la policía, a las redadas en los bares en busca de las imprentas clandestinas, a las detenciones arbitrarias. El Llanero Solitario campó más que nunca a sus anchas por la Satélite o por cualquier otro barrio metropolitano que le viniera en gana. Era el gran señor de la represión de aquellas tierras, como le conocían en la comisaría de la Dirección General de Seguridad de la Via Laietana de Barcelona. Manuel permanecía al margen de toda aquella realidad. Con Leonor solo hablaba de los nuevos modelos de Montesa, las cotas, esas motos de trial que habían ganado no se acordaba qué competición en Escocia o por ahí. «¿Tú también has ganado la copa de la carrera esa?», le preguntó un día Leonor, cuando Lucía llevaba un par de días indispuesta, sin salir de la habitación. Manuel no entendió la pregunta. Siguió cenando, muy tieso, tratando de no desdibujar su cuidado bigote. Leonor intuyó desde el primer momento que a Lucía le había pasado algo. Al cabo de unos días, una de sus costureras le contó que su marido, que trabajaba en la Siemens, había visto a Lucía en la manifestación junto con la hija de Vicente. «Se llevaría un susto», se convenció Leonor, que ni siquiera se paró a pensar en que le hubieran hecho algo, que abusaran de ella, que la violaran. No quiso preguntar ni indagar nada más.

Laura no regresó al instituto, pero Lucía al tiempo les dijo que no iba a seguir estudiando.

—No quiero volver al instituto —sentenció un día ante sus padres. A Leonor le dolió aquella frase, aunque hizo todo lo posible para que no la afectara.

—Tienes que ir al instituto.

—No quiero ir.

—Pues si no quiere estudiar, ¡a trabajar! Que no somos señoritos, ¡diantre! Y si luego cambia de opinión, que estudie de noche, que ya tiene edad para contribuir en casa —la reprendió Manuel dando por cerrado cualquier debate.

Leonor intentó que Lucía recapacitara, o que asistiera a una escuela de artes y oficios, pero no lo consiguió. Empezó a enseñarle a coser, con la esperanza de que se sumara al modesto negocio familiar, pero acababan discutiendo casi siempre. «¿Dónde está mi niña?», se preguntaba Leonor al ver que Lucía se mostraba cada día más distante. La adolescente también comenzó a ver a sus padres con otros ojos. De Manuel pensaba que solo le importaba su trabajo en Montesa; de su madre, que su mundo eran las faldas y los vestidos que cosía para las señoras, las chicas que trabajaban para ella y las reivindicaciones y las protestas por todo lo que no había en el barrio y que debería haber.

Se acercó más a Juanito. Tenía once años, pero parecía mucho más niño. Lucía siempre mostró un carácter más independiente, y su hermano pequeño también encontró en ella un apoyo importante.

—¿Y no hay forma de que Lucía vuelva a los estudios? —preguntó la señora Montserrat a Leonor, una tarde de otoño de aquel año 1969.

Manuel la había llevado ese día a la casa de Sant Joan Despí en su flamante nuevo Seat 1430. A su mujer y a Esperanza, y a dos centenares de faldas que recogería allí mismo el transportista de las galerías del centro de Barcelona que las encargaron. Querían ponerlas a la venta esa misma semana. Esperanza se quedó dormida en el sofá de la modista. La pequeña de tres años era un culo inquieto, vivaracha y curiosa.

—Lucía es terca: dice que no quiere estudiar, y que no quiere. Yo creo que todo viene de lo que pasó en Almeda. Les dieron un buen susto, creo... Su amiga Laura tampoco estudia. Dice que está muy bien trabajando y que ni siquiera quiere apuntarse a una escuela de artes y oficios. Manuel tampoco quiere que estudie, que tiene que ayudar en casa. Y que mucho ha estudiado yendo incluso al instituto.

—Los hombres prefieren que no estudiemos, incluso los que son buenos. ¡Nos tienen miedo! *El meu Llucià* era un marido extraordinario. Un gran *home*, una magnífica persona. ¡Y progresista! Sí, nena... era un rojo. Pero un rojo de los de verdad, nada que ver con algunos rurales que teníamos de vecinos y algunos clientes. Eso sí: no le gustaban los anarquistas. Pero republicano hasta la médula. Y a favor de que todo el mundo pudiera estudiar, también las niñas, pero otra cosa era que yo cogiera los libros. Tampoco sé si se lo hubiera permitido a nuestras hijas, si las hubiéramos tenido —continuó la señora Montserrat encogiéndose de hombros—. A los hombres, en el fondo, les asustamos. Por eso quieren mandar ellos, por eso nos quieren controlar, porque saben que todo, o al menos muchas cosas, lo hacemos mejor que ellos. Y por eso no quieren que estudiemos... Y, fíjate, que Lucía sea una terca, pues a mí me recuerda a ti. Es una muchacha valiente.

—Yo... ¿valiente? Creo que no, eso es que me mira con demasiado buenos ojos —la contradijo Leonor—. Y ella, no sé si es valiente o en cambio una inconsciente. Pero es Lucía, es su futuro, su presente... Ha de ser mejor que el nuestro.

—¿Que nuestro presente?

Leonor se la quedó mirando sin decir nada.

—Cariño, tu futuro o tu presente también lo puedes decidir tú. Todo futuro o presente viene marcado por el pasado... Se decide cada día —continuó la señora Montserrat—. Mi pasado fue mejor... Depende, hasta que murieron mis hijos. Y Llucià... Luego te descubrí a ti, y también a Lucía, a Juanito, a Esperanza. Sois mi nueva familia. Nunca he sido de ponerlo todo, sea el futuro o lo que fuese, en una misma cesta. Las madres tenemos expectativas para nuestros hijos, a veces más que para nosotras mismas, pero mira a Esperanza, ahí durmiendo. Ese momento. ¿No se te alegra el corazón al verla dormir tan bonita? Eso es felicidad, lo más importante es eso... Lo que no quiere decir que no sea bueno que Lucía estudie, pero lo importante es que ella sea feliz... y con eso no quiero darle la razón a tu marido.

—¿Alguien habla de mí? —interrumpió Manuel, que hasta entonces se había quedado fuera de la casa con la excusa de fumar un cigarrillo al fresco. Lo cierto es que no se sentía cómodo con la señora Montserrat, sin que ella le hubiera hecho nada. Leonor pensaba que quizá eran celos—. Me tengo que ir. Me acabo de acordar de que tenía que coger unos catálogos del despacho. ¿Puedes subir a casa andando con la niña?

—Puedo —contestó Leonor—. Si Esperanza se cansa ya la llevaré en brazos.

Manuel asintió.

—Hasta luego, señora Montserrat.

—*A reveure*, Manuel.

Leonor doblaba las últimas faldas. Si eran puntuales, no tardarían más de diez minutos en recogerlas.

—Se le ve contento a tu marido...

—Sigue en verificaciones, pero ahora trabaja en oficinas. El señor Reverter confía mucho en él. Algunos días tiene que ir con traje, asistir a reuniones... Montesa le ha cambiado la vida. Bueno, nos la cambió a todos.

—¿Y tú estás bien? —preguntó la señora Montserrat.

—Yo siempre estoy bien.

—Por eso pregunto, querida, por eso lo pregunto.

Anochecía cuando Leonor llegó a la Satélite con Esperanza. La tuvo que coger en brazos solo una vez; la pequeña hizo casi todo el camino por su propio pie. Al día siguiente, el transportista le entregaría varias bolsas de tela ya cortada para confeccionar, en esta ocasión unos nuevos uniformes de azafata que ella distribuiría entre Vicenta, Adela y el resto de las mujeres. Desde hacía días, Leonor meditaba la posibilidad de alquilar un bajo en uno de aquellos edificios que se erigían como fichas regordetas de dominó. El piso era un nido de pelusas. Juanito era casi un hombrecito, y podía contar con Lucía para cuidar de Esperanza, si ella cogía un local para coser allí con algunas de sus chicas. Enredada en sus pensamientos, se plantó con su hija pequeña delante del edificio de Rosa. Lo hizo sin darse cuenta. Le dolía que, estando tan cerca, estuvieran tan lejos. Cómo las había separado su maldito cuñado. Con los ojos humedecidos, levantó la vista hacia la tercera planta, al piso de su hermana. La luz del comedor estaba encendida. Aún era temprano para que Rafa hubiera regresado de la fábrica. Miró a Esperanza. Le dolía que aún no conociera a su tía, con lo unida que estuvo siempre a su hermana mediana. ¿Tenía que renunciar a ella por el cerdo de Rafa?

—Esperanza, cariño, ha llegado el momento de que conozcas a la tita Rosa.

La pequeña sonrió. Siempre lo hacía. Leonor se acercó al portal y llamó al interfono. Con aquel gesto anodino, Leonor ya se sintió feliz. ¿Por qué había renunciado tantos años a una vida con su hermana? No le preguntó, no le dijo nada después de lo sucedido con Rafa, después de salir del piso de aquella manera tan abrupta en los días de la gran nevada... «Rosa ya tiene su propio infierno», se dijo Leonor. Se sentía culpable, porque había sido egoísta, porque había pensado solo en ella y en huir como fuera... Si se encontraban por la calle, su hermana salía corriendo y cambiaba de acera, pero ahora sabía que debería haberla seguido. Ahora sabía que debería haber hablado con ella. No debería haber desistido.

Nadie contestó. Leonor volvió a picar al interfono.

—¿No está la tita Rosa? —preguntó Esperanza.

Leonor salió a la plazoleta que estaba justo delante del piso de su hermana. Ya no había luz, todo el piso estaba a oscuras.

—¡Rosa! ¡Rosa! —gritó Leonor delante del balcón, esperando que se asomara.

No lo hizo. La mujer siguió gritando. Esperanza se lo tomó como un juego y también voceó el nombre de aquella tía que era una completa desconocida para ella.

—¡Rosa! ¡Rosa!

Leonor ignoraba, en aquella calle mal iluminada, de oscuridad otoñal, que su hermana sí las escuchaba, y que quería asomarse al balcón y contestar, decirle que la quería. Pero no le quedaban fuerzas. La Rubia las escuchaba, a ella y a Esperanza, y lloraba ahogada porque la echaba de menos, porque añoraba la vida que les arrebató su marido. Ya casi no salía de casa, había perdido la sonrisa. Rafa se lo había quitado todo, empezando por los sueños y la esperanza.

—¡Rosa! —gritó de nuevo Leonor, como si presintiera que algo sucedía, como si temiera lo que sucedería esa misma noche. Se estremeció.

—Pero ¿qué le pasa, señora? —gritó alguien desde un balcón cercano.

Los gritos habían hecho que más de un vecino se asomara a la ventana. Que las pocas personas que había en la calle se acercaran adonde estaba.

—¿Está bien? —preguntó María. Leonor la conocía. Una chica de veintipocos, muy dulce. Alguna vez había cosido para ella, aunque al poco lo dejó para trabajar en Laforsa—. Señora Leonor, ¿se encuentra bien?

—Estoy bien —respondió sin poder impedir que se le saltara una lágrima—. Nos vamos a casa, Esperanza, que hay que hacer la cena —añadió ahora mirando a la niña, que se había tomado todo aquello como un juego.

De nuevo alzó la vista hacia el balcón del piso de Rosa y del maldito Rafa.

Decían todos en el pueblo que las mujeres de su familia sabían cosas, veían lo que iba a pasar. Tenían hasta una curandera, una prima segunda de Leonor que se ganaba así la vida en Cerro Muriano. De todas las hermanas, ella era la que menos creía, por eso nunca quiso aprender a tirar las cartas. Aquella noche de noviembre, sin embargo, tuvo un presentimiento.

Poco antes de las doce, su hermana mediana, Rosa, la que fue la bella Rubia, se asomaría al balcón de aquel piso de la Satélite y se dejaría caer. La policía concluyó que se trataba un suicidio, que aquella mujer nacida en 1932, de treinta y siete años, se había quitado la vida por algún mal de la cabeza. Leonor nunca lo vio así: a su hermana ya le habían quitado la vida cuando saltó por el balcón. Perdió la vida antes de morir.

Leonor nunca olvidaría la mirada de Rafa, fría, mientras charlaba tranquilamente en el tanatorio con el Llanero Solitario. Porque a Rosa no la quiso entregar a su familia, ni siquiera después de muerta. La velaron en Cornellà, y allí mismo la enterraron, no muy lejos de la Satélite, al otro lado de la carretera de Esplugues.

La mirada desafiante de Rafa. Leonor no se lo pensó dos veces y se acercó hasta su cuñado. Indiferente a los reproches, bromeaba con el pistolero de la policía al que todos temían.

—No tienes vergüenza, ni siquiera has dejado tiempo para que mis padres vinieran a despedirse de su hija. Están llenos de dolor y no has permitido que pudieran decirle adiós.

Rafa apestaba a alcohol.

—Leonor la rebelde. Aquí mi amigo me preguntaba justo por ti, por la cabecilla de las mujeres que no paran de quejarse de que en el barrio no hay cosas, las que quieren hacer la revolución cuando salen de misa. Y aquí te presentas... —dijo tratando de intimidarla, mientras el Llanero Solitario dibujaba una pequeña sonrisa.

—Ni tú ni este me dais miedo. Tú mataste a mi hermana y pagarás por ello, lo juro por Dios.

1970

Lucía le lanzó un beso a Esperanza cuando la niña comenzó a subir las escaleras del colegio de monjas que hasta no hacía tanto había sido el suyo. En aquel momento, fue consciente de que nunca había presenciado la escena desde aquella perspectiva, desde la calle. La escalinata de piedra se internaba en una fachada sobria, gris, monolítica. No era un edificio moderno ni acogedor que invitara a entrar a quien pasara por allí.

La religiosa de la entrada ignoró a Esperanza cuando pasó a su lado, como ignoraba a todas las niñas de cuatro años como ella, y a las de cinco, a las de seis y a las de siete... Era la misma monja que custodiaba la puerta durante los años en los que Lucía fue alumna de aquella escuela. La Estatua, así la llamaban. No había malicia alguna en aquel caso, porque los niños, que pueden ser crueles a la hora de poner nombres a otros niños y a los adultos, le habían adjudicado a la monja un apodo aséptico y puramente descriptivo. Por primera vez, Lucía la observaba con detenimiento. Nunca antes le había prestado tanta atención, porque, sin ser miedica, aquella religiosa siempre le infundió pavor, y por eso apenas la miraba y aceleraba el paso cuando la tenía cerca, al entrar en el colegio. Ahora, sin embargo, no le provocaba ningún sobresalto: era solo una anciana, sobria, que no gesticulaba, que estaba allí como podía estar en cualquier otro sitio, sin llamar la atención, como si no quisiera formar parte de aquella puesta en escena.

La monja entró en el solemne edificio detrás de la última niña. Lucía esperó un momento por si le dirigía una mirada, por si la reconocía al cabo de todos aquellos años. Pero no reaccionó. Para aquella mujer, nada existía a su alrededor. «Qué triste», pensó Lucía, y se dio la vuelta para volver a casa. Antes había acompañado también a Juanito, cuyo centro escolar no se encontraba muy lejos del de Esperanza. El niño iba contento a clase y, aunque era todavía muy callado, se expresaba con más soltura y fluidez. Su madre comenzaba a superar la preocupación porque hablara tan poco y tan mal.

Lucía tenía un rato para tomar un café con su madre antes de irse a la fábrica textil donde trabajaba desde hacía seis meses. En ningún otro empleo había permanecido tanto tiempo desde que abandonó los estudios. A punto de cumplir los dieciséis años, llevaba un jornal a casa cada mes. La factoría se dedicaba al tintado de prendas, que en su mayoría se fabricaban donde trabajaba su tío Rafa. Una planta lindaba con la otra, y ambas eran las responsables de que las aguas arcillosas del Llobregat, a su paso por Sant Joan Despí y Cornellà, se tiñeran en ocasiones de un color rojizo que era cualquier cosa menos natural.

—¡Guapa! ¡Eso es carne y no lo que echa mi madre en el cocido! —gritó una voz masculina, justo al llegar al portal de sus padres.

A Lucía aquello no le gustó un pelo, pero no supo identificar al autor de la gracia, y tampoco qué contestar. Cada día llegaban más familias a la Satélite para instalarse en algún piso nuevo. También hombres solos, en este caso principalmente para trabajar en las obras que se multiplicaban en el barrio y en otros municipios metropolitanos. Las calles rebosaban de andamios y grúas que seguían erigiendo pisos. Y barro, un poco de asfalto y poco más.

Entró en el portal del piso de la calle Álamo.

En el descansillo, antes de abrir la puerta de casa, ya se oía el traqueteo de la máquina de coser de su madre. Leonor trabajaba de sol a sol, en unas jornadas laborales que entremezclaban las tareas anodinas de la casa, como limpiar, ir a buscar a Esperanza al colegio y cocinar, con la excitación de la protesta, en la misa de tarde y las reuniones posteriores, cuando se reunían las mujeres del barrio para escribir una carta aquí y otra allá y pedir un ambulatorio, un colegio público y un instituto, o quizá denunciar que en el barrio las ratas eran grandes como gatos y que hasta los felinos callejeros huían aterrorizados. También pintaban las pancartas que iban colocando en la calle hasta que llegaba la policía y les ordenaba que las descolgaran. Las firmaban como la Plataforma Mujeres y Madres de San Pablo, un nombre que comenzaba a conocerse en el barrio. La plataforma, con ayuda del padre Fede, creó una red de solidaridad para ayudar a los vecinos más necesitados —si alguien enfermaba, si algún marido se quedaba sin trabajo, si la mujer no encontraba una casa para ir a limpiar o una fábrica en la que trabajar— y acoger a los recién llegados. Aunque no imprimieran octavillas ni participaran en la lucha subversiva, como los de Comisiones o los de Bandera Roja, sus manifestaciones para reclamar más parques y escuelas, o un ambulatorio, captaban la atención de la Guardia Civil y de la policía.

—¿Fue bien con Esperanza? ¿Y con Juanito?

—Entró con las monjas sin problemas y mi hermano se está haciendo un hombrecito. ¿Quieres café, mamá?

—Quiero.

Leonor soltó el pedal de la máquina. Su hija mayor era toda una mujer. Tendría que haber seguido con los estudios, pero al menos no se metía en problemas. Sabía que rondaba con algunos chicos que militaban en política. Después de todo, quienes solían tirar las octavillas a las cinco de la mañana eran muchachos y muchachas de catorce, quince y dieciséis años. Los hombres de cuarenta eran más de estar, si se terciaba, en las barricadas.

Lucía preparó los dos cafés y los llevó al comedor, donde su madre tenía instalada la máquina de coser. Esperanza dormía en la habitación que antes fue el cuarto de la costura.

Todo el sofá estaba atestado de faldas.

—¿Has visto el bocadillo que tienes en la cocina?

Lucía asintió.

—¿Entrabas a las doce?

—Sí, hay mucha faena… Y nos pidieron hacer horas.

—Si quieres te enseño a coser. Puedes hacer faldas y pantalones conmigo.

—La pelusa me mataría —dijo Lucía, que lo último que le apetecía era encerrarse en el piso a coser todo el día con su madre.

—Trabajas en una fábrica textil —contestó Leonor.

—Pero es de tintado… De todas formas, si trabajásemos juntas, la cosa no acabaría bien. ¿No vais a coger un local?

—Lo estoy acabando de hablar con tu padre… En la iglesia nos dejan una sala para enseñar a coser, pero enseñar es una cosa y otra muy distinta lo que nosotras necesitamos ahora…

—Al final te vas a convertir en una empresaria —dijo Lucía, provocando la sonrisa de su madre.

Aunque a Leonor le gustara la idea de trabajar con su hija, era la primera que sabía bien que acabaría chocando con su primogénita. Lucía no se callaba y era tan terca como para sacar de quicio a cualquiera. Los sucesos de Almeda, que no había contado a nadie, la habían hecho más fuerte. Podría haberse hundido para siempre, derrotada. Esas cosas pasan, como le había sucedido a su amiga Laura. Sin embargo, aquello acabó por darle brío. La llenó de rabia por la impotencia que había padecido. Sentía, como otros chicos de su edad, que no podía quedarse quieta ante la injusticia. Que no podía bajar los brazos y darse por vencida.

—No digas tonterías: yo... ¿una empresaria? Y sobre la pelusa... pues, como a casi todo lo demás, te acostumbras.

—El problema es que a veces nos acostumbramos a situaciones que no deberíamos —continuó Lucía, captando el interés de su madre. Aquella frase no parecía de ella, sino del párroco—. Me voy a ir, madre.

—¿Tan pronto?

—Así me voy preparando —dijo antes de darle un beso en la mejilla y salir del piso.

La verdad es que Lucía no entraba a trabajar hasta la una: les habían pedido que hicieran horas, pero no tantas, que luego había que pagarlas. Había quedado en el bar de Serafín con su grupo de amigos, la mayoría chicas y chicos mayores que ella, aunque ninguno superaba la veintena. Esta vez salió a la calle sin que nadie le soltara otro piropo. Cada día había más personas, pero también más edificios. Los pocos descampados que quedaban se habían convertido en almacenes al raso, donde uno podía tropezar con casi cualquier cosa. Los barrios como la Satélite nacían como setas en medio de la nada, que a menudo era una nada de campos de cultivos. A partir de un centro, indefinido y gris, crecían por desbordamiento. Lo único importante eran los pisos, no las aceras ni el pavimento de las calles. Ni siquiera los árboles o las plantas, que si los había era casi siempre porque algún vecino los plantaba, regaba y cuidaba.

Los únicos árboles que plantaba la promotora de los edificios, siempre la misma aunque cambiara de nombre con frecuencia, eran las placas con el nombre de las calles: la del Álamo, la del Abeto, la de los Avellanos, la del Boj o la de la propia Acacia. Y ni un solo árbol crecía al lado de los pisos. Lucía había tratado esta cuestión con su grupo de amigos, con los camaradas. Eso de bautizar las calles con nombres de árboles y de ríos, o peor aún, con números, era un ejercicio del régimen para deshumanizar todos aquellos sitios, una forma de convertirlos en lugares impersonales en que sus inquilinos eran todos lo mismo: siervos de la dictadura. Aquella fue la conclusión a la que llegaron en una de las largas reuniones que mantenían en el bar de Serafín, un viejo reducto de resistencia: cinco mesas en un pequeño local donde se despachaba vino, cerveza y algunos refrescos. Lo regentaba el hombre que daba nombre al negocio, natural de la población sevillana de Dos Hermanas, donde su padre ya tuvo un bar mucho más humilde, porque entonces solo se servía vino y aceitunas. «Al contrario que ahora —insistía Serafín siempre que tenía ocasión—, que la gente quiere refrescos de todo tipo de sabores, y alguno hasta se me enfada si no los tengo». Aunque los bares eran eminentemente de hombres, y estos sobre todo tomaban vino, algunos locales eran frecuentados por jóvenes que, a juicio del dueño, habían perdido las buenas costumbres y se habían aficionado a la cerveza. El bar de Serafín, como algún otro en el barrio, se convirtió además en el punto de encuentro de las diferentes camarillas implicadas en la lucha: la reivindicación de los derechos políticos y sociales frente al franquismo y de los derechos laborales frente al caudillaje empresarial. Hay revoluciones que nacen en liceos y en parlamentos, pero las populares se suelen fraguar en tascas y bares.

—Un botellín, Serafín —pidió Lucía, tan solo entrar por la puerta, con el poso del café todavía en el gaznate.

—¡Si todavía no es la hora del ángelus! —exclamó el tabernero detrás de la barra del bar.

—No seas beato y pon ese botellín. Aunque yo creo que hasta Fede lo bendeciría —dijo Nico, que lucía media melena morena y una despoblada barba lampiña casi más oscura que el pelo de la cabeza, que casi le tapaba las enormes gafas que llevaba. Delgaducho, medía más de metro noventa, una altura que superaba con holgura la de muchos jóvenes del barrio. Era el mayor del grupo, recién cumplidos los diecinueve años. Y de todos, el único que ya militaba en Bandera Roja, un partido comunista que defendía un Estado socialista que fuera reflejo de la República Popular China y que gozaba de cierta popularidad subversiva en la Sati, como ellos llamaban a Ciudad Satélite.

Nico ejercía el papel de líder, aunque todas las decisiones se tomaban por votación directa. Estaba sentado junto a Cristina, una gallega de dieciséis años que nació en El Pont de Suert, donde su padre trabajaba para la ENHER antes de acabar en Cornellà. Era unos meses mayor que Lucía. De pelo rizado y brazos fuertes.

También compartían mesa Saturnino, un chico de quince años que entró en la fábrica al mismo tiempo que Lucía, grueso y extremadamente rubio, y Mari Paz, a punto de cumplir los dieciséis, pero que seguía estudiando en el bachillerato nocturno con muy buenas notas. Delgada, con unas enormes gafas, de pelo moreno, largo y liso, y una cara de no haber roto un plato en la vida, era la que se mostraba más interesada por Bandera Roja, y quizá también por Nico.

—La cerveza, pero que conste que no son horas... Y tampoco creo que usted tenga la edad. ¡Ay!, como se entere su padre... —dijo Serafín en tono divertido, al dejar el botellín de Lucía en la mesa, junto a otra media docena de cervezas.

—Ahora un tabernero no va a querer que sus clientes beban. No es que vaya en contra de la lógica del capitalismo, va contra la lógica del mundo —contestó Nico, a quien le gustaba jugar con el dueño del local, que era un relaciones públicas en toda regla.

Lucía desenvolvió el papel de plata del bocadillo que le había preparado su madre. Era de un sabor exótico, un descubrimiento reciente: mortadela con aceitunas.

—No quiero que hagáis tonterías, mucho hago dejando que... ya sabes —continuó Serafín.

—Lo sabemos. Y te estamos sumamente agradecidos —zanjó Lucía, tras engullir el primer bocado. Aunque no sabía de qué estaban hablando.

—¿La muchacha también lo sabe? —preguntó el dueño del bar, más serio, mirando a aquella chica menuda, morena de pelo largo, que comía el bocadillo mientras le sonreía divertida.

—No, no lo sabe. Pero lo va a saber, igual que todos los demás. Somos una organización igualitaria y asamblearia —dijo ahora Nico.

—Al final me vais a meter en un problema. Ya sabéis que este local de tanto en tanto lo frecuentaba la Policía Armada.

Me equivoqué, os he dado demasiado, os he dado demasiado... ¡Cría cuervos y te sacarán los ojos! —continuó Serafín, mientras negaba con la cabeza y desaparecía de escena, mascullando palabras malsonantes.

Nico pidió que se le acercaran todos.

—Serafín está nervioso porque tenemos un ciclostil en la trastienda, donde almacena las bebidas. Ya sabéis que la policía y la Guardia Civil han considerado siempre este bar un nido de comunistas, pero es precisamente por eso que ahora ya no lo ven como un peligro. Creo que es un lugar seguro para guardar el aparato —dijo Nico en voz baja—. Además, Serafín se hace el duro, pero me parece que a él le va bien que lo tengamos. De hecho, no ha puesto ningún problema.

—¿Tenemos una máquina para imprimir? ¿Y de dónde ha salido? —preguntó Cristina.

—Me la ha dado el partido... Bandera. Hablar está bien, ir a las manifestaciones, hacer pintadas... pero nos piden si podemos dedicarnos también a imprimir octavillas, además de repartirlas... Es para las consignas locales, o para lo que necesiten los compañeros de otros sitios. Ahora no vamos a poder verla, pero es uno de los motivos por los que quería quedar con vosotros aquí...

—¿Imprimir octavillas? —arrancó Saturnino—. ¿Así vamos a hacer la revolución? ¿Ahora somos todos de Bandera Roja? Creía que solo lo eras tú. Vamos, que ahora tenemos que seguir las órdenes de un partido. Esto no es lo que me contaste a mí. —Miró desafiante a Nico, que era quien los había reclutado.

En los barrios había personas así, que se acercaban a alguien que apenas conocían y le ofrecían que se sumara a un grupo que estaba en la lucha. Y si había personas así, era porque también había quien se sumaba.

—Es para que la gente tome conciencia, para que no se sientan solos. Las octavillas son una forma de resistencia, pero también de generar la idea de colectivo —contestó Nico—. Ya sé que solo yo soy de Bandera Roja, pero así aprovechamos la logística que tenemos... Creo que es una oportunidad.

—Nos parece bien —afirmó Lucía en nombre de sus compañeros sin que nadie la contradijera, aunque la mirada de Saturnino lo decía todo. A ella también le gustaba participar en conversaciones sobre la libertad, los partidos y cómo sería un mundo en el que la revolución hubiera triunfado, pero cuando había que tomar decisiones no era de darle mil vueltas a todo. Nico para eso era mucho más político—. ¿Y qué temas se tratarán? Quiero decir, nosotros ¿qué tipo de octavillas imprimiremos?

—Las habituales: la lucha contra el fascismo, la defensa de una sociedad igualitaria, el marxismo... Y luego nos haremos eco de todas las acciones que lleven a cabo nuestros compañeros en las fábricas: las huelgas de las que no hablan los totalitarios, las protestas, la defensa de los derechos de los trabajadores... —contestó Nico.

—Y del barrio —interrumpió Lucía—. De la falta de colegios, del ambulatorio, del problema de las inundaciones, de la miseria, de que falta de todo y hay tres plazas de toros y tres cines... —continuó la chica, que hacía suyas las palabras de su madre, su propio discurso velado, las cuestiones que le comentaba a Manuel mientras cenaban sin que su padre le hiciera excesivo caso. Se sentía empoderada hablando así, con fuerza, como si ocupara el lugar de Leonor. Pero ella sí que haría algo palpable, no aquellas protestas por el estado del barrio, la falta de colegios, los parques... Resultados más importantes.

—¡Por supuesto! —exclamó con entusiasmo Nico—. De

hecho, la idea es precisamente esa: que haya unos temas comunes a todos, pero luego también otros más locales. Así podremos llegar a más gente ¿Tú podrás escribir de todo esto? Para las octavillas...

—¿Yo? —contestó Lucía, que conocía sus limitaciones.

—Lo haré yo —replicó Mari Paz. La chica tímida se había entusiasmado con las palabras de la compañera—. Si a Lucía le parece bien...

—Sí, sí, adelante, camarada.

—Y aparte de imprimir papeles... y repartirlos. ¿No haremos nada más? ¿Algo más contundente? Parecemos de la plataforma esa en la que están la madre de Lucía y las otras mujeres que van a misa —continuó Saturnino, que no escondía que todo aquello, aunque pareciera el gran secreto, estaba por debajo de sus expectativas.

Lucía se quedó mirando al chico grueso y extremadamente rubio. Tenía una sonrisa extraña, diabólica.

Nico captó en unos segundos lo que estaba tratando de decirle.

—Nosotros, por ahora, nos limitaremos a esto... Satur, en un futuro, si quieres hacer otra cosa por la lucha obrera, por la libertad, seguro que encontrarás tu camino. No nos espera un recorrido rápido. Primero tenemos que acabar con el dictador para conseguir la instauración de la república federal española, y después habrá que implementar un régimen socialista, siguiendo el ejemplo de la República Popular China —sentenció Nico.

—¡Paparruchadas! —exclamó Satur.

El invierno de 1970 era el más frío de todos los que Lucía había vivido hasta aquel momento. Al menos eso creía, porque tampoco solía andar por la calle a las cinco de la mañana. Tomó aire y comprobó que llevaba encima todas las octavillas, escondidas entre la chaqueta y el cuerpo. Papeles impresos en ciclostil que reclamaban la unión de todos los trabajadores para acabar con el dictador franquista, y que hacían referencia también a los últimos acontecimientos en las principales fábricas metropolitanas, comenzando por Seat, donde varios sindicalistas habían sido despedidos. En el panfleto, cuya cabecera era el logotipo de Bandera Roja, se reservaba un espacio para una reivindicación local. Como las octavillas iban a repartirse en la parada de tren de Almeda, se reclamaba la eliminación definitiva del paso a nivel que de vez en cuando se cobraba alguna vida. Que de momento se construyera un paso subterráneo, o uno elevado, por encima de las vías, hasta que por fin se soterrara la línea de tren, la única solución válida para la seguridad de los vecinos. Lo había escrito Mari Paz. Los temas principales venían dictados y coordinados por alguien de arriba, del partido, según les contaba Nico, aunque nadie sabía quién. Ni siquiera él. Eran medidas de seguridad por si caía un miembro de la célula, para que no pudiera delatar a un gran número de personas. Porque eso pasaba. Porque, aunque cada día más jóvenes se sumaban a la lucha, otros tantos eran detenidos por la policía e interrogados a hostias hasta que al final cantaban.

«Que vengan a por mí», retaba Satur.

«No seas gilipollas, que entonces caemos todos», zanjaba Cristina, de pocas pero contundentes palabras.

Aunque Mari Paz tenía libertad para desarrollar cada tema —todos aportaban ideas, pero estaba claro que era su cometido escribir y por ella misma se valía—, Nico acababa validando los textos. Al poco de llegar el ciclostil, en cuesción de días, todos ingresaron en Bandera Roja, incluso Saturnino, que se quejó y dejó claro que la suya era una afiliación temporal.

La octavilla que repartían esa mañana encendió un pequeño debate en el bar de Serafín. Mari Paz introducía lemas fáciles de recordar que resumían las reivindicaciones. Propuso «Más libros y menos toros», en referencia a que en la Sati hubiera tres plazas para las corridas de bravos, algunas con capacidad para miles de personas, pero ni una sola biblioteca o un espacio donde estudiar o leer.

—Pero tú ¿qué tienes contra los toros? —preguntó Satur enfadado y retador, como casi siempre, como si estuviera a punto de soplarle una hostia con la mano abierta al primero que pasara.

—Que es una salvajada hacer sufrir así al animal —defendió Mari Paz.

—¿Ahora nos vamos a preocupar por los toros? ¿Esto es hacer la revolución? —insistió Satur—. Queremos que España sea la nueva República Popular y resulta que hay que tener en cuenta a los animales.

—Yo no lo veo mal —apuntó Cristina—. No veo por qué no nos podemos preocupar por los animales.

—¿Los toros? ¿Los toros? Ahora no se van a poder hacer corridas porque entonces no se hará la puta revolución —continuó Satur.

—Vamos a ver, compañeros —intercedió Lucía—. Lo de los toros yo no sé si es una salvajada o no. En mi casa no se ven y no somos aficionados, pero eso no quiere decir que no haya afición en el barrio. La hay. Ahora, decir libros sí y toros no, eso a mucha gente no le va a gustar...

—¡Pan y circo! —exclamó Nico, llamando la atención de todos—. Los fascistas romanos lo hacían hace siglos. Entretienen a la gente con espectáculos para que no pensemos, para que no reclamemos. ¡Para que no hagamos la revolución! Sí, Satur, así son de retorcidos. Pero, como bien dice Lucía, ahora mismo no nos interesa abrir este melón, Mari Paz. Este debate lo retomaremos más adelante.

—Y a mí que me gustan los toros, ¿soy entonces gilipollas? —preguntó Satur.

—Un poco sí que lo eres —respondió Lucía—, pero ya te has salido con la tuya. No hablaremos de toros.

—¿Tú me llamas gilipollas, niñata?

Lucía tragó saliva. Se empujaba a sí misma para ir siempre un paso más allá, pero la cara tensa de aquel grandullón enfadado la amedrentó.

—Gilipollas lo eres un rato, pero deja a la niña. Que los tiene bien puestos —replicó Cristina la gallega.

—Pues ya está, dejémoslo, que no acabaremos nunca con esta octavilla y aún tenemos que imprimirla. Vamos, compañeros, que la lucha no es fácil —arengó Nico, tratando de cerrar la cuestión de una vez por todas, pero no evitó los insultos mascullados por Satur ni el comentario final de Mari Paz:

—Mucho hablar de hacer la revolución, pero luego nadie se atreve a hacer cambios de verdad.

Esa octavilla, la que generó tanto debate, era la que, cuando todavía no asomaba el sol por Cornellà, Lucía repartía en la estación del barrio de Almeda, epicentro de fábricas y de protestas de obreros y de vecinos, hartos de que, cuando llovía un poco más de la cuenta, las calles quedasen completamente anegadas y se convirtieran en impracticables barrizales.

—¡Niña! ¡Eh, niña! Ten cuidado, que andan por aquí los grises —advirtió una sombra, que entraba o salía de la estación.

Lucía actuó como les habían aconsejado que hicieran siempre que la Policía Armada o la Guardia Civil anduvieran cerca. Debían dejar el fajo de octavillas en algún sitio en alto y caminar con paso firme, sin detenerse, hacia donde hubiera la mayor concentración de personas.

Se dirigió hacia las fábricas, porque al tren en dirección a Barcelona no se podía subir. Así que se unió con tacto a un grupo de cinco o seis personas que caminaban aún medio dormidas a su trabajo, todas vestidas con un mono azul, un par de ellas matando sendos cigarrillos. De pronto, notó que alguien se ponía tras sus pies. Lucía apretó el paso, convencida de que la seguían. Ya no sentía frío, sino una húmeda gota que le recorría la espina dorsal. La respiración entrecortada, el ritmo acelerado. El polígono, cuyas calles se llenaban de más personas, de más ruido, ganaba terreno a la bruma invernal del cercano Llobregat.

—Oye, niña, no corras —dijo la misma voz que la había alertado de los grises. Era quien caminaba pegado sus pies.

Lucía frenó. Le parecía que el corazón le saldría corriendo. Ante ella apareció un chico mayor, que debía de tener al menos dieciocho años, afeitado, con barbilla prominente, cabello de un negro intenso y ojos azules.

—Soy amigo, Nico me conoce bien. Me llamo Quico. Me dijo que estarías repartiendo en Almeda. Lucía, ¿estás bien? Te has quedado blanca.

La muchacha aún tardó un tiempo en reaccionar.

—Sí, sí, lo estoy. ¿Cómo te llamas?

—Quico. Te lo acabo de decir —repitió con una sonrisa que le marcó los hoyuelos—. Vine porque nos informaron de que harían una redada en algunas estaciones. Se lo dije a Nico y él fue a avisar a otra de las chicas...

—Cristina.

—Cristina, sí. Y me pidió que te avisara a ti.

—¿Y estaban los grises?

—Estaban.

—No los vi.

—Pues estaba hasta el Llanero Solitario. Es un asesino, un pistolero realmente...

—Lo conozco, sí.

—¿Lo conoces? ¿Y eso?

—Es una larga historia... que no te voy a contar... No te conozco.

—A mí me resultas familiar —dijo él como si tratara de hacer memoria.

—Oye, que no estoy para gilipolleces, ¡eh! —continuó Lucía, a la defensiva.

—Joder, vaya carácter... ¿A qué hora entras a trabajar?

—Al mediodía.

—Pues vamos al centro, te invito a tomar un café. Si conoces al Llanero Solitario, quizá te conozca él a ti. Y a mí creo que también, así que lo mejor que podemos hacer es salir de aquí.

Lucía se quedó unos segundos pensando, aunque al final acabó por asentir. Los dos, a un paso más calmado, caminaron hacia el centro de Cornellà, hasta la zona de la Rambla. La avenida arbolada, construida a principios del siglo XX, nacía delante del ayuntamiento y de la iglesia de Santa María, un edificio rectangular de fachada neorrománica que se erigió, tras la Guerra Civil, sobre las ruinas de un templo católico que hundía sus raíces en época visigoda. La Rambla era un espacio noble, rodeado de edificaciones bajas que habían engullido el viejo castillo de la ciudad, donde los coches circulaban sin cesar y los bares no se parecían a los de la Sati. De hecho, en aquellas calles todo era distinto. Había casas y tiendas, y un impresionante edificio rojizo con un torreón, el Cinema Titán, inaugurado como el emblema de la modernidad en la década de 1920, pero que a finales de los años sesenta cerró sus puertas ante las salas modernas destinadas a la emigración que poblaba los barrios periféricos.

En el centro de Cornellà, también había columpios de hierro con los que, si no ibas con cuidado, te desollabas la piel. No era raro ver a algún niño o niña de la Satélite que se dejaba caer por allí para poder balancearse. Los dos jóvenes entraron en una cafetería, de las que vendían bombones, y que estaba justo al lado del edificio rojizo, en el que se habían estado proyectando películas hasta hacía una década.

—Entonces, ¿dónde trabajas? —preguntó Quico cuando llegó a la mesa con dos cafés solos, acompañados de dos tostadas con aceite.

Lucía, a refugio en el céntrico bar después de lo sucedido por la mañana, estaba muy hambrienta. Apenas había podido probar bocado antes de salir de su casa.

—En Mazore. Es una empresa que hace tintado textil. Está aquí al lado.

—La conozco.

—¿Y tú? —preguntó Lucía, antes de engullir de un bocado media tostada.

—En la Seat.

—¿En la Seat? ¿Donde los coches?

—Sí, ¿por qué te extrañas tanto?

A Lucía aquel anuncio le llamó la atención. Normal, todo el mundo quería trabajar en la Seat.

—No me extraño.

—¿Te gustaría trabajar allí?

—Todo el mundo sabe que es muy difícil, salvo si ya tienes a un familiar allí dentro. ¿Sabes? Uno de los motivos por los que mi padre quería venir a Barcelona era precisamente para trabajar en la Seat. Varias veces mandó cartas y creo que ni le contestaron.

—Se puede trabajar en la Seat si eres una mujer y sabes coser...

—¡Vete a la mierda! —exclamó la chica, siempre impulsiva, pensando que aquel chico moreno de ojos azules le tomaba el pelo.

—Oye, tampoco te pongas así.

—No me pongo de ninguna forma —sentenció Lucía, que dio por terminada la tostada y tomó el café casi de un sorbo. Hervía, pero no permitió que aquel chico, que sí, que encontraba atractivo, intuyera que se había quemado el gaznate y todo el esófago.

—¿Quieres que te cuente lo de la Seat?

—¿Ahora te vas a hacer el interesante? —lanzó ella.

—Caray, pero ¿tú qué edad tienes? ¿Dieciocho?

—Diecisiete —contestó. Mentía: aún tenía dieciséis.

—Pues acojonarías a Stalin. —Ella sonrió—. Bueno, pues el tema es que en la Seat buscan a chicas y a señoras que sepan coser para los tapizados de los coches. ¿A ti te interesaría?

—A todo el mundo le interesa la Seat.

—Solo te pido una cosa a cambio, que allí dentro nos ayudes también con la lucha. La presencia sindical es fuerte, tú tienes carácter y justo ahora que buscan mujeres...

—Aunque busquen no creo que sea fácil entrar.

—De eso se ocupa mi padre.

—¿Tu padre?

—Sí, sí. Está en oficinas, pero tiene mano allí dentro y también está en la lucha. ¿Quieres?

—Claro que quiero. ¿Y podría mi madre?

—¿Tu madre? Lo podría mirar... Mañana por la tarde,

cuando *plegues*, estaré en la puerta de la fábrica con una solicitud para que la copies con tu letra y pongas tu nombre. Sí que necesitarás la autorización de tu padre. Pero no creo que ponga problemas para firmarte para que puedas trabajar en la Seat. Y lo de tu madre quizá es un poco más complicado... pero lo comento. ¿Sabe coser?

—Mucho. Se dedica ello, tiene a varias mujeres cosiendo para ella...

—¿No será la de la plataforma esa de mujeres y madres que organiza reivindicaciones en el barrio?

—Esa —afirmó Lucía con orgullo.

—Lo miro, aunque también te digo que si yo la conozco es porque está bastante señalada.

—¿Mi madre?

—Sí, ya sabes: se mueve mucho, protesta, quiere cambiar lo que hay... Aquí fichan rápido. Pero lo miro, y tú me dices que sí.

Lucía se sentía como si le hubiera tocado la lotería. Tomó el café que le quedaba en la taza casi temblando. Siguió hablando con Quico. Si hasta entonces tuvo la sensación de que se conocían, al poco de abandonar la cafetería, camino a la fábrica, lo recordó. Le vino a la memoria el día de la mudanza de su tía Rosa, cuando se escapó de su padre al ver el acto organizado por Montesa... Quico era aquel niño delgado con el que estuvieron jugando Juanito y ella en un descampado. El niño cuyo padre trabajaba en la Seat, al que le había sacado la lengua. Le había caído mucho mejor de mayor. No lo encontraba feo. Quizá acabarían siendo buenos amigos, pero nada más, aunque tenía la impresión de que en algún momento había tratado de ligar con ella.

Pero a Lucía no le interesaba. Su corazón estaba ahora mismo por Nico, que cada vez le gustaba más. No eran novios ni nada, aunque se habían dado algunos besos y se habían enrollado sin que el resto lo supiera. En el coche del padre de Nico, había dejado que el camarada le tocara los pechos. No habían ido a más.

Lucía pensó toda la jornada en aquel muchacho, y también en la fábrica de la automovilística de la Zona Franca en la que todo el mundo quería entrar. Aunque estuviera más por la lucha de clases que por lo que su padre denominaba prosperar, la oferta de trabajo la había tentado por completo. Era el sueño que muchos perseguían y pocos alcanzaban. Además, a su madre también le gustaría. Y no suponía venderse al capital. Quien se lo había ofrecido le había dejado claro que era para que participase en la lucha, no para que el régimen vendiera más y más 600 a los proletarios que así pensaban que por tener coche ya no pertenecían a la clase trabajadora. Era lo que Nico siempre decía. Y ella estaba de acuerdo, aunque tanto su padre como el de Nico tuvieran cada uno un Seat.

Nada más llegar a casa, por la tarde, le comentó a su madre la posibilidad de que a las dos las pudieran colocar en la fábrica de Seat. No le había pasado por la cabeza que Leonor la pudiera ignorar y se molestase con la propuesta.

—Ese tipo de oferta de trabajo no se hace en un bar, y menos en uno como el de Serafín. Y si se hace... es que no es trigo limpio. Esas juntas que tienes, esas chicas y chicos con los que te ves... No pueden traer nada bueno, Lucía —dijo Leonor, que llevaba días dándole vueltas a cómo hablar con su hija sobre aquello. Más de una vecina se lo había dicho: «Tu niña anda en política, tu niña anda con los de Bandera Roja». La propuesta de Seat hizo que estallara al fin, sin que Lucía lo esperase.

—¿Qué quieres decir, mamá?

—¿Cómo que qué quiero decir? ¿Hoy no te has ido a las cinco de la madrugada? Me dijiste que ibas a hacer horas... ¡Si no has entrado hasta el mediodía! —continuó Leonor, que dejó la máquina de coser y se acercó a su hija. Lucía, a la que habitualmente no le costaba reaccionar, no conseguía articular palabra: todo aquello la había cogido con la guardia baja—. ¿Qué has estado haciendo? Me han dicho que te pasas el día en el bar de Serafín, que estás en un partido comunista, y que además es de los chinos.

Lucía permanecía en la puerta del comedor, en un rincón del cual tenía su madre la máquina de coser, junto a los sofás rojos de escay adornados con los pañitos que confeccionaba la abuela María del Valle, y que se los hacía llegar, de tanto en tanto, en un paquete con garbanzos, lentejas de las del pueblo y algo de embutido. Parecía que sus abuelos paternos, desde el cuadro, estuvieran observando toda la escena. «¿Quién le habrá contado todo esto?», pensó Lucía, aunque enseguida renunció a buscar a los posibles chivatos. A su madre la conocía todo el mundo, y se lo podía haber contado cualquiera, incluso la mujer de Serafín.

—Tú vas a manifestaciones —contraatacó Lucía—. Participas en reuniones en la iglesia y todo el mundo sabe que estás al frente de la red de solidaridad que se ocupa de que nadie sin trabajo se quede sin comer. Que estás detrás de la plataforma de mujeres... Y que te tienen fichada...

—¿Fichada? ¿Crees que es lo mismo ir a manifestaciones para pedir colegios y que hagan parques, o que el barrio no sea un lodazal cuando llueve, que estar en un partido comunista de chinos?

Las palabras de su hija habían indignado aún más a Leonor, que estaba completamente fuera de sí.

—Pues si no es lo mismo, es parecido —afirmó Lucía.

—¡Pues vente conmigo! Y deja de estar en los bares, deja de estar con esos melenudos y ven a hacer cosas por el barrio de verdad. ¡Que me dicen que te pasas todo el día bebiendo cerveza y con chicos! ¡No vas a salir de esta casa!

—Pero, mamá, ¡si el cura es el más rojo de todos! ¡No seas facha! —replicó Lucía, lo que provocó que su madre perdiera los nervios: la miró a los ojos y le propinó una sonora torta.

Lucía se quedó inmóvil. Con la mejilla enrojecida, dolorida. Leonor, también paralizada, con el cejo fruncido y la cara apretada, muy enfadada, se arrepentía ya del bofetón que le había soltado a su hija, porque sabía que aquello no era un guantazo más, ni una reprimenda. Aquello no iba a quedar en nada. La adolescente no volvió a abrir la boca y se fue a su cuarto. Lloró, se desinfló. Le cayó encima el cansancio de aquel día tan lleno de emociones y que había comenzado tan temprano.

Apenas habló con su madre aquella noche. Lo justo. Lucía se fue a dormir poco después de cenar, casi sin probar bocado. Fue a acostar a Esperanza, con quien compartía habitación, y se quedó en la litera superior.

Leonor, en la cama, le contó a su marido lo de la niña, que le habían ofrecido trabajar en Seat. De que andaba en política no dijo nada. Notó que su marido se sentía reconfortado al ver que a ella tampoco le gustaba la propuesta.

—¿Lucía en la Seat, con lo que cuesta entrar? Si no he podido ni yo...

—Ya le he dicho que le estaban tomando el pelo —respondió Leonor.

—Lucía lo que tiene que hacer es seguir trabajando en Mazore y pensar en tener una pareja estable. Mira, en Montesa hay más de uno que nos gustaría para ella...

Lo que no confesó Manuel es que le escocía la mera posibilidad de que su hija pudiera trabajar en la automovilística. Él estaba muy bien en Montesa, y cada vez mejor, pero aquella idea le molestaba.

Leonor lo abrazó con cariño, como si quisiera mantener relaciones sexuales.

—¿Y dónde le han ofrecido trabajar en la Seat?

—En una cafetería.

—¡Madre de Dios! Pues, aunque no sea guasa..., la niña no trabajará en la Seat. Se ponga como se ponga —sentenció Manuel.

Leonor se sentía triste, pero repitió el abrazo. Lo acarició. Aguardó a que reaccionara, a que le devolviera las caricias. Pero Manuel rara vez lo hacía, aunque ella lo esperaba. Leonor se entristeció aún más.

Lucía seguía en su habitación, sin dormir por una mezcla de cansancio y de rabia. Pensó en el día de Almeda, en el miedo que pasó con Laura. Pensó en Quico y en la Seat, en cómo falsificaría la firma de su padre que la autorizaría a trabajar allí. Porque no pensaba renunciar.

1971

—Mira lo que te traigo —dijo Lucía con un ejemplar del *TBO* en la mano.

Juanito recibió con una sonrisa de oreja a oreja aquella revista de segunda mano que su hermana le había comprado en el mercado de Sant Antoni. Aquel domingo Quico le enseñó todo lo que allí se encontraba a la vista, como aquella publicación infantil, y lo que no: los libros prohibidos por el régimen, que a menudo publicaba el Partido Comunista y que se podían adquirir a buen precio si se iba acompañado de la persona adecuada. Lucía leía, pero no devoraba libros, como sí lo hacía Quico, con quien en pocos meses había trabado una buena amistad. Lucía tenía diecisiete años y ya trabajaba en Seat. Su jornal de aprendiz era mucho mayor que el de la fábrica textil. Siempre tenía duros de sobras, que no les daba a sus padres porque a ellos no les había contado que había cambiado de trabajo.

«¿Y no lo sabrán?», le preguntaba Cristina, la gallega, quizá con quien más se relacionaba en el grupo. Tampoco había hecho malas migas con Mari Paz, si bien era más retraída, seguramente por timidez. Aunque Lucía mantenía la relación con sus amigas de siempre, con las niñas del barrio con las que había crecido y que no militaban en ningún partido, cada vez se sentía más unida a la gente de Bandera, de su grupo o de otros, a las personas movilizadas políticamente.

Con Nico hacía ya mucho tiempo que ni se enrollaba. El cabecilla del grupo pregonaba en la intimidad sobre el amor libre, un concepto que Lucía no compartía. Con la misma intensidad que empezó a gustarle, dejó de hacerlo. Se reía con él, se lo pasaban bien juntos, pero los dos tenían igual de claro que no iban a ser pareja. Quizá por eso eran y seguirían siendo amigos.

En casa de Lucía, la paella del domingo se había convertido casi en una institución. También aquel día se cumplió el ritual, aunque Manuel no hubiera ido a comer. Se había marchado a la fábrica a primera hora de la mañana: tenía que atender «un asunto de urgencia».

Cuando Lucía acabó de fregar los platos, se dirigió hacia la puerta.

—¿Vas a salir ahora? —preguntó Leonor a su hija mayor—. Has estado toda la mañana fuera. ¿No te vas a quedar en casa? Podrías hablar un poco con la familia. Además, tu padre aún ni vino...

—Hemos quedado para ver la televisión —argumentó Lucía.

—¿La televisión?

—Sí..., en el bar de Serafín... Hoy hacen un programa especial de Joaquín Prat... *A la española*, me parece que se llama. Hay actuaciones musicales grabadas por toda Barcelona...

Lo cierto es que Lucía había quedado con Nico, Cristina, Mari Paz, Quico y alguno más, y que lo había hecho en el bar, aunque no precisamente para ver folclore nacional en lo que ya se conocía como la caja tonta. Sabía, no obstante, que convencería a su madre con el argumento de que se quedaría disfrutando de uno de los programas de televisión que en su grupo calificaban como de enaltecimiento franquista popular, un instrumento más para adormecer a las masas y obstaculizar sus reivindicaciones. «¿Y no sabe que trabajo en la Seat? Mi madre lo sabe todo... Sabía hasta que estaba en Bandera Roja. Pero me da igual y no me importa», se dijo Lucía.

—No me gusta que vayas tanto al bar. Y menos al de Serafín. Es un tema que hemos hablado muchas veces —la reprendió Leonor, pero no pudo recabar ningún apoyo. Manuel no estaba.

—Pocas cosas podemos hacer los jóvenes aquí. Mejor ir a ver la tele que quedarme en algún descampado bebiendo —contestó directamente Lucía—. No voy sola, he quedado con amigas.

—Y con amigos. Allí no bebéis zumos ni agua, tenéis la mesa llena de botellines. No me gusta que vayas allí... Papá va a comprar un televisor, así no te tendrás que ir a ningún bar y menos al de Serafín.

—Me voy. —Y Lucía cerró la puerta tras de sí, sin mirar atrás.

Leonor se quedó en el comedor, sin palabras. «¿Esta es mi niña?», se preguntaba. Un día se metería en un problema, sabía perfectamente que el bar de Serafín era cualquier cosa menos un plácido lugar donde pasarlo bien con un programa musical de televisión. En aquel local había política y se hablaba sobre todo de política, y se reunía un grupo vinculado a Bandera Roja, al que Leonor sabía que Lucía pertenecía. Pero lo malo no era eso, al menos no lo más malo; lo peor era que, igual que Leonor sabía que su hija militaba, porque se lo habían dicho otras mujeres de Ciudad Satélite, también lo sabrían los chivatos del barrio, sin ir más lejos su cuñado, o los policías que se paseaban por ahí, como el Llanero Solitario. El bar de Serafín era un conocido nido de rojos, y las fuerzas policiales franquistas, como años atrás, podían hacer una redada en cualquier momento. Cuanto más crecían las reivindicaciones y el tejido político, sindical y vecinal, más intensa y violenta se volvía la respuesta de la policía y la Guardia Civil. Eso era en verdad lo que le preocupaba a Leonor, y no los chicos ni las mesas llenas de botellines.

Manuel, en cambio, continuaba ajeno a todo: a lo que sucedía en el barrio y a lo que sucedía en su propia casa. «Solo le importa la Montesa», se decía Leonor, que cada día estaba menos al corriente de lo que su marido hacía en una empresa que ahora ya le requería a cualquier hora. Como este domingo, que estaba trabajando. Que ni siquiera había ido a comer.

El señor Reverter era la señora Montserrat de su marido: lo acogió. Sin embargo, al contrario que con la modista de Sant Joan Despí, el resto de los miembros de la familia no gozaron del mismo trato de afecto y confianza. Manuel, en todos aquellos años, ocupó diferentes puestos de trabajo y prosperó, primero en la fábrica y un tiempo después en el taller. Ahora apenas se manchaba las manos de grasa. La noche anterior, porque el sábado tampoco paró apenas en casa, le contó a Leonor que le habían ofrecido que se uniera a la división de motocross, la que en aquel momento tenía más potencial en la marca, cada día más presente en las competiciones internacionales.

Manuel le explicó que se trataba de una magnífica oportunidad, que el salario aumentaría, pero que también debería viajar más, por España y por todo el mundo. «El señor Reverter me lo ha pedido...», recalcó al meterse en la cama. Se había quitado su último traje nuevo que, tras doblarlo con esmero, había dejado sobre la silla de la habitación. «Benny Sellman ha ganado el campeonato de Suecia y Christian Rayer, el de Francia. Kenny Roberts es el campeón americano de motocross júnior, y aquel chico, Yrjö Vesterinen, el de Finlandia de trial. Se nos abre un mercado que tenemos que aprovechar», le argumentó Manuel, como si ella supiera quiénes eran esos señores extranjeros, como si alcanzara a repetir esos nombres con la correcta pronunciación de su marido. Como si a ella aquellos países no le sonaran todos igual, como si para ella su mundo no fuera la Satélite y su familia. Leonor aprovechó ese momento para plantearle a Manuel de nuevo la necesidad de adquirir un local en el barrio. Instalaría sus máquinas, compraría alguna más o trasladaría la de alguna chica, y coserían allí. Sacaría el trabajo de casa. Con el bajo de algún edificio de la Satélite bastaba. Aunque la mayoría de los locales acababan reconvertidos en viviendas, en el barrio quedaban algunos bajos que solo eran un hueco entre ladrillos.

Leonor le tenía echado el ojo a uno en la calle Abedul, que no estaba muy lejos del piso. Tiempo atrás se fijó en otro de la calle Avellaneros, pero ese se vendió y abrieron allí una pequeña bodega. Leonor llevaba años dándole vueltas a la idea, comentándoselo a su marido que, esa noche, se mostró menos reacio que en otras ocasiones: «Miremos precio, con los ahorros que tenemos quizá... pero si nos metemos en una letra pequeña y que no sea para coser para la gente de la calle, sino como estás ahora». Leonor se sintió feliz.

—Mamá —dijo Esperanza al entrar en la cocina. Leonor acababa de recoger los platos que había fregado Lucía.

La pequeña niña morena de cinco años se abrazó a su madre. Esperanza era quizá la niña más risueña que había visto nunca, y no lo decía porque fuera su hija: era especial.

Llamaba la atención por su atractivo sencillo, por aquella alegría que siempre exhibía. En un momento en que todo el mundo temía algo o a alguien, su mirada era la de una personita que permanecía ajena a la jaula en la que los demás parecían encerrados. No es que en el barrio nadie riera o expresara felicidad; también lo hacía la propia Leonor, pero aquellos días se sentía rodeada, cuando no sumergida en tristeza.

Se acordaba mucho de Rosa. Su memoria se le clavaba en el corazón como un cuchillo. Era dolor extremo, pero también sentimiento de culpa. ¿No pudo hacer algo para evitarlo? Dejó de lado a su hermana, no la ayudó. «Rafa la asesinó, pero la matamos un poco entre todos», pensaba muchas veces. Todos aquellos años que vivieron tan cerca sin tener relación le pesaban como una losa.

Leonor cogió en brazos a la pequeña que había llegado cuando ya no tenían pensado tener más hijos. Al fin y al cabo, ella ya tenía treinta y siete años y Manuel estaba a punto de cumplir los cuarenta.

—¿Dónde está Juanito? —preguntó a la niña, como si ella misma no tuviera la respuesta, como si no lo supiera.

—Está en su cuarto, leyendo —contestó la pequeña, que cogió a su madre de la mano para llevarla a la habitación donde dormía su hermano.

Manuel y Leonor habían estado mirando otro piso, en el mismo barrio, pero un poco más grande. Estaban construyendo algunas viviendas más amplias, y podían vender la de la calle Álamo casi por el mismo precio. Eso sí, los últimos bloques eran ya mucho más altos que donde vivían ellos.

—¡Aquí está Juanito! —exclamó Esperanza, que al abrir la puerta soltó la mano de su madre y fue a tumbarse junto a su hermano. Apartó el *TBO* para dejarse abrazar por su hermana pequeña. Ella lo estrechó con fuerza, con sinceridad.

—¿No vas a salir a jugar al fútbol? —preguntó Leonor a su hijo, que de todos era al que más le gustaba quedarse en casa, al que menos le gustaba la calle. Y aún menos el fútbol. Estaba convencida de que era el niño del barrio al que menos le gustaba jugar. Y lo pensaba sin considerarlo una exageración.

—Estoy leyendo.

—Pero es domingo, puedes leer más tarde.

—Va a llover —sentenció Juanito.

A pesar de sus trece años, seguía siendo muy niño. Nunca fue un chico como los demás. No le gustaba el fútbol, ni jugar a guerras, y se sentía mucho más cómodo acompañado de niñas que de otros niños. Manuel era ajeno a eso como a todo lo demás, pero Leonor tenía la mosca detrás de la oreja. «¿Qué se le escapa a una madre?», se decía, como años antes le repitiera María del Valle, la suya propia. «¿Que Lucía no nos hizo caso y que trabaja en la Seat? Eso lo sé también».

—Vamos, Juanito, vamos a jugar —insistió Esperanza, cuando un fuerte trueno retumbó como si el piso fuera a caer.

—Ves, mamá, ya dije que iba a llover. ¿A qué quieres jugar, Esperanza?

—¡A cocinitas! —exclamó la niña, al tiempo que sacaba la caja en la que guardaba la mayoría de sus juguetes, entre estos unos cuantos útiles de cocina de tamaño reducido y un viejo juego de café que Leonor le dio semanas atrás para que acabase de completar su pequeña cocina.

Juanito era un niño bueno.

Leonor los dejó y se fue sola al comedor. Miró de reojo la

máquina de coser, pero fue a buscar su tela de saco, la de las margaritas. Todavía no había comenzado la de aquel año.

Sonó otro trueno.

—¡Lo dije, mamá! —gritó Juanito desde su habitación.

Al cabo de una media hora, se abrió la puerta del piso. Entró Manuel completamente empapado.

—¡Está cayendo la de Dios! —espetó mientras dejaba el paraguas en el lavadero. Se quitó la gabardina y, chorreando, la dejó caer al suelo, junto a los zapatos que se había quitado tan solo cruzar el umbral. Leonor se levantó, se acercó a la entrada y lo recogió todo.

Vestía traje marrón oscuro, corbata azul, camisa blanca. Sin rastro del jornalero que fue, que estaba condenado a ser. La urgencia del domingo había sido un encuentro con inversores, con patrocinadores de la marca, con pilotos que competían en todo el mundo con motos Montesa, con distintos equipos deportivos. El señor Reverter era uno de los responsables de esta línea de negocio, y el señor Reverter era el gran referente de Manuel.

—He visto a una chica que era del cortijo de Salinas. Mi tía conocía a sus padres —señaló tras sentarse en el sillón de escay rojo.

No le pasó desapercibido a Leonor el ligero olor a alcohol. Había bebido, pero no estaba borracho. También notó el perfume a jazmín, que no era el suyo, y aún menos la colonia de fragancia ácida que gastaba Manuel. Ese olor delicado, femenino... Hacía varios días que lo percibía en su marido.

—¿Dónde fue el acto?

—En la fábrica. Un encuentro con amigos de la marca.

—Me dijiste en Barcelona.

—No, no... En la sala donde se hacen las pruebas. Se

habían preparado carpas y una zona de taller al aire libre, pero se puso a llover.

—¿Fue bien?

—Muy bien. El señor Reverter dice que vivimos un momento dulce, que cada día tenemos más presencia en las competiciones de trial. Y que crecerá. Hay mucho interés, se vende mucho... Lo que se produce menos son las motos de carretera —continuaba Manuel, mientras Leonor solo tenía en la cabeza aquel ligero perfume a jazmín que a cada momento se hacía más penetrante.

—¿Entonces todo el acto ha sido en la fábrica?

—Sí, ya te lo dije, aquí al lado...

—Pues hueles extraño —dijo ella.

—¿Qué quieres decir? Será la lluvia, como ha empezado a caer...

—Hueles a mujer —disparó finalmente Leonor.

Manuel sonrió nervioso. No dijo nada. Hizo una pequeña mueca, quizá imperceptible para la mayoría de los mortales. No para su mujer.

—A jazmín —insistió Leonor.

Su marido la miró fijamente. Sin decir nada. El estruendo de un fuerte trueno hizo que Esperanza saliera corriendo de la habitación de su hermano y se refugiara en los brazos de su padre. La lluvia caía con violencia, en rachas que chocaban sin cesar contra la fachada del edificio, como si quisiera cortarle la respiración.

Más truenos. Más lluvia.

Juanito apareció también en el comedor, donde la conversación de sus padres había quedado congelada, donde la pequeña de la casa seguía pegada a Manuel.

—Llueve mucho —dijo Juanito.

—Sí, se acabará inundando medio Cornellà. Y así esta

semana vuestra madre podrá ir a las manifestaciones, a quejarse de que, cuando llueve, se inunda el barrio de Almeda y todo es un barrizal. Y eso que ya tenemos hasta mercado, como si fuéramos una ciudad grande. Aquí al lado, solo hay que caminar unas cuantas calles: el mercado municipal de San Ildefonso, que todavía huele a nuevo. Pero eso no se celebra, las mejoras dan igual. Lo importante es lo que no se tiene. Quizá no es tan mala idea lo del local, para que trabajes más y te entretengas menos —sentenció Manuel, con acidez.

A la semana siguiente, compraron un pequeño local de la calle Abedul, de unos cuarenta metros cuadrados, en el que cabían hasta seis máquinas de coser. Sin apenas letras, pagado casi todo a tocateja.

Pocas fechas como el 18 de octubre de 1971 marcaron tanto la vida de Lucía. El paso del tiempo convirtió en histórica una jornada que la chica recordaría por un beso, pero también por un asesinato.

Era todavía de noche cuando los autobuses del turno de la mañana comenzaron a llegar a la entrada de la fábrica de Seat, en una Zona Franca que apestaba a productos químicos mezclados con la salobre humedad de la brisa marina. Aquel polígono industrial, uno de los principales de España, se asentaba en una antigua zona pantanosa, una marina insalubre donde un siglo atrás el paludismo campaba a sus anchas. Lucía caminaba por inercia, empujada por otras compañeras, con las manos metidas hasta el fondo de los bolsillos. Alguien se puso a caminar a su lado.

—Tienes cara de sueño —señaló una voz que le era totalmente familiar, que identificó sin pensar. La de Quico.

—Para no tenerlo... —contestó ella, girándose con una sonrisa. Él para nada estaba somnoliento. Sudaba a pesar del frío, se le notaba agitado—. ¿Estás bien?

Se mostró sorprendido por la pregunta, pero asintió.

—Ten cuidado. Hoy no te pongas en primera línea.

—¿Ahora me vas a venir tú a decir lo que tengo que hacer?

Quico sonrió. Lucía le sacó la lengua. Él le guiñó un ojo y avanzó su posición, se sumó a un grupo más numeroso que caminaba delante de ella. Hacía días que corrían rumores de que se estaba a punto de declarar una huelga, que esta estallaría en cualquier momento y que estuviesen preparados. El mensaje circuló entre los miembros de Bandera Roja, del PSUC y de Comisiones, pero lo cierto es que ya había llegado a todo el mundo. Los ánimos llevaban meses caldeados en la gran industria del régimen franquista. Si bien los salarios eran más elevados que en el resto de las fábricas, la mayoría de los trabajadores tenían que hacer horas extras para alcanzar un sueldo digno. Seat no era ajena a la miseria. El nivel de exigencia cada vez era más alto, los errores no estaban permitidos y se producía a destajo. La tensión se había agravado desde que la empresa despidiera, tras unas infructuosas negociaciones, a los enlaces sindicales de los trabajadores.

Ese día, de pronto, se intensificaron los rumores: que si hoy se hará huelga, que si han llegado algunos de los despedidos, que si hoy se liará una buena... El runrún acompañó a Lucía mientras se cambiaba de ropa en el vestuario. Con el objetivo de aumentar la producción, que Seat alcanzara los mil vehículos diarios, la dirección había impuesto un turno de noche obligatorio para toda la plantilla, pero sin que la retribución fuese la adecuada.

Lucía se dirigía a su puesto habitual en el tapizado de los

vehículos, cuando entró en su sección un hombre vestido de calle. Era uno de los represaliados. Llegaba a aquella nave antes de recorrer otros talleres, otras instalaciones.

—¡Compañeras! Tal como hemos venido anunciando y habéis acordado en las asambleas, los representantes sindicales despedidos hemos entrado para ocupar la fábrica y reclamar la readmisión. ¡Queda declarada la huelga general en toda la factoría!

Al anuncio le siguió un murmullo, alguna carcajada nerviosa. Lucía reconoció a aquel sindicalista, que era uno de los últimos enlaces sindicales despedidos. Las máquinas dejaron de funcionar; ellas, de trabajar.

—¿Qué pasará? —preguntó Carmen, una compañera que sabía que Lucía era de Bandera Roja. Simpatizaba, y más de una vez la había ayudado a repartir octavillas dentro de la fábrica.

—Si hay huelga, huelga... Y ahora nos toca resistir —sentenció Lucía, convencida de que lo mejor en aquel momento era ir a buscar a Quico. Una necesidad, además, que nacía en su interior.

Los rumores se convirtieron en consignas: «Han entrado los siete, han entrado los siete... Tenemos que aguantar. Huelga general». Los siete eran algunos de los últimos enlaces sindicales despedidos. Aprovecharon el turno de la mañana para colarse en aquella enorme planta, en la que trabajaban más de veintitrés mil personas. El día anterior, en el bar de Serafín, entre los habituales se había discutido la preparación de alguna acción reivindicativa con motivo de la visita a España del dictador argentino, el general Lanusse. Lucía desconocía si el movimiento en la Seat estaba relacionado con aquella protesta, o si se trataba de una mera coincidencia, pero resultaba evidente que ya no era necesario organizar ningún otro acto: la empresa automovilística era el símbolo y el orgullo del franquismo.

La factoría paró por completo. Los trabajadores se repartieron por los patios y por las puertas de los talleres. Fumaban, hablaban. Algunos aprovecharon para avanzar la hora del bocadillo. Lucía andaba entre ellos, todavía con frío. Había caras de sueño, pero también quien se expresaba con aspavientos. No había miedo, sino cierta sensación de triunfo, de tranquilidad, de que se había hecho lo que se tenía que hacer.

—¿Adónde vas? —preguntó Quico, que se puso a caminar a su lado.

—Iba a buscarte, aunque voy a pensar que me espías. Siempre apareces de golpe a mi lado cuando no te espero.

—Trato de sorprenderte.

—Pues la verdad es que me inquietas —contestó Lucía a modo de reprimenda. Nada más lejos de su intención, de modo que añadió con una sonrisa—: Porque si apareces siempre de golpe es porque me debes estar vigilando.

—Cuido de ti.

—Sé cuidarme sola.

Quico se rio.

—No tengo ninguna duda. Pero si no quieres que te sorprenda, podemos...

—¿Chantaje, camarada? —preguntó Lucía, muy seria, haciendo que Quico perdiera por unos segundos la seguridad que siempre le acompañaba.

—No, no. Lo que digo es que... podríamos hacer algo juntos, además de la revolución. ¿Un cine? Ir a pasear a Barcelona, por ejemplo.

—¿A pasear por Barcelona?

—Por ejemplo.

—Ya hacemos cosas. Fuimos al mercado de San Antonio, tomamos café, alguna cerveza...

—Me refiero a hacer las cosas... como si fuéramos novios.

Lucía se lo quedó mirando. Quico le gustaba. No había sido un flechazo, como con Nico, pero le gustaba. Se divertía, la hacía sentir bien, aprendía. Se entendían y tenían una complicidad especial. Y le había ido gustando de poco o nada a mucho.

—Sí —contestó ella.

—¿Sí?

—¿Te extraña?

—Te tenía un poco de miedo.

—Aún me lo debes tener.

Quico sonrió. Lucía también.

—¿Qué hacéis aquí pasmados? —preguntó Javier, que también militaba con ellos y estaba, como Quico, dentro del grupo de Comisiones de Seat—. Va, que ya empieza la asamblea delante de las oficinas centrales.

Quico asintió. Dejó caer la mano entre él y Lucía. La chica se la cogió, se la apretó. Ella se sintió feliz. ¿Mariposas en el estómago? Eso tampoco, pero sí que notaba una alegría tonta, una ligera agitación. Cogidos de la mano, accedieron a la explanada donde se habían congregado unos seis mil trabajadores. Ya habían comenzado a hablar algunos compañeros, con megáfono en mano o a viva voz. Había buen humor, a pesar de los nervios. La sensación de que ya se había ganado. Con la producción parada, la dirección de la empresa no tendría más remedio que sentarse a negociar. Siguió la asamblea principal, aunque simultáneamente se celebraban otras reuniones más pequeñas. En cualquier punto, en cualquier taller o patio, un trabajador se subía en un tonel o en una escalera y soltaba un breve discurso. Dijera lo que dijese, conseguía un aplauso.

—Esto debe de ser la revolución —observó Lucía mientras apretaba la mano de Quico, nervioso pero feliz. Él se plantó delante de ella, le soltó la mano. Lucía sonrió y, antes de que él diera el paso, se lanzó a sus labios.

Le besó. Se besaron. Y lo hicieron justo cuando centenares de personas arrancaron a correr a su alrededor, en tromba. En cuestión de segundos, la alegría y la esperanza cedieron ante el miedo.

—¡Entran a caballo! ¡Entran a caballo! —gritó uno de los trabajadores.

Empezaron a llover botes que despedían un denso gas, lacrimógeno. Cada lata que rebotaba contra el suelo era precedida de un grave disparo. A lo lejos, crecían los gritos y los relinchos; se acercaba el choque de los cascos de los caballos contra el suelo de cemento.

—Salgamos de aquí —urgió Quico, mientras tiraba de Lucía.

No todos buscaban refugio en los talleres. Algunos trabajadores empujaban toneles hacia donde se adivinaba que entrarían los grises. O amontonaban palés. Otros, no siempre con destreza, se ocupaban de llenar el suelo de tornillos y tuercas.

Los gritos, los relinchos.

Lucía miró hacia atrás. Otro disparo. Más gas. Al fondo de la calle aparecieron seis grises con máscaras y escopetas; a su lado, al menos cuatro guardias civiles. Lucía y Quico entraron en un taller donde se ocultaban centenares de trabajadores. En cuestión de minutos habían montado barricadas, detrás de las cuales se resguardaban.

—¡Quico! —gritó un tipo que Lucía también conocía. El Pincho, lo llamaban. Trabajaba en el Taller 1. Portaba dos barras de hierro. Le dio una—. Estos han venido a matar, algunos compañeros dicen que han escuchado hasta disparos.

No le dio tiempo a decir nada más. Por la misma puerta que Lucía y Quico, irrumpieron dos grises a caballo, mientras que a su lado se desplegaban otros tantos policías. Una lata de gas impactó en el Pincho, que cayó al suelo. Quico lanzó la barra de metal contra uno de los agentes. Le dio, lo tumbó, o eso le pareció a Lucía, que corría hacia el extremo opuesto del taller tras saltar la barricada con la ayuda de su camarada y otro trabajador. De pronto, cayó del cielo de la nave una lluvia de tuercas, que hizo que un caballo se estrellara en la entrada. Alguien, desde el interior, lanzaba llaves inglesas con tal violencia y velocidad que parecía una ametralladora.

Se escucharon varios disparos. Una ráfaga. Aquello no eran salvas ni botes de gas. Siguió la lluvia de tornillos.

Lucía y Quico se resguardaron detrás de la barricada. Él la miró, le sonrió.

Del ruido se pasó al silencio.

—Se fueron. ¡Los hijos de puta se fueron! —gritó alguien.

—Tenemos que salir de aquí —susurró Quico—. Esto es una ratonera.

Lucía asintió y se dirigieron hacia la salida. El gas lo invadía todo. Se escuchaban disparos, golpes. Una veintena de personas comenzó a caminar junto a ellos. Los dos se daban la mano.

—Fuera nos estarán esperando —manifestó Lucía.

—Y aquí dentro son capaces de matarnos.

En cuanto Quico acabó la frase, aparecieron ante ellos cinco grises a caballo que se disponían a iniciar la carga. El grupo se rompió y los trabajadores, de forma anárquica, se desperdigaron en todas direcciones. Los caballos galopaban veloces. Lucía y Quico corrían hacia los vestuarios, en busca de refugio, cuando una repentina lluvia de piedras derribó a uno de los policías del animal.

Quico y Lucía se ocultaron detrás de un contenedor enorme de metal, desde donde atisbaron que el policía descabalgado desenfundaba su pistola. Seguía en el suelo, derribado, pero apuntaba firme. Disparó. Tres, cuatro, cinco detonaciones seguidas. Firmes. Como truenos. Un grito de dolor en la algarabía que atronaba la fábrica.

—¡Han matado a Antonio! ¡Han matado a Antonio! —gritó alguien, antes de que se escucharan más relinchos, más botes que rebotaban contra el suelo, más tuercas que llovían con violencia.

Quico y Lucía alcanzaron los vestuarios. Se cambiaron de ropa. Había más trabajadores allí dentro que se quitaban con urgencia los monos de trabajo y se vestían de calle. Mientras los disparos y el estruendo iban a la baja, muchos de ellos iban saliendo de la fábrica, algunos ocultando sus heridas. En el exterior aguardaban guardias y policías, que interrogaban aleatoriamente a algunos obreros, conscientes también de que la batalla estaba dentro y de que no querían otra allí fuera. Los dos llegaron hasta la ribera del Llobregat, caminando en silencio. Cogidos de la mano.

—Han matado a ese hombre —profirió Lucía entre lágrimas y abrazada a Quico, que también lloraba.

Aquella tarde sangrienta de Seat dio paso a dos semanas de huelga, a movilizaciones de la plantilla con diversas marchas y a una multitudinaria protesta en plaza Catalunya. No se supo cuantificar el número de heridos. La mayoría de los trabajadores que sufrieron la represión violenta en sus carnes optaron por curarse las heridas en casa para evitar ser fichados.

Antonio Ruiz Villalba, de treinta y tres años, nacido en el municipio granadino de Jérez del Marquesado, recibió varios disparos en la barriga. El asesinato nunca fue investigado. Hubo decenas de detenidos y de despedidos, aunque con el tiempo fueron readmitidos.

La lucha obrera ganó músculo, y no solo la de Seat.

1973

—¡Las lecheras! ¡Las lecheras! —gritó una mujer, que debía de tener más de sesenta años, vestida completamente de negro, con el pelo gris plateado recogido en un moño. Desde lo alto de la calle, daba aviso de la llegada de los primeros coches de policía. Aquel año 1973, los vehículos policiales cambiaron el gris por el blanco, lo que provocó que casi de forma espontánea se popularizase el nombre de «lechera». Y no únicamente por el color: los que viajaban dentro, muchas veces apretujados y no siempre con el mejor equipamiento posible, se dedicaban a repartir leches y no solían estar de muy buen humor. Más bien de mala leche.

—Ya vienen los grises —le susurró Vicenta, muy nerviosa, a Leonor. Las dos estaban en la cabecera de la protesta—. ¿Qué hacemos?

—Nada. Seguimos pidiendo más colegios para el barrio, un centro de salud, una biblioteca y que cada vez que llueva no se desborde el río. ¿Te parece poco? —contestó Adela, que flanqueaba a Leonor por el otro costado. Medio en broma medio en serio, ahora la llamaban la Patrona.

La manifestación estaba integrada casi en su totalidad

por mujeres de todas las edades, muchas de ellas ancianas. De todas las procedencias, en gran parte de Andalucía. Se conocían, al menos las que ejercían como núcleo duro, de misa y de coser. La manifestación la convocaba la Plataforma Mujeres y Madres de San Pablo, una entidad no reconocida oficialmente. Aunque en el barrio hacía años que se sucedían las protestas, la ocupación de la planta de Seat, un año y medio antes, supuso un nuevo impulso: no se había perdido el miedo, pero el alma había ganado en fortaleza. Eso decía el cura en las homilías, repitiéndolo como un mantra.

—¡Que ya están aquí las lecheras! —insistió la mujer que dio el primer aviso y que ya había alcanzado al grueso de las manifestantes.

En el barrio cohabitaban los comunistas de Bandera Roja y los de otros partidos, los de Comisiones y los sindicalistas de las fábricas, las diferentes entidades y... ellas, la Plataforma Mujeres y Madres de San Pablo, que de tanto en cuanto se sumaban a una u otra manifestación, según decidieran, y que recibían a su vez el apoyo de uno u otro grupo. Aquel día, sin embargo, habían decidido que no asistieran los hombres, que se vieran principalmente mujeres, porque estrenaban pancarta y nueva reivindicación: MUJER, ALZA TU VOZ. ¡CONQUISTA TUS DERECHOS! El nuevo lema creó ciertas reticencias en más de un marido. Y eso que, como jugaba el F. C. Barcelona contra el Real Madrid, entre los camaradas no surgieron demasiadas suspicacias al no ser invitados a esa protesta con la pancarta que, más de una lo tenía claro, aquel día inauguraba una nueva época.

—La policía no se ha quedado viendo el fútbol —dijo Vicenta, la más veterana de las mujeres que trabajaban para Leonor.

—Es esta noche el partido. Todavía no están jugando

—contestó Adela, siempre bien informada de todo. A su marido, el cartero, lo habían nombrado jefe de Correos de Cornellà.

—Peor me lo pones, porque igual hasta tienen prisa y deciden acabar cuanto antes con nosotras —añadió Elisa, la más joven de las mujeres que trabajaban para Leonor. Iba a cumplir diecinueve años. Era de la edad de Lucía.

Llegaron cinco coches de la policía y una veintena de agentes, la mitad de los cuales salieron de los vehículos sin casco y escudo al advertir que lo que tenían delante eran mujeres jóvenes, madres y abuelas, aunque fueran doscientas o trescientas. Los coches se detuvieron en medio de la calle embarrada, sin asfaltar, y los policías formaron una desordenada línea entre los automóviles y las manifestantes. Los vecinos se asomaban a los balcones. Las mujeres se concentraban junto a un enorme solar destinado a una de las muchas zonas verdes prometidas por la promotora y las autoridades. Hacía días que montaban guardia ante los rumores de que, también en ese descampado, se edificaría un bloque de pisos en lugar del parque. No era la primera vez que sucedía.

Un capitán que lucía galones y uniforme nuevo se acercó hasta el centro de la cabecera de la manifestación, donde se encontraba Leonor, que tenía justo detrás la nueva pancarta feminista.

—Pero vamos a ver, ¿no saben que hoy hay fútbol? ¿No tienen trabajo en casa? ¿Sus maridos saben dónde están? Ellos seguro que en casa, esperando a ver cómo hoy lo dan todo Santillana, Pirri, Verdugo, Zabalza... ¡Señoras!, que hace frío, que este mes de febrero se palpa el invierno, que me han comenzado a salir hasta sabañones... —se quejó el policía ante las manifestantes, que permanecían impasibles.

Las recorrió con la mirada, pero solo unos segundos. No las retaba, no se las tomaba en serio.

—¡Iros a fregar! —gritó uno de los agentes de detrás. La línea de policías, que habían renunciado a toda disciplina, estalló en carcajadas.

—¡Madre, ves a casa a plancharme los pantalones! —bramó de nuevo el agente que había soltado la primera ocurrencia.

—¡Vergüenza me daría si yo fuera tu madre y vistieras ese uniforme! —contestó una voz femenina, que generó un fuerte rumor entre las asistentes.

—¡Libertad! ¡Libertad! ¡Libertad! —comenzaron a gritar las mujeres de la retaguardia, a las que se fue uniendo el resto—: ¡Libertad! ¡Libertad! ¡Libertad!

Aquella consigna era otra novedad. En las movilizaciones de la plataforma se gritaba para pedir mejoras en el barrio o en favor de las demandas laborales, como la calefacción en las fábricas, la ropa de trabajo adecuada, el pago de las horas extras o la readmisión de trabajadores. Pero las reivindicaciones políticas iban ganando terreno en todas partes desde el conflicto de Seat y aquel grito, más que de lucha política, era de hartazgo.

—¡Libertad! ¡Libertad!

—¡Señoras! ¡Señoras! —replicó el capitán—. Las llamo al orden. ¡Las llamo al orden! —chilló mientras clavaba la mirada en Leonor y sus compañeras.

Ya no era una mirada de desdén, estaba cargada de odio.

—¡Libertad! —gritó entonces Leonor, que nunca había lanzado esa consigna, pero que la llenó de energía. Qué bien le sentó. Ahora fue ella quien sostuvo la mirada de aquel policía. Sin saber por qué, aquellos ojos le recordaban a su cuñado Rafa. Pensó en Rosa, en su querida hermana Rosa, con una emoción profunda, como si en aquellos últimos años hubiera renunciado a su recuerdo. Y pensó en ella. En sus hijos. En Lucía, Juanito y Esperanza. En su otra hermana. En sus padres. En la señora Montserrat. En todo lo que había llorado y, sobre todo, en las veces que se había aguantado las lágrimas, sintiendo que se le atragantaba el dolor y que la impotencia la desarmaba—. ¡Libertad! —gritó de nuevo.

—A tomar por el culo. ¡Cargad contra estas putas! —La orden del capitán fue celebrada por la veintena de grises, deseosos de cumplir con lo que sentían como su obligación. Algunos de los policías, sin cascos ni escudos, se abalanzaron contra las mujeres esgrimiendo la porra. Las manifestantes de la primera fila no se esperaban que todo fuera tan rápido, porque la mayoría nunca habían sufrido una carga policial. Y, mientras dudaban qué hacer, los primeros agentes en llegar a ellas no se lo pensaron ni un segundo. Un policía de no más de treinta años, con cara de buen chico y estudioso, le reventó la mandíbula a la anciana vestida de negro, la que dio el aviso de que llegaban las lecheras. Un golpe rápido, seco y certero que acabó con los pocos dientes que la mujer conservaba. La boca se le llenó de sangre y cayó al suelo desmayada del trompazo, y seguramente también de la impresión. Leonor dejó de gritar, aunque se mantuvo firme, retando con la mirada al ejército que permanecía ante ella.

—¡Vámonos! —gritó Vicenta, mientras le tiraba del brazo—. Patrona, ¡vámonos! —chilló de nuevo, y Leonor reaccionó con un paso atrás, justo cuando el grueso de los policías llegaba a su altura—. Que estos son peores que alimañas, vámonos que nos matan.

Los policías se abrieron paso entre las manifestantes a porrazo limpio. Desde el fondo de la manifestación, comenzaron a lanzar piedras que golpearon a los agentes. Algunas mujeres agitaban nerviosamente las pancartas hacia los policías, a modo de defensa. Del silencio se pasó al estrépito: carreras y gritos. También algún lamento. Leonor salió de allí casi en volandas, empujada por Vicenta, Adela y las demás, que se movían con ansiedad a su alrededor. La rodeaban como si así quisieran protegerla. Ella corría por inercia, tras los pasos de las demás. Los policías, una vez dispersada la manifestación, optaron por no perseguirlas, aunque siguieron repartiendo golpes y patadas entre las rezagadas, que habían caído al suelo por el impacto de un porrazo o tropezado durante la huida.

El grupo de seis mujeres que acompañaba a Leonor, entre las que estaban Vicenta y Adela, no se detuvieron hasta llegar al piso de la calle Álamo.

—Podíamos haber ido al local —dijo Leonor. Al fin y al cabo, todas cosían para Leonor, la mayoría en el taller de la calle Abedul.

—Lo más seguro es quedarse en casa —apuntó Vicenta—. A lo mejor no pasa nada y los grises se van a ver el fútbol, pero si tienen ganas de sangre sabrían dónde encontrarnos.

Leonor se las quedó mirando. Adela parecía la más asustada de todas. Ella no tenía miedo, a pesar del violento final de la protesta. Estaba preocupada por el resto y notaba que se estaba poniendo nerviosa. Hasta aquel momento, la adrenalina le había bloqueado las emociones.

—Tenemos que ver cómo se encuentran todas, a alguna le han dado fuerte... —reconoció Leonor—. Marchaos a vuestros pisos, mañana nos vemos y nos preocupamos de las vecinas que estén heridas.

Con un solo gesto de Vicenta, las mujeres se pusieron en

camino. Eran todas de la misma zona del barrio. Solo la más joven vivía pegada al centro de Cornellà.

Leonor subió las escaleras hasta llegar a su planta sin dejar de pensar en las mujeres que se habían quedado en la manifestación. Hacía unos momentos se encontraba en pleno campo de batalla, donde uno de los bandos masacraba al otro; ahora, en su rellano, le parecía que había aterrizado en otro mundo, completamente diferente. Abrió la puerta del piso de forma casi automática. El calor del interior, acompañado del fuerte olor a butano que desprendía la estufa del comedor, contrastaba con el frío de la calle. Allí en medio, Manuel, junto a una caja enorme, era observado con atención por Juanito y Esperanza, que no perdían detalle de cómo su padre manipulaba unos cables.

—¡Un televisor! —anunció el joven, que ese año cumpliría ya los quince.

Esperanza miró a su madre con una sonrisa de oreja a oreja. Manuel estaba instalando el aparato. A finales del año pasado, habían colocado una antena comunitaria en el edificio, y algunos vecinos ya veían la televisión en casa. Manuel y Leonor lo habían hablado varias veces, sin llegar a tomar una decisión.

—¿Compraste un televisor? —preguntó Leonor, nerviosa y todavía conmocionada. No era del todo dueña de sus palabras.

Su marido apareció tras la caja.

—Ayer sábado, pero quería dar una sorpresa a los niños... Así la tenemos hoy para ver el fútbol.

—Si no eres de fútbol —replicó Leonor. Y lo cierto es que su marido nunca fue de nada, aunque en los últimos años le interesaban mucho las motos, el trabajo y el perfume de jazmín.

—Ahora sí. A todo el mundo le gusta el fútbol. Se habla de eso, de coches, en nuestro caso de motos... Hay que saber de fútbol —contestó él con indiferencia, y regresó a los cables.

—¿Lucía no está?

—Creía que estaba contigo en la manifestación —apuntó Manuel.

—No, no estaba.

Leonor pensó en su hija. Se la imaginó con la cabeza abierta, siendo golpeada por policías. Le venía a la mente la escena que acababa de vivir, pero con Lucía como protagonista.

—Estás blanca.

—No me encuentro bien —se excusó la mujer antes de salir del comedor e ir al lavabo, que cerró con cuidado antes de ponerse a vomitar.

Aunque lo habitual era imprimir y repartir octavillas a primera hora de la mañana, a la salida de las fábricas y siempre que hubiese grandes concentraciones de gente, esa tarde de domingo de invierno el grupo de Bandera Roja del bar de Serafín iba armado con brochas y botes de pintura negra para llenar toda Cornellà de pintadas que reclamaban la amnistía, la democracia, la libertad y la igualdad. Se habían repartido los lemas entre los diferentes grupos que actuarían de forma simultánea en toda la ciudad y en gran parte del área metropolitana, donde había previstas otras acciones. Querían demostrar que eran muchos y que estaban organizados.

—Estamos muy cerca del ayuntamiento —apuntó Lucía a Quico.

—La policía está en la Satélite y la Guardia Civil se prepara para ver el fútbol. Acabamos aquí y nos vamos ya... El domingo no es solo para hacer la guerra, también es para hacer el amor —dijo el joven, pareja de Lucía desde la ocupación de Seat.

Quico se acercó a ella y se besaron.

—Vosotros, ¡quietos ahí! —gritó una voz, que no era otra que la del Llanero Solitario—. Ya veo que os dedicáis a hacer otras cosas además de manitas —insinuó con acidez, al tiempo que aparecían a su lado cuatro policías armados. Quico, de manera instintiva, se puso delante de Lucía, como si así la protegiera. La chica, todavía cargando con un bote de pintura, dio un paso adelante y se situó a la misma altura que su chico.

—No estamos haciendo nada —aseguró Quico con poca convicción.

Sabía que todo estaba perdido. El Llanero Solitario, que llevaba las gafas de sol a pesar de estar anocheciendo y vestía su chaqueta de piel negra, hizo un chasquido con los labios que se tradujo en el puñetazo de un agente en la boca del estómago de Quico, que se retorció de dolor. Al acercarse, Lucía se llevó el guantazo de otro policía. El labio le comenzó a arder. Se lo había roto.

—¿Con estos qué hacemos? —preguntó uno de los policías.

—A estos nos los llevamos a la central. A Vía Layetana con ellos. Que no me suena que hayan pasado por allí todavía y los tengo muy vistos. Todos los que viven en este puto pueblo, los que viven en la mierda que ellos llaman cinturón rojo tendrían que pasar al menos una vez en la vida por allí, y el que se ponga muy gallito… Es la única forma que tienen de aprender esta panda de animales: a palos.

Quico estaba doblado de dolor. Les colocaron una venda en los ojos a cada uno.

—¡Lucía! —gritó él, tratando de desembarazarse de los

guardias. Ella no vio nada, pero escuchó dos puñetazos, a su pareja que se doblaba y escupía en el suelo. Sonó lo que parecía una patada a la vez que a ella se la llevaban en volandas.

—¡Quico! —gritó ella sin obtener respuesta.

Los separaron. A ella la llevaron aparte. Uno de los policías olía a colonia de supermercado; el otro, a sudor y alcohol.

—Así que roja y además puta —dijo el agente del sudor—. Pues en comisaría te vas a enterar de lo que es un hombre como Dios manda. Qué digo un hombre, varios.

Lucía comenzó a temblar. Estaba mareada. El policía le apretó los genitales. A pesar de los pantalones, de las bragas, se sintió penetrada.

—Déjala —dijo el otro policía.

—Es una puta. Esta de lo que tiene ganas es de polla.

A Lucía le faltaba el aire.

—Nosotros con ella a comisaría, y allí que hagan con ella lo que quieran —dijo el agente que no la manoseaba, el que por un instante pensó que saldría en su defensa. Fue consciente de que no, de que nadie, salvo ella misma, la defendería. El agente que apestaba a sudor y alcohol le soltó la vulva, pero le dio un pellizco tan fuerte en un pecho que le pareció que le arrancaba el pezón. Lucía lanzó un grito de dolor. Al poco la empujaron al interior de una furgoneta o de un Land Rover donde había más personas. Se oían sollozos, respiraciones aceleradas.

El coche aceleró y apenas se detuvo hasta media hora después, cuando se abrieron de nuevo las puertas. Lucía seguía con los ojos tapados. A empujones bajó unas escaleras, hasta que le quitaron la venda. Con el estómago revuelto, el miedo... Tomó aire, trató de ganar algo de fuerza y miró a los ojos a un policía que debía de tener su edad o unos veinte años.

—¿Documentación? —preguntó.

—Se la hemos quitado al subirla al coche. Lucía se llama la muchacha —le informó otro agente, el que la había manoseado—. Esta noche nos conocerás a todos por el nombre —añadió, antes de darle el empujón que la hizo rodar al interior de un maloliente calabozo.

La puerta se cerró. Lucía lloró.

Al cabo de un rato se volvió a abrir la celda. Entraron dos policías distintos. Ni el que la había detenido ni el que le había abierto la puerta de la celda.

—El inspector quiere hablar con usted —dijo uno de los agentes.

Lucía se levantó del suelo, frío y húmedo, en el que había permanecido tumbada todo el rato.

—Quítate el calzado.

La muchacha se quedó paralizada.

—Te tienes que descalzar —reiteró el otro policía.

Tardó unos segundos, pero lo hizo.

—Sígueme.

Un policía se puso delante de ella, el otro detrás. Abandonaron los calabozos y entraron en un despacho. Había una luz fuerte. Detrás de una mesa, el Llanero Solitario seguía con las gafas de sol puestas. Los dos policías la sentaron en una silla y le esposaron las manos al respaldo de forma violenta.

—Me acuerdo de ti cuando eras una niña. Entonces te tendría que haber pegado un buen susto y no lo hice. Pues lo haré ahora, a ver si todavía estamos a tiempo de enderezarte... —soltó el Llanero Solitario—. Tu amigo Quico me ha dicho que todo lo que tenga pensado hacerte a ti, se lo haga a él. Muy bien le tienes que chupar la polla para que se preocupe tanto por ti. Tienes cara de chupapollas, sí. A tu tío Rafa, si te mato aquí mismo lo haré feliz. Mira que odia a tu familia, la verdad, y a mí tampoco me caéis bien. Y tu padre que se cree alguien. Me dicen que ya se ha enterado de que te han detenido y anda pidiendo favores...

El Llanero emitió un chasquido. Uno de los policías levantó las piernas de la chica. Las ató a una especie de banqueta. Otro policía se acercó y comenzó a golpearle con la porra la planta de los pies. Sin parar durante más de cuarenta segundos. Fuerte, más fuerte. Lucía se deshizo. Cuando comenzaba a recuperar el aliento, un agente le colocó una bolsa de basura en la cabeza. No podía respirar, se quedaba sin aire... Se la quitó y, cuando de nuevo recuperaba el aliento, el otro policía le comenzó a golpear las extremidades. Paró. Lucía lloraba como nunca lo había hecho. De dolor, de miedo, pero también de rabia.

—Hoy es solo un aviso. El próximo día, esas porras te las meteremos por el coño y por el culo. Te destrozaremos, puta.

Al día siguiente, sus padres la recogieron de comisaría. Estaba deshecha, herida.

Quico tardó todavía un día en regresar al barrio. Lleno de golpes, con varias costillas rotas. Pero vivo. Lucía recibió la noticia de la liberación de su chico en su habitación del piso de la calle Álamo, tumbada en la cama. Se lo dijo su madre. Se pasó varios días allí, en la cama, con todo el cuerpo dolorido, sin fuerzas para levantarse.

Esos días, Esperanza se fue a dormir con Juanito para que ella pudiera estar sola. Sus hermanos entraban en la habitación varias veces al día para ver cómo se encontraba. Leonor le ponía alcohol en las piernas y le masajeaba cuidadosamente todo el cuerpo, tratando de que así hallara alivio a todos aquellos moratones. No le preguntó directamente qué le habían hecho, pero se ofreció a hablar con ella cuando se creyera preparada.

—Me dieron golpes por todas partes. Me asustaron, pero no me violaron. Aunque me amenazaron con hacerlo —le contó Lucía entre lloros cuando se sintió con fuerzas para expresar con palabras por lo que había pasado.

Leonor la abrazó entre lágrimas. Un lloro compartido.

—Te recuperarás. Siempre nos recuperamos, y tú eres fuerte.

1974

Tras ser detenida, Lucía regresó a casa en unas horas, pero tardó meses en volver a ser ella, en recuperar la confianza y superar el miedo. Los camaradas la abrazaron desde el primer día, como lo hizo también un Quico más lastimado que ella físicamente, pero menos en espíritu. Él no tardó en volver a las octavillas, a las actividades en la calle, a las reuniones y protestas. A Lucía le costó mucho más. Al principio dejó incluso de frecuentar el bar de Serafín, para alegría de Leonor, aunque se fue armando de valor para volver conforme pasaron las semanas. Las pesadillas duraron mucho tiempo. El Llanero Solitario desapareció una temporada del barrio y las protestas se intensificaron. La gente se quejaba de lo que fuera y echaba las culpas a Franco y al fascismo. Aunque continuaron las cargas de los grises, algunas con suma violencia, y se redobló la presencia policial en el pequeño cuartel de San Ildefonso, los vecinos de la Satélite dejaron de tener miedo: una catarsis colectiva convenció a casi todo el mundo de que el cambio era posible. La Revolución de los Claveles, en abril de 1974, por la que el ejército y la sociedad civil portugueses acabaron de forma pacífica con el Gobierno de Marcelo Caetano, el sucesor del también dictador António Salazar, infundió más ánimos todavía.

El regreso de Lucía a la lucha clandestina fue paulatino, aunque adquirió velocidad de crucero después de aquella primavera. Se encontraba recuperada por completo durante los preparativos de la que sería una de las grandes huelgas de España, la de la comarca del Baix Llobregat que comenzó el 4 de julio de 1974. Desde el cinturón rojo se puso en jaque al gobierno de Franco. El paro general se originó durante la negociación del convenio del metal en el Baix Llobregat, aunque la mecha de la protesta prendió con dos primeros despidos en la empresa Elsa, que acabaron con toda la plantilla en la calle. También hubo represalias en la empresa química Solvay, en Martorell, donde se despidió a sesenta y cuatro personas y el resto de los trabajadores fueron sancionados. Eso lo paralizó todo.

Leonor se quedó en casa y cerró también el local de la calle Abedul para que nadie acudiera a trabajar. Manuel continuó yendo a Montesa, aunque sin el traje, como si saliera del piso a dar un paseo. Porque iba caminando, ni en coche ni en moto, aunque en el complejo industrial apenas hubiera movimiento. Los trabajadores de la fábrica de motos de Esplugues, como los de todas las grandes empresas del Baix Llobregat, se sumaron a la huelga general de 1974.

Lucía participó en los preparativos de la gran protesta. Llegado el día, como Quico, lució a todas horas por la calle la bata de trabajo de Seat para dejar claro que estaba de huelga, como hacían la mayoría de los trabajadores. Leonor y Manuel ya conocían oficialmente que trabajaba en la fábrica de coches, porque figuraba en el informe de la detención. Leonor lo sabía de antes y Manuel hizo como si nada, aunque en su momento se lo hubieran prohibido. Desde entonces, Manuel se alejó aún más de lo que pasaba en su familia.

El 9 de julio de 1974, transcurridos cinco días de manifestaciones y protestas, Quico le propuso a Lucía ir a la Pineda de Gavà en coche, tras argumentar muy seriamente que los revolucionarios también necesitan descansar, y que no hacerlo era absolutista y faccioso. Así que, ese caluroso martes de julio, al mediodía, Quico recogió a Lucía en el Seat 850 de segunda mano que se acababa de comprar.

La detención había estrechado todavía más su relación, los había unido de alguna manera. A casi nadie le contaron por lo que habían pasado, pero entre ellos sí que lo hablaban. Quico le dijo a Lucía que se ensañaron con él. Le hicieron el San Cristo: lo tumbaron sobre una mesa, pero le dejaron con el tronco fuera para que la sangre le subiera a la cabeza mientras le pegaban. Ese mismo día, también le esposaron las manos a los tobillos, por detrás de la espalda, lo que llamaban la cigüeña, y por la noche le hicieron la bañera: lo sumergieron en agua hasta que perdió el conocimiento.

Quico, con gafas de sol, conducía el 850 por la carretera de la costa. Dejaron atrás Sant Boi de Llobregat y siguieron por el litoral de Viladecans, donde se multiplicaban los campings desde hacía una década. Aunque era una zona de escapada de fin de semana de los que vivían por allí cerca, ahora también acogía a algún turista despistado que no iba a la Costa Brava o se perdía antes de llegar a Tarragona.

Avanzaban por una carretera entre pinares, y entre malos olores también, los del polígono cercano de la Zona Franca y la desembocadura del Llobregat. En la radio del coche sonaban Los Chichos, que aquel mismo año habían presentado su primer disco.

—Podríamos estar siempre así —dijo Lucía.

—¿En mi coche, de camino a la playa y escuchando a Los Chichos? —bromeó Quico.

—Ya me entiendes, como personas normales.

—Normales somos. Bueno, tú no del todo, pero ya me he acostumbrado...

—Ya sabes a lo que me refiero, Quico. Cuando estamos trabajando, estamos haciendo trabajo para el partido, para los trabajadores, velando por sus derechos, atentos a cada injusticia... Y cuando no estamos en la Seat, pues lo mismo, que si yendo a manifestaciones, que si organizando protestas, que si...

—Bueno, es algo que no depende de nosotros, ¿no? Quiero decir que eso pasa porque hay una dictadura, porque vivimos en una situación injusta, en un mundo que hay que cambiar. Lo mejor sería que no tuviéramos que hacer nada... Pero Lucía, nadie nos obliga a nada... Ya tienes veinte años, edad para casarte y tener hijos —continuó él, mirándola seriamente, aunque estaba claro que aquella última frase solo buscaba picarla. Y lo consiguió.

—¿Pero de qué vas?

—Vaya, yo creía que me estabas pidiendo en matrimonio...

—Pues la verdad es que podrías dar el paso... Ya llevamos un tiempo, ¿no? El que no lo des denota falta de madurez y tienes veinticuatro. A esa edad mi padre ya tenía una niña de dos años, que era yo...

Lucía se la devolvió y Quico tardó un tiempo en reaccionar. Dudaba de verdad si ella le estaba hablando en serio o en broma. La propia Lucía también lo dudaba.

—Eso era antes, ya verás como en unos años la gente no tiene hijos hasta los treinta o más. Es lo que pasa en Europa: la gente estudia, viaja, se casa más tarde si se casa y tiene los hijos con más edad... Tú ya no te casarás a la edad de tu madre... —continuó Quico.

—Si he de esperar a que me lo pidas... —replicó Lucía, poniendo morros.

Quico calló unos segundos, aminoró la marcha y entró antes de lo previsto en un claro del bosque, sin apenas coches, que los altos pinos del litoral de Gavà llenaban de una densa pinaza. Aún estaban muy lejos de la playa y demasiado cerca de un canal que despedía un penetrante hedor. Lucía trató de disimular la sonrisa y se quedó mirando muy seria a Quico, que apagó la radio, en la que sonaba otro éxito de aquel verano, el *Waterloo* de ABBA.

Quico paró el motor del Seat 850. Tomó aire.

—Lucía... la verdad es que cuando estoy contigo me siento superbién, eres la persona con la que quiero compartir mi vida. Lo de tener hijos, como que lo veo un poco lejos, pero lo que tengo claro es que quiero estar contigo y que... te quiero.

Lucía sonrió. No existe sensación tan placentera, quizá, como cuando alguien se siente recompensado en algo tan complicado como el amor. Le sonrió. Le besó. Se besaron apasionadamente. Ella se lo quedó mirando cuando acabaron con una sonrisa.

—Te has cagado —soltó—. ¿Pero a mí me ves vestida de blanco en un altar? Aunque sea Fede el que oficie y luego se pague una ronda en el bar de Serafín...

Quico frunció el cejo.

—Oye, que me he puesto romántico.

—Has empezado tú a jugar.

—Hasta te he dicho que te quiero —se quejó Quico con sorna, de nuevo al ataque.

—Pero qué capullo que eres —respondió ella, antes de cogerle la cabeza con las dos manos y besarlo de nuevo en medio de aquel descampado lleno de pinaza.

De los besos pasaron a las caricias, y acabaron haciendo el amor.

No regresaron al barrio hasta última hora de la tarde. Llegaron a bañarse en el mar. Quico dejó a Lucía en el portal de su casa alrededor de las seis. Esa noche habían quedado en el bar de Serafín, que también hacía huelga pero que abría para ellos, para que entre todos discutieran los nuevos pasos a dar. Lucía esperaba encontrarse a la familia sentada delante del televisor, con las ventanas abiertas y el balcón de par en par. Sin embargo, estaba todo el mundo en movimiento. Lo primero que vio fue a su madre con la cara descompuesta. Y detrás de ella, a Juanito, que llevaba una maleta.

—¿Qué ha pasado? —preguntó Lucía.

—Se ha muerto el abuelo. Me acaba de avisar la tía Carmela, me voy al pueblo.

—¿Cómo? ¿Que te vas al pueblo?

—Ahora me lleva tu padre al aeropuerto. Ha ido a buscar el coche.

—¿Al aeropuerto?

—¿Vas a repetir todo lo que te diga? —preguntó Leonor.

—Hemos llamado a Iberia y nos han dicho que justo hay un vuelo que sale a las ocho hacia Málaga, y hemos reservado un billete. En tren era más de un día, es la forma más rápida de que mamá pueda llegar. A Málaga baja a buscarla el tío Antonio —añadió Juanito.

—¿Solo un billete? ¿Papá no va? —preguntó Lucía.

—El billete ha salido muy caro... Y más comprándolo así, a toda prisa. Dame un beso —dijo Leonor que, tras despedirse de sus hijos, salió por la puerta sin dilación.

Abajo la esperaba Manuel fumando un cigarrillo junto al coche, que tenía con el motor en marcha. Al ver llegar a su mujer, fue a por el equipaje y lo cargó en el maletero. Los dos entraron en el automóvil y él tomó el camino más rápido para ir al aeropuerto. Manuel, debido a su trabajo en Montesa, había volado en más de una ocasión: era de los elegidos que ya no debían conformarse con contemplar las aeronaves a distancia. Leonor iba a coger un avión por primera vez. Estaba nerviosa, y por eso llevaba la tela de saco de las margaritas. Aunque estaban en julio, aún no había comenzado la labor de 1974. Sentada en el asiento del acompañante, la desplegó. Tenía bordadas un total de trece flores, ninguna igual que la anterior. La más triste de todas era la del año de la muerte de Rosa... La de 1974 sería negra. Lo decidió mientras preparaba la maleta, mientras buscaba la tela de saco para que le hiciera compañía en el viaje. «Padre ha muerto», le dijo Carmela por teléfono. «¿Cuándo?». «Ahora mismo». «Ahora voy». La nueva vida que comenzaron en Barcelona no había sepultado la anterior, la que dejaron a mil kilómetros de distancia. La tenían presente en los recuerdos, los días de tristeza, y en las semanas de vacaciones en el pueblo, cuando trataban de aferrarse a esa vida que no había desaparecido.

Manuel pudo aparcar muy cerca de la terminal, que estaba tomada por la Guardia Civil. Había decenas de agentes armados con subfusiles.

—Tiene que ser por la huelga —le dijo a Leonor, que solo pensaba en su padre. Llevaba años enfermo, por el tabaco y la edad, pero durante los últimos meses le costaba respirar, no andaba fino. El pasado verano lo habían visto bien, pero a partir del invierno fue a menos.

Manuel se movía con tranquilidad en una terminal prácticamente vacía, en la que tan solo se veía a los guardias. Leonor caminaba arrastrada por sus pensamientos. No por sus pies. Manuel la ayudó a pasar el control de seguridad, donde había más guardias civiles, algunos con ametralladora en ristre. Lo saludaron, los saludó. Su marido, con traje nuevo, no era ya aquel Manuel que trece años atrás se apeó del Sevillano y, atemorizado, se dirigió a los agentes que custodiaban la estación de Francia para preguntarles cómo llegar a Sant Joan Despí.

—Ese es el avión —dijo Manuel señalando una pequeña aeronave de Iberia—. ¿Seguro que podrás hacerlo sola? Nunca has montado en avión...

Leonor asintió.

—Por cierto, me han dicho que mañana se desconvoca la huelga —continuó Manuel—. Que la patronal va a aceptar un convenio comarcal del metal. Se acabaron las manifestaciones, los encierros en las iglesias y el paro en las industrias. Mañana iré a Montesa con total normalidad. ¡Qué gran noticia! —exclamó.

Leonor le respondió con una sonrisa triste. El vuelo estaba a punto de salir. Con un numeroso grupo de personas, subió al autobús que la dejó delante de un avión de hélice.

El viaje fue plácido, sin apenas turbulencias. Solo la molestaron el ruido continuo de las hélices y los oídos taponados. Aterrizaron en Málaga justo cuando anochecía. En la puerta de la terminal, la esperaba Antonio, su hermano mayor, que ahora pasaría a llevar las riendas de la familia. Era el único varón, y también el menos familiar de los cuatro hermanos. Se llevaba dos años con Carmela, pero parecía mucho mayor. No hablaba, al contrario que su hijo Antonio, el mayor de todos los sobrinos, que no callaba ni debajo del agua. Desde niña, a Leonor le sorprendieron las manos de su hermano, que parecían las de un gigante. Aún ahora, que los dos eran adultos, le seguían pareciendo enormes. Porque lo eran. Antonio salió del Seat 127 que se había comprado hacía apenas dos años. Las cosas no le iban mal. Abrazó a su hermana con sus también gigantescos brazos. Al momento, ya de noche, emprendieron el viaje al pueblo.

—Hemos dejado a padre en la casa de Montilla, en el salón. Madre prefería no tenerlo en la habitación, porque así es mejor para que la gente se pueda despedir de él.

—Nunca le gustó que estuviéramos mucho tiempo ahí, por eso siempre quería que comiéramos en la sala que está al lado de la cocina —dijo Leonor, casi de forma automática—. Aunque creo que a padre ya le dará igual que haya corriente.

Antonio asintió.

—¿Fue bien el viaje?

—Sí, pero demasiadas cosas en la cabeza —contestó ella.

A Leonor no se le iba de la mente cómo el tiempo había continuado y continuaba transcurriendo en Montilla, aunque ella se hubiera marchado a Cornellà, cómo el tiempo avanzaba hasta el punto de que la gente podía morir de vieja. Y no dejó de pensar en Rosa. Lo hizo en aquel momento y durante la despedida de su padre. Al patriarca de la familia lo velaron como siempre se había velado a los muertos. Casi todo el pueblo les dio el pésame. Incluso apareció por la casa familiar Azucena, la tía de Manuel, para decirles que los acompañaba «en el sentimiento». A Leonor le pareció una indigente aquella mujer que había criado a su marido. Rosa no tuvo velatorio al uso: fue expuesta en el tanatorio antes de encerrarla en un nicho, el más alto de todos, el más alejado del camposanto. Apenas pasó nadie a despedirse: Leonor, su familia y unos pocos conocidos suyos. Rafa lo dispuso así para hacerles daño.

Casi toda Montilla se despidió de Antonio, a quien velaron dos días antes de trasladarlo a la iglesia del Santo, donde se celebró una misa con las puertas abiertas debido a la gran afluencia de vecinos. Tras la ceremonia, el féretro fue trasladado en un coche fúnebre hasta el cementerio. Allí, el cura realizó el rito de la última despedida, antes de que los enterradores introdujeran el cuerpo del patriarca en una tumba excavada en la tierra.

1975

—Silencio —pidió Manuel a toda la familia, reunida delante del televisor en el comedor del piso de la calle Álamo. Tampoco hizo falta que callaran, porque nadie estaba hablando. Fue un acto reflejo, debido a la solemnidad del momento. Ni siquiera Esperanza se movía. Manuel subió el volumen del aparato, en el que apareció la imagen en primer plano del presidente del Gobierno, Carlos Arias Navarro.

«Españoles: Franco ha muerto. El hombre de excepción que ante Dios y ante la Historia asumió la inmensa responsabilidad del más exigente y sacrificado servicio a España ha entregado su vida, quemada día a día, hora a hora, en el cumplimiento de una misión trascendental. Yo sé que en estos momentos mi voz llegará a vuestros hogares entrecortada y confundida por el murmullo de vuestros sollozos y de vuestras plegarias. Es natural: es el llanto de España, que siente como nunca la angustia infinita de su orfandad; es la hora del dolor y de la tristeza, pero no es la hora del abatimiento ni de la desesperanza...».

—¡Franco ha muerto! —gritó Lucía celebrando la muerte del dictador, con una sonrisa de oreja a oreja. Desde primera hora de la mañana de aquel jueves 20 de noviembre de 1975, se corrió la voz de que el caudillo fascista había fallecido. Algunas emisoras de radio ya habían emitido la información citando a la agencia de noticias Europa Press, que publicó la exclusiva pocos minutos antes de las cinco de la madrugada y, algo más tarde, la confirmación del propio palacio de El Pardo. Sin embargo, toda España esperaba el momento protagonizado por el presidente del Gobierno—. ¡Franco ha muerto! —exclamó de nuevo Lucía. Cogió de las manos a Esperanza y bailó con la pequeña de nueve años, a quien aquel señor solo le sonaba por la adaptación popular del himno nacional: «Franco, Franco, que tiene el culo blanco porque su mujer lo lava con Ariel»... Y poco más.

Juanito sonreía al ver a su hermana mayor tan contenta. Él, a pesar de tener diecisiete años, no estaba metido en política ni le generaba ningún interés. Entre los de su edad había muchos movilizados y activistas, como los hubo antes. No era su caso, aunque también estaba contento y se sentía liberado. Se levantó de la silla, se acercó a sus hermanas y las besó. Esperanza no paraba de reír. Sentados en los dos sillones, sus padres no participaban de la celebración.

Leonor se sentía intranquila, preocupada por lo que pudiera pasar a partir de entonces. A ella Franco no le gustaba y, aunque no se alegraba de su muerte, tampoco era que le afectase. Temía, sin embargo, que la muerte del dictador pudiera desembocar en más agitación. Manuel estaba enfadado, muy serio, y se le veía a disgusto entre tantos gritos de alegría, en un momento tan solemne.

—Tampoco hay que alegrarse así de la muerte de una persona —sentenció el cabeza de familia, que se puso de pie y miró a su hija mayor, que mostraba una cara de felicidad plena.

—Papá, el que se ha muerto no era una persona. Era Franco. Era un dictador y un asesino que llenó de muertos las cunetas de España. El tipo que dominaba nuestras vidas —replicó Lucía, eufórica e indignada al mismo tiempo.

—Tu padre tiene razón —dijo Leonor con sentimientos encontrados. Claro que ella también quería la democracia, que cambiaran las cosas; lo anhelaba, pero también le infundía miedo. A Leonor la palabra «libertad» la confortaba como la primera vez que la pronunció en la manifestación de hacía dos años, delante de todos aquellos policías. Pero el anuncio de Arias Navarro la atemorizaba, como a Manuel. Un miedo que no tenía Lucía, quien no entendía la reacción de sus progenitores.

—¿Que tiene razón papá? Que yo sepa, precisamente a mis abuelos los mataron los franquistas, y el tipo ese que se ha muerto es quien los mandaba, quien provocó la guerra —contraatacó Lucía con una cuestión que nunca se trataba en casa, de la que nunca había hablado su padre, ni siquiera su madre. Pero ella lo sabía, de hacía mucho, de aquellos veranos en el pueblo. Aunque aquello hubiese quedado como poso. Un sedimento olvidado de la memoria.

—En una guerra todos matan —contestó Leonor.

—Pero fue Franco y los suyos quienes la provocaron —reiteró Lucía.

—¡Qué coño dices! —exclamó Manuel, harto de la discusión—. ¿Y ahora tú me vas a decir si yo tengo o no tengo razón? Pero ¿esto qué es?

Esperanza se asustó mucho al ver a su padre completamente airado, con la mandíbula desencajada. La niña se abrazó a Juanito.

—¡Franco mató a mis abuelos! ¿O no mató a tus padres? —preguntó a voces también Lucía.

—¡A mis padres los mató una guerra! —respondió Manuel.

—¡A tus padres los mataron los mismos que me torturaron

a mí! Aunque no lo hablemos, ¡no quiere decir que no pasara! —gritó entre lágrimas Lucía, llena de rabia y de dolor—. ¡Ha muerto el más asesino de todos! ¡El jefe de los torturadores! —continuó tras situarse a la altura de su padre y retarlo con la mirada. Necesitaba gritar, necesitaba decir aquello.

«Quisiera, en mi último momento, unir los nombres de Dios y de España y abrazaros a todos para gritar juntos, por última vez, en los umbrales de mi muerte: ¡Arriba España! ¡Viva España!».

Los gritos de Arias Navarro, en la televisión en blanco y negro, coincidieron con el portazo de Lucía cuando se marchó de casa. El destino era claro: el bar de Serafín. Allí debían de estar todos, y seguramente también Quico. Lucía caminaba con paso firme, aguantando las lágrimas de la tensión. En las calles vacías solo deambulaban niñas y niños sin colegio. La mayoría de los adultos debían de seguir en casa delante del televisor, el suyo o el de los vecinos.

«Franco ha muerto». Tres palabras que la hacían feliz. No tanto por la persona en sí, aunque ella tuviera claro que era un asesino, sino porque esto allanaba el camino a la democracia por la que luchaban desde Bandera Roja, lo que los unía a todos. Su ilusión. Esa ambición de ser un país democrático, que quizá nadie tenía claro qué era en realidad, pero que no les costaba imaginar: sin prohibiciones, sin policía asesina, en que se pudiera votar a los representantes políticos. Y que luego se convirtiera en algo más, en un país comunista en el que todas y todos fuesen iguales, donde no existiera la pobreza, aunque tampoco los ricos. ¿Quién podía oponerse a ello?

El bar de Serafín, al contrario que la calle, estaba lleno a rebosar. Lucía nunca lo había visto con tanta gente. Había personas a las que no conocía. Más mujeres de lo habitual. Y también los de siempre. Allí estaban todos. También Quico, que al verla llegar le dio un largo beso de más de un minuto. Sabía a cerveza. Había estado bebiendo, celebrándolo como los demás. Cristina le dio un fuerte abrazo con sus enormes brazos que casi la dejó sin respiración.

—Lucía, lo hemos conseguido. Camaradas, lo hemos conseguido —exclamó Cristina mientras levantaba la botella. Nico brindó. También Mari Paz, que sonreía como nunca lo había hecho.

Saturnino ni sonreía ni lo celebraba. Estaba enorme. Por según qué puertas ya no entraba, y tenía unos brazos del tamaño de la cabeza de una persona normal. Más que grueso, estaba descomunal, inmenso y un tanto bestia. A pesar de su tamaño, era sumamente ágil. En la célula, era quizá el más convencido de la necesidad de la revolución, el que menos dudó siempre en actuar si se trataba de una acción violenta. No eran un grupo armado, aunque todos habían presenciado que aquel muchacho de diecinueve años no se arrugaba ante la policía, por muy gris que fuera, aunque hasta ese momento nunca lo habían detenido ni se había visto cara a cara con el Llanero Solitario.

—Lo hemos conseguido, dice la Cristina, como si a Franco lo hubiéramos matado nosotros... —apuntó Saturnino.

—¿No te alegras, Satur? —preguntó Nico.

Serafín iba de un lado a otro sirviendo cervezas. Silbaba el *Himno de Riego*, la banda sonora institucional de la Segunda República.

—Claro que me alegro de que esté muerto ese fascista de mierda, ese dictador, ese cobarde enano malnacido... pero en el fondo él ha sido quien ha ganado. Nosotros no conseguimos nada.

—¿Qué quieres decir? —preguntó Lucía tras darle un tiento a la cerveza de Quico. Ya se sentía mucho más relajada.

—Pues que Franco se ha muerto tranquilamente en su cama, o en el hospital, o donde sea. Pero lo ha hecho de viejo, no porque nadie le haya pegado un tiro, porque haya cambiado el régimen. Se ha muerto y ya está, pero no ha cambiado nada. Se ha muerto porque se tenía que morir. Pero ahí siguen los suyos. Y ahora... que si le harán capilla ardiente, que si no sé qué, y seguirán mandando los mismos. Nada ha cambiado con su muerte.

—Pero puede cambiar... —intervino Lucía—. Su muerte abre una puerta. Después de que ETA hiciera volar a Carrero Blanco...

—El Super Ratón no lo va a sustituir —añadió Mari Paz en referencia al presidente del Gobierno, Carlos Arias Navarro.

—Los militares no están tan fuertes. También tenemos camaradas allí dentro. En este país siempre ha habido levantamientos de tenientes —aportó Quico.

—Si queremos que cambie realmente, tenemos que provocar ese cambio. No venir a un bar a celebrar como si todo se hubiera acabado —sentenció Saturnino, cerrando sus grandes manos. Enseñando los puños encima de la mesa.

—¿Te quieres poner a pegar tiros o a colocar bombas? ¿Eso es lo que estás diciendo? ¿Que comencemos ahora una guerra? —preguntó Nico.

—Las revoluciones implican eso también, y yo creo que es lo que queríamos todos, ¿no? Hacer la revolución, no ser parte del sistema. Pues sí, a lo mejor sí que es necesaria la lucha armada, echarle un poco de cojones a la cosa. ¿Pero no os dais cuenta de que solo caen los nuestros? A vosotros os han llevado a Vía Layetana y os han torturado. ¿No es así? —preguntó mirando a Quico y a Lucía—. Y visteis morir a Antonio Ruiz cuando la ocupación de la Seat. En septiembre ejecutaron a tres del FRAP y a dos de la ETA, y el año pasado os recuerdo que pelaron a Puig Antich. Aquí cada día nos toca correr delante de los grises. ¿De la noche a la mañana todos los fascistas van a ser demócratas? ¡Vamos! Que el tío Paco ha muerto tranquilo en su cama y ahora vamos a celebrarlo, porque hay muchas cosas que celebrar…

—Joder, Satur —intervino de nuevo Nico, ofreciéndole otra cerveza—. ¿No lo podemos celebrar hoy y mañana seguir haciendo la revolución?

Aquel gigante de diecinueve años lo miró con desconfianza. Siempre parecía que estaba enfadado, que iba en contra de todos los demás. Y si algo tenían claro todos es que no soportaba a Nico, y mucho menos que ejerciera de líder.

—¿Me lo está diciendo un pesuquero? ¿Que deje la revolución para otro día? —atacó Saturnino.

—¿Qué quieres decir? ¿A qué viene ahora eso de «pesuquero»? —preguntó Nico, como si de repente se le hubiera acabado la paciencia.

—Pues que me han dicho que últimamente estabas hablando mucho con los del PSUC.

—¿Y eso qué tiene de malo? —interrumpió Mari Paz. Todos sospechaban que la chica de pelo largo y grandes gafas mantenía una relación con Nico, aunque ninguno de los dos lo había confesado ni se habían dejado ver como pareja delante de los demás—. ¿Ahora te tenemos que dar explicaciones de con quién nos vemos o con quién no? ¿Ahora te dedicas a repartir carnets de buenos revolucionarios?

—¿A ti te he dicho algo? —preguntó el gigante. Nico se erizó como si estuviera a punto de abalanzarse sobre él. Quico también se estaba poniendo nervioso. A Lucía aquella situación le parecía muy desagradable.

—Joder, Satur, que la ha *palmao* Paco —dijo Cristina.

Trataba de rebajar la tensión con unos golpecitos cariñosos en el hombro, pero Saturnino no estaba por relajarse.

Lucía lo observaba todo en silencio, con la mano sobre la pierna de Quico. Su novio, que todavía no había abierto la boca, estaba en guardia, como si tuviera que saltar en cualquier momento.

—Pues te voy a decir una cosa —intervino Nico, de nuevo—. A lo mejor lo que necesita este país es más diálogo que balas, que de estas ya tenemos unas pocas. Quizá hay muchas formas de hacer la revolución y no solamente hay que ponerse a pegar tiros, porque eso es lo más fácil. Y no entiendo que te pongas así justo el día que se ha muerto el puto dictador. Me parece que te jode precisamente que se acabe esto.

—¡Vete a la mierda! —zanjó Saturnino, que sin querer le dio un golpe a Lucía cuando salía del bar a toda prisa.

Todos se quedaron contemplando la puerta en silencio. Serafín, que en ese momento pasaba por allí, miró al grupo y se encogió de hombros. A Lucía le recordó a Juanito, cuando repetía ese gesto como un acto reflejo.

—Recapitulando, que se ha muerto Franco. Y que no ha resucitado, que yo sepa, así que algo sí tenemos para celebrar. Estamos viviendo un momento de los que saldrán en los libros de historia dentro de muchos siglos. Eso sí, no sé si el bar de Serafín, uno de los centros políticos de Ciudad Satélite, soportará el paso de la historia. ¡Brindo por Serafín! —dijo finalmente Quico, provocando las carcajadas del resto.

El veterano tabernero no escuchó el brindis que le dedicó aquel grupo de jóvenes.

—Las calles ya son nuestras. No tenemos que caer en la autocomplacencia, pero hoy lo podemos celebrar, ¿no? —preguntó retóricamente Nico.

—Yo creo que sí —dijo Lucía, que besó a Quico. Fue un

beso largo, al que le siguieron otros más pequeños. Se miraron, se abrazaron, se volvieron a besar.

Serafín subió el volumen del televisor. Emitían imágenes de archivo: el palacio de El Pardo, Franco inaugurando pantanos, el príncipe Juan Carlos...

—Este reinará —aseguró Mari Paz con su pose seria e intelectual—. Aunque veremos hasta cuándo... Estos heredan la hemofilia y la estupidez a partes iguales.

—Pues en mi casa no creas que se han alegrado mucho —le comentó Lucía en voz baja a Quico.

—¿No?

—Qué va. Me he ido de allí. Se ha liado una buena bronca. No ha sido más fuerte por lo que te digo, porque me he ido —añadió la chica.

—Tu padre, que parece más empresario de motos que los Bultó... Bueno, supongo que le preocupa la incertidumbre. Pero ¿tu madre tampoco se ha alegrado? Mira que es de las madres que más se implican, es la que está detrás de toda la plataforma.

—Mi padre es idiota, tiene miedo. Joder, que los fachas pelaron a mis abuelos y yo me enteré de casualidad un verano en el pueblo. Nunca se habla en casa. Y mi madre, no sé, está rara. Cierra filas con mi padre, aunque se porte como un idiota. Siempre lo ha hecho... No es tan valiente.

Quico la besó. Lucía le devolvió el beso.

—¿Y si nos vamos a vivir juntos? —preguntó él.

Ella se mostró sorprendida.

—Tengo la posibilidad de coger un piso en el barrio. Dos habitaciones. Es de los primeros, de donde vivía tu tía Rosa... ¿Nos vamos a vivir juntos?

Lucía se lo quedó mirando. A sus padres lo de irse a vivir juntos sin casarse no les iba a hacer mucha gracia, sobre todo a Manuel. Pero no se marcharía para fastidiarlos, sino porque necesitaba salir de casa, vivir su propia vida. Y no era ninguna niña. Quico sonrió. Ella le besó de nuevo, sin pensar en cómo lo digerirían sus padres. Sentía que había llegado el momento de hacerse cargo de su propia historia, y de hacerlo con aquel chico al que quería con locura.

1976

Lucía y Quico tardaron apenas unas semanas en trasladarse a un piso de dos habitaciones, muy cerca de la torre de la Miranda y de los antiguos jardines de Can Mercader, aquella jungla junto a la Satélite que no solo frecuentaban los cazadores, sino también las parejas en busca de naturaleza y los niños hartos de los descampados. Hacía un par de años que el Ayuntamiento de Cornellà había comprado los señoriales jardines de los condes de Bell-lloc, ya abandonados, donde todavía era posible ir a por conejos y perdices. Nadie cultivaba los campos que rodeaban el barrio, aunque de tanto en tanto aparecía algún huerto furtivo. Aquella área no era aún del todo urbana.

Manuel no se tomó nada bien que su hija se marchara de casa sin pedirle permiso, ni que se fuera a vivir con un chico sin casarse. Aunque tampoco se lo prohibió. Él, de alguna forma, ya tenía su vida. Leonor trató de no enfadarse, pero no logró ocultar el disgusto. Con el tiempo, aún dolida, acabaría por aceptarlo.

Lucía necesitaba vivir su vida y estar con Quico, de forma que, aunque vivieran en el mismo barrio, guardó las distancias con su padre y su madre. La primera medida consistió en declinar las repetidas invitaciones de Leonor para que cada semana fueran a comer al piso de la calle Álamo la paella del domingo.

A los tres meses de irse a vivir juntos, Ciudad Satélite ocupó las portadas de periódicos y revistas. No fue por una protesta masiva, ni por una huelga que hubiera germinado en sus fábricas, ni por las bandas de jóvenes que campaban en aquellas calles con nombre de árbol y en todo el territorio metropolitano: el 21 de febrero de 1976, durante su visita oficial a Cataluña, los reyes Juan Carlos y Sofía visitaron Cornellà. Su paso por el ayuntamiento fue seguido por más de tres mil personas, con la presencia de los alcaldes de los municipios del Baix Llobregat, elegidos todavía por las estructuras franquistas. «Hemos venido, la reina y yo, a Cornellá, al Bajo Llobregat, a conoceros y a que nos conozcáis. Quiero que sepáis que el rey siente como propios los problemas del mundo del trabajo. Y esto no son palabras fáciles. Las Leyes Fundamentales dicen que España constituye una monarquía social, y es mi deber de que así sea», pronunció Juan Carlos I ante la multitud congregada. Allí se encontraba Leonor, que llevaba de la mano a Esperanza.

Juanito se quedó en el piso de la calle Álamo. Manuel tampoco acudió, y le dijo a su mujer que estaría en la fábrica hasta tarde.

Lucía ese sábado no trabajaba. Comentó con Quico la posibilidad de acercarse hasta el ayuntamiento con alguna pancarta que reclamase el retorno de la República, aunque al final desistieron a cambio de echarse una buena siesta en casa, de la que se levantaron cuando comenzaba a anochecer.

—Al final no hemos ido a ver al Borbón —dijo Quico en la cama, bajo la manta y en ropa interior.

—No.

—Es invierno, ya está bien quedarse en casa. Anochece antes y fuera hace frío.

—Vaya revolucionario —dijo Lucía.

—Hay momentos para todo, para la guerra... y para el amor —continuó Quico, que comenzó a acariciarla.

—Pues yo, antes que hacer la guerra o el amor, necesito salir a la calle —contestó ella—. Me agobia despertarme y ver que se ha pasado el día. ¿No quieres ir a dar un paseo?

—¿Por el barrio?

—¿A Barcelona?

—Si es de noche...

—Pues yo necesito salir.

Quico se tapó con la manta.

—Dame diez minutos...

Lucía sonrió, se levantó y buscó la ropa que se había quitado antes de acostarse a dormir la siesta.

—Me voy —dijo ella cuando salía de la habitación—. Necesito dar una vuelta.

Lucía bajó las pocas escaleras que separaban el pequeño piso, un primero, de la calle. Comenzó a caminar en dirección a Esplugues. Anochecía temprano. El invierno estaba muy presente. Se encendió un cigarrillo. Tanto ella como Quico eran fumadores ocasionales. Dio una primera calada al pitillo y exhaló el humo, ajena a que la cercana avenida Sant Ildefons, una de las principales arterias de Ciudad Satélite, había sido ocupada durante buena parte de la tarde por los vecinos y la policía secreta para seguir el paso de los reyes al salir del ayuntamiento. Los monarcas no tomaron esta avenida, sino la carretera a Fogars de Tordera, que también unía Cornellà con Esplugues y que quedaba en un extremo del barrio. Los monarcas hicieron una parada para entrar en el bar Palou, y después siguieron paseando por el barrio.

—Hola, buenas tardes. ¿Es usted de aquí? —le preguntó de pronto a Lucía un tipo alto, con traje, acompañado por una comitiva de guardaespaldas y una mujer vestida con un lujoso vestido. Lucía se quedó paralizada. Aquella pareja eran los reyes de España, Juan Carlos y Sofía.

—Conteste, conteste… —le urgió alguien con traje oscuro que escoltaba al monarca.

—Coño, ¿tú eres el Borbón? —preguntó finalmente Lucía.

El rey y la reina sonrieron.

—Sí, soy yo. El rey Juan Carlos.

Lucía tiró el pitillo. Se lo quedó mirando unos segundos. Le clavó la mirada.

—¡Viva la República! ¡Abajo el Borbón! —gritó y comenzó a correr en dirección contraria a la comitiva, hacia su casa. Sonriendo a cada zancada. Satisfecha, feliz, sin saber lo que pasaba a sus espaldas. Quico la vio llegar desde la portería del piso, sorprendido. Ella se detuvo a su lado, tratando de recuperar el aliento. Él no entendía qué pasaba.

—Joder, Lucía. ¿Vienen los grises?

—Los monárquicos.

—¿Qué quieres decir?

Ella lo miró. Sonrió.

—Vamos arriba, que ya he hecho la guerra. Ahora toca hacer el amor.

1977

A Leonor le dolía Lucía, la llenaba Esperanza y le preocupaba Juanito.

Manuel y ella no impidieron a su hija mayor que se marchara de casa. Después de todo, tenía veintiún años. Eso no quería decir que Leonor estuviera de acuerdo con que se fuera a vivir con un chico sin permiso, por buena persona que le pareciera Quico. El verano de 1976 fue el primero que su hija mayor no los acompañó al pueblo. A partir de entonces, Lucía apenas regresaría a Montilla, aunque sus padres seguirían yendo año tras año. Sin embargo, Lucía mantendría la relación, en la distancia y con altibajos, con algunos de sus primos.

Aquel verano ni Leonor ni Manuel explicaron en el pueblo que su hija mayor se había ido a vivir con un chico, muy cerca del piso de Rosa. La excusa que esgrimieron para justificar su ausencia fue simplemente que Lucía, que trabajaba en Seat —esto lo decían como si fuera una novedad de aquel año—, se había tenido que quedar en Barcelona a causa de una punta extraordinaria de trabajo, a pesar de ser agosto. Manuel y Leonor contaban esto a todo aquel que preguntase, aunque primas y primos ya supieran, por sus conversaciones con Lucía, que vivía con un chico que se llamaba Quico, que también estaba en Seat y que era hijo único, también de padres andaluces, pero de los que nunca iban al pueblo. Que, aunque pocos, también los había.

¿Qué les iba a decir Leonor a todos los que preguntaban por qué no estaba Lucía? ¿Que su hija estaba viviendo con un hombre sin haberse casado? No se trataba de que viviesen en pecado, menuda tontería, aunque en el pueblo eso estuviera mucho peor visto que en la Satélite; se trataba de reconocer que Manuel y ella habían perdido por completo la autoridad sobre su hija. Nadie de la familia, aunque supiera la verdad, le llevaba la contraria.

A Leonor le dolía Lucía. La ausencia de ella, que quisiera marcar las distancias. Porque lo notaba. Le faltaba y, cuando pensaba en su ausencia, se entristecía y solo le reconfortaba tener cerca a Esperanza, que recién había cumplido once años. Todo lo independiente que era Lucía, era dependiente Esperanza. De todos los hijos, la más inteligente, sin duda. Lo que no quería decir que fuera la más lista y despierta. Eso lo era Lucía.

Esperanza era también la más cariñosa, quizá porque, al ser la más pequeña, fue siempre la más consentida, la que menos riñas recibió y la que tuvo una infancia más cómoda. Era segura y fuerte, al contrario que su hermano. Juanito, aunque ya había cumplido los diecinueve años, parecía todavía un niño a la hora de tomar decisiones. Tras haber estudiado para electricista, encontró trabajo como mozo de almacén en la fábrica Pirelli, otra de las grandes empresas de Cornellà, en la Almeda. Aquel no era su oficio y parecía no importarle la idea de progresar, de crecer... Y lo podía hacer. Su padre le podía ayudar.

Manuel se lo había repetido muchas veces a Leonor como

si el favor fuera para ella, como si no se tratara de su propio hijo. Juanito no tenía ambición, era demasiado apocado, tímido, retraído. El hijo mediano estaba a punto de cumplir diecinueve años, pero nunca hablaba de chicas y no se le había visto en el barrio con ninguna. Porque si hubiera estado con alguna muchacha, Leonor lo sabría. Era la Satélite. El barrio. Aunque la gente fuera más a lo suyo que en Montilla, no dejaba de ser como un gran pueblo concentrado en unas decenas de calles entre cuyos edificios se incrustaban los solares abandonados. A Leonor, además, la conocía todo el mundo, porque daba trabajo y no se le subían los pájaros a la cabeza, porque era buena y se preocupaba por los demás. Aunque su marido fuese el Estirado de Montesa. A Manuel lo conocían así, como el Estirado. La mujer del Estirado y la cuñada del Chivato. Pero ella era buena, no como ellos, se decía. Es una mujer que se preocupa por los demás, se añadía. No se sabía cómo, pero con el tiempo se había popularizado también que la Patrona —algunos la llamaban también la Modista— se enfrentó con el Llanero Solitario durante el velatorio de su hermana, en el tanatorio. Aunque aquella historia no se ajustara por completo a la verdad, el tiempo, que a veces deforma los hechos, también consigue que los relatos se adapten a las necesidades. Y la Satélite necesitaba que los buenos, y Leonor para muchos lo era, ganasen a los malos. Y el más malo de todos era aquel pistolero que aún se paseaba por aquel barrio, y por otros, enseñando si se terciaba la culata de su revólver, decorada con el Águila de San Juan. El dictador había muerto, pero la dictadura aún vivía, aunque estuviese agonizando.

Ya podía sonar en la radio a todas horas *Libertad sin ira*, la canción de Jarcha que hablaba sin tapujos de la guerra y las dos Españas que debían superar el rencor de viejas deudas porque era el momento de la libertad... Porque, por mucha sueca a la que persiguiera Alfredo Landa y por muchos pechos que enseñaran algunas mujeres en las revistas, en España aún no se vivía en una democracia. Porque, aunque aquel 15 de junio de 1977 se hubiese convocado a todos los mayores de edad, las mujeres incluidas, a las primeras elecciones democráticas desde la Segunda República, no se podía afirmar que el franquismo fuera tan solo un recuerdo: en enero, en la conocida como matanza de Atocha, unos terroristas de extrema derecha asesinaron a cinco abogados laboralistas del Partido Comunista y de Comisiones Obreras, además de herir a otros cuatro.

La muerte de Franco sembró las calles de grupos de extrema derecha, como la Alianza Apostólica Anticomunista, los Guerrilleros de Cristo Rey, los Grupos Armados Españoles o el Batallón Vasco Español, que cometerían tropelías y asesinatos durante años. Los policías y los guardias civiles no se habían vuelto de golpe todos demócratas. Continuaba la represión, día tras día, en las manifestaciones que se seguían convocando para exigir equipamientos públicos en los barrios, derechos laborales, la readmisión de los trabajadores despedidos... Pero ahora, la libertad, la amnistía y el estatuto de autonomía se imponían como la canción pegadiza del verano

Y Jarcha, mientras tanto, insistía: «Libertad, libertad, sin ira libertad»...

Leonor llevaba días meditando si aceptaba la presidencia de la asociación de vecinos del barrio. Se lo habían propuesto después de que el anterior presidente hubiera dimitido para organizar en Cornellà una candidatura a las elecciones municipales de 1979, bajo la enseña del Partido Socialista Unificado de Cataluña, el PSUC. El expresidente había militado en Bandera Roja, como la mayoría de los que estaban a su alrededor. Entre ellos Nico, el amigo de Lucía.

Leonor se lo pensaba. Había participado en reuniones de la asociación como representante de la Plataforma de Mujeres, el nombre por el que se la conocía después de perder la mención a San Pablo; en 1975 intervino en la creación de la Coordinadora de Asociaciones de Vecinos de Cornellà; estuvo al frente de la gran manifestación de febrero de 1976 por la amnistía laboral, que concentró a más de diez mil personas en las puertas del ayuntamiento... La conocían bien los cabecillas: el Fede, al que también llamaban por el apellido, el Prieto; el chico aquel que era periodista, que firmaba sus artículos en *Tele/eXpres* como Manuel J. Campo y que escribía sobre las carencias de Cornellà y alrededores; o el otro joven, Jaime Funes, que de tanto en cuanto publicaba en *La Vanguardia*... Pero asumir la presidencia de la asociación de vecinos, como le habían pedido sobre todo sus chicas... ¿Ella? No, no lo veía claro.

«¿Lo de Juanito es también libertad?», se preguntó Leonor cuando entró en la habitación de su hijo. Desde que Lucía se había ido, Esperanza también tenía un dormitorio para ella sola. Si el de la pequeña estaba lleno de juguetes y de ropa, el de Juanito estaba completamente vacío. El de Esperanza rebosaba vida, el de su hermano parecía un espacio desocupado. Sin pósters de ningún grupo de música, y mucho menos de alguna sensual cantante. Toda la ropa recogida, ni un solo juguete de su niñez. «A ver si a tu niño no le gustan las niñas», le espetó la señora Montserrat un día que le llevó más de doscientas faldas. Todo lo que decía aquella anciana tenía un objetivo y un porqué, y aunque Leonor lo negara con la cabeza, sabía que el comentario era acertado. De hecho, ella lo creía desde hacía muchos años; después de todo, Juanito era su hijo. «Juanito no es normal, de nunca, eso lo tengo yo claro desde siempre, desde niño —pensó Leonor—. Pues sí, señora Montserrat, quizá mi Juanito sea mariquita. ¿Homosexual? Qué palabra tan rara».

Leonor se acordó entonces de Lirio, un chico del pueblo que tendría la misma edad que ella. Lirio, que realmente se llamaba Joaquín, siempre jugaba con las niñas a cocinitas, al mercado, a lo que fuera. Siempre estaba con las chicas.

«Una madre esto lo sabe antes que su hijo, otra cosa es que lo queramos ver», se dijo Leonor en aquella habitación de Juanito sin pósters de los grupos de la época, completamente ordenada, aséptica y fría.

Y siguió pensando en Joaquín, al que llamaban Lirio, que cuando llegó a la adolescencia dejó de hacer tanta gracia al resto de los mozos y a las mismas chicas con las que jugaba de niñas. Aunque fuera dulce, o precisamente por eso. Un día, a Lirio le abrieron la cabeza de una pedrada; otro día, un grupo de chicos de la Falange fueron a convencerle a hostias de que dejara de ser mariquita.

Leonor pensaba que, a pesar de todo, el muchacho tuvo bastante suerte. La familia era muy religiosa, al menos la madre, y el padre era todo un héroe de guerra que, con el paso de los años, se convirtió en un cojo con muy mala leche, por el balazo que le pegaron en la rodilla luchando con Queipo de Llano en Badajoz. Gracias a esto, la Falange no pasó a darle de hostias al padre después de habérselas dado al hijo, y el cura de la parroquia del Santo, la más importante del pueblo, se reunió con el chaval para tratar de llevarlo por el buen camino y que gracias a Dios dejara de ser un maricón. Joaquín acabó de misionero al otro lado del charco, o al menos era lo que se comentaba en el pueblo. «Lirio está evangelizando indios», se decía, como si se viviera todavía en la época del descubrimiento de América.

«A lo mejor lo conoció el padre Benvenuty estando en misiones», se dijo Leonor, divertida, al salir de la habitación de su hijo. Así se llamaba el último cura en llegar a la parroquia del barrio. Se trataba de un muchacho de unos treinta años que, aunque tenía apellido italiano, había nacido en Cádiz y acabó allí después de hacer de cura en Latinoamérica. Fede había pedido el traslado a Sevilla, a una zona deprimida de la capital hispalense donde decía que necesitaban sus servicios más que en la Satélite. Se marcharía en un mes. En ese tiempo, le cedería el testigo al otro párroco, aunque ya le habían hecho la fiesta de despedida.

«Cada vez nos los traen más rojos. Un poco está bien, pero es que al final los curas del barrio parecen más comunistas que los comunistas de aquí», le dijo Vicenta a Leonor después de la primera misa del nuevo párroco. El padre Benvenuty no mencionó que san Pablo hubiera visto la libertad, la democracia o lo que fuera al caer del caballo, sino que Dios estaba a favor de la amnistía política, porque eso era perdón, de la libertad, porque era justo, y de lo del estatuto de autonomía, porque eso de «Dar al César lo que es del César y a Dios lo que es de Dios» se lo habían inventado los romanos. Y que incluso en Andalucía había quien pedía un estatuto de autonomía. Tras la segunda misa, terminó compartiendo un pitillo con los feligreses, y les aseguró que Jesucristo fue el primer marxista de la historia. «Quien pide venir a Cornellá o a la comarca del Bajo Llobregat para dar misa, sabe qué es lo que se va a encontrar aquí», le contestó Leonor a Vicenta. Al fin y al cabo, aquel era también el barrio de Joan García-Nieto, otro cura que acogía en su casa a cualquier sindicalista que lo necesitara. Al párroco incluso lo habían detenido en alguna ocasión. Y no se perdía ni una sola protesta, en Cornellà o donde fuera.

«Juanito es mariquita», se repetía Leonor mientras se sentaba de nuevo delante de su máquina de coser. La de veces que había escuchado comentar, a más de uno del barrio, que antes prefería «un hijo guardia civil que uno maricón». Ese era el miedo, ese era el temor. ¿Que a Juanito le gustasen otros hombres? Ella qué le iba a hacer, si Dios lo había hecho así. Lo que la aterraba era lo que podría sufrir. En eso consistía el aprendizaje de tantos años de dictadura: si no llamas la atención, si pasas inadvertido, si eres *normal*, nunca tendrás problemas o tendrás menos que si no lo eres.

—Lo que no quiero es que sufras, Juanito —dijo en voz alta.

Leonor ignoraba por completo que esa tarde su hijo había salido antes del trabajo porque se había citado con otro chico en el Disco Bar La Luna, en una avenida del Generalísimo de Barcelona, que oficiosamente ya se conocía como avenida Diagonal, en la que todavía había más espacios vacíos y pinos que bloques de viviendas. No era la primera vez que quedaba con Daniel, aquel muchacho del Eixample de Barcelona, pero esa fue la noche en la que Juanito tuvo sus primeras relaciones sexuales completas con otro hombre. Juanito experimentaba y se sentía feliz, ajeno a las preocupaciones de su madre.

De nuevo pensó en la mayor, en Lucía. Su ausencia le dolía, pero aún más que no la necesitase.

Se arrepintió mil veces Leonor del enfado del día que murió Franco. Era consciente de que la muerte del dictador no fue el auténtico motivo de la discusión, sino todo lo anterior: que entrara en política, que trabajara en Seat aunque no se lo hubiesen autorizado, el miedo que pasó cuando la detuvieron y la torturaron en la comisaría de Via Laietana... Lo que había temido por ella. Imaginar lo que le hacían o que llegaran a matarla era mucho más doloroso que la idea de perder su propia vida. Y luego, Lucía seguía igual, sin dar marcha atrás, sin recapacitar ni dejar de meterse en problemas. «No piensa más allá, no se da cuenta de los peligros que hay», concluía Leonor. Y por esta misma razón, ella seguiría vinculada al barrio, a sus reivindicaciones, y no optaría a la presidencia de la asociación de vecinos. Con la plataforma tenía más que suficiente.

A Leonor le dolía Lucía, la llenaba Esperanza y le preocupaba Juanito.

Lucía no vivía muy lejos del piso donde Leonor, sola, llenaba el vacío con sus pensamientos, pero en ese momento no tenía presente a su madre. Los hijos solo piensan en su padre y en su madre cuando son padres o madres y, aun así, piensan sobre todo en sus hijos.

También estaba sola en casa. Se acariciaba la barriga. Sonreía. Se tocaba el vientre una y otra vez. Dando vueltas sobre sí misma. Un masaje para ella y para quien llevaba en la barriga, porque sí, porque ese día el médico se lo había confirmado: estaba embarazada. Ella y Quico iban a ser padres. No se lo había dicho a nadie, ni a Quico. Al salir del médico, podría haberlo llamado a la fábrica, o acercarse hasta allí, pero quería esperar a que abriese la puerta y la viera sentada en el sofá. A darle un beso y decirle: «Vamos a ser padres».

Lucía nunca había sido tan feliz.

No sabía si la niña, porque estaba convencida de que iba a ser una niña, llegaría con un pan debajo del brazo, pero seguro que lo haría con una buena colección de letras, después de que Quico y ella se hubieran decidido a comprar el piso en el que vivían de alquiler. Los padres de él les habían ayudado con la entrada. Quico era hijo único y no les faltaba el dinero, porque su padre había trabajado toda la vida en Seat. Incluso tenían una pequeña casa en El Vendrell, no muy lejos de la playa.

Lucía se quedó embarazada justo cuando habían decidido casarse. Sería una ceremonia muy íntima, con muy pocos invitados: Juanito, quizá Esperanza, el grupo de amigos. Ni Lucía ni Quico creían demasiado en el matrimonio; era una forma de legalizar la relación, por lo que pudiera pasar. La boda la oficiaría Fede, el cura que cada vez parecía menos un cura y más un músico de Triana. El religioso se había vuelto tan fan del grupo de rock andaluz que, cuando fueron a explicarle que se querían casar, les canturreó el estribillo de *Hijos del agobio*. Los feligreses conocían la canción, porque la había usado en alguna homilía para reforzar su mensaje; aún defendía con ahínco la justicia social y la democracia. Fede los casaría antes de marcharse a Sevilla. El padre Benvenuty ya oficiaba todas las ceremonias, pero él se había comprometido.

Se abrió la puerta del piso. Lucía aguardaba sentada en el sofá de falsa piel. El comedor era aún una estancia prácticamente vacía. Un pequeño aparador, que albergaba un radiocasete negro y blanco de dimensiones considerables y un tocadiscos todavía mayor, el sofá, una mesa de madera y cuatro sillas eran los únicos muebles en aquella sala sin cuadros.

Quico accedió al comedor. Lucía sonrió de oreja a oreja.

—¿Qué pasa?

—Vas a ser padre.

1978

El día que nació Laura fue el más feliz de la vida de Lucía. En el paritorio, un lugar gris en los bajos de la Maternitat de Barcelona, junto al campo de fútbol del Barça, las comadronas tenían prisa e ignoraban los gritos de las parturientas. No obstante, a pesar del dolor, de ver que de pronto no era dueña de su cuerpo y de aquel entorno tan poco acogedor, Lucía fue feliz.

Las contracciones comenzaron por la noche, al poco de que Quico llegara de trabajar. Fueron a la Maternitat en el Seat 850. La pequeña Laura nació a primera hora de la mañana, con una enorme mata de pelo y los ojos abiertos, verdes como los de su tío Juanito. La bebé sonreía a quien le hablaba, y parecía que todo lo entendía y todo lo iba a responder. Aunque la comadrona, la más mayor de todas, la que fumaba Ducados como un carretero, aseguraba que lo de la sonrisa del bebé era un acto reflejo, Lucía no la creía. Imposible. Su niña, su Laura era así.

Al día siguiente, ya en casa, después de acunar a la pequeña que cuando no sonreía, dormía, telefoneó a Leonor: «Mamá, sois abuelos. Podéis venir a ver a la niña, se llama Laura». La abuela acudió a la llamada en menos de media hora. Fue con Juanito y Esperanza, que con doce años estaba muy desarrollada. «A mí me vino la regla también muy pronto», pensó Lucía tras darle un beso a su hermana pequeña. Se quedó mirando a su madre. La veía mayor, más envejecida. «Cómo pasa el tiempo», meditó. Juanito le dio un buen achuchón. Con su hermano se veía, al menos, un par de veces por semana, más a menudo que cuando vivían bajo el mismo techo. Durante el embarazo, Juanito, que seguía en casa de sus padres, se dejaba caer más de una tarde por el piso de su hermana, cargado con varios tarros de cristal repletos del caldo que había preparado su madre.

Juanito no había logrado crear un grupo de amigos. Era un chico tranquilo y amable, pero introvertido. Y sociable, una vez superado el primer muro, porque le gustaba la gente. Algunas personas no tienen un círculo estrecho de amistades simplemente porque no se da la circunstancia. En el caso de Juanito, sin embargo, pesaba otra cuestión más de fondo.

—¿Puedo coger a Laura? —preguntó Leonor a su hija, que asintió.

La flamante abuela tenía cuarenta y cuatro años. A Lucía le parecía increíble que con su madre se llevara solo veinte años.

—Ya soy abuela —dijo la matriarca mientras acunaba en sus brazos a la bebé—. Te veo y aún me pareces una niña. Aunque ahora tener hijos a tu edad comienza a no ser habitual... No sé adónde iremos a parar.

—Es lo que pasa en Europa. No es tan extraño, mamá —replicó Juanito.

—Y tú aún sin novia —le recriminó la matriarca—. Al menos, que conozcamos. A ver si traes a casa una mocita —dijo Leonor, como si no supiera que a su hijo lo que le gustaban eran los hombres—. ¿Ahora os casaréis, Quico y tú? —preguntó Leonor mirando a Quico, que a su vez giró la cabeza hacia Lucía—. Ya he hablado con el padre Benvenuty y no habría ningún problema en que os pudierais casar y bautizar a la niña a la vez.

Lucía suspiró. Y bufó después.

—¿Por qué crees que queremos casarnos y bautizar a la niña?

—Hija, no sé, pero que la niña mantenga el pecado original con el que todos nacemos...

—¿Un pecado porque Eva convenció a Adán de que cogiera una manzana? Me parece un pecado un poco machista... En casa nunca hemos sido creyentes y a ti nunca te cayeron bien las beatas que iban siempre a misa en el pueblo. Aquí te has aficionado, pero también es cierto que es otro tipo de ceremonia y otros curas, solo hay que ver a García-Nieto —dijo Lucía sin ocultar su enfado. Laura lo notó. La pequeña comenzó a agitarse en brazos de su abuela—. Además, ya nos casamos. Lo hicimos con Fede. Hace unos meses, por los papeles y por la niña.

Leonor hizo una mueca de sorpresa, de desaprobación, aunque no fue más allá. Lucía tampoco. Se había visto con su madre antes y después de la boda, y si no le dijo nada no fue por hacerle daño, sino porque ellos lo entendían como un mero trámite.

—¿Tú sabías algo? —preguntó Leonor a Juanito, que asintió.

—No hubo convite ni nada. Fue una tarde que fuimos un momento a la sacristía. Mis padres tampoco vinieron, solo un par de amigos... Más adelante ya haremos una fiesta de celebración, también por el nacimiento de la niña —intervino Quico.

Leonor suspiró para sus adentros. Miró a la pequeña.

—Hoy no discutiremos. No quiero que mi nieta nos vea enfadadas —zanjó Leonor, lo que irritó más todavía a su hija mayor—. Papá me ha dicho que no podía venir, que tenía mucho trabajo.

—Papá siempre tiene mucho trabajo —respondió Lucía con amargura.

Esperanza y la recién estrenada abuela se marcharon al cabo de dos horas. Juanito se quedó más rato. Ese día no trabajaba. A causa de un descenso de producción en Pirelli, habían mandado a casa a unos cuantos trabajadores, a los que menos se quejaban.

—Papá está dolido... —dijo Juanito cuando se quedaron solos.

Quico, que había consumido ya los dos días de permiso de paternidad, se había marchado al trabajo. Tenía turno de tarde.

—¡La Seat! ¿Te acuerdas cómo nos hablaba de la Seat cuando éramos niños? Era su sueño, lo que marcaba su vida. Más que nosotros, incluso. Me acuerdo de cuando conoció a Quico, que era un niño, el día de la mudanza de tía Rosa. Luego empezó en la Montesa y ¡ya está! Todo lo demás dejó de importar, incluso la Seat. —Lucía dejó a Laura en la cuna—. Fue como si dejáramos de existir. No sé si quiero darle tiempo, si quiero tener relación con él... De todas formas, hace muchos años que ya no la tengo. ¡Vaya torta me dio cuando te perdiste en el Parque de Atracciones de Montjuïc! Es curioso, pero estos días me he acordado de aquel hombre que se rio de él, de aquellos niños... No sé, creo que en el fondo no nos ha querido o le hemos dado igual. No sé qué sentido tiene que no te alegres por tu hija porque trabaje donde tú siempre has querido trabajar...

—Cuando éramos niños no era así —dijo Juanito.

—Cuando somos niños lo idealizamos todo, ¿no? Pasa muchas veces, que no vemos a alguien como realmente es, sino como nos gustaría que fuera. Nos engañamos.

Juanito se quedó mirando a su hermana. Se encogió de hombros. El mismo gesto que cuando era un niño. Besó a Lucía en la frente y fue a coger a la bebé.

—La vas a despertar —apuntó su hermana.

—¡Qué va! Con quién va a estar mejor que con su tito Juanito... ¡Si ha sacado mis ojos verdes! Yo no te habría dejado marchar de casa. La verdad es que te echo mucho de menos.

—¿Tú no tienes pensado independizarte? Ya tienes veinte años...

—Ahora la gente no hace como tú y se va tan pronto de casa de sus padres. Mira que estás antigua... Pero sí que me gustaría marcharme de la Satélite, de Cornellà e incluso del Baix Llobregat. Necesito ser lo que soy. Aquí no puedo serlo.

—¿Tienes novio? —preguntó Lucía.

—¿Qué quieres decir? —contestó Juanito como asustado, aunque quizá un tanto liberado. Lucía lo conocía bien, seguramente mejor que nadie. ¿Más que su madre? Vete a saber. Nunca habían hablado de su homosexualidad.

—Ya sabes lo que quiero decir... Que te gustan los chicos. No sé si siempre lo he intuido, pero sí desde hace unos cuantos años... Y lo que me extraña es que nunca lo hayamos hablado.

Juanito inspiró profundamente. Aunque se le notaba aún nervioso, era como si se estuviera liberando de una pesada carga.

—Pues sí, la verdad... Estoy con un chico de Barcelona, que se llama Miquel. Estudia Biológicas en la universidad, y también está metido en política como tú, pero en el PSC Congrés...

—¿Socialista? Bueno, un vendido al capitalismo. Estos nos acabarán metiendo en la OTAN —dijo Lucía mientras le guiñaba el ojo a su hermano—, pero si te hace feliz te lo perdono.

—¿Ser homosexual?

—Eso no creo que se tenga que perdonar... Digo lo de que estés con un socialista. Ahora creo que se van a agrupar en un único partido... Algunos de los nuestros se están yendo con ellos. En fin, que lo podías haber dicho antes.

Laura se había quedado dormida en los brazos de su tío.

—¿Que estaba con un socialista?

Rio. Tuvo claro que su hermano estaba de broma como ella. Lucía también sentía que se había quitado un peso de encima.

—Me lo podías haber contado.

—No vi el momento. Y alguna cosa en los últimos años ya me habías dicho, algo ibas soltando y también te he dado pistas —continuó su hermano.

—Eso también es verdad.

Lucía se levantó para coger a la niña y llevarla a la cuna nido que había al lado del sofá. Le devolvió el beso en la frente a su hermano.

—Y el chico este ¿qué tal?

—Miquel, muy bien. Es de tu edad, veinticuatro años. Estudió Laboratorio. De hecho, trabaja en uno, pero también estudia en la Diagonal. Es del barrio de Les Corts, en Barcelona. Su familia es de allí.

—¿Es catalán? —preguntó Lucía.

—Sí. Es nacido en Cataluña. No es emigrante. Ni sus padres, ni sus abuelos...

—Tendrá dinero.

—No todos los catalanes tienen dinero. Es normal, como nosotros. Sus padres viven en un piso de Les Corts. Un piso. Que no tienen una masía por ahí y bodegas para hacer champán.

Lucía rio de nuevo.

—Tienes razón, pero ya sabes. En el fondo hay dos mundos y tendrán que pasar unos años hasta que seamos uno solo. El mundo de la que va a limpiar a la casa de la catalana y el de a la que le limpian la casa.

—Cómo eres, Lucía. También hay catalanas que van a limpiar. Y muchas catalanas a las que no les limpian la casa.

—Si tú lo dices... —dijo ella sonriendo a su hermano. Se acomodó—. ¿Y cómo te va en el trabajo?

—Bien. A unos cuantos nos han mandado a casa, pero lo cierto es que en la Pirelli no paramos. También hay muchas movidas, pero es una gran empresa. No me va mal.

—¿No te cansas de hacer de mozo de almacén?

—¿Tú no te cansas de hacer tapizados en la Seat?

—Pero tú eres electricista, no mozo.

—Y tú eres lista.

—Yo estoy bien —sentenció Lucía.

Juanito la observó divertido.

—Siendo tan lista no entiendo por qué no bautizáis a Laura para que así no viva en el pecado original...

—¿Ya estás como mamá?

Su hermana sonrió.

—Creo soy lo más distinto que se puede ser a mamá... Es que tengo ganas de ir de bautizo. Me lo pasé muy bien en el de Esperanza.

—¡Pero si ha pasado una vida! Si tú eras un niño, lo era yo... Aunque ya no me veían así porque me había venido la regla y había nuestra hermana pequeña. Tú te debes de acordar de muy poco. Yo sí. ¿Sabes?, no me dejaron ir a buscar pesetas.

—¿Todavía se lleva eso? —preguntó Juanito con cara de extrañeza.

—Seguro que no... ¿Sabes de qué me acuerdo más, y no es lo de coger pesetas con los otros niños? De lo contento que estaba papá. Creo que fue su día, más que el de Esperanza. Lució como un señor. Como si fuera un catalán al que una andaluza le va a limpiar la casa —dijo ácidamente Lucía.

—Cómo eres. Don Manuel de la Montesa está muy bien en el mundo de las motos. Hay una cosa que... No sé si lo sabes. Lo del loro de Montesa.

—¿El loro de Montesa? —preguntó Lucía, extrañada. Su hermano sonrió.

—Resulta que en la puerta de la fábrica hay un loro. Lo tienen con una cadena. Y los chiquillos del barrio van siempre que pueden a enseñarle al pajarraco palabrotas. —Juanito empezó a reír. Lucía también, casi como un acto reflejo—. Total, que eso a papá le pone de los nervios. Ahora casi siempre que viene a casa se dedica a hablar del loro de Montesa y de los niños del barrio. No sé, como si nosotros no fuéramos niños del barrio... Don Manuel de la Montesa... El día que se entere que su hijo es maricón... Aunque creo que le dará igual. Está en su propio mundo. Además, creo que tiene un ligue o una amiguita.

—¿Papá? —preguntó Lucía sorprendida.

—Al menos es lo que piensa mamá. Ya no soy un niño, como puedes ver, y me entero de todo lo que hablan. Y mamá se ha dado cuenta de que muchas veces llega a casa oliendo a un perfume de jazmín y sospecha que es de otra mujer.

—A lo mejor es marica como su hijo —bromeó Lucía.

—Pero qué burra eres...

Y era cierto que la sospecha de que Manuel la engañaba se había convertido en la obsesión de Leonor. Lo rumiaba en aquel momento, mientras sus hijos hablaban, porque no conseguía mantener ocupada la cabeza desde que había salido de casa de su hija. Ese pensamiento, de nuevo, la había atrapado. Nunca fue una mujer celosa ni posesiva, y la relación con Manuel no era una de esas historias eternas de amor que se contaban en las películas... Pero le dolía pensar que su marido estuviera con otra. Sin conocer la razón, se sentía sucia, hasta el punto de no compartir con nadie sus conjeturas. Tampoco en confesión, ni con Fede ni con el padre Benvenuty.

Aunque los días comenzaban a ser más largos, todavía hacía algo de fresco, por lo que Leonor y Esperanza aceleraron la marcha a medio camino. Solo se detuvieron a la altura del piso de Rosa. Leonor pensó en lo unida que estuvo con su hermana desde pequeña. Siempre la más dicharachera y feliz de las hermanas, de todas las chicas del pueblo. Nada que ver con la Rosa con la que se reencontró en Barcelona: triste, subyugada por Rafa, desposeída de su alma en vida. Decían que a su cuñado ya no le iba tan bien en la democracia, que incluso los que antes no se atrevían a llamarle chivato a la espalda, ahora se lo decían a la cara.

—Mamá, ¿estás bien? —preguntó Esperanza, mientras Leonor clavaba los ojos en el tercer piso, en el balcón de su hermana, desde donde decían que se había lanzado, aunque ella nunca creyó esa versión. Rafa seguía viviendo allí, o eso le contaban, pero la luz estaba apagada—. Mamá, ¿estás bien? —insistió la niña.

No, no estaba bien. A Leonor le pesaba el silencio mantenido aquellos últimos años con su hermana, que de pronto, de la noche a la mañana, se hubieran dejado de hablar. A Leonor le pesaba el tiempo perdido, en el que no se acercó a Rosa. La evitó, aunque la echara de menos. A Leonor le pesaba no haberla auxiliado, porque ahora tenía claro que lo que necesitaba su hermana era que estuvieran a su lado y la ayudaran a salir del agujero, que la socorrieran y la apoyaran. Rosa fue víctima de su propia vida. Leonor se sentía culpable de su muerte.

—¿Esta es tu cría pequeña? —preguntó una voz desde las sombras. La silueta ganaba terreno en la calle mal iluminada, bajo un cielo casi sin estrellas.

A Leonor aquella habla le era familiar. Un breve pero intenso escalofrío le recorrió la espalda. Miró hacia la oscuridad. Allí estaba él, su cuñado Rafa. No lo recordaba tan bajo. Quizá era verdad lo que contaba su madre, que todos encogemos al hacernos mayores, pero que pierden más altura los que tienen el alma podrida, porque así se preparan para su último viaje al infierno.

—Esperanza, ven aquí —ordenó Leonor. La niña se alejó de aquel tío al que no recordaba, porque nunca tuvo relación con él.

Rafa dio un paso adelante. Llevaba gafas. El cabello moreno, crecido pero sin llegar a melena, se le rizaba por detrás y le clareaba por el centro. A Leonor le dio la sensación de que su cabeza era todavía más gorda. Tenía los ojos sanguinolentos, menguados, y una mirada taciturna. A pesar de los tres metros que los separaban, la mujer y la niña olieron la pestilencia ácida y profunda que Rafa emanaba, un tufo que se mezclaba con el olor a alcohol.

—Es muy guapa tu niña, se parece a mi Rosa. ¿Sabes?,

la echo mucho de menos... Quién me iba a decir que un día echaría de menos también la cueva o cuando vivíais con nosotros. No estuvo tan mal todo lo que hicimos, ¿no? —añadió mostrando su maltrecha dentadura—. Querida cuñada... No nos vemos nunca, podríamos quedar un día. Seguro que tú también me echas de menos. Después de todo... somos familia.

Leonor tenía miedo, claro que lo tenía. Pero no estaba paralizada. Y no pensaba salir huyendo de nuevo. En el alma le pesaba todavía más el día que le plantó cara en el tanatorio. Se sentía fuerte, estaba harta y le dolía Rosa.

—Esperanza. Toma las llaves y vete a casa. Yo ahora voy. Dile a papá que estoy con el tío Rafa en su calle, por si quiere venir...

—¿El tío Rafa?

—Sí, niña, yo soy tu tío Rafa... ¿Me das un besito?

Esperanza vaciló un instante.

—¡A casa! —gritó Leonor, que acabó así con cualquier atisbo de duda que pudiera tener su hija sobre lo que tenía que hacer.

—Has asustado a la niña... Y me has asustado a mí —dijo Rafa, que se acercó un metro más a Leonor—. Tú y yo no nos llevábamos tan mal, y nos podríamos llevar mejor. Solo quería hablar un poco, cuñada, pero veo que has lanzado a tu hija a buscar a tu marido... Pues Manuel me debe mucho. Los dos me lo debéis. Que os di casa y a él, trabajo. La cueva que no supisteis cuidar... Por aquello podía haber sacado una pasta y dejasteis que se hundiera. Ya lo veo pavonearse con sus motos por el barrio... Os veo a los dos, a vuestros hijos... Y sé que ahora habéis tenido una nieta.

—¿Qué quieres, Rafa?

—Que me paguéis todo lo que me debéis.

Leonor no pensaba salir huyendo.

—No te debemos nada.

—¡Me lo debéis todo! —gritó el hombre. Se acercó más a Leonor—. Me debéis incluso que vuestra hija siga viva, la roja de Lucía, que si no la mataron en comisaría como a cualquier otra perra fue gracias a mí.

Rafa apestaba a alcohol y a mierda. Completamente dejado, con la ropa andrajosa, parecía un pedigüeño. Aunque le costaba mantenerse de pie, conservaba su postura amenazante ante Leonor.

—¿Qué le hiciste a Rosa? ¿La empujaste por el balcón? —preguntó la mujer, liberándose de repente como la primera vez que gritó la palabra «libertad»—. No sé por qué no te lo dije en el tanatorio, para que todos lo supieran, que tú eres el asesino de mi hermana.

Su cuñado no supo cómo reaccionar. Hizo como si llorara, como si arrancara un intenso lamento, pero iba tan borracho que la sobreactuación le dibujó un rictus absolutamente ridículo.

—Ese día me morí yo también —dijo solemne—. Cómo iba a matarla yo. Soy el que más perdió, el que más lloró.

—La empujaste —insistió Leonor.

Rafa adoptó de nuevo su actitud amenazadora.

—¡Se tiró ella! Tu hermana estaba loca.

—La hiciste infeliz —atacó Leonor—. La mataste en vida, pero Rosa no se tiró... Tú la empujaste.

—¿Yo? ¿Y tú? ¡Zorra! —gritó—. ¿Tú qué hiciste por ella? Llenarle la cabeza de pájaros y luego abandonarla... La familia perfecta. ¡Puta! —chilló de nuevo Rafa. Las gotas de saliva llegaron hasta la cara de Leonor.

Se escucharon algunas persianas. Unos jóvenes que fumaban en el descampado se acercaron un poco más hasta donde discutían el Chivato y aquella señora que no se perdía una manifestación por el barrio y que repartía entre las mujeres trabajo para coser.

—¿Qué pasa aquí? —preguntó Manuel, que apareció de repente entre los dos. Rafa dio dos pasos atrás y se fijó en su cuñado. Antes de hablar soltó una sonora carcajada.

—Míralo. Si parece un empresario. Un señor. Un catalán de los que mandan... Y no un pobre muerto de hambre que llegó en el Sevillano y se fue a vivir a una cueva... Siempre serás el Manolo —dijo Rafa con desprecio.

—Leonor, vamos a casa —dijo Manuel, tratando de que su mujer se moviera. Ella se mantenía plantada, firme, desafiante ante su cuñado, aunque estuviera a punto de llorar de rabia—. Vamos, Leonor.

—El bueno de Manolo —añadió el cuñado cuando ya estaban en retirada—. El mozo ejemplar, que nunca dio un problema, que nunca hizo un ruido. Te crio bien tu tía... ¿Sabes? Nadie hablaba de tus padres, de cuando se llevaron de paseo a Juan y a Lucía... Y nunca más volvieron. Sí, Manolo, sí. En mi casa sí que se hablaba, y mis padres me contaron que tu padre se metió en política, que se ofreció a organizar los cortijos de la República, y que tu madre... Que era muy guapa, tan guapa que varios falangistas se desahogaron con ella antes de matarla. ¿Tú no conoces esta historia, Leonor? Yo creo que sí. Tu hermana Rosa la conocía...

Ahora era Manuel quien se había quedado paralizado por las palabras de Rafa.

—No lo escuches, tiene veneno —dijo Leonor.

El cuñado empezó a reír a carcajadas.

—Escucha, escucha, que ahora viene lo interesante, Manolo. Seguro que esto no te lo han contado nunca. Cuando entraron los militares en el pueblo, y los señoritos que se habían marchado, tus padres huyeron a la sierra. Se escondieron en una cueva, de la que pocos tenían conocimiento. Estuvieron varios días, pero los mismos que los ayudaban fueron los que los acabaron denunciando. ¿Sabes quiénes fueron?

Rafa clavó la mirada en Leonor, que desconocía por completo lo que estaba a punto de revelar el marido de su difunta hermana.

—Antonio y María del Valle, tus vecinos, los supuestos amigos de tus padres. Estás casado con una de sus hijas. Ellos los denunciaron. A tu madre la violaron hasta dejarla casi muerta y luego le pegaron un balazo en la cabeza. A tu padre lo patearon hasta matarlo. ¡Tus suegros! Fueron tus suegros, los que engendraron a tu mujer y a Rosa. ¡También a Rosa! Ellos son los que mataron a tus padres.

Leonor se abalanzó sobre su cuñado y le dio dos sonoras tortas con la mano completamente abierta. De la segunda cayó al suelo.

—¡Eres puro veneno! Pero pagarás por todo el daño que has hecho —sentenció Leonor, que volvió hasta su marido y le cogió de la mano para que se marcharan a casa—. Te pudrirás en el infierno, pero no antes de vivir como lo que eres: un desgraciado.

Manuel estaba frío, blanco y, aunque nunca lo confesaría, lleno de dolor. El mismo pesar que le acompañó toda la vida.

1979

Lucía, con una sonrisa de oreja a oreja, sorteaba el gentío que abarrotaba el edificio consistorial. Quico caminaba a su lado y empujaba como podía el cochecito de Laura, que en unos días cumpliría su primer año. Cuando encontraron a Nico, ella lo abrazó con fuerza. Aquello había sido la victoria de todos.

—Muchas felicidades, señor concejal —dijo Lucía a quien más o menos fue su pareja antes de empezar la relación con Quico. ¿Un rollo? Tras el abrazo y dos besos, estrechó con mayor solemnidad, sin perder la sonrisa, la mano de su antiguo camarada, el líder de aquella pequeña camarilla revolucionaria que se reunía en el bar de Serafín. Nico había conseguido el acta de concejal por el PSUC. Su nuevo partido, que era el de los comunistas de Cataluña y que se nutría generosamente de exmilitantes de Bandera Roja, había ganado los comicios locales del 3 de abril de 1979. Ellos tres, Quico, Lucía y la pequeña Laura, estaban invitados a la constitución del primer Gobierno democrático en Cornellà desde la Segunda República española. Nico, su viejo compañero de Bandera Roja, les había confesado que tenía muchos números para hacerse cargo de la cartera de Urbanismo.

Del pequeño grupo del bar de Serafín, transcurridos cuatro años desde la muerte de Franco y dos elecciones generales democráticas, Nico y Cristina era los únicos que seguían en la política activa, aunque habían abandonado la clandestinidad. Nico se había afiliado al PSUC y ahora gobernaría. A la gallega de El Pont de Suert, que también había concurrido a las elecciones, aunque en su caso con los socialistas, le faltaron unos pocos votos para salir elegida.

Mari Paz hacía política de otra manera, a través de la docencia universitaria. También escribía poemas, y en algunos diarios de tirada nacional se había publicado de «la poeta del cinturón rojo» que era «una de las voces más vivas de la Transición».

Saturnino... También seguía a su manera en política, aunque en paradero desconocido. Se comentaba en el barrio, en lo que quedaba de Bandera Roja y en Comisiones de Barrios y Fábricas, que aquel gigante de pelo extremadamente rubio había ingresado en un grupo de extrema izquierda, de los que consideraban la Transición una farsa y no dudaban en usar la violencia, como algunos grupúsculos tardofranquistas. Que tonteaba con explosivos y que incluso iba armado. Tanto a Lucía como a Quico les llegaban rumores de viejos conocidos de la lucha clandestina. Saturnino podría estar en Terra Lliure o con los pocos que quedaban de Exèrcit Popular Català, el grupo terrorista que dos años antes había asesinado a José María Bultó, uno de los burgueses más importantes de Cataluña, propietario de empresas textiles y químicas, además de presidente de la compañía que fabricaba las motos Bultaco. Dos militantes de ese grupo terrorista independentista hicieron estallar los explosivos que le habían adosado al cuerpo. Un crimen realmente terrible y cruel.

—Ahora te tocará buscar soluciones para los que protestan... —dijo Quico—. ¡Anda que no te va a tocar tragar mierda! Pero será sobre todo la de los tuyos... Por ejemplo, de mí... Si es que ya te veo en plan comodón. Hasta más gordo. Y eso que hace apenas unos minutos que acaricias el poder.

—¡Vaya forma tienes de felicitarme! —respondió Nico.

Quico y Lucía aún militaban en Bandera Roja, aunque aquel partido que conectaba con China se estuviera difuminando, o al menos sus militantes, en varios partidos que, como el PSUC, ahora ostentaban el poder institucional. El comunismo de Mao quedaba cada vez más lejos. Lucía vivía como algo ilusionante que ahora pudieran gobernar unos partidos que no hacía tanto estaban prohibidos. No obstante, eran también años de plomo.

—Siempre he sido más de buscar soluciones. Ya lo sabes —se defendió Nico—. De la negociación y del pacto. Hay que dialogar, y más en un país como el nuestro en el que hace falta mucho diálogo. La historia de España es la historia de una guerra continua entre hermanos. Ahora tenemos la oportunidad de reconstruir puentes. No se trata de blanquear a los asesinos franquistas, pero el pueblo se ha de reconciliar y tiene que experimentar y saber qué es la verdadera justicia social.

—Ya hablas como un político de los de sueldo y vara de mando —apuntó Lucía, que primero arrancó de su antiguo compañero una sonrisa para luego encogerse de hombros.

—Si queremos cambiar el mundo para mejor, tenemos que gobernar. Salir al ruedo.

La sesión de investidura de la nueva corporación municipal se celebró en el ayuntamiento de la ciudad con la desconfianza de unos cuantos funcionarios y la alegría de la mayoría. Algunos de los policías que habían perseguido a los nuevos cargos electos aguardaban en la calle, donde el sentimiento democrático, si se podía llamar así, había crecido sin parar desde las primeras elecciones generales de 1977, que en Cornellà ganaron los socialistas.

Los comunistas del primer Gobierno democrático, a pesar de la mayoría, tenían en su hoja de ruta alcanzar un pacto con los socialistas y con Convergència, el partido de Jordi Pujol, minoritario en el cinturón rojo y que representaba a la burguesía catalana. Leonor siguió aquella sesión desde la calle, junto a Vicenta, Adela y otras vecinas del barrio. Manuel se quedó en casa. Esperanza estuvo con ellas un rato. Era un ambiente festivo. No de fiesta mayor, pero casi.

Por la tarde continuó la celebración en un local muy cercano al ayuntamiento, donde el PSUC había organizado un acto para los militantes y amigos. También asistieron Quico, Lucía y Laura. La pequeña, a última hora, comenzó a coger temperatura, y los tres se marcharon antes del fin de fiesta.

Cruzaban de noche el polígono industrial en dirección a la Satélite. El silencio enfriaba el ambiente, más fresco ya de lo habitual para un mes de abril. En pocos minutos, habían pasado del jolgorio a la humedad sorda que señalaba la proximidad del río. Tanto a Lucía como a Quico les sorprendió que Nico en todo momento se refiriese al barrio como «San Ildefonso». Era el nombre oficial, pero el que sus habitantes menos utilizaban. «Lo de Ciudad Satélite suena a franquista, es poco progresista», les aseguró Nico, como si el nombre de un santo fuera muy de izquierdas, por mucho que los curas del barrio sí lo fueran. «¿Sabes por qué se llamó San Ildefonso? Porque uno de los promotores del barrio se llamaba Ildefonso, así que estás beatificando a un capitalista especulador en pleno cinturón rojo», le contestó Quico, cuando llevaba varias copas de vino, casi al final de la velada. «De hecho, lo tenemos que llamar Sant Ildefons, que es su nombre en catalán», insistió el eufórico futuro teniente de alcalde.

También estaba achispado.

Lucía apenas bebió; todavía le daba el pecho a Laura.

—¿Tú no te ves de político? Dedicándote a ello, quiero decir —preguntó Lucía a su marido.

Ella era quien empujaba el cochecito en aquella sórdida y oscura zona industrial. Los polígonos, la mejora de los barrios y el nombre «Sant Ildefons» se habían repetido hasta la saciedad en el acto de investidura. Eso, «diálogo» y «proyecto común».

—Ya hacemos política. Ya soy político. Desde el sindicato defiendo los derechos de los trabajadores, reivindico la igualdad, actúo para lograr un mundo más solidario. Desde que empezamos a militar en Bandera Roja he reclamado la justicia social, que todo el mundo pueda tener las mismas oportunidades y...

—Quico, que soy yo y que voy empujando el coche de la niña... No hace falta que me sueltes a mí el discurso. Me refiero a eso, a hacer como Nico. Ir en una lista de un partido político. Digamos... hacer política de gestión, dedicarte laboralmente a eso, cobrar por dedicarte, que sea tu oficio. Ya sé que los dos dijimos que no queríamos ir en ninguna lista, que hemos decidido quedarnos en Bandera Roja, aunque apenas estemos ya vinculados desde el nacimiento de Laura, y que seguimos comprometidos con el sindicato en la Seat... pero no sé. He visto muy bien a Nico.

—La muerte de Franco no ha sido el fin —respondió Quico con cara divertida—. Si el principito es como la mayoría de los Borbones, este nos dará grandes tardes de gloria... ¡Y la lucha continúa!

—No seas tonto.

Sonrió.

—Creo que tengo suficiente trabajando en la Seat y estando en el sindicato. Ser político... Si en el sindicato tenemos que lidiar con compañeros que son poco solidarios, hacer de político creo que tiene que ser más insolidario aún. Y además, cuando gestionas a partir de unas ideas concretas, te acabas traicionando. No sé... creo que no estoy preparado.

—Lo harías bien, eres una persona honesta —continuó Lucía.

—No sé si eso es una virtud —dijo Quico, a la vez que sacaba la lengua—. Podías dedicarte tú. Queda mucho por hacer en el terreno del feminismo. Un día se tendrá que conseguir que los propios partidos incorporen listas paritarias, con el mismo número de hombres y de mujeres. Y eso que seguro que se venderá como un gran logro es en el fondo una mierda. Se necesitarán mujeres fuertes que tengan claro que eso no es nada y que se tendrá que seguir ganando todavía mucho más terreno...

Lucía no dijo nada. Observaba a un grupo de chicos, de la edad de Juanito, que estaban al final de una de las calles del polígono. Eran tres. Al verlos, se levantaron y se pusieron en guardia, como si aquellos dos que iban con un coche de niño les hubieran sorprendido con las manos en la masa, haciendo algo que no debía ser visto. Esos chicos, porque todos eran hombres, estaban delgados como espantapájaros. Lucían media melena y ropa tejana. Uno estaba sin camisa, a pesar del frío y la humedad, y otro la tenía a medio quitar. Quico se les acercó un poco, medio tambaleándose. A Lucía no le dio tiempo de pararlo, de decir que no fuera hasta allí, que siguieran caminando como si no los hubieran visto. Iban con Laura.

—¿Eres tú, Javi? —gritó su marido—. ¡Javi! Pero ¿qué coño haces sin camisa?

Uno de los chicos, el que tenía el torso desnudo, levantó

la mano. Sin decir nada, se sentó de nuevo en el suelo, igual que los otros dos, y puso en marcha un radiocasete.

Del único altavoz surgió a todo trapo el sonido de una guitarra eléctrica y una batería, un cambio de ritmo y más guitarras. Y la voz rota:

Vivís en cuatro paredes agobiados del mal olor
de aceite de cocina barata que se adhiere al narizón.
Soportáis las cuatro paredes, soportáis el mal olor,
soportáis pagar impuestos, soportáis la humillación.
¡Vivís en la Ciudad Satélite! La gente a todo confort.
El metro al lado de casa, pero con barro hasta el pantalón.
Creéis estar salvados, pero estáis en un rincón,
en un rincón de mierda, de control y represión.

—El Morfi —dijo Quico, dándose la vuelta hacia Lucía—. Música *Made in la Sati* —continuó en referencia a la música punk que llenaba de reivindicaciones el polígono. ¿Quién no conocía en el barrio a La Banda Trapera del Río?—. El Morfi estudió con tu hermano Juanito, ¿no?

—No, creo que es un poco mayor. Sí que conoce al Pulido... me parece que es el que toca la batería.

—El Morfi, el Puli, la Sati... Regresando a lo que estábamos hablando: lo que hacen los de La Trapera es política, en el sentido como tal. Lanzan mensajes, hacen que abramos los ojos. Es la banda sonora del barrio, de la reivindicación. Nos ponen delante de nuestra realidad, por dura que sea... Y puede ser muy dura: remueven conciencias. No solo exponen los hechos, los denuncian... —dijo Quico, que chasqueó con la boca al ver que el chico al que había saludado comenzaba a calentar una cuchara con un mechero. Los otros dos, sin ritmo alguno, se movían alrededor del radiocasete—. ¡Joder!

—¿Qué pasa?

—Están con caballo, se van a inyectar. La heroína comienza a ser una plaga. A Javi, conozco a su hermano desde... Voy a ir y...

Laura tosió en el cochecito.

—Quico, hoy no, que la niña se encuentra mal. Vámonos a casa —dijo Lucía, a la que, de pronto, la invadió una sensación de intranquilidad, como si el miedo tratara de penetrar en sus entrañas.

—Es un momento solo...

—¡Que no! —gritó, y los tres chicos del final de la calle se los quedaron mirando un instante.

—Vale, vale...

—Vamos a casa, necesito ir a casa —insistió.

Lucía le tomó de nuevo la temperatura a Laura, besándola en la frente. Tenía fiebre, pero no ardía. No parecía que le hubiera subido más. A lo mejor solo era febrícula.

En cuestión de minutos entraron en el barrio. A lo lejos se veía ya su edificio. Algunos chicos se arremolinaban en los bancos, en el descampado, alrededor de una fogata.

Cuando llegaron a la altura del piso de su tío Rafa, un Renault 5 oscuro estuvo a punto de atropellar a Quico, que caminaba unos pasos más atrás que Lucía, que aún empujaba el cochecito de Laura. Su marido andaba por en medio de la calle. El coche avanzaba. Quico, que caminaba lento, no aceleró el ritmo al oírlo llegar ni se apartó. Se giró hacia el vehículo y el conductor tuvo que dar un volantazo.

El frenazo posterior quebró el silencio de la calle.

—¡Joputa! —gritó Quico al vehículo, que había frenado casi a su lado.

—Quico, pero ¿qué haces?

—Diantre, ¿no ves que casi me atropella? —contestó a Lucía mientras se dirigía hacia el Renault 5, que continuaba estático. Si no tenía los cristales tintados, eran realmente oscuros.

Se abrió la puerta. Del coche salió una versión en persona mayor del Llanero Solitario. Era él: con su chupa de piel, a pesar del calor primaveral, y sus gafas de sol, aunque fuera de noche.

A Lucía el corazón le iba a mil. Qué sensación tan ácida.

—Hombre, si tenemos a la policía política en el barrio. ¿Sabes?, en Sant Ildefons. Pues casi me atropellas, que ahora ya no puedes hacer todo lo que quieras. Que ahora hay de-mo-cra-cia, que los tuyos ya no mandan. ¿Sabes?, tenemos un ayuntamiento comunista. Co-mu-nis-ta —dijo Quico sin que el veterano policía se inmutara.

El Llanero Solitario comenzó a caminar hacia él.

—Se acabaron las torturas. ¿Sabes?, los de tu calaña acabaréis juzgados todos. ¿Y sabes lo mejor? Que nosotros hemos ganado. Sois historia, una mala historia —continuó Quico, tambaleándose, ebrio y feliz.

El veterano policía se plantó delante de él. Sacó su pistola reglamentaria, con el Águila de San Juan en las cachas.

—¡Rojo de mierda! —exclamó el Llanero Solitario antes de disparar tres veces.

Tres disparos directos al corazón. En unos instantes, Quico se desplomó.

Lucía se sintió morir también.

Trató de gritar, pero no podía.

El Llanero Solitario ni la miró. Tampoco a su alrededor.

Entró en su Renault 5 y se marchó.

1980

Lucía acariciaba en brazos a la pequeña Laura. Sus ojos verdes eran curiosos y estaban llenos de vida. La niña no paraba quieta. Desde la muerte de Quico, el pequeño piso de dos habitaciones parecía aún más chico y silencioso, aunque la niña fuera un trasto. Tenía pendiente cambiar el papel pintado del comedor. Cuando entraron a vivir, lo empapelaron con un motivo de margaritas. A Lucía le hizo gracia al verlo en la tienda de venta de papeles y pinturas que había cerca del ayuntamiento. Les recordó a las flores que su madre bordaba en la tela de saco que la acompañaba desde el pueblo. Leonor le había contado decenas de veces la historia, y ella conocía aquel cuadro que cada año incorporaba una nueva margarita bordada. Eligió aquel papel en un momento que quería mantener un poco más de distancia con su madre, pero ya le resultaba pesado.

—No conocerás a papá —dijo Lucía a la pequeña, que le regaló una sonrisa que la emocionó todavía más—. Enseguida vendrá la abuela —añadió. Esperaba a que llegara Leonor para marcharse a la fábrica. El asesinato de Quico, hacía un año, había estrechado los lazos entre madre e hija. Durante las primeras semanas, no se sentía con fuerzas ni para cuidar de Laura.

«Un año, ya hace un año», pensó Lucía.

El asesinato de Quico, de su marido y amante, no tardó en convertirse en el atentado del sindicalista de Seat, del militante de Bandera Roja, sin nombres ni apellidos, a manos de un torturador de la policía. A Lucía le dolía eso, que la muerte de su pareja se hubiera convertido en uno del más de centenar de asesinatos que se habían producido en tan solo un año. En 1980 se cometieron en España unos trescientos atentados y una veintena de secuestros, reivindicados por ETA, los GRAPO y decenas de grupos de extrema derecha. La muerte de Quico no podía ser una más. Aunque pudiera ser egoísta pensar así.

El Llanero Solitario le había arrebatado la vida a su pareja y le había quitado a Laura la posibilidad de crecer junto a su padre. La niña podría haber aprendido de Quico que nunca se ha de perder la calma, disfrutado de sus bromas y sus caricias, y compartido, seguramente, sueños y esperanzas. Por eso, sobre todo por eso, Lucía estaba triste como nunca lo estuvo, como si le hubieran arrancado el alma y desgarrado las entrañas. Si seguía viva, estaba convencida, era por la pequeña. Por su Laura. Aunque ni su bebé de ojos verdes había borrado la imagen que durante varios meses se le presentaba cada día: Quico muerto en sus brazos y aquel pistolero que se iba como si nada. Si iba bebido o no, como se había dicho tantas veces en aquellos meses, a Lucía le daba igual: aquel tipo era el mal.

El asesino de su vida estaba en la Modelo desde hacía seis meses, en prisión preventiva. Los abogados laboralistas que llevaban su caso, y el de otras víctimas de la dictadura, le comunicaban cada semana que el juicio estaba a punto de empezar, pero este nunca llegaba. La detención tampoco fue inmediata. La propia policía, los compañeros de aquel asesino, lo detuvieron varias semanas después del crimen. No importó que los testigos lo hubieran situado con claridad en el lugar de los hechos, que Lucía lo hubiera presenciado todo, que varios vecinos lo hubieran identificado y asegurasen que le habían visto apretar el gatillo. Lo soltaron a las pocas semanas de detenerlo. Nico fue quien le puso en contacto con los abogados, con Júlia y Francesc. Nico también presionó políticamente para que el de Quico no fuera un asesinato más sin culpable. «El sistema... El régimen... No. Siempre hay alguien que aprieta el gatillo», pensaba Lucía mientras acariciaba el pelo de la dormida Laura.

Todo el mundo sabía quién era el Llanero Solitario, en Ciudad Satélite y en gran parte del cinturón rojo. O había escuchado de sus andadas. Y por lo que le habían contado Francesc y Júlia, el Llanero Solitario reconoció ante otros policías que mató a un comunista de Seat y de Cornellà «el mismo día que los del PSUC habían dado un golpe de Estado». Eso era para aquel torturador de la Policía Armada la constitución de los primeros ayuntamientos democráticos: un golpe de Estado. Los dos abogados laboralistas tuvieron conocimiento de las presiones de algunos mandamases de Madrid, del régimen franquista, que quisieron evitar la detención de aquel policía asesino: ETA estaba matando a muchos militares, a guardia civiles, a policías, a la población civil... Y detener a un policía, pensaban ellos, era una señal de debilidad. «¿Debilidad de quién? Si siguen siendo los más fuertes», reflexionaba Lucía, convencida de que el Llanero Solitario se encontraba entre barrotes y a punto de ser juzgado únicamente porque Quico fue un sindicalista y militante de izquierdas con trayectoria cuyos antiguos compañeros y amigos, en aquel momento en cargos institucionales y gobiernos, no le abandonaron ni después de muerto. Como Nico, que durante todo aquel tiempo estuvo siempre a su lado... La de Quico había sido una muerte con una cierta relevancia, porque seguía habiendo asesinatos políticos e impunidad. Franco no estaba. España era una democracia, pero el franquismo seguía estando muy presente.

Llamaron a la puerta de piso. Lucía dejó a Laura, que aún dormía, en el incómodo sofá del comedor. Para ella era una tortura tumbarse allí. A la niña de dos años, que parecía que era de goma, no le importaba.

Leonor llevaba un carro de la compra. Estaba lleno de botes con caldo. Como siempre.

—¿Y la niña? —preguntó por su nieta.

—Durmiendo —contestó Lucía.

—¿A estas horas? ¿Se encuentra mal? —insistió Leonor.

—Está durmiendo. Está bien.

Leonor no dijo nada más. Acarició cariñosamente la mejilla a su hija, que fue a buscar la bolsa con el bocadillo que se llevaba al trabajo. Lucía se movió en silencio, le dio un beso en la frente a Laura y otro a su madre, que comenzó a recolocar los cojines en el sofá para que la niña no se cayera.

—¿Y Esperanza? —preguntó Lucía.

—A punto de salir del colegio. Le he dicho que venga aquí a comer, así también está con su sobrinita... ¿Y la dejas dormir ahora? Mejor que coma y que duerma, ¿no? Luego podemos acompañar a Esperanza las dos al colegio, caminando poco a poco...

—¿Luego te la llevarás al taller? —preguntó Lucía sin dar respuesta a lo que le había preguntado su madre. El taller era el local de la calle Abedul, donde tenían las máquinas, donde cosía con otra media docena de mujeres cuando no lo hacía en casa. Leonor asintió.

—Sí, en un rato me la llevo, tenemos bastante faena. Hace bueno, así que puede quedarse jugando en la calle con Esperanza. Ya vigilamos con las jeringuillas... Cada día se ven más —apuntó Leonor—. Los chicos del barrio están cayendo en la droga como moscas en la miel...

Lucía no dijo nada. Le dio otro beso a la niña y bajó a la calle. Caminó pesada, sin fuerzas. Al llegar a la avenida Sant Ildefons siguió hasta el centro de la ciudad, en dirección al ayuntamiento. Se detuvo en la vieja estación. Miró a un lado y otro de las vías. Un tren en dirección a Barcelona llegaba desde el sur. Lloraba por dentro. Se sentía rota. En aquel momento no estaba allí Laura para decirle que la vida todavía merecía ser vivida. El tren cada vez estaba más cerca. Comenzó a llorar. Sabía que el dolor que la acompañaba desde hacía meses nunca desaparecería. Se podría reducir, lo podría olvidar en algún momento, pero siempre formaría parte de ella. El tren llegaba. La mujer empezó a caminar con paso ligero mientras miraba a las vías. No pensaba en nada, solo era dolor.

—¡Lucía! ¡Lucía! —gritó alguien a su lado. La frenó, la paró con un pesado brazo. Era Cristina, la compañera de El Pont de Suert que militó con ella en el bar de Serafín y que en aquel momento ya era concejal socialista después de que la persona que iba antes que ella en la lista hubiera renunciado a los pocos meses de las elecciones y devuelto el acta de concejal—. Lucía, Lucía —repitió en un tono suave, más cariñoso. La abrazó, se abrazaron. Lloraron juntas.

1981

Cuando Lucía abrió la pesada puerta de aquel solemne edificio, se encontró con el tráfico y el ruido atrapado del Portal de l'Àngel de Barcelona. Dentro de aquel noble inmueble no se escuchaba nada, pero fuera el bullicio de la gran ciudad era continuo.

—¡Cuidado! —gritó un tipo grueso, vestido con gabardina y sombrero al conductor de un Seat Ritmo. Aquel coche era el modelo con el que la automovilística había cerrado la década de 1970, y coincidió con el estreno de una nueva planta en El Prat de Llobregat. La fábrica de la Zona Franca se había quedado pequeña y a los sindicatos ya les habían llegado los rumores de que se buscaba una nueva ubicación más lejos de Barcelona.

El conductor del Ritmo ignoró el grito del peatón, lo que llamó la atención de Lucía y otras personas. A ella, Barcelona siempre le pareció una ciudad extraña, caótica. Gris en el centro y llena de color en zonas como la Barceloneta, en sus chiringuitos, en La Rambla… El Ritmo había entrado a todo trapo por el Portal de l'Àngel en dirección a la avenida de la Catedral. El incidente la devolvió de golpe a la tierra, después de su reunión con Júlia y Francesc, los abogados. Habían estado preparando el juicio contra el Llanero Solitario, que se celebraría en apenas un mes y medio, en abril, cuando se cumplirían los dos años del asesinato de Quico.

Aquel 23 de febrero de 1981, Lucía tenía mucho frío. No estaba siendo un invierno especialmente severo, pero aquel día era para ella de los más gélidos que recordaba. Tenía el frío en los huesos. Quizá fue por la reunión mantenida con los dos abogados: encontrarse con ellos era reencontrarse con los recuerdos y revivir el asesinato a sangre fría de Quico, en plena calle, que siempre le removía el alma. «Se va a pudrir en la cárcel. Además, después de su detención, de este caso, están saliendo más. Es un torturador y un asesino. Ese maldito hijo de puta se va a pudrir en la cárcel», le había dicho Júlia. La joven abogada se lo decía siempre. «Representa al franquismo, a la dictadura. Por eso ahora es el enemigo número uno del sistema», había añadido Francesc aquella tarde, como si eso fuera una garantía de que acabara toda la vida entre barrotes. Las palabras del socio de Júlia no la calmaban, más bien al contrario. El asesino de su pareja se iba a convertir en un símbolo. «Los símbolos los carga el diablo. Pasa el tiempo y quien se descompone soy yo», pensaba Lucía cuando caminaba hacia Canaletes, en dirección a la parada de metro Catalunya.

Las sillas de alquiler de La Rambla, que proporcionaban un breve descanso a los transeúntes o a los curiosos, estaban prácticamente vacías. Era un martes apagado, frío, gris... Tenía pensado recorrer el paseo barcelonés aquel próximo domingo. Se trataba de uno de los principales destinos de los ciudadanos de la Barcelona metropolitana en invierno. Iría con Laura a uno de los puestos de venta de animales. A sus dos años y medio, tendría su primer pez naranja. Desde que había visto que a Juan Manuel, un vecino un año mayor que ella, sus padres le habían comprado un pollito en el mercadillo, la niña estaba loca por tener otro. Lucía confiaba en que la mascota de escamas haría que se olvidara de la de plumas. Cuando mataron a Quico tenía tan solo un año y no hablaba; pero desde hacía semanas, en ocasiones, le preguntaba a Lucía por su padre: «Pa-pá». Le rompía el alma.

No tardó en llegar el metro a aquella sórdida parada de plaza Catalunya. El andén estaba medio vacío. También el convoy, por cuyas ventanas entraba un aire seco y caliente a pesar de ser febrero. El silencio no le parecía habitual, ni allí dentro ni cuando realizó el transbordo a la línea 5 en la estación de Sants, estrenada recientemente después de unas obras que habían empantanado toda aquella zona durante más de una década. Al salir del metro, en la parada de Sant Ildefons, que se había inaugurado hacía más de cuatro años, el barrio también lo notó distinto. Era como si fuera noche cerrada, de madrugada: apenas se movían coches por unas calles vacías y mal iluminadas, pero había luz en todos los pisos. No eran ni las siete de la tarde cuando llegó a casa de sus padres, donde Laura jugaba a las muñecas en la habitación de Esperanza. Manuel, que había llegado ya de Montesa, estaba sentado junto a Leonor y Juanito delante del televisor. Todo era ruido y tensión. La radio también estaba en marcha. Fue como si nadie en aquel comedor se percatara de que ya había llegado. La primera en ir en su busca fue Laura, que arrastraba una muñeca desde la habitación de Esperanza.

—Hola, ya estoy aquí... ¿pasó algo? —preguntó Lucía, que vio cómo su hermano se daba la vuelta con cara de asustado.

—Hemos acabado antes en Montesa porque han dado un golpe de Estado —dijo Manuel en tono solemne.

Lucía ya casi no se acordaba de la voz de su padre. Salvo en el entierro de Quico, en los últimos años apenas le había dirigido la palabra. Aunque Laura pasaba muchas horas en el piso de la calle Álamo, su padre casi siempre estaba en la fábrica o haciendo algo relacionado con el trabajo. La frase con la que le anunció el golpe de Estado, aquel enorme jarro de agua fría en la joven democracia española, era el ejemplo perfecto que resumía la vida para el cabeza de familia: «Hemos acabado antes en Montesa porque han dado un golpe de Estado». El protagonista era siempre el trabajo, la marca de motos. La vida que él hacía al margen de la familia era lo más importante, incluso cuando doscientos guardias civiles, dirigidos por el teniente coronel Antonio Tejero, asaltaban el Congreso durante la votación para la investidura de Leopoldo Calvo-Sotelo como nuevo presidente democrático del Gobierno de España. Montesa era el centro de su vida incluso cuando un guardia civil garrulo, con bigote, tricornio y pistola en mano, entraba en el templo de la recién estrenada democracia, disparaba y gritaba a los representantes elegidos por toda la sociedad: «¡Quieto todo el mundo!» y «¡Se sienten, coño!».

—¿Cómo que un golpe de Estado? —preguntó Lucía. A pesar de la perplejidad, sentía que los pies le pedían ir a Seat y eliminar la documentación del sindicato. O bajar al bar de Serafín, a ver si se encontraba con algunos de los que se reunían allí. O salir a buscar a Nico al ayuntamiento para ofrecerle ayuda, incluso por si tenía que huir de España. Quizá también ella tuviera que marcharse. Se estremeció. El asesino de Quico estaba en la cárcel esperando juicio, pero si los fascistas se hacían otra vez con el control del país estaría en peligro incluso la vida de Laura. Lucía pensó en sus abuelos, en los padres de su padre. Desde la muerte de Quico, se le había pasado por la cabeza que su hija podía crecer como lo hizo su padre, con miedo. Casi se puso a temblar al imaginar que Laura se convirtiera en una huérfana de una nueva guerra, que era antigua, la misma que comenzó en 1936. El papel de Lucía tanto a nivel político como sindical era en esos momentos irrelevante, pero no dejaba de ser la mujer de un asesinado por el franquismo que no había cesado de exigir justicia.

Laura reclamó la atención de su madre tirándole de la falda.

—Hola, mi amor —dijo Lucía a la niña antes de cogerla en brazos. Juanito tenía la cara desencajada. Tampoco lo tendría fácil si el golpe de Estado salía bien. Aunque su padre seguramente lo desconocía, su condición de homosexual ya no era un secreto—. Pero ¿qué ha pasado? —insistió.

—Los militares, Lucía. Ha entrado la Guardia Civil en el Congreso y lo ha secuestrado. En Valencia hay tanques en la calle y se ha declarado el estado de excepción...

Su hermano tenía la cara descompuesta.

—¿Y dónde está Esperanza? —preguntó Lucía.

—Fue a recoger unas cremalleras para las faldas a casa de la señora Montserrat. Tiene que estar al llegar. Ahora le decía a tu padre que si no viene en cinco minutos saldré a buscarla. Se puede liar muy gorda —dijo Leonor con una voz mucho más calmada que la de su hijo. No quería que se notara que ella también se sentía preocupada por lo que estaba pasando y, además, porque su hija pequeña aún no hubiera regresado del recado.

—No la tenías que haber mandado por las cremalleras —apuntó Manuel, plantado delante del televisor.

—No sabíamos que podía comenzar una nueva guerra civil —contestó Leonor, asustándose de sus propias palabras.

Esperanza, que en unos meses cumpliría quince años, estaba en la misma calle Álamo. No se había desviado de sus obligaciones y había realizado el encargo con rapidez, pero no había subido todavía al piso, aunque llevara media hora de regreso en la Satélite. Se había encontrado con su amiga Merche y, mientras hablaban, se había presentado Pastor, un chico de edad indeterminada pero que debía de tener unos dieciséis o diecisiete años, de piel aceitunada, que se movía por el barrio desde hacía semanas. Era del barrio de Can Tunis, en Barcelona, pero tenía amistad con algunos de los chicos con peor fama de la Satélite, en su mayoría mayores que Esperanza pero que no llegaban a la edad de su hermano Juanito. Se les conocía, entre otras cosas, por el trapicheo con la droga, los pequeños hurtos y, últimamente, las carreras de motos de corta cilindrada, cuando no ciclomotores. Había varias bandas en el barrio, unas de música y otras de quinquis y delincuentes. Pastor hacía carreras, por eso un día acabó por aquí. También se dedicaba a vender piezas y recambios de motos a otros corredores. Si las carreras no eran legales, menos lo era el negocio del muchacho, ya que las motos o los ciclomotores que vendía a piezas o que utilizaba para competir eran robados.

Pastor apareció un día por el barrio con una novísima Rieju Marathon de 74 centímetros cúbicos. Imposible no fijarse en aquel chico y en su moto. Y él también se fijó en Esperanza, aquella chica morena, de pelo largo, ojos claros, pómulos delicados y piernas interminables. Ya era mucho más alta que su madre y que Lucía. Hacía algunas semanas que estaban juntos. ¿Novios? No hubo petición oficial ni extraoficial. Simplemente, y ya se sabía en el barrio entre los de su edad, que Esperanza era la chica de Pastor y viceversa, lo que implicaba básicamente que cuando él iba por allí, además de competir, estaban juntos. Se besaban y, sobre todo, hablaban. Porque, aunque a él se le etiquetaba de «quinqui» o de «quillo», Esperanza veía en él a un chico simpático, alegre, sensible y cariñoso.

Pastor fue quien les contó a las dos chicas lo del golpe de Estado, aunque ninguna había calibrado bien la importancia de lo que sucedía, que tenía en vilo a España y a parte de Europa.

—No hay ni maderos, ni picoletos ni pitufos por ningún sitio. Y mira que a mí esa gente me da igual y me gusta más no verlos, pero no sé si es bueno o es malo. O están recogidos a verlas venir y sin hacer nada... O a ver si van a salir en cualquier momento a repartir de hostias. Me voy a dar un garbeo, a ver si currelo un poco antes de ir para casa —dijo Pastor, que hablaba con las dos chicas en uno de los pocos descampados en los que había un banco.

Esperanza se quedó mirando al muchacho, que realmente parecía preocupado.

—Tú no vayas a hacer ninguna locura —dijo la chica.

Pastor sonrió divertido.

—¡Esperanza!

Aunque no la vieran, ni Merche, ni siquiera Pastor, y menos aún ella tuvieron duda alguna de que era Leonor quien la llamaba.

—¡Esperanza!

—Joer, la piba. Vaya chorro de voz que tiene. Le gusta mandar como a ti —dijo el Pastor.

Esperanza se lo quedó mirando.

—¿Me gusta mandar?

El joven delincuente asintió.

—Más que a un benemérito, pero a mí ya me parece chachi.

—¡Esperanza!

Tercer grito en una calle desierta.

—¡Ya voy, mamá! —gritó finalmente la muchacha.

—¿Te vas a ir ahora? —dijo Pastor, que cogió de la mano a la chica.

—Tú también has dicho que te ibas a ir ahora, ¿no? Tus padres tienen que estar también preocupados.

—No creo que mis padres estén preocupados, la verdad.

Pastor vivía en una chabola con sus padres y cinco hermanos, en la falda de la montaña de Montjuïc. El *modus vivendi* de la familia eran la chatarra y cualquier otra cosa que surgiera. Y en este sentido, la actividad de Pastor era fundamental porque había contribuido a mejorar sensiblemente la situación económica familiar. Pastor y sus hermanos tenían completamente prohibido el menudeo de droga, tanto de hachís como de heroína: «El caballo está haciendo que en el barrio entre dinero, que haya familias que se estén haciendo de oro, pero también que se llene de yonquis y de problemas». Pastor despreciaba a los drogadictos. Y aunque no era violento, no dudaba en darle una colleja, desde la moto y cogiendo velocidad, a cualquier toxicómano que se encontrara por la calle. «Si son yonquis, son unos mierdas», decía él.

—Me voy a casa —zanjó Esperanza.

—Pues yo me voy a ver qué pillo —dijo Pastor.

Esperanza hizo una mueca.

—¿Qué quieres decir?

—Que si la policía está toda pendiente del golpe de Estado ese, pues que hay barra libre, que en una noche a lo mejor puedo conseguir más que en una semana.

—¿Robar?

—Es curro, que me hincho a trabajar todos los días —contestó él con una de aquellas sonrisas con las que se le marcaban los hoyuelos.

—Robar —sentenció ella.

—¿Ahora te vas a sorprender? Ya sabes a lo que me dedico, cielo.

—Pero no tienes por qué, ¿no? Es peligroso. Y también ilegal, puedes acabar en la cárcel.

—Anda —dijo él, divertido—. Así que te preocupas porque pueda ser peligroso o porque pueda acabar en el talego...

Se acercó a Esperanza y le dio un beso en la boca. Merche, la amiga, miró hacia otro lado. El beso se convirtió en un apasionado morreo.

—Si me sigues besando así, no me iré... —sentenció Pastor.

—Va, que tengo que ir a casa... Pero no te metas en problemas.

—¿Yo? Nunca —dijo el joven a la vez que se subía en la moto. La arrancó a la segunda, llenando la calle desierta de ruido y olor a gasolina.

Merche se quedó mirando a Esperanza. De todas las amigas, era la que tenía más éxito con los chicos. Podría haber estado con cualquier muchacho del barrio, de toda Cornellà, pero Esperanza había optado por aquel quinqui que se dedicaba a robar motos y a quemarlas en carreras, cuando no a venderlas por piezas o enteras a algún desguace metropolitano. Pastor no formaba parte de ninguna de las bandas que campaban por Cornellà o por el extrarradio de Barcelona, grupos de jóvenes que blandían navajas automáticas y que se habían especializado en pequeños robos y atracos. La rumorología popular los acusaba incluso de secuestrar niños. Pastor iba por libre, salvo algunos trabajos con los primos y demás familias de Can Tunis, pero a los miembros de las bandas los conocía a todos. Y, lo más importante, todos sabían quién era él.

—¿Qué quieres? —preguntó Esperanza a Merche, que la observaba fijamente.

—¡Flipo pepinillos! El Pastor te mola mazo, ¿no? Cómo os habéis enrollado, a punto habéis estado de iros debajo de una palmera de los jardines Can Mercader —dijo Merche.

—Ya le he dejado que me toque las tetas... pero no digas nada, que no quiero que nadie me ponga como una guarra —continuó Esperanza.

—Palabrita de Niño Jesús —dijo Merche con una sonrisa, a la vez que se santiguaba.

—¡Esperanza! ¡Que has dicho que subías! —se escuchó de nuevo.

—¡Ya voy, mamá!

—¡Hostia, Espe! Ves ya a casa, que tu madre no va a dejar de chillar en toda la noche —gritó un chico de otro grupo de jóvenes, que fumaban hachís en la otra punta de la calle Álamo.

Esperanza le dio un beso a su amiga y fue hacia el piso de sus padres. En el portal se encontró con su hermana Lucía, que llevaba a Laura en brazos.

—¿Ya os vais?

—Nos vamos... Laura se ha dormido. Y la verdad es que prefiero estar en casa, por si todo se complica y hay que salir corriendo.

Esperanza acarició el pelo de su sobrina. Su hermana tenía la cara desencajada. No es que a ella no le interesara la política, pero tenía quince años. Lucía comenzó a militar a esa edad, pero ni Esperanza era como su hermana ni aquellos tiempos como los anteriores. Esperanza conoció a Quico, lo quiso y lloró su muerte, pero no se lo tomó como una afrenta política, como un ataque represivo de los franquistas, sino como el asesinato a sangre fría de un psicópata. A pesar de que el barrio era aún el barrio, la agitación obrera resistía con fuerza y Leonor participaba en los movimientos vecinales... Pero ella era Esperanza.

—¿Tan grave es lo que está pasando?

—Por ahora sí... Ahora decían en la radio que había militares en Radiotelevisión Española, donde Prado del Rey... Aunque no quedaba claro, que quizá se estaban yendo... Y han comentado que podría haber un comunicado del Gobierno. Mientras más tarden, peor. Prefiero ir a casa.

—¿A qué te refieres?

—Pues una guerra, Esperanza. Que los franquistas quieran volver a tomar el poder... Es un golpe militar. A ver qué hace el Borbón, seguro que está en el ajo. Y a prepararnos para lo que pueda venir.

—Pero ¿ahora una guerra? —preguntó Esperanza, extrañada, sorprendida por la alarma de su hermana.

—Las guerras comienzan así. Yo he vivido el cambio de régimen de forma diferente que tú, más intensamente, pero esto... La democracia es débil, podemos volver a como estábamos, pero aún peor, porque ellos tendrán más rabia y ahora habrá mucha gente que se opondrá. No se volverá a la situación de antes, a la de Franco pero con el Borbón... Yo me voy, Esperanza, ya he perdido demasiado. Se lo decía ahora a madre y padre, a Juanito. Papá no quiere: que la Montesa, que la Montesa... Si vuelve la dictadura, sal de aquí. Si quieres, puedes venirte conmigo.

La joven, superada por la situación, no sabía qué decir. Unos segundos antes, solo tenía pensamientos para Pastor, para el día que dejó que le tocara los pechos por debajo de la camiseta y le acariciara los pezones, que se le pusieron rígidos. Le gustó. Notó lo excitado que estaba, la intensidad de los besos de después... Y ahora tenía delante a su hermana mayor que le decía que se preparase para morir.

Laura se desperezó sin llegar a despertarse. Lucía se marchó tras mostrar una sonrisa triste.

Arriba, sus padres y Juanito seguían delante del televisor, con el sonido de la radio en un segundo plano. En ese momento, el director de la Seguridad del Estado leía un comunicado que anunciaba la constitución de un Gobierno en funciones, integrado por los subsecretarios y presidido por él.

—¿Este de quién es? —preguntó Esperanza provocando un gruñido de su padre.

—Es del Gobierno, este no es militar. Lo de que crean un Gobierno es porque todo el Gobierno está secuestrado —contestó Leonor.

El golpe de Estado de Tejero no despertó en Esperanza el gusanillo de la política, ni nada que se le pareciera, pero años más tarde declararía en alguna que otra entrevista que fue en la larga noche de los transistores cuando decidió que se convertiría en periodista. Aquel día renunció a continuar viviendo al margen de la realidad que la rodeaba más allá del chascarrillo del barrio. En vela junto a Juanito y sus padres, pendientes de la radio y la televisión durante toda la noche, presenció el momento en que, poco después de la una de la madrugada, el rey Juan Carlos I, con uniforme de capitán general, ordenaba el mantenimiento del orden constitucional. El golpe de Estado se desmoronaría como un castillo de naipes. A la mañana siguiente, Tejero se rindió, y los diputados, en primer lugar, y los miembros del Gobierno, a continuación, pudieron abandonar el edificio del Congreso.

Incluso Esperanza se sintió liberada.

El 14 de abril de 1981, justo el día de la conmemoración de la República española de 1931, se celebró el juicio contra

Eusebio Expósito, alias Llanero Solitario, que fue condenado a dieciocho años de prisión. La pena fue menor a la solicitada por la acusación, ya que el magistrado consideró un atenuante que tanto la víctima como el agresor fueran bebidos y que el asesinato se produjera tras una «trifulca» entre ambos. La defensa de Expósito alegó que el acusado actuó en defensa propia, un argumento que al final no se tuvo en consideración.

1982

Aquel 1 de noviembre sería distinto a todos los demás. En el piso de la calle Álamo, las velas votivas recordaban a los difuntos de la familia. Cuatro cirios enfundados en plástico rojo, colocados en el centro de la bañera, que perfumaban de olor a cera quemada la vivienda. Un silencioso día de Todos los Santos en un barrio que rebosaba optimismo, cuatro días después de que los socialistas consiguieran una contundente victoria en las elecciones generales. A los siete años de la muerte de Franco, tras la frustrada intentona de golpe de Estado del año anterior por parte de un grupo de militares y guardias civiles, en España mandaría el PSOE de Felipe González: los rojos, aunque para los comunistas no lo fueran tanto. Leonor también se alegró de la victoria del sevillano «con diez millones de votos». A ella le seguía gustando Adolfo Suárez, pero aun así depositó la papeleta del puño y la rosa. Manuel no votó.

Leonor cosía, a pesar de ser festivo. En el comedor del piso, porque el taller estaba cerrado y a la media docena de chicas que trabajaban en el local de la calle Abedul les pidió que se quedaran en casa con sus recuerdos. Como ella, aunque siguiera dándole al pedal de la máquina. Leonor pensaba en el pueblo. En su padre. En los que no estaban. Quico estaba enterrado en Cornellà, aunque Lucía le había pedido que no fuera, que no hacía falta, que ella se acercaría con sus suegros a limpiar la lápida de su único hijo. Lucía sí que le pidió a su madre que se quedara mientras tanto con Laura: «Es demasiado pequeña para ir a un cementerio. Y quiero construir el recuerdo de su padre de otra manera, no limpiando una lápida». Leonor estaba de acuerdo. Y Esperanza, encantada de cuidar de la niña.

Leonor no limpiaría ninguna lápida, ni siquiera la de su hermana Rosa, aunque iría al cementerio a visitarla después que recogieran a Laura. Rafa seguro que no iba. Pero hasta que llegase ese momento, aprovecharía para coser en casa, aunque les hubiera dado fiesta a las chicas del taller. Les había llegado el encargo de medio millar de faldas para la temporada de verano. Era de unos grandes almacenes con marca propia de ropa de hombre y de mujer que, en vista de los buenos resultados de los últimos años, se habían convertido en uno de los principales clientes de la señora Montserrat y de Leonor.

La anciana de Sant Joan Despí la animaba a hacerse cargo de todo el negocio, y no le pedía compensación económica alguna, porque hacía bastante tiempo ya que Leonor se ocupaba de casi todos los asuntos del taller. Era la Patrona, como la llamaban las chicas y otras mujeres del barrio. Ella se resistía de desprenderse de la anciana en un negocio en el que no existían nóminas ni seguros sociales, pero que ya empleaba de forma fija a más de una decena de vecinas de la Satélite y de otros barrios aledaños. Leonor llevaba cada semana a casa un sueldo como el de su marido.

—Tengo pipí —dijo Laura.

Leonor sabía que a la pequeña de cuatro años le daba

miedo el cuarto de baño a oscuras, iluminado solo por los cirios. Al llegar a casa le había preguntado a la abuela para qué eran aquellas velas. «Es para recordar a los que no están en el día de los Difuntos. Una de estas velas es por tu padre», le explicó con una tranquilidad que provocó el efecto contrario en la pequeña. «Para recordar a los muertos», zanjó Manuel antes de marcharse a la fábrica. Otra urgencia.

Leonor cogió de la mano a su nieta y la acompañó hasta el baño. La niña se sentó en el váter sin apartar la mirada de los cirios, que se consumían con lentitud. Dentro de la bañera había cuatro velas. Leonor las había colocado en recuerdo de Quico, de Rosa, de su padre Antonio y también de sus suegros, que ni siquiera tenían una desangelada lápida o un nicho alto e inaccesible como el de Rosa. Los padres de Manuel, según se contaba, descansaban en un extremo del camposanto, en una fosa común con los restos de otros difuntos de Montilla y pueblos vecinos. Todos fusilados en la Guerra Civil. Alguna vez se había hablado de la posibilidad de enterrarlos con más dignidad. Quizá con la democracia...

Leonor y Manuel pagaban los muertos, como se conocía popularmente a los seguros de defunción. El cobrador de los muertos, un trabajador de la compañía Santa Lucía, recorría los pisos del barrio el veintipico de cada mes con los recibos de los servicios contratados con su empresa, que básicamente consistían en un sepelio y el traslado del difunto al pueblo de origen. Unos años atrás, Lucía, que todavía vivía con sus padres, se asomó por la mirilla para ver quién llamaba al timbre de casa justo después de cenar. «¿Vienen a cobrar los muertos?», preguntó Leonor desde la cocina. Era la hora y el día que solía pasar el cobrador. «¡Pues yo lo veo muy vivo!», exclamó su hija. Leonor se acordaba y aún se reía. La relación con Lucía no siempre fue como mantener un pulso interminable. «Espero que a ella no le pase contigo, aunque viendo cómo sube la juventud...», pensó mientras observaba a Laura.

La cuota que cada mes pagaban Leonor y Manuel al cobrador de los muertos cubría el traslado de ellos dos, pero también, si se diera el caso, el de sus tres hijos. Se estaban planteando incluir también a Laura, aunque sin decírselo a Lucía, porque seguro que se enfadaba. En Montilla, donde la familia era propietaria de un panteón, Santa Lucía proporcionaba un féretro de calidad media y el enterramiento. Las misas del cura no estaban incluidas, porque el cobrador les aseguraba que muchos párrocos de pueblo acababan cobrando auténticas burradas si el protagonista del sepelio era un emigrante. «Si Quico está aquí, Lucía ya no se querrá venir con nosotros, y menos Laura... Quizá también tendríamos que preguntar a Juanito, aunque él no tiene pareja. Esperanza todavía es pequeña y no tiene capacidad de decidir. Llegado el momento, ya se verá», meditaba Leonor. De hecho, Andrés, que así se llamaba el cobrador de los muertos, les había hablado en sus últimas visitas, siempre a la hora de la cena, de un nuevo cementerio que se estaba construyendo en El Papiol, un pueblo no muy alejado de Cornellà, y que se iba a llamar Roques Blanques. Una alternativa al viaje al pueblo. «Va a ser un cementerio enorme, metropolitano», les anunció. También les ofreció un precio especial si se decidían a comprar, por ejemplo, un panteón familiar. «Pero allí estaríamos en medio de la nada. Y además dices que hasta 1984 o 1985 no estará construido. ¿Y si nos morimos antes?», le preguntó Leonor. «¿Por qué piensa que se va a morir ahora?», replicó Andrés. «Si no lo pensáramos, tú no tenías nada que llevarte a la boca», contestó la mujer ante la mejor sonrisa de aquel hombre que siempre tuvo el pelo blanco.

Leonor también peinaba canas casi por completo. Era consciente de que llegaría un día que dejaría de teñirse el cabello y, como hacía su madre en el pueblo a su edad, se lo recogería en un moño. Después de todo, ella también era abuela... Nada que ver con la señora Montserrat que, aunque ya había superado la setentena, se lo seguía tiñendo. De un rojizo caoba, además, que según cómo brillara el sol parecía pelirrojo. Nunca renunció a un cabello de color, aunque fuese viuda, del mismo modo que llevaba vestidos de alegres colores e incluso pantalones. «Las catalanas cuidan más estas cosas. Nos llevan muchos años de ventaja», pensó Leonor.

Solo con la señora Montserrat había hablado de lo que sospechaba desde hacía años, que Manuel estaba con otra mujer, aunque ya no regresara a casa oliendo a aquel perfume de jazmín que parecía que le naciera en los poros de la piel. La vieja modista de Sant Joan Despí animó a Leonor a que le diera la patada a su marido, y que a continuación se divorciara: «Mi Llucià me hace algo así y lo mando de un puntapié a El Prat, pero de una patada en todas las *pilotas* que se las tendrían que encontrar en Dios sabe dónde. Y mira, *nena*, que nosotros pasamos una guerra, pero encima que tienes que amoldar tu vida a los miedos de los hombres, a sus dudas y sus sueños... Encima, encima eso».

Aunque no solían entrar en cuestiones personales, a pesar del tiempo que pasaban juntas y de la relación casi familiar que se había establecido entre ellas, en alguna ocasión le había sugerido a Leonor que quizá no debería resignarse a una relación como la que tenía con Manuel. La señora Montserrat desarrolló esa idea de un modo más directo cuando conoció los indicios que apuntaban a que su marido la engañaba con alguien que olía a jazmín: «Tienes derecho a ser feliz». «Soy feliz, aunque esa pata de la mesa me falle», contestó

Leonor. «Esa pata sirve para aguantarlo todo, lo que no quiere decir que tú tengas que aguantarlo todo para que no se caiga», replicó la modista de Sant Joan Despí. La anciana respetaba a Manuel, pero se le atragantaba cada vez más por el trato que dispensaba a Leonor, a quien quería como a una hija. Leonor estaba convencida, por algunos comentarios ocasionales, de que lo veía como un *figaflor*, una palabra habitual en el vocabulario de la anciana. Y que fuera un flojo no parecía un motivo de compasión; todo lo contrario, a la modista, que había pasado una guerra, le generaba rechazo.

A la señora Montserrat no la encandilaba que Manuel tuviera algo de responsabilidad en la fábrica, que vistiera traje o que condujera un flamante Seat Ronda, la novedad de aquel 1982 en el que el PSOE ganó las elecciones y España acogió el Mundial de Fútbol. Le producía una cierta simpatía que a sus padres los hubieran asesinado en la Guerra Civil, pero la turbaba que él hubiera renunciado a su memoria, como parecía que había renunciado a su familia.

Sonó el teléfono en el piso de la calle Álamo. Un operario de Telefónica lo había instalado en el comedor dos semanas antes, un día que Manuel llegó de la factoría diciendo que ya era hora de que tuviesen su propio número de teléfono, que no era serio que, si el señor Reverter lo quería localizar, tuviera que llamar al bar. Leonor asintió, y se mordió la lengua para no decir que nunca había hecho falta que lo llamasen porque siempre estaba en la fábrica. Leonor se acercó hasta el teléfono rojo nacarado, a juego con los sofás de escay, cuyo timbre parecía que percutía con más violencia conforme pasaba el tiempo sin que nadie le hiciera caso. La mujer descolgó.

—¿Diga?

—Buenos días, Leonor. Soy Consolación —dijo al otro lado de la línea una voz femenina muy aguda. Leonor sabía quién era. Trabajaba para ella de forma esporádica desde hacía unos tres años. No era de Ciudad Satélite, sino de Sant Joan Despí, y vecina de la señora Montserrat. Tenía el encargo de que la llamara, a cualquier hora del día o de la noche, si le sucedía algo a la anciana. Consolación, que vivía en un bajo de un bloque sin apenas luz, no tenía teléfono, pero sí una copia de las llaves de la casa de la modista. Desde hacía semanas, Leonor la veía más delicada, y le había encargado a Consolación que le echara un ojo y que, de tanto en tanto, se presentara en su casa.

—Consolación, ¿me llamas desde...?

—Sí —interrumpió compungida. Leonor tuvo la certeza de la noticia que iba a recibir—. La señora Montserrat ha muerto.

—Ahora voy.

Leonor colgó y lo primero que le vino a la mente fue preguntarse si alguna de las margaritas que ya había bordado en la tela de saco estaba dedicada a la señora Montserrat. «No, solo a ella no», contestó para sí. Aquel 1982 le dedicaría una a la modista de Sant Joan Despí: la más grande y reconfortante de toda la vasta tela, una margarita que la abrazara cuando la observase, que diera seguridad a las otras flores que la rodeasen. Leonor no podía decir que había muerto su madre, porque, aunque fuera a mil kilómetros de distancia, su madre todavía vivía, pero sí que lo había hecho alguien lo más cercano que se podía llegar a tener a la propia familia.

Leonor corrió a su habitación, buscó en los cajones la ropa más oscura que tenía, una chaqueta de lana negra. La señora Montserrat no guardaba luto, aunque hubiese enterrado a su marido y a sus hijos, pero Leonor no era ella, y entendía que aquella era la forma de mostrarle respeto y de expresar el amor por aquella anciana que la había acogido, a quien debía que más de una decena de mujeres del barrio trabajaran para ella, que su situación fuera más desahogada que la de muchos, que siempre la hubiera escuchado y aconsejado.

Con el paso acelerado, salió del piso.

En la portería se encontró a Esperanza. A sus dieciséis años era toda una mujer y una buena estudiante: en el instituto todo eran sobresalientes, muchas veces de diez. Su hija pequeña parecía una modelo de revista. Morena como el azabache, con largas piernas y cuerpo de famosa. Llevaba de la mano a Laura, a la que aquella tarde había hecho de canguro.

—¿Adónde vais? —preguntó Leonor.

—A casa. ¿No me dijiste que subiéramos antes de llevarla a casa de la tata y así íbamos las tres juntas?

La abuela se quedó mirando a su nieta. Era la viva imagen de su hija, esa mirada rebelde a la vez que cándida... De Quico tenía la boca, los labios y la pequeña nariz. Los ojos eran de Juanito, pero sin miedo. Le acarició el pelo.

—Tendrás que llevarla tú. Voy a Sant Joan Despí, a casa de la señora Montserrat.

—¿Pasó algo? —preguntó Esperanza.

—Ha fallecido, me ha llamado Consolación.

A Esperanza le cambió la cara, la invadió la tristeza. La conocía desde que nació y para ella sí que era lo más parecido a una abuela.

—¿Llevas a Laura a casa de tu hermana? Si no ha llegado ya, debe de estar al caer.

—La llevo y luego bajo a casa de la señora Montserrat.

—Como quieras, pero espérate a que llegue tu hermana. Se lo he escrito a tu padre en un papelillo, que estaría allí abajo, por si puede venir él también cuando salga de la fábrica y que se baje el coche. Y también por si tu hermano lo lee. No sé dónde se ha metido —exclamó Leonor, sin esperar respuesta. Acarició el rostro de su nieta y puso rumbo al municipio vecino.

Esperanza se quedó inmóvil unos segundos, pensando en la anciana, aguantando las lágrimas. La señora Montserrat no era una persona muy familiar, en el sentido que en el pueblo se daba a esta palabra, pero llenó el vacío que se abría con la lejanía de sus abuelos. Aunque Esperanza no tuvo nunca la sensación de que la anciana hubiera querido jugar ese papel. La relación con sus abuelos tampoco era como la de otros niños, que habían crecido con ellos. Solo los veía unos veinte días al año, en verano. Y aunque no fuesen unos completos desconocidos, siempre le pareció, a pesar de ser una niña, que eran personas que vivían su propia vida, que ya tenían a su alrededor a media docena de nietos durante todo el año, y que, aunque los catalanes eran recibidos con cariño por no ser lo habitual, tampoco formaban parte de su realidad, del día a día. La señora Montserrat sí, aunque nunca hubiera querido adoptar un rol que formalizase unos lazos familiares.

—¿Qué pasa, tata? —preguntó Laura. La llamaba «tata», igual que Esperanza hacía con Lucía. Curiosamente, tía y sobrina se llevaban doce años, los mismos que las dos hermanas entre sí.

—Nada, cariño. ¿Vamos con mamá?

—¡Nooo! —protestó la pequeña.

Esperanza rio.

Aquella reacción de quien era su debilidad hizo que, momentáneamente, se olvidara de la tristeza.

—Venga, Laura, que toca bañito y cena. Que es tarde. Y ya se va el sol y empieza a hacer frío.

Laura no se resistió y caminó cogida de la mano de su tía. Los dos pisos estaban tan solo a tres calles de distancia.

Aquella zona de la Satélite era la menos frecuentada por los quinquis, donde la gente no solía pincharse, aunque últimamente casi cualquier portal parecía un buen lugar para inyectarse heroína o dormir la mona. De vez en cuando, en la portería de casa de Esperanza aparecía algún rastro de sangre. En el suelo o en el pomo dorado de la puerta. No era de ninguna reyerta, sino de algún drogadicto que se había pinchado mal la vena o que casi ya la tenía reventada de las punciones. Por eso, aunque en el barrio no había sensación de inseguridad, en cuanto se hacía de noche era mejor no estar en la calle, y menos sin compañía. Los zombis tomaban la calle y los bajos de los edificios. Se refugiaban en los callejones que se formaban entre los bloques, donde pocos se atrevían a adentrarse, aunque fuesen fornidos obreros forjados en la lucha sindical, y que todos trataban de esquivar dando los rodeos que fuesen necesarios. También se evitaban los salvajes jardines de Can Mercader, donde ya no se cazaba y ni siquiera de día muchos se atrevían a entrar. Cada vez había más yonquis, y no todos eran de la Satélite.

Pastor, aunque ya no se metía con los drogadictos, los seguía detestando, en buena parte porque Can Tunis estaba lleno de toxicómanos. Sin embargo, aquel barrio, incrustado en la montaña de Montjuïc, era en realidad uno de los grandes puntos de venta de caballo de Barcelona y su área metropolitana. En el último año, el ladrón metropolitano se había convertido en un habitual de la Satélite. Esperanza y Pastor se enrollaban de cuando en cuando y pasaban unos días juntos, como tortolitos, pero luego no se veían en semanas. Pastor nunca la llamaba a casa y Esperanza estaba convencida de que nunca le había dado su número de teléfono. Él no siempre se lo decía, pero en ocasiones se tenía que esconder durante unos días. Ella nunca preguntaba, pero a veces regresaba con golpes y heridas.

«Me caí de la moto, nena». Le aseguraba que nunca robaba con violencia, que solo le gustaba «currelar». A pesar de ser un quinqui, ya habían ido más de una vez al cine a ver la película, no solo a enrollarse. Algún día, incluso, habían acabado en una fiesta mayor de barrio, o habían ido a bailar o a pasear a Barcelona. Aunque pocas veces.

Su historia era sobre todo una relación en la Satélite. Esperanza no había dejado nada por él. Seguía con su grupo de amigas: con Merche y con todas las demás. Y, en particular, con los estudios. Era decidida y estaba convencida de su capacidad y de que un día saldría por la televisión, que sería periodista. Esa inquebrantable seguridad en sí misma había sido alimentada desde pequeña en casa.

Esperanza llamó al portero automático del piso de su hermana. Nadie contestó. Comenzaba a hacerse de noche. La proximidad del invierno, a pesar de ser festivo, vaciaba las calles. Cada vez hacía más frío y no le hacía ninguna gracia quedarse allí, inmóvil, junto al portal. Buscó las llaves del piso de Lucía en su pequeño bolso. Abrió la puerta y subieron las escaleras. Al acceder al piso, en el equipo de música del comedor, ahora arrinconado por un televisor, sonaba a todo trapo *Pull Up to the Bumper*, el tema de Grace Jones. Le sorprendió, porque no era el tipo de música que escuchaba su hermana.

—¡Lucía! —gritó Esperanza, mientras Laura seguía cogida de la mano.

La niña estaba entre asustada y extrañada.

Ante la falta de respuesta, apagó el equipo de música.

Al poco, apareció Juanito con la cara desencajada y los ojos sanguinolentos. Más que caminar, se arrastraba.

—¿Quién cojones apagó la música? —preguntó su hermano, que fue cambiando el tono de la frase conforme la pronunciaba, al ver en el comedor a Esperanza y a su sobrina.

Como si de pronto fuera consciente de dónde estaba y de lo colocado que iba.

En aquel instante entró en el piso Lucía, que llegaba del cementerio, donde había recordado a Quico en compañía de sus suegros.

Juanito vivía en casa de sus padres, pero era un habitual del piso de su hermana desde la muerte de Quico. También tenía llaves, como todos, pero entraba y salía sin pedir permiso e incluso se quedaba a dormir. Lucía era la única de la familia a la que le había contado que le gustaban los hombres. Y Juanito era el único que sabía que ella, desde hacía unas semanas, se veía con un chico más joven que ella, Pablo, que trabajaba en las oficinas de Seat.

Lucía se percató hacía tiempo de que su hermano no estaba bien, aunque no por un problema de salud. Lo había dejado con Miquel, el chico del PSC que estudiaba en la universidad.

No tenía dudas de que su hermano, plantado allí en el comedor, con la mirada ida, iba completamente colocado. Sin decir nada a su hermana ni a su hija, Lucía lo cogió del brazo y se lo llevó a la habitación de matrimonio. La cama estaba deshecha, había estado allí dentro. Le examinó los brazos, estaban libres de pinchazos. Pero la habitación, con las ventanas abiertas y las persianas medio subidas, apestaba a tabaco y a hachís. Sobre la cómoda había una botella de vodka.

Lucía sentó a su hermano en la cama.

A pesar de su estado, era consciente de lo que sucedía.

Juanito se desmoronó, se puso a llorar como un niño pequeño.

—O espabilas o no quiero saber nada de ti. ¿Entendido? —aseguró Lucía. Su hermano lloraba abrazado a ella—. ¿Entendido?

—Sí —contestó entre sollozos.

Esperanza aguardaba en el comedor, todavía de la mano de Laura. Pensaba en su madre, que ya debía de estar en casa de la señora Montserrat. En sus dos hermanos, que en la habitación de Lucía comentaban lo que fuera que nunca le contarían. Se sentía así con ellos, como una hermanastra, como una familiar distante. Aunque fueran hermanos.

Pensó en su padre. Siempre parecía que estaba al margen de todo.

Y apretó la mano de Laura, de su sobrina.

—Yo siempre seré tu tata, cariño —le dijo.

La niña sonrió.

El funeral de la señora Montserrat se celebró en la capilla del Bon Viatge, la ermita románica del centro de Sant Joan Despí. Fue allí donde la modista se casó con Llucià. El pequeño templo se llenó de gente, a pesar de que tanto la difunta como su viudo, que reposaba en la misma tumba que ella ocuparía, no tenían hermanos ni hermanas y su descendencia había desaparecido en la Guerra Civil. La señora Monserrat era muy conocida.

A la ceremonia también acudieron unas tías y unas primas segundas de la modista, que legó sus bienes a ese reguero de familiares dispersos, aunque todo lo ahorrado, y era un buen pico, se lo dejó a Leonor, junto con sus herramientas y utensilios de costura, las telas, los hilos, las máquinas de coser y su tesoro más preciado: las antiguas y bellas tijeras con forma de garza. Aquellas tijeras que la señora Montserrat, al poco de conocerse, le contó que habían pertenecido al abuelo de su difunto Llucià. Leonor las recogió como lo que eran, un valioso tesoro que también se convirtió en un importante recuerdo.

Las preciosas tijeras fueron, a partir de ese momento, las que Leonor utilizaría cuando bordase una de aquellas flores en la tela de saco. Solo les dio ese uso que, a su parecer de modista, era el más bello de todos. La margarita de ese año la concibió como un elemento más de recuerdo de la señora Montserrat: una flor llena de ternura, amistad, cariño y también de esperanza.

Esperanza

1984

Esperanza se pintó un poco los labios con carmín y se ajustó el vestido. Picaron a la puerta del piso. No llamaron al timbre, sino que golpearon la madera con los nudillos. Era lo que habían convenido, como si les hiciera falta una contraseña, sabiendo los dos quiénes eran, lo solos que iban a estar y para qué habían quedado. Esperanza estaba nerviosa. Aunque llevaran tiempo juntos, el noviazgo tenía la formalidad que puede existir en una relación sentimental entre una aplicada estudiante de último curso de bachillerato y a un ladrón de motos, que desde hacía unos meses había expandido su negocio al sector automovilístico. Se habían enrollado apasionadamente, magreado de forma generosa por encima y por debajo de la ropa, pero ese momento iba a ser el momento y el día que ambos estaban esperando. Pastor era un quinqui, un ladrón, un chico de Can Tunis, pero la había respetado siempre. De nuevo se escuchó un rítmico golpeteo de nudillos contra la puerta. Definitivamente había llegado el momento. Esperanza sonrió, se ajustó la ropa y, descalza, caminó hacia la puerta del piso de su hermana Lucía.

Desde que Juanito, un año antes, se había ido a vivir a Barcelona, las labores de Esperanza como canguro de la pequeña Laura habían aumentado. Leonor cada vez tenía más trabajo, pero también consideraba que era una forma de que se acercaran las dos hermanas, cuya relación nunca fue tan estrecha como la que siempre tuvieron Juanito y Lucía. Esperanza casi pasaba más tiempo en aquel piso que en el de sus padres. Unas semanas antes, se atrevió a pedirle a su hermana mayor que le dejara el piso, durante casi todo un día, para estar allí a solas con Pastor. Aunque Esperanza le aseguró que solo querían charlar un rato, comer allí y ver alguna película que alquilarían en el videoclub, Lucía le dijo que, además del piso, le dejaría también una caja de preservativos en la mesita de noche. Le pidió que cambiaran las sábanas de su cama: que lavara las que le había dejado puestas antes de que ella llegara y que colocara unas nuevas. Y que nada de drogas ni de cosas raras, y que si tenían que hacer otra cosa que no fuera ver la televisión, que se fueran al dormitorio. «Y sobre todo ten en cuenta los condones, Esperanza. Dejaros de tonterías, que hay muchas enfermedades, y a ti solo te hace falta un chiquillo de un quinqui. Esperanza, que se lave bien. ¿Necesitas que te explique algo?», le dijo Lucía.

En más de una ocasión, su hermana mayor le había preguntado si consideraba una buena opción estar con alguien que todo el mundo sabía que era un delincuente, que robaba coches y motos y a quien de cuando en cuando perseguía la policía. No era miembro de una banda, como algunos de los chicos que campaban por el barrio, pero sí un delincuente profesional. Aunque a Lucía no le hacía ninguna gracia, nunca le prohibió nada a Esperanza, salvo que no se acercara a él cuando estuviera a cargo de Laura. Y lo cierto es que la niña apenas había tenido contacto con el quinqui. Manuel no sabía nada y Leonor, algo, porque algo le contaron algunas de las mujeres del barrio, aunque ninguna le aseguró nada. Esperanza y Pastor estaban juntos, pero no se trataba de una relación tan visible como la que podía tener cualquier pareja de su edad en el barrio. Y tampoco gozaba de estabilidad: era un ir y venir constante. «No te metas en problemas, Esperanza, no te metas en problemas», le advirtió un día Leonor a su hija pequeña, que le había asegurado que «no estaba en nada raro». Poco podía decir Leonor, ni tampoco Manuel, porque las notas de su hija en el instituto eran siempre las mejores de toda la clase, y los profesores la colmaban de felicitaciones.

Esperanza abrió la puerta del piso de Lucía. Pastor vestía camisa blanca, tejanos apretados y chaqueta de cuero. Tenía el pelo más largo. Se lo estaba dejando crecer: una media melena morena que brillaba. Ojos vivarachos y mirada pilla.

—Por Dios, qué guapa que estás. Para mojar pan... —dijo a modo de saludo.

Esperanza lo hizo entrar a empujones. Más que por la pasión desbordada, para que nadie viera que estaba allí. Él se había echado una colonia cítrica que no era la habitual. Cerró la puerta. Y fue ella la que empezó a besarle.

Lejos de aquí, del barrio y en plena Barcelona, Lucía y Laura esperaban a Juanito en el tramo final de Via Laietana, junto al puerto, en un área sombría y húmeda de la gran ciudad no muy alejada del Zoo y de la estación de Francia. En los bajos de las fincas de viejas piedras oscuras, se concentraban decenas de pequeños establecimientos de venta de productos de electrónica económicos, muchos de ellos fabricados en Taiwán o en Corea. Un concurrido paseo comercial, en algunos tramos casi laberíntico, en el que, además de equipos de música, televisores y reproductores de vídeo, era posible adquirir cuberterías de casi cualquier lugar del mundo y relojes de pared, que vivían una nueva época dorada. Igual que en la Satélite y en su mercadillo, se podía comprar, por ejemplo, ropa caída de un camión, porque hasta aquel zoco tecnológico de la capital arribaba también la mercancía que se perdía tras ser descargada de un barco. El fuerte reclamo comercial de la zona era aprovechado por los amigos de lo ajeno, tanto por los que se desenvolvían con destreza en el arte de hacer desaparecer cosas, en especial carteras de caballero y monederos de señora, como por los que con menos habilidad robaban en otros lugares relojes y joyas y acudían allí en busca de un nuevo dueño para lo anteriormente sustraído.

—Cuánta humedad hace aquí —dijo Lucía al ver a su hermano, quien acudió al encuentro con gafas de sol y gabardina.

Laura se lanzó a los brazos de Juanito.

—Es el mar, querida mía. Es el mar —contestó el chico con una gran sonrisa y le dio dos besos.

Lucía nunca había visto a Juanito tan feliz como desde que vivía en Barcelona. Alquiló un pequeño piso no muy lejos de allí, en una calle estrecha cuyo nombre casi nunca recordaba, pero que caía justo detrás de la Capitanía, el edificio militar del paseo Colom. La angosta calle, que nacía en la basílica de la Mercè, la iglesia conectada al antiguo convento, parecía una pequeña extensión del barrio chino. Como no era difícil encontrar prostitución, droga y alcohol, era frecuentada desde los años cincuenta por los marineros de la Sexta Flota estadounidense que, cuando recalaban en el puerto de Barcelona, eran recibidos con pintadas en las paredes: YANKEES GO HOME! Lo cierto es que, desde la muerte de Franco, cada vez había menos. Pero Juanito allí se sentía feliz.

—Se te ve bien —dijo Lucía.

—Es que estoy bien.

El día en que murió la señora Montserrat, Juanito se

propuso un cambio de vida. Al poco tiempo, dejó el trabajo de mozo en Pirelli; después de todo, él era electricista. Y de eso trabajaba ahora en Barcelona, por su cuenta. Desde la Satélite la capital parecía otra cosa, un lugar donde ir a comprar, tomar copas, ligar y hacer el amor. ¿Vivir? No era un viaje demasiado habitual, al menos en los ochenta. «¿Barcelona? ¿Qué se te ha perdido a ti en Barcelona?», le dijo su padre. Aunque fueran ciudades vecinas y una se reflejara en la otra, aunque todo fuera un conjunto y compartieran miserias similares, alguien de la Satélite no se iba a vivir a Barcelona. Y menos al Gótico, por mucho que aquel tramo se pareciera tanto al barrio chino. No. En el imaginario colectivo pesaba demasiado la idea de que aquellos eran dos mundos distintos.

El pueblo y la ciudad. El barrio y Barcelona, como si en Barcelona no hubiera barrios como la Satélite.

—¿Qué tal con Pablo? —preguntó Juanito, en un momento en que su sobrina se plantó delante del televisor de una tienda. En el escaparate, se anunciaba que el aparato era americano y que, gracias a una videograbadora VHS que almacenaba directamente la señal de televisión, en la pantalla aparecía un viejo episodio de *La abeja Maya*.

Pablo era el chico de oficinas de Seat con el que Lucía se veía. No eran novios como tal, porque eso ya no se llevaba, pero sí que mantenían una relación, aunque ni su hija ni sus padres sabían nada.

—Bien, la verdad. Vuelvo a reír y, al mismo tiempo, cuando lo hago, me siento culpable porque es como si traicionara a Quico.

—No lo haces. También tienes que vivir... ¿Mamá y papá saben que estás con un chico?

—No, que yo sepa. Tampoco yo sé si estoy con Pablo.

Quiero decir que simplemente nos vemos, quedamos, hacemos cosas juntos... Sus padres sí que saben de mí. Viven en La Torrassa, en L'Hospitalet. Y lo cierto es que no ven nada bien que salga con una chica mayor que él, que además es viuda y tiene una hija de seis años. Supongo que es raro ser viuda tan joven cuando hay gente de mi edad que ni siquiera tiene hijos. Él, además, vive todavía en casa de sus padres, así que supongo que cuando viene a mi piso piensan que lo secuestro. No sé...

—¿Qué edad tenía?

—Cuatro años menos que yo. Vamos, los mismos que tú.

—Pues veintiséis. No es la edad de un niño... —comentó Juanito—. ¿Y cómo es que sigue viviendo con sus padres? Si trabaja en oficinas debe ganar mejor que tú.

—Dio una entrada para un piso... Antes de estar conmigo tenía una novia de las de toda la vida, a la que sí veían con buenos ojos sus padres. Justo cuando se iban a casar, lo dejaron. La familia de ella era extremeña y quisieron volver al pueblo. Y ella le dijo que se fuera con ella, que comenzaran su vida allí. Pablo le dijo que nanay. Supongo que la relación tendría sus problemas. Supongo no, seguro. Dieron marcha atrás en la compra del piso y mucha más marcha atrás en su relación —explicó Lucía.

—¡Mamá, mamá! ¡Mira! —gritó Laura, que se había alejado una decena de metros recorriendo los escaparates. Señalaba uno de aquellos ponis de plástico que se habían puesto de moda y que se vendían con un cepillo para peinarlos—. ¡*Mi pequeño pony*! —continuó la niña, que miraba a su madre y a su tío, sonriendo, casi nerviosa, sin decir nada. Dejaba claro que quería aquel juguete y que, si en algún momento lo podía conseguir sin que fuera su cumpleaños ni ninguna otra efeméride, era precisamente aquel. Igual que su tata, su tío

Juanito cumplía con los deseos y los anhelos de la niña siempre que podía. Su tío le devolvió la sonrisa, le alargó la mano y entraron juntos en la pequeña tienda en que, sin exagerar, se exhibían y guardaban en notorio desorden millares de juguetes.

—No tienes que... —apuntó Lucía.

—Claro que sí, si yo quiero —dijo Juanito, tras guiñar el ojo a su hermana.

Al poco, salieron de la tienda cargando con el poni. La niña se abrazaba al juguete. Caminaba unos metros por delante y peinaba el pequeño caballo de plástico. Ellos podían seguir hablando.

—¿Y tú? ¿Algún chico? ¿Algún rollete?

—No.

—¿En tu piso de soltero y sin ligue?

—Pues no. La verdad es que trabajo mucho durante la semana y no tengo mucho tiempo. Tengo mi grupo de amigos... Los sanos salimos los fines de semana, pero ahora mismo tampoco me apetece demasiado tener pareja. ¿Sabes? Creo que en la Sati me ahogaba, no por el barrio en sí, pero necesitaba salir...

—Pero si Barcelona está llena de gente, de coches... Y no hay menos yonquis. Todo lo contrario, ¡si esto está lleno de zombis!

—Quizá, pero respiro.

Lucía le cogió del brazo. Se lo apretó, pero fijó la mirada en una mancha que tenía en la mejilla.

—¿Y esto? —Le señaló la cara.

—No sé... Me ha salido esa y otra en el pecho.

—Pero estás limpio, ¿no?

Laura, caminando al lado de los dos adultos, seguía entretenida con el pequeño poni de plástico. Era de color verde.

—Limpísimo —respondió Juanito—. No me coloco con nada. Piensa que hasta me he aficionado al agua con gas... Agua con gas y soy de la Satélite... Oye, ¿qué te parece si vamos a comer a un chiringuito de la Barceloneta?

A Lucía la oferta le pareció más que tentadora. Hacía frío y la humedad calaba, pero detrás de aquellas callejas estaba el puerto y, algo más allá, aquella playa cuya agua no era tan recomendable como la de Castelldefels. Nunca había ido allí a tomar un baño, ni ganas. Estaba convencida de que bañarse en la Barceloneta, por mucho que se hubiera hecho desde siempre, era como chapotear en el maloliente Llobregat, en la suciedad que la gran metrópolis y los grandes barcos de transporte vomitaban en el mar. Pero aquel barrio litoral seguía teniendo el encanto de los chiringuitos que llegaban hasta la orilla, con las mesas y las sillas plantadas en la arena. Muchos de aquellos locales parecían una continuación de las barracas que, por decenas de miles, se extendieron en la ciudad durante décadas y que todavía persistían en diferentes puntos de la gran metrópolis. Bares y restaurantes que, por pintorescos y buen precio, ejercían un fuerte reclamo en los habitantes del área metropolitana. Además, con Esperanza y Pastor en casa, cuanto más tiempo hicieran, mejor.

—De acuerdo en lo de comer. Eso sí, si pagas tú y sobre todo si vas al médico, a que te vean esas manchas. No tienen buena pinta, a ver si va a ser alguna alergia.

—Prometido por el bueno de E.T., y si no que venga el Michael Jackson y me persiga por las noches con su *Thriller.*

La comida en la Barceloneta culminó con el viaje en una de aquellas golondrinas que apestaban a gasoil, forradas con neumáticos usados, que recorrían el litoral de una punta a otra de la ciudad. Laura acabó con un poni, pero también con un cangrejo atado a un delicado palo con hilo de pescar que su tío le compró al acabar el primer tramo de las golondrinas, en el rompeolas de piedras gigantescas, donde algunos ancianos probaban suerte con cañas de pescar artesanales. De cuando en cuando, una ola arrastraba una masa deforme de plásticos hasta la orilla.

Esperanza y Pastor pasaron casi todo el día en la cama. Cuando llegó su hermana mayor, el muchacho ya se había ido. Las sábanas estaban cambiadas y las que habían usado, limpias. El piso, inmaculado, no olía a humo ni a cualquier otra cosa.

Las dos estaban cansadas. Apenas hablaron. Laura se despertó un momento y le enseñó a su tía el poni verde y el cangrejo atado a la caña, que ya no se movía.

Esperanza se fue a casa más enamorada de lo que nunca estuvo. Cuando llegó al piso de la calle Álamo, sentía a Pastor todavía a su lado.

—¿No quieres cenar? —preguntó Leonor.

—No me encuentro bien —dijo excusándose.

Pero se encontraba mucho mejor que otras veces.

Esperanza ignoraba, sin embargo, que en el mismo instante en que ella entraba por la puerta de su casa, Pastor lo hacía en una gasolinera de la autovía de Castelldefels, rodeada de campos de cultivo, no muy lejos de los campings y de la carretera de los desguaces. Igual de feliz, igual de enamorado. La muchacha no podía imaginar que, cuando a ella su madre le preguntaba si no quería cenar, el joven delincuente se percataba de que el chico de la caja estaba solo y que no era más que un niño.

El instinto del depredador es incontrolable.

Esperanza tampoco se figuraba que, mientras ella rechazaba el ofrecimiento de su madre, Pastor sacaba la navaja automática del bolsillo de la chaqueta, la abría con el botón y amenazaba al chico de la caja, lo insultaba, lo intimidaba, y le juraba que, o le daba todo el dinero que tenía recaudado, o lo mataba.

Los dos, Esperanza y Pastor, no sabían que un muchacho de una gasolinera Cepsa, en la autovía de Castelldefels, se iba a resistir a un atraco y que lanzaría una lata de aceite contra la cara del delincuente, pensando que así lo dejaría fuera de juego o conseguiría asustarlo para que se marchara por donde había venido.

Pastor huía siempre de la policía, pero no de una afrenta, y menos si esta provenía de un chico debilucho, de su misma edad, que estaba solo en una gasolinera.

Esperanza jamás hubiera pensado que el mismo chico con el que pasó todo el día haciendo el amor reaccionaría así. Aunque se engañaba a sí misma, y lo sabía, porque Pastor era un delincuente. El quinqui de Can Tunis se abalanzó como una alimaña sedienta de sangre sobre el chico de la gasolinera, que nunca tuvo tanto miedo como en aquel momento.

Y ese temor alimentaba a Pastor, le daba la vida, como las carreras y el olor a gasolina.

El quinqui pinchó hasta diez veces a aquel chico indefenso que se había atrevido a lanzarle la lata de aceite. Que se había atrevido a plantarle cara. A él, que creció sabiendo que, si alguien te planta cara se la revientas, porque si no, te la reventará a ti.

Y eso duele mucho más.

Lo dejó sobre un charco de sangre, desplomado. Moribundo.

En esos casos no se razonaba, se actuaba.

Esperanza se tumbó en la cama y pensó en aquel amor, en aquel chico al que tardaría años en volver a ver y en circunstancias muy distintas.

El muchacho se subió en la moto, con el dinero manchado de sangre, consciente de que en aquel instante su vida había cambiado, que nada sería igual, que todo iría a peor.

Ella cerró los ojos en su habitación de la Satélite para recordar lo vivido con Pastor, que también cerró los suyos unos segundos, antes de salir de allí a toda pastilla.

Su vida marcaba otra vez su destino.

El de Esperanza también, aunque ella no fuera tan consciente.

1985

Leonor esperaba nerviosa en el andén de la estación de Sants.

Las interminables obras de aquella infraestructura habían terminado, al menos las que afectaban a aquel edificio oscuro que se levantaba junto a unos bloques de pisos y un pequeño polígono industrial cuyas naves ahora estaban ocupadas casi por completo por talleres.

—Parece que el tren no viene con retraso —anunció Manuel, que había estado hablando con uno de los trabajadores de Renfe.

Justo en ese momento se escuchó por megafonía que el talgo procedente de Córdoba estaba a punto de entrar en la estación. En el convoy viajaba la abuela María del Valle. La matriarca, que tenía setenta y ocho años, salía por primera vez del pueblo para pasar una temporada con su hija, en la Satélite. Once años le costó a Leonor convencerla: no había parado de decírselo desde que murió su padre, en el año 1974. Su madre le respondía que sí, que al año siguiente, pero nunca se decidía.

El tren llegó.

Leonor recorrió con la vista todas las ventanillas del vagón desde el andén para ver si daba con ella. La anciana no viajaba sola; la acompañaba su otra hija, Carmela, que igual que Leonor la había animado a que viajase a Barcelona a pasar temporadas.

—Están allí —anunció Esperanza, que esperaba con sus padres a la abuela y a la tía del pueblo. Podían haber ido todos en metro, pero finalmente optaron por el novísimo Seat Málaga que Manuel adquirió con descuento gracias a que su hija mayor trabajaba en la automovilística. No necesitaban la rebaja para comprarlo, porque las cosas les iban bien y el dinero que les dejó la señora Montserrat en herencia les hacía la vida mucho más cómoda, pero Manuel tampoco iba a hacer un feo a ahorrarse unos cuantos miles de pesetas.

—Madre, deme la mano —dijo Leonor, alargando el brazo para que la abuela pudiera sortear la distancia que había entre el tren y el andén.

La anciana menuda dio un pequeño salto. Carmela se hubiera caído si no hubiera estado Manuel para cogerla. Las dos mujeres llevaban una enorme maleta de piel y dos grandes cajas atadas con cuerdas. En una de ellas rezumaba un rastro de aceite, que evidenciaba que en el interior viajaba una parte de la última matanza.

—Qué grande es esto —dijo la anciana—. He llegado a Barcelona en tren, como vosotros...

—Pero usted ha llegado en primera clase, nada que ver con cómo lo hicimos nosotros —apuntó Manuel.

—Qué mal se respira aquí.

La humedad de la estación era abrasiva incluso para Esperanza, que estaba acostumbrada a coger cada día este medio de transporte para ir de Cornellà a la facultad de Ciencias de la Información de la Universidad Autónoma de Barcelona en Bellaterra, un barrio de Cerdanyola, donde había iniciado los estudios de Periodismo. Con cuidado abandonaron la zona de los andenes y subieron al amplio vestíbulo de la estación, un espacio resplandeciente por el suelo de mármol y las luces de los comercios.

—¡Cuánta luz! —exclamó la anciana, molesta.

—Madre, esto es la ciudad —dijo Carmela, que caminaba torpemente después de un trayecto de más de diez horas en tren.

—Yo no sé qué contra hago aquí, con lo bien que estaba yo en mi casita...

—Así pasa una temporada con nosotros, que también soy yo su hija. Y tiene aquí familia —contestó Leonor.

—¿Y yo qué culpa tengo de que tú te vinieras del pueblo? Mira a tu hermana, por no hablar de tu hermano: no les ha ido tan mal con esa miseria de la que os quejabais. En cambio, mira Rosa y tú.

—Venga, madre, camine con cuidado que no se tropiece —intervino Carmela con los ojos en su hermana pequeña, que asentía.

Leonor, en apariencia, hizo caso omiso del comentario, aunque le doliera como si le hubieran clavado un afilado cuchillo. Su hermana mayor se lo había advertido: «Madre no está bien. Se olvida de las cosas, confunde a las personas, no recuerda a algunas. A veces es una niña encantadora y otras veces parece que el diablo hable por su boca».

Leonor ya la vio distinta el último verano. Era una anciana casi de ochenta años. Las personas mayores a veces se sienten libres de decir lo que les viene en gana sin evaluar previamente las consecuencias, como los niños. Validan esas opiniones por la edad avanzada y la experiencia, al contrario que la inocencia que se atribuye a los menores. Sin embargo, su madre nunca había actuado así. Era directa, siempre lo fue, pero cauta ante la posibilidad de causar dolor. Leonor ya la vio extraña y, según Carmela, la cosa no había hecho más que ir a peor, de modo que ambas convinieron que su madre pasara una temporada en Barcelona. «Sola no puedo», le dijo. Antonio, el primogénito, o más bien su mujer Paquita, ya estaba a cargo de su suegra, que iba en silla de ruedas y era como un vegetal. «Llevarla a una residencia», afirmó enseguida Manuel, cuando Leonor le anunció que la abuela María del Valle se iría con ellos al piso de Sant Ildefons. «Mucho he consentido yo en estos años, solo te pido eso. Es mi madre», le contestó Leonor, que consideraba una traición la mera idea de que a su madre la pudieran ingresar en un geriátrico. Además, ¿qué habrían dicho en el pueblo? Allí no lo hacía nadie.

—La abuela está... muy antipática, ¿no? —susurró Esperanza a su madre justo cuando salían de la estación al frío de la noche.

—La abuela no está muy bien —contestó Leonor.

El flamante Málaga, que se publicitaba como «lo más grande de Seat», estaba aparcado en la zona del polígono, muy cerca de donde se erigían los primeros pisos de la calle Numància. La cárcel Modelo se encontraba a un par de manzanas. Esperanza se quedó mirando en aquella dirección.

—Tenga usted cuidado con la cabeza —dijo Manuel, mientras ayudaba a su suegra a entrar en el habitáculo.

—A mí no me pongas cinturón de seguridad ni nada de eso —advirtió la anciana.

—No se preocupe, señora. Por mucho que lo hayan hecho obligatorio en carretera, en ciudad todavía no hace falta abrochárselo.

—Mejor, mejor... que a los socialistas y a Felipe le gusta mandar... Estos rojos...

Esperanza ayudó a su madre y a su tía a cargar la enorme maleta y las cajas con los embutidos y las otras viandas.

Las tres se sentaron en el asiento posterior del coche. Su tía Carmela olía a sudor. Le vino a la mente el ritual de cada año, el que ya realizaban cuando era pequeña y que se perpetuaba aunque ahora fuera ella la única que acompañaba a sus padres.

Lucía y Juanito hacía años que no iban.

El ritual de parar antes de llegar al pueblo y asearse con agua en un descampado, donde en los últimos años habían crecido las construcciones. Y si hacía falta hasta se cambiaban de ropa para llegar frescos y limpios a Montilla.

Su padre estuvo a punto de pedir el aire acondicionado como equipamiento extra del coche, pero era algo poco habitual y le ofrecía poca confianza. «Las motos no lo llevan», dijo para dejar zanjada así la conversación mantenida con Esperanza sobre esta cuestión.

—Mire, madre, la ciudad —exclamó la tía Carmela mientras, pegada a la ventanilla del coche, contemplaba aquella Barcelona nocturna, su vecina L'Hospitalet, un pedacito de Esplugues y otro tanto de Cornellà hasta llegar a Ciudad Satélite, que cada vez era más conocida como el barrio de Sant Ildefons.

—Todo esto es oscuro —sentenció la anciana.

—Es de noche. En el pueblo ahora también es de noche y se ve oscuro. Pero aquí hay luz —contestó Leonor sin disimular que le comenzaba a molestar tanto comentario negativo de su madre.

—Niña, no digas tonterías. Aquí siempre es de noche —replicó la anciana.

—Siempre no.

—Siempre. Mira a Rosa —insistió María del Valle—. Siempre que os echábamos las cartas salía el demonio. El maldito demonio.

—Pues si era así, me podían haber avisado que mi futuro iba a ser tan negro —contestó Leonor.

—No le hagas caso a madre... —intervino Carmela.

—Si me hubieras hecho caso, las cosas serían diferentes —continuó la anciana.

—Ya hemos llegado —anunció Manuel, tratando así de cerrar la conversación.

Aparcó el Seat Málaga en la calle Álamo, muy cerca de la portería del piso.

Desde mediados de los años setenta, apenas llegaban nuevos vecinos al barrio. Los que ahora desembarcaban en Cornellà se establecían en otros polígonos similares, como el de la Fontsanta. En la Satélite, los hijos de los primeros vecinos también se marchaban a otros puntos de la ciudad. Ya no existía aquel reguero de niños, más de veinte mil a finales de los sesenta, aunque la población era joven. Todavía vivían en el barrio muchos chicos de la edad de Esperanza y Juanito, y muchas parejas como Leonor y Manuel. En las calles se intuía el final del *baby boom*, la explosión de la natalidad posterior a la Segunda Guerra Mundial que en España se retrasó hasta el fin de la posguerra. Sant Ildefons era un barrio joven, pero en los ochenta comenzaba a envejecer.

La abuela María del Valle clavó la mirada en la hilera de bloques que se extendían ante ella.

—Parecen los nuevos nichos que ponen en los cementerios. Me vais a enterrar antes de tiempo —dijo la anciana.

A Leonor le dolió también ese comentario. Era su barrio. Era su vida.

Pero no dijo nada. Cogió de un brazo a su madre y Carmela, del otro.

Manuel se hizo cargo de la maleta. Esperanza llevó las cajas.

La habitación de Juanito se había convertido en la de la abuela María del Valle.

La tía Carmela se instaló con Esperanza en una cama plegable que hacía años que rondaba por el piso, pero que nadie había visto abierta. La joven no había compartido habitación desde que Lucía se marchó de casa, y entonces era tan solo una niña. No pegó ojo en toda la noche debido a los sonoros ronquidos de la hermana mayor de su madre.

Al día siguiente, aprovechando que era sábado, Leonor organizó una comida familiar a la que faltó su marido, que se excusó diciendo que en Montesa tenían mucho trabajo. En aquella ocasión ella lo creyó. Las cosas no iban bien. La crisis económica se palpaba en el barrio, de nuevo muy crispado, y a Manuel, que nunca fue unas castañuelas, se le notaba más preocupado. Que si se vendían pocas motocicletas, que si los japoneses se iban a quedar con todo, que si Bultaco y Ossa ya habían cerrado, repetía. Y lo más sorprendente, aquellas palabras que a Leonor le revolvían el estómago: «Con Franco se vivía mejor, entonces sí que se creía en la industrialización». Los problemas de producción eran generalizados en fábricas que durante décadas funcionaron como un tiro. La depresión económica y la adicción a la heroína de tantos jóvenes del barrio, que morían de sobredosis después de convertirse en auténticos muertos vivientes, había sumido a los vecinos en un fuerte pesimismo.

Desde la Plataforma de Mujeres seguían apoyando a las personas que perdían el trabajo y a quienes más lo necesitaban, que ahora eran familias cuyos hijos habían caído en las drogas. Contaban con el asesoramiento de un equipo de abogados, porque con la drogadicción aumentó también la delincuencia y muchos toxicómanos acababan en la cárcel por delitos cometidos cuando trataban de conseguir algo de dinero para chutarse. Y la prisión era un agujero de donde costaba mucho salir. La miseria, como la energía, no se destruye: cambia de forma.

Juanito fue el primero en llegar, cuando no hacía mucho que habían terminado de desayunar. A Leonor no le pareció que hiciera buena cara y le sorprendió sobre todo que, con lo retraído que era, se mostrara tan cariñoso con la abuela y la tía Carmela. Juanito y Esperanza la ayudaron a abrir la mesa del comedor. Entre los tres extrajeron las dos alas que la doblaban de tamaño, una maniobra que tan solo se llevaba a cabo en el cumpleaños de Laura, en Navidad o en alguna fiesta señalada. Leonor cocinó bacalao con tomate y pollo relleno, cortó jamón y queso. Solo faltaron las gambas para que aquello fuera una cena de Nochebuena. Aunque no estaba Manuel, Leonor abrió una botella de tinto, a la que la abuela María del Valle no le hizo ascos. En Montilla era costumbre beber vino blanco y sobre todo el fino, el de la copa aguda y pequeña. Manuel lo compraba tinto de vez en cuando por recomendación del señor Reverter.

Durante toda la comida, la abuela María del Valle tuvo sentada a su lado a su bisnieta de siete años, que solo había visitado el pueblo un par de veces en su vida, y unos pocos días. Aunque aquella septuagenaria era toda una desconocida, Laura celebró tener bisabuela. Al principio, le costó entenderla. Con un acento mucho más marcado que el de su abuela Leonor, la matriarca María del Valle no solía ser muy generosa a la hora de vocalizar las palabras.

Tras la comida, la niña se acomodó en el sofá junto a su

tío Juanito para ver la película de la sobremesa, una reposición de *La isla del tesoro*. Eran los años de *Isidoro*, *Pumuki* y *David el Gnomo*, pero también de *El pájaro espino*, *El equipo A* y *El coche fantástico*.

—¿Cómo que Rosa no vino a comer? ¿Te peleaste con ella? —preguntó de sopetón la anciana a Leonor, que buscó la mirada de su hermana. Carmela hizo un gesto que con claridad expresaba «un ya te lo había dicho».

La anciana le repitió la pregunta a Esperanza, quizá porque la confundía con Leonor.

—Niña... ¿por qué no vino tu hermana? De chicas siempre estabais juntas. Os peleabais mucho, pero cómo os queríais. Siempre juntas... ¿Os habéis peleado? Anda, dime, dime...

La muchacha, de quien la abuela esperaba respuesta, se quedó petrificada, sin saber cómo reaccionar.

—Abuela, la tía Rosa tenía cosas que hacer... —intervino Lucía.

—No sé qué es más importante que venir a ver a su madre... Pero ese hombre con el que se casó, Rafael, es tan malo como su padre. Creímos que sería un buen marido y más después de... ¡Pero el mal corre por sus venas! Sí, tienen dinero, tierras y nos prometió que le daría una buena vida a nuestra hija. ¿Y qué íbamos a hacer? Su padre era el jefe de la Falange... Rosa al principio no quería, pero era una buena niña y era la mejor solución, porque... ¡Ay, Rosa!

—Bueno, madre, luego vendrá si puede, como ha dicho Lucía —apuntó Carmela—. En un rato ya se habrá olvidado —añadió en voz baja mirando al resto de las mujeres de la mesa. Si su madre la escuchó, la ignoró.

—¿Y el padre de esa niña dónde está? —preguntó ahora la matriarca a Lucía, con la mirada fija en la pequeña Laura.

La niña seguía tumbada en el sofá de falsa piel de sus abuelos, con la cabeza apoyada en las piernas de su tío Juanito. Nunca la había visto Leonor tan mal como en aquel momento. Aquello era lo que le contaba su hermana, que a madre se le iba la cabeza.

—¿Su padre es ese? —insistió la anciana.

—No. Ese es mi hermano Juan. El padre de Laura está yendo hacia el centro de Cornellà. Sí, más o menos en esa dirección, aunque muy cerca de Sant Joan Despí —contestó Lucía mientras señalaba hacia la ventana.

—¿Trabaja allí?

—No. Está en el cementerio.

—¿Ha ido a ver a algún familiar?

—Está muerto.

—¿Falleció? Cuánto lo siento —dijo la abuela María del Valle—. ¿Estaba enfermo?

Leonor, Esperanza y Carmela sintieron una incomodidad que no experimentó Lucía, que antes de decir nada se cercioró de que su hija no prestaba atención. Juanito, que sí que las había escuchado, le devolvió la mirada. A Leonor le contaban cosas de su padre, pero aún desconocía cómo murió.

—Madre… —intercedió Leonor.

—No, no estaba enfermo. Lo mataron —contestó Lucía.

Su abuela se quedó inmóvil. Unos pocos segundos. Y le mostró una sonrisa de ternura.

—Cuánto lo siento, hija. Ninguna de estas me dijo nada. Las guerras son terribles. Cuánto lo siento.

—¿Nos vamos a fumar? —le preguntó Juanito a Lucía, tras dejar medio dormida a Laura en el sofá.

Su hermana asintió.

Era otoño. En la calle se notaba el fresco. El invierno se acercaba. Los sábados por la tarde se aprovechaban para ir a comprar, al Pryca de El Prat si se tenía coche. Eran para el cine o para quedarse en el barrio, en el bar si se era adulto y en el descampado si se era niño. O en casa, delante del televisor. La película y la programación de la tarde, sobre todo a partir de otoño, quitaban las ganas de abandonar el comedor de casa. Era también la noche de *Informe semanal* y de la película del sábado.

El fin de semana televisivo comenzaba los viernes con el programa que tenía enganchado a todo el país, aunque tampoco había muchas alternativas. En *Un, dos, tres... responda otra vez*, presentado entonces por Mayra Gómez Kemp, desfilaban Arévalo, que se burlaba de los tartamudos y los homosexuales, y la Bombi, un personaje con grandes pechos y poco cerebro interpretado por Fedra Lorente. España entera envidiaba a unos concursantes que, tras una rueda de preguntas y un recorrido por objetos peculiares, podían conseguir un coche o el regalo más preciado: el apartamento en la playa, en Torrevieja, Alicante.

—¿Estás bien? —preguntó Juanito a la vez que le ofrecía un Lucky Strike.

Lucía cogió el cigarrillo.

—¿Lo dices por el comentario de la abuela?

Él asintió.

—Sí, estoy bien. Duele recordar todo lo que pasó, pero al dolor te acostumbras, siempre encuentras cómo salir. No porque yo sea de una pasta distinta a la de cualquier otro ser humano, sino porque, de no ser así, la humanidad nunca hubiera sobrevivido. Nacemos con dolor, ¿no? Eso lo decía un cura, ahora no recuerdo si era García-Nieto... Si te digo la verdad, querido hermano, a veces me siento culpable si veo que ha pasado mucho tiempo y no he pensado en Quico. ¿Sabes?, como si tuviera que recordarlo en todo momento...

A veces pienso en cuando me llevaron detenida a comisaría y me hicieron todo tipo de perrerías... Aquello fue muy gordo también. Mucho. Me acuerdo cuando de niña fui a Almeda, a una manifestación con una amiga que se llamaba Laura. Mira, no sé si mi hija se llama así por ella, el nombre me gustaba. Entonces ya nos cogió la policía para meternos miedo, ya apareció el Llanero Solitario. Esa chica no lo superó, se encerró, creo que incluso se fueron del barrio. Después me torturaron la vez que me cogieron con Quico, un día que estábamos haciendo propaganda... Luego lo asesinaron a él... Al final te acostumbras a vivir con todo eso, con las perrerías que te han hecho. Y te acostumbras a vivir sin Quico, como si fuera normal. Lo que más me raya es cuando me imagino cómo sería mi vida ahora con él, como sería la vida de Laura si tuviera un padre. Cómo habría sido vivir todos estos años los tres, si tendríamos otro hijo... Eso duele mucho. Como si me arrancaran el alma. Me llena de rabia.

Lucía aspiró la última calada del cigarrillo con fuerza.

—¿Qué tal con Pablo? —continuó su hermano, nervioso, como si así tratara de desviar la conversación.

—¿Pablo? Lo vamos a dejar, no funciona...

—¿Y algún otro chico?

—Ahora no. Tampoco me apetece. Seguiré con mi vida... pero es que es muy fuerte. ¿Sabes? A veces tengo la sensación de que el tiempo corre demasiado rápido. Quizá también me pasa desde que soy madre, no solo porque asesinaran a Quico... Pero es muy fuerte. A mi marido se lo cargó un secreta franquista a unos metros de aquí porque le dio la gana. El mismo tipo que lo había torturado en comisaría. Han pasado seis años y está en la cárcel, pero con lo que nos costó llevarlo a juicio la condena es solo de dieciocho años...

Fue una ejecución en toda regla... Y parece que haya pasado una vida desde entonces... Tío, que nosotros lanzábamos nuestras octavillas y teníamos nuestras historias con el franquismo y ahora esto parece otro mundo: que si estamos en la OTAN, que si vamos a entrar en la Comunidad Económica Europea... Me da rabia, y también pena, que Quico no esté viviendo todo esto. Que no viva, claro, y que no lo viva... No sé si me explico. Que además lo asesinaran al final... Que sí, que ETA sigue matando y otros descerebrados también, pero que ahora la dictadura parece tan lejos... Lo parece, porque el Estado todavía tiene mandando a muchos de esos que huelen a naftalina. Pero Quico no está. Es una puta mierda.

—Sí, cariño —dijo Juanito a la vez que abrazaba a su hermana.

A Lucía le reconfortó el achuchón. Normalmente era ella quien los daba, quien cuidaba de su hermano pequeño, quien le protegía. A Juanito se le saltaban las lágrimas, y eso que era él quien trataba de consolarla.

—Mira a aquellos de allí —indicó Lucía cuando se separaban, cuando luchaba para que las lágrimas no aparecieran en sus ojos, cuando trataba de mantener la entereza que siempre le atribuía Juanito.

Señalaba a dos muchachos de unos veinte años, si llegaban, que entraban en una furgoneta de color gris, destartalada, sin ruedas, abandonada en pleno descampado. Inclinados hacia delante, arrastraban los pies como si les costara aguantar el equilibrio.

—Dos yonquis. Seguramente van a pincharse en la furgoneta. Y así hasta que uno de los dos ya no lo haga. O los dos. Barcelona está también fatal: los hay por todas partes. En algunas zonas es jodido pasar, porque te sale un tipo apuntándote con la jeringuilla y te dice que le des todo lo que tengas... La heroína, por donde vivo todo está lleno de jeringuillas... —dijo Juanito.

—¿Pero te das cuenta? Los vemos, decimos «unos yonquis», que si algunos son quinquis y te atracan, pero seguimos como si nada. Como si formaran parte del paisaje. Creemos que son un problema si roban, si rompen algo... Y no somos conscientes de que se están matando al pincharse veneno. Y luego también está el que vende la mierda. A nuestro alrededor y sobre todo en los barrios. Tenemos que abrir los ojos.

Juanito dio una profunda calada al cigarrillo. Y comenzó a aplaudir.

—La Lucía revolucionaria, la echaba de menos —dijo con una sonrisa—. La luchadora de las causas justas.

—No, Juan, que te lo digo en serio. No hace tanto, desde que tenemos democracia, pero parece que ahora nos tienen que arreglar las cosas...

—Querida mía, eso es porque tú te has aburguesado. Seguro que mamá está todavía en veinte mil movidas del barrio. Me parece que ahora están también con el tema de la droga... Siempre pensé que tendrías que meterte a política, de verdad... Has sido siempre una rebelde. Todavía estás a tiempo de hacerlo.

—Yo ¿una rebelde? No te creas, me he empujado a mí misma. Siempre he sido muy tímida, me costaba dar el paso. Pero había un momento en el que me entraba la rabia y entonces ella tiraba de mí. Rebelde... Pues no, pues no te creas...

—Siempre has sido la hermana fuerte.

Lucía sonrió. Lo sabía. A veces pensaba si no debería haberlo sido.

—Oye, por cierto, Juanito, que maricón que estás, ¿no? —preguntó ahora ella con una sonrisa.

—Qué burra... ¿por qué dices eso?

—La ropa vistosa y no sé... Te lo noto en la forma de hablar. ¿A los papás les has dicho algo?

—¿Estás loca?

—Mamá seguro que lo sabe —dijo Lucía.

—Puede, pero padre no sé cómo lo encajaría. No creo que se lo tome a bien.

—O quizá ni siquiera se lo toma... Don Manuel hace años que se borró de la familia.

—No seas tan dura —apuntó Juanito—. No es mal hombre...

Ella se encogió de hombros.

—No lo sé. El otro día lo pensaba. Podemos estar toda la vida viviendo con alguien, con tu propio padre como es el caso, y que a la vez sea un desconocido, ¿no? El trabajo es su vida. La Montesa. La forma de proyectarse, de ser lo que le gustaría ser pero no es.

—Joder con la currela de la Seat, con los años te estás convirtiendo en una filósofa —bromeó Juanito.

—He leído mucho sobre alienación y esas cosas.

Juanito apagó el cigarrillo y se encendió otro.

Lucía, a pesar de las bromas, notaba nervioso a su hermano. Como si tuviera una pátina de tristeza. Juanito siempre sufrió bajones, pero a ella la perseguía una sensación extraña desde que en el puerto le vio las manchas en la cara.

—¿Qué te pasa?

—¿Te acuerdas de la mancha aquella de la piel? —dijo señalando la mejilla.

—La tienes más difusa, menos intensa. No tiene tan mala pinta como entonces... ¿Ya has visto al dermatólogo?

Su hermano sonrió nervioso.

—Pues sí, lo he visto. A él y a otros médicos...

La pátina de tristeza era todo un rostro de preocupación. Estaba blanco.

—Bueno... ¿Y qué?

—Lucía, estoy enfermo...

—¿Qué te pasa?

Seguía en silencio. Era ella la que en aquel momento estaba nerviosa.

—Lucía... tengo el sida —confesó por fin.

Juanito se acurrucó en su hermana, le apoyó la cabeza en el pecho, comenzó a llorar.

El sida.

La enfermedad desconocida que había irrumpido de repente en todo el mundo, que dos años antes no existía pero que se había convertido ya en el preludio de la muerte para quien la sufría y se desintegraba poco a poco. Una agonía en vida. El sida creaba pavor, la nueva lepra mortal de los ochenta, una pandemia descontrolada que se cobraba la vida de miles de personas. Lo haría de millones. Lucía jugó con el pelo de su hermano, que seguía apoyado sobre su pecho, llorando como un chiquillo. Tenía la blusa empapada en desesperación.

—Juanito, Juanito... Todo saldrá bien. Todo saldrá bien. Seguro que en poco tiempo se encontrará una cura.

Él no decía nada, seguía llorando, la apretaba.

—Lucía, no quiero morir —dijo resquebrajándole el alma—. Siempre me ha dado pavor cerrar los ojos, desde pequeño, por eso siempre me ha costado tanto dormir —continuaba entre lamentos—. Todo se acabará, un día cerraré los ojos y ya está, todo se acabará.

Acarició el pelo de Juanito.

—Oye —dijo mientras con las dos manos sujetaba el rostro de su hermano y lo miraba fijamente—. Escúchame, llora, no pasa nada porque llores. ¿Vale? Y es muy normal que tengas miedo. Pero no vas a morir, al menos no por ahora y no de esto. Quizá te caiga mañana un rayo, pero no, ya verás como hay una cura. Hay mucha gente enferma.

—Yonquis y maricones —afirmó entre sollozos.

—Va, Juanito, va. —Continuó apretándole la cara—. Eso no pasará. Así que tú tranquilo. Hay mucha gente enferma y ahora hay ordenadores para todo, incluso portátiles... ¿Sabes? Un día pensarán por nosotros. Habrá cura.

Su hermano dejó de llorar. La abrazó con más fuerza. Lucía lloró en silencio, sin lágrimas, como había hecho ya tantas veces.

1986

«Un fantasma recorre Europa: el fantasma de la radiactividad», pensó Lucía, parafraseando la sentencia con la que Marx y Engels encabezaban el *Manifiesto comunista* en 1848. Semanas después de la explosión de la central nuclear ucraniana de Chernóbil, en aquel pedazo de la Unión de Repúblicas Socialistas Soviéticas, lo que pareció un incidente sin importancia se había convertido en un desastre de alcance planetario: una nube radiactiva recorría el viejo continente y, en un radio de muchos kilómetros alrededor del reactor, todo sería territorio baldío durante generaciones. Quien lograra sobrevivir a la venenosa radiactividad sufriría malformaciones y penosas enfermedades. Fueron días en los que la gente miraba al cielo tratando de distinguir si la nube que tenían sobre la cabeza era radiactiva.

En la familia de Lucía el mayor desastre internacional lo sufrió Manuel en sus propias carnes. Los demás padecieron los daños colaterales. La fábrica Montesa, orgullo de todo un país y todavía más de Manuel, pasó casi en su totalidad a manos de los japoneses, que la adquirieron en el marco de una ofensiva comercial a escala mundial para hacerse los dueños y señores de las empresas que consideraban estratégicas. Japoneses en Esplugues. Allí, cerca del barrio donde una vez hubo acacias y campos de cultivo, tantos como ahora yonquis enganchados al caballo. Japoneses en el trabajo de Manuel. Ni alemanes ni franceses: asiáticos, como los que fabricaban los *walkman* que se vendían en los bazares del puerto de Barcelona. Montesa, de un día para otro, pasó a llamarse Honda Montesa. La Montesa de Manuel desapareció para siempre, y lo hizo poco a poco pero a paso firme, dejando claro que la tragedia, su propia tragedia, sería inevitable. Antes de producirse la compra ya circulaban los rumores, aunque Manuel nunca los creyó del todo. ¿Japoneses allí? Si eran los que perdían contra los americanos en las películas, los que malvivían en la jungla, los que en vez de pilotar aviones los estrellaban. Pero llegó incluso el momento en que el señor Reverter abandonó su despacho en la zona noble de la factoría, unos días después de que se hiciera oficial el cambio de propietarios. Fue en aquel mes de agosto de 1986, cuando la radiactividad de la central nuclear del telón de acero se movía de un lado a otro del planeta, cuando en los informativos de la televisión una rudimentaria imagen mostraba el recorrido de aquella nube que amenazaba con la lluvia ácida.

Lucía y Leonor, sobre todo Leonor, vieron cómo a Manuel el mundo se le caía al suelo. Se derrumbaba. «Estos malditos japoneses», no paraba de mascullar los primeros días. Al poco de la marcha de su gran valedor, Manuel se convirtió en otro vecino sin trabajo, como otros tantos en el barrio. Tenía cincuenta y cuatro años. Eso sí, no salió por una de las puertas de atrás de la gran factoría que se extendía en la frontera entre Esplugues y Cornellà, cerca de otras grandes fábricas como Bayer, Braun, Siemens y Gallina Blanca. Desde la distancia, en su retiro dorado, el señor Reverter se ocupó de que Manuel saliera por la puerta principal y con un buen pellizco con el que podría vivir muy bien o, si lo prefería, dejar de trabajar.

«No te costará encontrar trabajo. Si quieres. Sí, sí... Ya sé lo que es Montesa para ti, pero quieren a alguien más joven e internacional. También que sepa, por ejemplo, inglés. Un ingeniero para hacer viajes. Ya no habrá más señores Reverter y ya no necesitan a trabajadores que se dediquen a acompañarlos... Tú ya me entiendes, que ejerzan como personas de confianza, como chóferes, y que sean discretos... Ya lo sé, Manuel, soy el primero que sé que eres una persona leal, que eres un entregado a la marca, pero es que los japoneses...», le dijo uno de los hombres de confianza del veterano empresario que sí se quedaba con los nipones. El tipo, de su edad y con el pelo engominado, fue tajante al comunicarle que era imposible que pudiera regresar al taller o incluso a la cadena. Y que ni siquiera lo querían para barrer la factoría. «Los japoneses son más cuadrados que los alemanes y han hecho todo un diseño del cambio de mandos... Lo siento. Además, ahora quieren que los directivos viajen solos, incluso sin secretaria...», le aseguró aquel individuo que siempre revoloteaba por la factoría pero que nunca tuvo claro a qué se dedicaba. Ahora lo sabía: a echarlo a la calle. «Pero bueno, tú ya sabes que, si no se va con alguna secretaria de aquí, por ahí fuera siempre se encuentra. Y si es una sueca mucho mejor. Que menudo pájaro el señor Reverter... Que sí, que sí. Ah, ¿que no sabes de lo que estoy hablando? Leal hasta el final. ¿Eh, Manuel?». Si Montesa había sido su casa, Honda no iba a serlo.

«He perdido mi vida de pronto», le decía a Leonor. Su mujer no le contestaba, porque consideraba que su marido había perdido ya su vida años atrás: sin Lucía, sin Juanito, sin Esperanza y sin ella, abandonó el barrio, a sus vecinos, al pueblo y a su familia. Todo lo eliminó, y en su vida solo quedó Montesa. El resto ni siquiera fue un mal escenario.

A Leonor, no obstante, le dolía pensar que fuera así, que hubiera estado tantos años alejada de su marido. Y no tanto porque se sintiese despechada o poco querida, sino porque siempre le quedaba la duda de cómo habría sido su existencia con otro hombre. Aunque no le daba importancia, ocasiones de emprender una nueva vida en pareja o de tener un escarceo se le habían presentado en todos aquellos años. Que no estaba de mal ver, y algún hombre de los que iban a las manifestaciones había hecho por notar que era deseada.

Leonor había defendido el divorcio. Fue de las mujeres del barrio que más lo reclamó, y la plataforma estuvo detrás de la mayoría de las manifestaciones que lo reivindicaban, pero solo una vez lo consideró como alternativa para cambiar de vida, que en su caso pasaba por cambiar de marido. Manuel, en cambio, estableció una relación paralela, aunque Leonor no confirmaría sus sospechas hasta un tiempo después del fallecimiento de la señora Montserrat.

La amante de su marido se llamaba Marisa. Sabía que era pelirroja, por algunos cabellos que encontró entre la ropa, y que no se trataba de una gran señora ni de la esposa de algún directivo, ni siquiera de una de esas azafatas que parecían salidas de una película de destape y que acompañaban a los pilotos. Fue atando pistas. Rebuscó entre los papelillos que su marido dejaba olvidados en los trajes que ella llevaba a la tintorería y en las camisas que lavaba, planchaba y guardaba en casa. Marisa era una chica de Guadalajara, que no debía de ser mucho más mayor que Lucía y que servía en casa del señor Reverter. La muchacha se habría dejado impresionar por los trajes de su marido, por la historia del hombre que, llegado del campo, había prosperado en una empresa de catalanes, de unas motos tan famosas. Manuel se codeaba con sus señores. «Mi marido está entre dos mundos y ella, entre bambalinas», pensaba Leonor.

Manuel nunca fue un hombre muy ardiente. Ella tampoco tenía con quién comparar, pero entre las mujeres hablaban: cuando cosían juntas, a la salida de la iglesia, cuando se manifestaban. Unas hablaban más que otras, y ella sobre todo escuchaba. Muchas daban por sentado lo pesados que eran los hombres con el sexo, cuando su experiencia era muy diferente, ya que hacía tiempo que su marido había perdido el interés. Por eso le costó tanto convencerse de que Manuel se acostaba con otra, con esa chica que olía a jazmín. Pero lo sabía, y así se lo contó a la señora Montserrat, que en paz descanse, un motivo más por el que la modista no lo soportaba: «Nunca me gustaron las mosquitas muertas porque realmente están vivas, aunque tú las veas así, y en el fondo hacen lo que les viene en gana. Y tu Manuel es así», le dijo en una ocasión.

Leonor guardó las camisas de su marido en el armario de su habitación. Y regresó a la máquina de coser. Todavía no había bajado al taller. Desde que su madre se había ido a vivir con ellos trabajaba más que antes en el piso. La abuela María del Valle tenía días mejores y otros peores. Cuando se daba uno de estos últimos, cosía en casa.

Ese día, el que tuvo claro que su marido la engañaba, estuvo a punto de echarlo de casa, de separarse, de divorciarse. Pero no lo hizo y nunca tuvo claro el porqué. Quizá una vida así, con un marido ajeno a su existencia y a la de todos los demás, ya le bastaba.

Manuel estaba en el bar; ella, delante de un montón de faldas de una tela que picaba como mil demonios. La señora

Montserrat había fallecido, pero el negocio marchaba a toda máquina: el volumen de trabajo no dejaba de aumentar. Cosían para varios almacenes de ropa y alguna destacada marca de moda, aunque también confeccionaban sábanas y cortinas. En todo el barrio y en otros puntos de Cornellà, de Esplugues y de Sant Joan Despí, una veintena de mujeres de todas las edades, algunas tan jóvenes como Lucía, se ganaban un jornal cosiendo los encargos de Leonor. Aunque seguía dándole al pedal de la máquina, ella se ocupaba sobre todo de la gestión de los pedidos. De negociarlos. La Patrona, así la llamaban medio en broma, aunque a Leonor aquel apelativo no la molestaba.

Ese verano no fueron al pueblo. Manuel no quería y lo descartó de buenas a primeras. Leonor conocía el motivo real, no hacía falta que él se lo explicara: «Después de varios años exhibiendo el éxito, ahora no quiere que lo vean como un fracasado», pensaba ella. Aunque Manuel encontró la excusa perfecta: «¿Para qué vamos a ir al pueblo si tu madre está con nosotros?».

Así que pasaron el mes de agosto en una Ciudad Satélite vacía, en una Cornellà sin nadie, en un área metropolitana sin apenas actividad ni movimiento. Al viaje al pueblo le había salido competencia: los terrenos. La clase obrera siempre busca algo para no parecerlo, así que nada mejor que aquellas parcelas en urbanizaciones más allá del área metropolitana de Barcelona, donde las autoconstrucciones se convertían en segundas residencias. Quienes tenían más dinero o conocían el oficio de albañil, y construían con mayor calidad y esmero, las llamaban torres.

Sin pueblo ni terreno donde ir, su verano transcurrió entre la Satélite y algunos ratos en la playa. La abuela María del Valle vio el mar más veces ese mes que en toda su vida, en concreto en Castelldefels, el litoral por excelencia del área metropolitana, y en Gavà, aunque allí el destino era la Pineda, donde comían un arroz a la sombra de aquellos grandes pinos y luego se daban un chapuzón. Era más salvaje que el resto de la costa y el coche quedaba también un poco más lejos del agua. Iban y volvían por Viladecans, donde los campings copaban el acceso a la playa, y El Prat, donde los fuertes y desagradables olores disuadían de bañarse en el mar en que desembocaba un pestilente Llobregat.

A Manuel no le gustaba la playa, pero no le quedaba más remedio que resignarse y conducir, aunque mascullara todo el camino. «No hemos ido al pueblo por ti, que al menos la nieta se pueda bañar», le decía Leonor en referencia a Laura, que tenía ya ocho años. Esperanza los acompañaba de tanto en tanto, aunque a sus veinte años había comenzado a trabajar en un semanario comarcal impulsado por varios dirigentes socialistas, algunos de los cuales habían militado antes en el PSUC y otros tantos en Bandera Roja. De hecho, Nico, que había ascendido a primer teniente de alcalde del Ayuntamiento y que tenía muchos números de acabar como diputado en la Generalitat, era ahora socialista. Y también uno de esos políticos que impulsaba la publicación en la que Esperanza escribía reportajes sobre el mal estado y las carencias de los centros escolares del Baix Llobregat, la ausencia de centros médicos y la insuficiente inversión en la comarca por parte de la Generalitat, en la que gobernaba la derecha nacionalista de Jordi Pujol.

Aquel fue el primer contacto de Esperanza con el periodismo antes de finalizar la carrera. Sebastián, un profesor de Redacción Periodística cuyas clases eran las más demandadas entre los alumnos, siempre empezaba las sesiones con las mismas palabras: «Gracias por venir, pero si ustedes quieren ser periodistas no sé qué hacen aquí y no están en la calle buscando noticias, pisando los barrios. Así que, cuando esta sesión acabe, por favor salgan allí fuera y conozcan el mundo que hay a su alrededor, miren más allá de la primera mirada, piensen en lo que está pasando y casi todo el mundo ignora. Observen el mundo desde la óptica de un periodista, pero no un mundo ajeno, sino el suyo, el de siempre, el de su día a día...». Y eso hizo Esperanza. Su alrededor era su barrio, el área metropolitana, una nueva miseria distinta a la que encontraron sus padres y cuyas normas eran dictadas por el caballo. La heroína dibujaba su realidad más próxima y condicionaba la vida a su alrededor.

—Quiero escribir del caballo —le soltó al jefe de redacción un día de octubre.

Sancho, su superior en el semanario, apestaba a puros baratos y a alcohol ya a primera hora de la mañana. Iba en silla de ruedas, según se comentaba, desde un interrogatorio de la policía en Via Laietana. Nadie se cercioró en la pequeña redacción de que fuera verdad, porque a nadie le gusta más un chisme que a un periodista. A veces incluso más que la verdad. La historia del jefe lisiado por el franquismo, además, encajaba a la perfección en la estética de una redacción repleta de pósters reivindicativos y citas de líderes comunistas de todo el mundo, ubicada en el sótano de uno de los edificios más altos de Sant Ildefons, que rompía levemente la estética de bloques alargados y de una altura similar.

Sancho la miró de reojo, se encendió un puro medio roído por la humedad de su saliva y soltó un sonoro: «¡Ja!».

—¿Ja? —preguntó Esperanza.

—¿Por qué quieres escribir sobre el caballo?

—Porque es un problema en los barrios. No han desaparecido los de siempre, como la falta de colegios, de equipamientos y de ambulatorios, o las calles sin asfaltar, pero ahora la droga lo marchita todo.

—¡Lo marchita! La niña nos ha salido poeta. ¿Tú quieres escribir sobre yonquis que no le importan a nadie? La mayoría ni tienen nombre... Si desaparecen ellos, desaparece el problema. Ellos se lo han buscado. Son muertos en vida, no tienen alma.

—¡Sí que tienen! —exclamó Esperanza, molesta y contrariada. No percibió la sonrisa que en aquel momento Sancho insinuaba.

—Niña... No te enteras.

—¿No me entero? Somos el resto quienes los despojamos del nombre, quienes les arrebatamos el alma o hacemos como si no la tuvieran...

—Hostia con la aprendiz de juntaletras, que parece una predicadora hablando del alma de los pecadores... —ironizó el jefe de redacción.

—Solo digo que son personas y que no las tratamos como tal. Que al que sacan de un descampado tieso con la jeringuilla clavada en el brazo es alguien, es una persona, que sufre y hace sufrir, que tiene a su familia y a sus amigos. Y que no acaba ahí porque quiere. Pero, mientras tanto, hay otros que se hacen ricos con la desgracia y la miseria.

—¡Pero sucede porque se lo busca! Pues mejor que la palme, así no es necesario tener que vivir junto a esa miseria que dices, que la miseria siempre le molesta a todo el mundo menos al miserable... Sobran. Chica... Darwin, la selección natural, ¡coño!, que tú tienes estudios —continuó Sancho, divertido.

Esperanza cada vez estaba más enfadada.

—¿Se lo busca? ¿Y a lo mejor no es una víctima de la crisis que vivimos? También hacen que se lo busque, ¿no?

Los culpables son los narcotraficantes, que se lucran de su desgracia. ¡Joder, Sancho! ¡Que cada uno de esos casos es una historia! —dijo ya en voz alta Esperanza.

El tipo comenzó a reírse a carcajadas.

—¡Una periodista por fin! ¡Perfecto! Quiero ese reportaje. Quiero a varios de estos diablos que están a punto de morir con nombres y apellidos, quiero sus fotos ahora y de cuando eran niños. ¿De acuerdo? Las fotos las hará Miguel, el fotógrafo nuevo, parece que se entera de algo y que no acabará haciendo bodas y comuniones como la mayoría de estos idiotas que se creen que hacen arte con una puta cámara.

—Pero quiero salir fuera de la comarca.

—Joder con la niña prodigio. ¿Qué quieres? ¿Un viaje a Galicia para ver a viejas con pañuelo y vacas mientras te hinchas a comer percebes?

—No, no me hace falta... Pero quiero contar de dónde viene la droga, y también hablar de Can Tunis.

—¿Qué se te perdió con los gitanos?

—Es el mercadillo de la droga.

—Pobres gitanos, ahora te vas a dedicar a atacar a las minorías.

—No me jodas, tío.

Sancho se la quedó mirando sin decir nada.

—Tienes mi bendición, pero que no te pase nada. Y que te acompañe Miguel. No se le ve fuerte, pero tampoco rápido, así que, si se te van a hacer algo, lo cogerán antes a él y le partirán la cara. Al menos un fotógrafo servirá para algo.

Esperanza sonrió mientras le venía a la cabeza un «Pobre Miki...». El fotógrafo, un chico pelirrojo del barrio chino de Barcelona, de la edad de Esperanza e hijo de bombero, llevaba dos semanas en el semanario y, quizá por su origen, le gustaba practicar aquello que llamaban «fotografía social».

Su madre lo habría definido como poca cosa, pero a la joven periodista le sorprendía el odio que les tenía Sancho a Miki y a todos los fotógrafos, al menos de palabra, porque cuando correspondía destacaba la valía de su trabajo. «Una cosa son los periodistas y otra los fotógrafos. Nos complementamos, trabajamos juntos, incluso en equipo, pero una cosa es un plumilla y otra uno de estos tipos que llevan una máquina para hacer fotos: somos dos mundos y es imposible que nos llevemos bien. Ellos nos desprecian y nosotros debemos despreciarlos», le dijo Sancho en una ocasión, cuando Esperanza le preguntó por qué despotricaba siempre que podía de los fotógrafos. «Es la vieja historia de los perros y gatos, de los de Villa Arriba y Villa Abajo», remató. «Las dos putas Españas irreconciliables».

El jefe de redacción bendijo la propuesta de reportaje, la autorizó a salir de la comarca y la liberó de otras tareas diarias. «No te creas que eres una estrella. Esta misma tarde te pones ya con esta historia», le ordenó. Y así lo hizo. A las cuatro de la tarde el fotógrafo ya la esperaba en la puerta de la redacción. Esperanza tenía muy claro por dónde empezar.

—¿Adónde vamos? —preguntó Miki, al cabo de media hora, al volante de un Ford Fiesta de la primera generación, que sumaba en sus ruedas cerca de diez años.

—A la Modelo —contestó Esperanza.

—¿A la cárcel? Sancho me ha dicho que a lo mejor íbamos a Can Tunis, pero no me comentó nada de la cárcel —dijo el fotógrafo con cierta emoción—. ¿Vamos a poder hacer fotos dentro?

—No. Tengo que ir a ver a una fuente... —contestó Esperanza, misteriosa.

—Joder con la novata —exclamó con socarronería el fotógrafo—. ¿Acabas de empezar y ya tienes fuentes en las cárceles?

—Y poco tiempo que perder. Ahora me vas a dar lecciones tú, que acabas de llegar.

—Que yo sepa empezaste en junio, ¿no?

—Y tú ahora. ¿Sabes ir a la Modelo?

—Eh, que soy del chino.

El pequeño Ford Fiesta salió de Cornellà, atravesó L'Hospitalet y entró en la barriada de Sants, de camino al pedazo del Eixample donde se erigía aquella prisión, nacida a principios del siglo XX como una cárcel moderna en la que la reinserción sustituía al castigo. Después de la Guerra Civil, la Modelo se convirtió en un símbolo de la represión política de la dictadura. En aquel momento era un nido de delincuentes de muy diversa calaña, donde la heroína se cobraba más víctimas que el garrote vil cuando la pena de muerte todavía era legal en España.

Todo había cuadrado. Esperanza tenía una visita concertada. No era la primera vez que entraba en aquel centro penitenciario de muros altos y grises. Ya conocía aquellas galerías a las que se accedía desde una pequeña zona ajardinada. Había atravesado en más de una ocasión aquellas puertas de barrotes de metal que, tras cerrarse con fuerza, daban acceso a aquel lugar donde parecía que el tiempo se hubiera detenido, donde, aunque se estuviera de visita, costaba respirar. No se acostumbraba. Tampoco a sentirse observada; por los reclusos, por los funcionarios. Y el olor, distinto a todo lo demás.

A principios de aquel año 1986, antes de empezar a trabajar en el semanario, recibió una carta repleta de faltas de ortografía de un preso de la Modelo. Al abrir el sobre azul, con sello oficial, se reencontró con Pastor, aquel ladrón de motos cuya pista había perdido años atrás. Sabía que había entrado en la cárcel por el atraco en una gasolinera, que salió y que volvió a entrar... Nunca regresó al barrio y ninguno hizo por encontrar al otro. Al menos, Esperanza. La carta estuvo varios días escondida en su mesilla de noche, en el cajón de la ropa interior. De cuando en cuando la sacaba. En un tono educado, artificioso, rococó, le preguntaba si iría a verlo a la cárcel. Lo único que le pedía. Y le decía que la quería, que no dejaba de pensar en ella. Que el recuerdo de su ausencia era más duro que el encierro en la jaula, que se había dado cuenta de que la necesitaba. Esperanza no supo qué hacer durante varias semanas. Pastor era su pasado, su adolescencia, el quinqui de las motos, y ella estaba estudiando Periodismo. Su vida era muy distinta a la de aquel muchacho.

Tras la segunda carta, se entrevistó con Pastor, aquel chico que ya era un hombre, en una de las cabinas caóticas en las que todo el mundo hablaba a gritos. Su mirada, aquella sonrisa que hacía que se le marcaran los hoyuelos. Habían pasado dos años, pero tenía algo. Tenían algo.

A la semana siguiente regresó a la cárcel para un vis a vis íntimo. En una sala en la que se desnudaron, hablaron sin gritar e hicieron el amor durante cuarenta minutos. No era el sexo, eran las sensaciones, su piel, el estar cerca. Estaba convencida y siempre lo estuvo: aquel quinqui era el amor de su vida, el que aparece de pronto, sin decidir, sin pedir permiso. Era alguien especial, quizá alguien único, su verdadera media naranja. Después de varios encuentros, aquel día que Miki la llevaba a la Modelo sería el último. Podía ser el amor de su vida, pero era un amor que en su vida no encajaba. Lo de aquella tarde sería una despedida muda. No le contaría nada.

Esperanza entró sola. Miki la esperó fuera, en un bar casi tan viejo como el mismo presidio, uno de los que solían congregar a quienes aguardaban la hora de la visita.

Conocía el camino. Los funcionarios se acordaban de ella, casi no le tuvieron que dar instrucciones. Caminaba como una autómata. Quizá, porque sabía que se trataba de su última cita, se sentía menos ahogada al atravesar aquellas galerías de hormigón.

Pastor le esperaba en la sala del vis a vis. Hicieron el amor con la misma intensidad de siempre. Al acabar, les quedaban todavía diez minutos para compartir un par o tres de cigarrillos hasta que la llegada del guardia los devolviera a su realidad: Pastor, a chirona; Esperanza, al mundo que estaba construyendo y que poco tenía que ver con aquel quinqui. Ella lo besó.

—Pastor, ¿quién controla la droga en Can Tunis? —preguntó Esperanza mientras daba una calada. Le pasó el pitillo y él se la quedó mirando.

—¿Cómo que quién controla la droga?

—Pues eso. De allí sale gran parte del caballo que la gente se chuta en los barrios.

—Joder, Espe. Vaya pregunta para después de echar un polvo —respondió Pastor con naturalidad, sin ponerse en guardia—. No toda viene de allí, que el negocio este es sobre todo de los payos...

—Ya me entiendes —insistió.

—Pues en Can Tunis controla la droga quien lo controla todo, los mayores. Allí entran muchos duros con el caballo. Solo tienes que ir ahora, me dicen que está todo lleno de yonquis durmiendo por la montaña que van a buscar para chutarse, pero también mucha gente con buenos bugas, con chabolas que parecen mansiones... Es mucho más rentable que la chatarra y mucho más que entrar a robar en cualquier sitio y que la policía te meta un tiro...

—¿Y la relación con los narcos gallegos? Porque la droga que se reparte desde allí viene también de Galicia.

Pastor la observó con desconfianza.

—Pues no sé.

—Va, cómo llega la droga...

—¿Ahora trabajas para la bofia?

—¿Has visto que llevara algún micro?

El quinqui soltó una escueta carcajada.

—Allí llega, se hacen papelinas, se venden y se reparte la pasta. Pues es como todas las cosas, te las dejan a un precio y tú las vendes a otro. Eso es lo del capitalismo, ¿no? Hay familias que se están haciendo muy ricas con toda esta mierda. Eso es cierto... Pero el caballo te roba el alma. Solo hay que ver a los que se chutan, son muertos vivientes. Aquí dentro está también lleno.

Pastor se levantó. Comenzó a vestirse.

—¿Con quién puedo hablar para que me cuente más? —insistió Esperanza.

—Eso es peligroso, Espe. Y siendo paya, ¿quién va a hablar contigo? Si supieran que te estoy contando todo esto, a mí me rajaban de arriba abajo. Hay gente muy peligrosa.

—No me jodas, Pastor —contestó ella, mientras se ponía el sujetador y las bragas—. Si no me contaste nada.

—¿Para qué te quieres meter en esto? Una chica de barrio que ha ido a la universidad...

Esperanza se puso la falda y se abrochó la blusa. Cogió el preservativo usado que estaba encima del catre y lo tiró en un pequeño cubo de basura.

—A partir de ahora es en las cosas que me voy a meter. Soy periodista —dijo con orgullo.

Pastor sonrió. A pesar de la mala vida, de la cárcel, del tabaco y de la calle, tenía una dentadura perfecta. Aquellos hoyuelos.

—La señora periodista. Pues no sé qué haces con un quinqui de tres al cuarto como yo que, además, está en la cárcel.

—Yo tampoco —contestó Esperanza, aunque justo después lo besara de nuevo. Era un beso de despedida. Tuvo la impresión de que él lo sabía. Pastor le metió la mano entre la blusa y empezó a acariciarle los pechos.

Estaban excitados una vez más. Sonó un timbre agudo.

—Me cago en toda mi estampa... —maldijo al separarse de Esperanza—. A Can Tunis no vayas. No vas a conseguir nada más que te metan un navajazo, eso con suerte. Aquello solo es el punto final. La droga podrá de venir de Galicia, pero el sitio que tienes que vigilar está en el puerto. En la zona de los contenedores. Solo tienes que fijarte un poco más que la policía, que la tienen untada. Ve al puerto, busca una empresa que se llama Chavita, transportes o algo Chavita.

El timbre sonó de nuevo.

—¿Chavita? —preguntó Esperanza.

—Pues no sé, yo no sé nada... —continuó Pastor guiñándole un ojo—. Ten cuidado, señora periodista de verdad.

Así acabó su historia, la misma que terminó años atrás.

Esa misma noche Esperanza y Miki montaron guardia en el puerto de Barcelona. En la falda de la montaña de Montjuïc, aquella zona de carreteras mal iluminadas que olía a gasóleo. De vez en cuando circulaba algún Land Rover de la Guardia Civil y, si alguien se fijaba en ellos, se hacían pasar por una pareja acaramelada. Antes de anochecer, sin llamar mucho la atención, también preguntaban por la empresa mencionada por Pastor. Al cabo de tres semanas de observación nocturna ya habían detectado que un camión de esa compañía llegaba cada martes y jueves al puerto. Pero siempre era igual: entraba con un contenedor metálico enorme y salía de vacío. A las dos de la madrugada, antes de que se perdiera en el laberinto de las instalaciones, el contenido se trasladaba a varias furgonetas. Un grupo de hombres fornidos vigilaban con escopetas mientras otros cargaban los vehículos que, en menos de media hora, se perdían en la montaña de Montjuïc.

Miki tomó algunas fotos de aquel trajín, en las que no se reconocían ni fardos ni ningún inicio de tráfico de drogas, pero que destilaban sospecha y delincuencia.

En paralelo, durante el día, se interesaron por las historias de los chicos, y también de alguna chica, que dejaron de ver como meros yonquis.

—En realidad, todo el mundo puede caer —apuntó el fotógrafo cuando, al cabo de cuatro semanas, Sancho bendijo la historia y las fotografías. El reportaje se publicaría en seis páginas de un semanario comarcal de cuarenta y ocho.

—Solo nos falta un titular —apuntó el jefe de redacción.

—«Vivir bajo la alfombra» —sentenció Esperanza.

El reportaje tuvo repercusión. La suficiente para que en una semana la Guardia Civil anunciara que había desarticulado en el puerto una red de tráfico de drogas. Sucedió a mediados de octubre de 1986, cinco días después de la proclamación de Barcelona como sede de los Juegos Olímpicos de 1992, los mismos que transformarían la ciudad y su litoral. El mercado de la droga quedaría arrinconado en Can Tunis, un barrio, marginal como siempre, por el que los grandes cambios de la cita olímpica pasaron de largo.

Sancho recibió un apercibimiento del consejo editorial del semanario por publicar una información que traspasaba los límites de la comarca, negativa y real como era el mundo de la droga. Los mandó a la mierda.

Esperanza recibió una oferta para trabajar en *El Noticiero*, un diario nacido en la década de 1980 que se había abierto un hueco entre las principales cabeceras del país, las que sobrevivieron a la Transición. En el periódico estaban fascinados por lo que había más allá de las murallas de Barcelona, ese mundo tan cercano y lejano a la vez en el que apenas había mujeres.

—Señorita, va a tener usted el honor de trabajar en *El Noticiero* —le dijo su nuevo redactor jefe de Local.

—*El Noticiero* va a tener la suerte de tenerme a mí trabajando aquí.

—Va fuerte.

—Por eso me habéis fichado, ¿no?

1987

Lucía casi se quedó sin respiración cuando Berta, que en poco tiempo se había convertido en su mejor amiga, le contó que el Llanero Solitario saldría de la cárcel. El Gobierno socialista preparaba una suerte de amnistía para un importante grupo de franquistas, entre los que se encontraba el policía, torturador y asesino de la Policía Armada que, a pesar de su fama y una larga lista de tropelías, solo había sido condenado por el asesinato de Quico. «Vendidos», sentenció Berta, que era comunista pero de las que veía a Santiago Carrillo como un traidor. Le enseñaba a Lucía la información que publicaba ese día *El País*: Eusebio Expósito, nacido en L'Hospitalet en el año 1926, es decir, de sesenta y un años de edad, sería puesto en libertad acogiéndose a la gracia concedida por el Gobierno de España, a pesar de haber sido condenado «por el asesinato a sangre fría de un militante de Bandera Roja en el año 1979». De nuevo se presentaba a la víctima con esa etiqueta, despojándola de humanidad: Quico era el militante de un partido asesinado por un franquista, pero también un padre, un marido y un vecino.

La noticia ocupaba un pequeño despiece en la sección de

Política, junto a la noticia en la que se explicaba con detalle la gracia del Gobierno del PSOE. Era un ejemplo de los casos que se podrían beneficiar de esa decisión política.

—¿No es el asesino de tu compañero Quico?

Lucía asintió.

—Lo siento, camarada.

Berta nunca llegó a conocerlo. Era una chica de L'Hospitalet, unos cinco años más joven que Lucía, que entró más tarde que ellos en Seat. Siempre que podía, afirmaba con orgullo que ella, vecina de la plaza Española de La Torrassa, era nieta de los murcianos anarquistas que antes de la Guerra Civil reventaban los transformadores eléctricos del barrio.

También era conocida de Satur que, según se decía entonces, habría ingresado en ETA a pesar de no ser vasco. La organización terrorista protagonizaba una de sus etapas más sangrientas y se había convertido prácticamente en la única expresión violenta de la Transición. Aquel mismo año 1987, ETA cometería dos de sus atentados más sanguinarios. El 19 de junio, una bomba en el centro comercial Hipercor, en la avenida Meridiana de Barcelona, mataría a veintiuna personas y provocaría heridas, la mayoría graves, a otra veintena. Unos doscientos kilogramos de carga explosiva en el aparcamiento de los grandes almacenes produjeron un efecto similar al de una bomba de napalm: la mayoría de las víctimas, mujeres y niños, murieron carbonizados. El 11 de diciembre, un coche bomba con unos doscientos cincuenta kilogramos de amonal, aparcado junto a la casa cuartel de la Guardia Civil en Zaragoza, mataría a once personas, seis de ellas menores de edad, y provocaría un total de ochenta y ocho heridos, la mayoría civiles.

Lucía se enteró de la noticia a la hora del bocadillo. Tuvo todo el día el estómago revuelto. Solo se sintió un poco mejor al abrir la puerta de su piso. La noticia reabrió una herida que sentía de nuevo en carne viva.

—¿Estás bien? —preguntó Esperanza, que esperaba a su hermana en casa. Estaba sentada en el sofá, viendo la televisión. Justo acababa de volver de dejar en el colegio a Laura. Cuando tenía un día libre, iba a buscar a su sobrina a la escuela y comía con ella. Prácticamente se instalaba en el piso de Lucía para estar sobre todo con Laura, porque con su hermana no eran como las amigas y confidentes de las películas, que lo hacían todo juntas. Pero la relación con su sobrina era muy estrecha, aunque habitualmente era la abuela Leonor quien la recogía a la puerta del colegio.

Esperanza notó extraña a su hermana. Estaba totalmente blanca.

—No, no estoy bien. Van a dejar libre al asesino de Quico.

—¡Hostias! —exclamó Esperanza ante su derrotada hermana, que se dejó caer en el sofá—. Si le cayeron dieciocho años y ya eran pocos para un caso así. ¿Por qué sale libre? No tiene sentido. Aún le quedan más de la mitad. No se puede beneficiar de ningún permiso...

A pesar de la tragedia, de lo vivido en la familia con aquel asesinato, no era un tema del que se hablara habitualmente. Muy pocas veces había escuchado Esperanza que su hermana lo comentara. Pasó cuando ella era una niña y después, con el encarcelamiento del asesino, todo quedó como enterrado, como si ya no hubiera motivos para recordarlo. Aunque la experiencia la afectó en persona, porque conoció a Quico y lloró su muerte como los demás, la sentía lejana.

—La justicia y una mierda. No es un permiso. El tipo se beneficia de una amnistía que hace el Gobierno. Al final Satur tenía razón. Nos vendimos en la Transición. Nos teníamos que haber puesto nosotros a pegar tiros —continuó Lucía.

—Me suena ahora que dices lo de la amnistía —dijo la Esperanza periodista—. ¿Cómo te has enterado? ¿Te ha avisado la abogada del caso?

La hermana mayor negó con la cabeza.

—No. Ni siquiera eso, ha sido mucho peor, más dramático, diría yo. Berta, una compañera, me ha enseñado un recorte de la noticia que han sacado en *El País*. Era una cosa muy pequeña que acompañaba una información mucho más grande. Hablaban de Quico como un militante de Bandera Roja y que su asesino iba a ser uno de los beneficiados de una amnistía que el Gobierno está preparando. Él y otros torturadores franquistas.

—Qué fuerte, había escuchado de esta amnistía, hace días que corren los rumores en *El Noticiero*. Si te digo la verdad, nunca pensé en el caso de Quico... En nuestro caso —apuntó Esperanza, que se había levantado del sofá para ir a apagar el televisor.

—He llamado a los abogados y me lo han confirmado. Es una decisión política y como se trata de una condena baja, de solo dieciocho años de cárcel por los atenuantes que presentaron, aunque nadie se los creyera... Me han dicho que también les habían llegado rumores, pero que no sabían nada seguro.

—Eso pasa —continuó Esperanza—. El político lo dice antes a la prensa que a los afectados.

—Pues me parece una marranada.

—Hostias... Tata...

Esperanza se quedó mirando a su hermana, que esperaba a que continuara.

—¿Qué? ¿Qué pasa, Espe?

—Pues que... Estaba pensando. ¿Qué te parece si explico tu historia en *El Noticiero*? Si contamos lo que pasó, lo que has vivido, lo que estás pasando, pues a lo mejor eso puede servir para que, al menos, se piensen lo de dejar libre al Llanero Solitario, al pistolero ese...

Lucía se arrepentiría durante años de su reacción. Quizá fue en aquel momento cuando surgieron los celos que siempre existen entre hermanos y hermanas, y que aparecen alguna que otra vez. Y cuanto más tardan en brotar, de peor manera lo hacen.

La hermana mayor clavó la mirada en la pequeña, como si estuviera a punto de lanzarle una dentellada.

—¿Me lo estás diciendo en serio? ¿En serio? ¡En serio! ¡Joder con la paparazzi! ¿De eso se trata? ¿De vender la historia de tu pobre hermana?

—Hostias, tata, que yo no te estoy diciendo eso, que solo...

—¿Que solo qué? ¿Que he de hacer pública mi desgracia? ¿Salir llorando para dar pena? Para que así la chica de barrio que fue a la universidad y que trabaja en un diario de Barcelona... ¿pueda sacar provecho?

Lucía se plantó delante de su hermana, que le sacaba una cabeza. Realmente parecía una modelo. Ella, que era bajita, poca cosa, la retaba y la miraba fijamente a los ojos. Esperanza le sostenía la mirada, aunque de lo que en verdad tenía ganas era de ponerse a llorar.

—Siempre igual —dijo la pequeña, que no estaba acostumbrada a amilanarse, más bien todo lo contrario. Con respecto a sus hermanos, quizá por la diferencia de edad, o porque en casa de sus padres había crecido prácticamente sola, lo habitual es que se sintiera como una hermana de segunda, una carencia que trataba de subsanar con su sobrina Laura.

—¿Siempre igual?

—Sí, siempre. Todo el mundo contra ti. Papá, mamá y, claro, yo también. La pobre y desgraciada Lucía que tiene mala suerte en todo, que ha tenido que esforzarse más que los demás. ¡Tú y tus dramas! —espetó Esperanza.

—¡Tú y tu superioridad! ¡Vete a la mierda! —gritó Lucía sacando toda la rabia acumulada, no solo la que provocó esa mañana la noticia del Llanero Solitario, sino la que había almacenado desde que en 1979 mataran a Quico a sangre fría.

—A la mierda no sé, pero me voy. Que te den, hermanita —dijo Esperanza antes de abandonar el piso con un sonoro portazo.

Lucía se quedó deshecha. Se fue al sofá y se tumbó boca abajo, casi sin poder respirar. Lloró como no lo había hecho en años, como quizá debió hacer antes.

Al cabo de una hora, se levantó y llamó a su madre.

—Mamá, ¿puedes ir a por Laura al colegio?

—Sí, claro. Lucía, ¿te pasa algo? —contestó Leonor al otro lado del teléfono.

—No tengo un buen día. ¿Se puede quedar a dormir con vosotros? ¿Y la lleváis mañana por la mañana?

—Claro, hija. Ya sabes que por mí, encantada, y por tu padre también... ¿Ha pasado algo, Lucía? Parece que hayas estado llorando...

—¿Eso se nota a través del teléfono?

—Eres madre. Ya sabes que cuando una es madre se nota eso y muchas otras cosas... ¿Estás bien?

—Lo estaré. Me he enterado de que van a dejar en libertad al asesino de Quico —explicó finalmente Lucía lanzando un pequeño sollozo.

Leonor calló unos instantes.

—No te preocupes por Laura. La recogemos y mañana la

llevamos al colegio. Tiene ropa limpia en casa. Pero todo lo que tengas que pasar, no tienes por qué pasarlo sola.

—Lo sé. Gracias, mamá.

A Leonor no le dio tiempo a contestar. Se quedó en silencio unos segundos antes de colgar ella el teléfono. Suspiró. La noticia no le cogía de nuevas. Esperanza todavía vivía en el piso de la calle Álamo. Su hija pequeña había llegado muy alterada y le había confesado la pelea con su hermana, sin proporcionar más detalles. Que Lucía estaba ida porque dejaban en libertad al «asesino del padre de Laura». Esperanza utilizó esas palabras para referirse a Quico.

Miró el reloj de la cocina. Su hija la había avisado con poco margen de tiempo. El colegio de Laura no estaba lejos de donde vivían, aunque fuera del barrio: en Cornellà, decían todos, como si la Satélite no formara parte de la propia ciudad. Se trataba de una cooperativa en la que la enseñanza se impartía fundamentalmente en catalán, algo que hasta entonces no era frecuente en el área metropolitana, y se promovían actividades y disciplinas artísticas, como el teatro. Allí trabajaban profesoras catalanas que se llamaban Dolors, Montserrat o Maria, sin tilde, aunque también la Encarni, que era de Cuenca. La abuela Leonor las conocía a todas.

—Madre, voy a buscar a la niña —dijo Leonor a la abuela María del Valle. A la bisa, como la conocía Laura.

La anciana cada vez era más olvidadiza, se confundía más y se movía menos. Nunca quería salir del piso, a menos que Leonor insistiera mucho. Al contrario que Manuel, que apenas paraba en casa. Se pasaba el día paseando y rara vez entraba a un bar. Caminaba por el barrio, rodeando la antigua fábrica, iba hacia Esplugues y desde allí subía a la montaña de Sant Pere Màrtir, la que todo el mundo conocía como la Emisora. Después volvía al barrio y daba otro paseo. Pasaban los meses y Manuel no encontraba un empleo, aunque parecía que había desistido de buscarlo. Con el buen pellizco del despido tenían más que suficiente para llegar a la edad de jubilación, para no tener que volver a preocuparse de trabajar.

Leonor le propuso que cultivara un huerto en el barrio, que cada vez eran más difíciles de encontrar porque con la construcción de las rondas, una carretera de circunvalación de Barcelona planificada con motivo de los Juegos Olímpicos de 1992, muchos se convertirían en asfalto. O que, si lo prefería, se hicieran con un terreno en Vallirana, Cervelló, Corbera o Abrera, poblaciones a una veintena de kilómetros de Barcelona en las que casi cada día aparecía una urbanización nueva, sin farolas ni alcantarillado pero con agua potable y electricidad. Con sus propias manos, muchos emigrantes levantaban casas, a menudo con enormes huertos, para pasar los fines de semana.

Leonor también le sugirió a Manuel la posibilidad de comprar un apartamento en Torredembarra, Altafulla o El Vendrell. Adela se había quedado con uno en la playa de Coma-ruga, a poca distancia del mar. Tenían el dinero de la indemnización de Montesa y el de la herencia de la señora Montserrat. «No necesitamos tener una segunda residencia, ni un terreno ni un apartamento en la playa, cuando tenemos Castelldefels aquí al lado», concluyó su marido.

—¿A qué niña vas a buscar ahora a la escuela? ¿A Rosa? —preguntó la abuela María del Valle.

La anciana cada vez mencionaba más a su hija mediana y preguntaba por ella. Conforme «perdía la cabeza», porque ese era el diagnóstico familiar, se acordaba más de la hija que no estaba. De la Rubia, cuya ausencia tanto le dolía a Leonor, que seguía convencida de que su cuñado Rafa la había asesinado a sangre fría empujándola por el balcón.

—No, madre, voy a buscar a Laura, a la niña que usted dice que siempre se está riendo. Es mi nieta, su bisnieta, la hija de Lucía, mi mayor —respondió Leonor pacientemente, que siempre trataba de proporcionar a su madre la máxima información posible.

—Ah, Laura. Pues yo me quedo en casa.

Leonor asintió, aunque cada día le producía más temor dejar a la anciana sola en el piso. En un mes, de todas formas, la abuela regresaría al pueblo. Se quedaría medio año con Carmela, antes de viajar de nuevo hasta Barcelona. Era al acuerdo al que habían llegado tras descartar por completo ingresarla en una residencia. Por su madre, pero como dejó bien claro Carmela, por el qué dirían en Montilla. Antonio, el hermano mayor, también se cerró en banda. «Es responsabilidad de las hijas cuidar de su madre, como mi Paquita cuida de mi suegra», les recordó a sus dos hermanas.

Faltaban diez minutos para las cinco de la tarde cuando Leonor cerró la puerta de su casa.

A las cinco, Esperanza entraba por la puerta noble, giratoria, de la redacción de *El Noticiero*. Tenía fiesta, pero tras el desencuentro con su hermana no le apetecía quedarse en el barrio. Estaba convencida de que en la redacción, ubicada en el Paralelo de Barcelona, se sentiría mucho mejor. El barrio últimamente le pesaba. Quizá había llegado el momento de salir de allí, de marcharse de casa de sus padres, de irse a Barcelona. Como Juanito. Esperanza todavía tenía el cuerpo y el alma, sobre todo el alma, agitados por la discusión.

Lucía no se encontraba mejor. A las cinco y diez de la tarde, descolgó de nuevo el teléfono para llamar a Juanito. Aunque su hermano era su mejor amigo, su compañero del alma, hacía una semana que no hablaba con él. La enfermedad lo había debilitado. Hasta las últimas semanas apenas se habían manifestado los síntomas, lo que les había hecho creer que quizá se trataba todo de una pesadilla, que aquello no sucedía en realidad. Que estaba sano, que aquellas primeras manchas en la piel no eran la manifestación del sida, una dolencia que no era para tomársela en broma y que todo el mundo sabía que constituía una sentencia de muerte.

En pocas semanas había cambiado todo. Se sentía débil. Todavía no se lo habían comunicado al resto de la familia.

Al tercer tono Juanito cogió el teléfono.

—Hola, hermano, ¿cómo estás?

—Pues hoy jodido, Lucía... He vomitado todo el día, estoy blanco como la cera y tengo más manchas en la piel. Ayer me dieron la baja —contestó al otro lado del teléfono con un débil hilo de voz.

Lucía se asustó.

—¿Y por qué no me has dicho nada? Te podía haber acompañado al médico.

—Ni pensé, la verdad.

—¿Por qué no te vienes a vivir conmigo?

—No quiero ser una molestia. Tienes una niña y una vida. Ahora solo te hace falta tener que cuidar de un enfermo. Lo que necesitas es un novio.

—Parece que estés obsesionado, ¿un novio?

—¿No? ¿Y por qué no? Te podrías buscar a un tipo aburrido y un poco clasista, pero guapo, ¿no? Si no lo quieres me lo quedo yo, aunque ahora esté hecho una piltrafa y creo que para poco podría servir —siguió su hermano, divertido.

Lucía sonrió al otro lado del teléfono.

—No sé... Hoy estoy chof. No estoy para pensar en novios ahora mismo, la verdad.

—¿Qué te pasó?

—Va a salir en libertad el asesino de Quico. O eso parece.

Que se va a beneficiar de una amnistía. Lo han dicho incluso en el diario.

Silencio.

Los dos respiraban a un lado y otro de la línea telefónica, como si esperaran a que el otro dijera algo.

—Menudo hijo de puta... Lo siento, Lucía —arrancó finalmente Juanito—. ¿Te quieres venir a casa a dormir esta noche? ¿Te lo puedes montar con Laura?

—Sí, puedo. Ya le he dicho a mamá. Pero mañana trabajo. ¿Por qué no te vienes tú? Pero te quedas para siempre.

—Otra vez. ¿Volver al barrio? Te parecerá una tontería, pero no sé si quiero. No me apetece nada. ¿Sabes? El otro día leía que los elefantes, pero también los gatos, cuando van a morir se alejan de su hogar, para no molestar. Creo que los perros también lo hacen.

—Joder, Juan... —dijo su hermana, a la que se le saltó una lágrima.

—Yo animándote, ¿eh?

—¿No quieres que ni siquiera se lo contemos a mamá?

—No, todavía no. Eso seguro. Lucía, entonces ¿vienes esta noche a la gran ciudad? Podemos intentar ir a tomar algo. A ver si me puedo levantar de la cama, aunque los sidosos ya sabes que no estamos bien vistos... Y a mí ya se me empieza a notar.

—Venga, idiota, me acerco. Y así hablamos también de cuándo te vendrás a casa —insistió ella.

—¡Antes muerto! Pero aquí te espero.

A Lucía levantarse del sofá le supuso un esfuerzo sobrehumano.

A Juanito también.

A los pocos minutos, Lucía iba de camino a la parada de metro. Llevaba tiempo pensando en sacarse el carnet de conducir, que parecía casi una obligación al trabajar en una fábrica de coches. Pero no era un caso único, porque Seat, la gran Seat, enviaba autocares a los barrios metropolitanos para que sus trabajadores no tuvieran que trasladarse a la fábrica en coche particular. Además, muchas mujeres conducían, nada que ver con cuando ella era una niña. Pero no había encontrado el momento, justo lo contrario que Esperanza, que al poco de cumplir los dieciocho años se inscribió en la autoescuela y obtuvo el carnet de conducir a la primera. Y eso que el examen, como no se cansaba de repetir, lo realizó en el Poble Sec, en la falda de la montaña de Montjuïc, donde según ella las pruebas eran más difíciles. El carnet de conducir de Esperanza incluso produjo un cierto orgullo en su padre, y eso que no llevaba nada bien que las mujeres condujeran. Esperanza era la pequeña debilidad de Manuel, pese a llevar años viviendo al margen de la familia. Lucía estaba convencida de que era así.

En poco más de quince minutos de vaivenes por los túneles, Lucía llegó a Sants, donde vivía ahora Juanito. Hacía varios meses que había dejado su piso de la zona del litoral por un estudio más pequeño. Barcelona se estaba transformando por la celebración de los Juegos Olímpicos y el precio de los alquileres aumentaba. Al salir, un golpe de aire fresco dio un poco de vida a Lucía, que ese día se sentía sin fuerzas. Forzó una sonrisa al ver a su hermano. En solo una semana lo notaba completamente cambiado. Más demacrado, débil. Juanito nunca fue grueso, pero ahora estaba extremadamente delgado. Además, lucía una estrecha gabardina oscura.

Lucía fue hacia él y lo abrazó. Notó los huesos a pesar del abrigo.

—Me vas a dejar sin aire —dijo Juanito sin exagerar.

Su hermana lo sintió realmente débil.

—Ay, Juanito, Juanito... ¿Adónde vamos?

—Hay una pequeña bodega por detrás de la carretera de Collblanc que está muy bien para tomar algo y picar lo que sea. Aunque ahora no como mucho —dijo mostrando una sonrisa que acentuaba su rostro cadavérico.

Lucía le cogió el brazo con fuerza y se pusieron a caminar juntos. «¿Cómo ha podido avanzar tanto la enfermedad en tan poco tiempo?», pensó.

—¿Cómo estás? —preguntó primero Juanito.

—Rara... No sé. Cuando esta mañana me ha dicho Berta que dejaban libre al asesino de Quico se me ha caído el mundo a los pies. No sé cómo explicarte lo que he sentido. Ya te lo he dicho más de una vez, vivo en una extraña dualidad. Por un lado, no quiero olvidarme de él, algo que sé que nunca haré. Por otro, comenzaba a ver su muerte muy lejana: la vida ha seguido, no lo tengo siempre presente ni mucho menos. Esto, que sea como algo del pasado que no tengo siempre delante... es lo que me permite vivir, pero también me genera sentimientos de culpabilidad. No sé... Hoy me ha roto la noticia de la liberación de su asesino. ¿Sabes? Me ha llenado de rabia, pero al rato me concomía la injusticia, no el dolor por Quico. Pero también me da rabia sentirme atada a un suceso como aquel y esto me produce un sentimiento de culpabilidad...

Juanito se la quedó mirando en silencio.

—Siempre has sido más lista que yo y más fuerte, quien siempre ha cuidado de mí, aunque una vez me perdieras en el Parque de Atracciones de Montjuïc —dijo su hermano, remarcando este ácido recuerdo.

—Qué mamón que eres —contestó Lucía con una sonrisa—. Vaya hostia me metió don Manuel.

—¿Me dejas que siga? —preguntó Juanito.

—Sigue, sigue...

—Pues siempre has cuidado de mí. Estar a tu lado era sentirme abrazado, atendido y seguro, eso para un niño como yo siempre fue muy importante. He sufrido, ¿sabes? De niño sufría, incluso ser homosexual no ha sido nada fácil. Siempre he tenido una sensación de ser poca cosa. Tú eras la revolucionaria y yo, el inseguro.

—Bueno, quizá te has castigado mucho sin merecerlo. Siempre has sido una persona muy dulce y buena —dijo Lucía, a la vez que apretaba más el brazo de su hermano. Estaban plantados en la puerta de la bodega.

—Me he castigado mucho. Lo veo ahora. Más de una vez me has ofrecido que me vaya a tu casa, que cuidarías de mí... Pero sigo en mi piso, en mi estudio, aunque cada día me encuentre peor... Me niego a ir porque de alguna forma es renunciar a mi vida. ¿Sabes? Cuando me vine a Barcelona, antes de saber que estaba enfermo, cuando salí del barrio..., dejé de castigarme. Dejé de dudar. Empecé a vivir. Y aunque estoy enfermo, he seguido viviendo, y créeme que es jodido saber que te vas a morir... Entiéndeme, todos sabemos que un día nos moriremos, lo descubrimos cuando somos niños. Qué duro, ¿eh? Por eso nunca me quería dormir cuando era pequeño, porque me daba miedo no despertar, dejar de respirar... Me refiero a que es jodido saber que te vas a morir en poco tiempo, que es lo que me pasará... Mi médico me lo dijo el otro día: no esperaba que viviera tanto, que en todo este tiempo la enfermedad se desarrollara tan poco a poco. Pero el bicho ahora tiene prisa. Te he visto la cara cuando has salido del metro, yo también me veo en el espejo... En una semana he envejecido años, me he consumido de golpe... Estoy en tiempo de descuento, Lucía. Me encuentro fatal. Pero ¿sabes? Lo que me jode es haberme castigado tantos años, el no haber vivido todo lo que he vivido después...

—Ahora no te fustigues por eso —dijo Lucía con los ojos sanguinolentos, húmedos, a punto de echar lágrimas sin freno.

—¿Yo? —preguntó su hermano con una sonrisa irónica—. No, cariño, he aprendido a no fustigarme, sino a vivir la vida. Por eso, aunque soy un saco de huesos y que levantarme de la cama ya me provoca vómitos, sigo siendo feliz y no me castigo. Trato de aprovechar cada segundo... Y a esto viene lo que te tengo que decir. A Quico lo queríamos todos, era un chico extraordinario y lo que os pasó es una putada enorme que parece una película. Es verdad que lo cuentas ahora y no todo el mundo te cree. Es muy, muy jodido... Pero no te fustigues por lo que pasó, por no pensar en él o en lo que sea. Lucía, eres una persona extraordinaria, para mí lo eres todo, pero haz caso a alguien que siempre ha sido un estúpido y que ahora sabe quizá más de la vida, porque conoce mejor la muerte: vive, sé feliz, no te castigues. Sobre todo, no te castigues. Disfruta de lo bueno, de la vida.

Lucía comenzó a llorar como no lo había hecho en años.

Hablaron más veces. Desde aquella noche, nunca pasaron más de tres días sin verse.

En sus últimas semanas de vida, Juanito se fue a vivir con Lucía.

Leonor se volcó en los cuidados de su hijo, igual que también se implicó Esperanza, que nunca habló con su hermana del día que discutieron. Actuaron como si nada hubiese pasado, se abrazaron y lloraron juntas, pero el desencuentro quedó latente. Como una pequeña herida sin suturar.

Manuel... Ninguna de ellas sabía qué pensaba Manuel.

Juanito murió a finales de 1987. Cerró los ojos sin miedo.

1988

Leonor no fue consciente de lo enfermo que estaba Juanito hasta cuatro meses antes de su muerte. Conocía a los hijos de algunos vecinos que habían muerto de sida, pero de forma fulminante. Al principio se enfadó porque no le hubieran contado que su pequeño estaba enfermo hasta que la dolencia lo debilitaba cada día un poco más que el anterior. Sintió que llegaba tarde, que podría haber hecho más por él, y le dolió no saberlo hasta el último momento.

Cuando no habían transcurrido ni seis meses del entierro de su hijo, en el cementerio metropolitano de El Papiol, vestida de negro de arriba abajo y en plena Semana Santa, recibió la llamada de Carmela para comunicarle que su madre había muerto mientras dormía. Leonor, que siempre temió que María del Valle pudiera morir en Cornellà, a mil kilómetros del pueblo, decidió esta vez viajar a Montilla en un talgo nocturno. Quizá porque era temporada invernal, no había muchos vuelos con destino a Málaga, y con el tren que salía esa misma noche llegaría antes. También era más barato.

«Lo malo es que son demasiadas horas para pensar», caviló Leonor, ya de viaje, cuando en el exterior era noche cerrada y el convoy también estaba a oscuras. En el atestado vagón el calor era asfixiante. Los ronquidos eran la banda sonora de un viaje al pueblo, aunque la comodidad del talgo nocturno no tenía nada que ver con la del Sevillano, ni siquiera con un viaje en el coche familiar.

Leonor viajaba triste. Por la muerte de Juanito, por la de su madre y por la ausencia de Manuel en su vida, que no la acompañaba. No tenía nada que hacer, pero no quiso ir. Ni en coche ni en tren. Montilla para él había dejado de existir, como lo hizo por completo su pasado. Manuel puso mil excusas. Ella tampoco le insistió.

«Próxima parada: Córdoba», anunció el sonido metálico de la megafonía del tren.

Leonor no se quitaba de la cabeza que debería haber estado más cerca de Juanito, y antes de Rosa. Algunos días la tristeza la invadía por entero. Laura era la única que la sacaba de aquel agujero. Su nieta era el centro de su vida. Pensaba también en lo distinto que era aquel viaje en talgo del que hicieron a Barcelona todos juntos en el Sevillano, que terminó en la majestuosa estación de Francia, y en aquel taxi que de noche los llevó a la cueva de su hermana Rosa en Sant Joan Despí. Fue precario, lleno de incertidumbre, también de temores... Aquel revisor, los chicos del compartimento, las otras familias con tanto miedo como ellos, aunque no lo dijeran... El del talgo, salvo por los ronquidos y el calor, era mucho más aséptico, cómodo, con la seguridad que se tiene ya cuando se está establecido y se cuenta con dinero para hacer frente a cualquier imprevisto. Pero para Leonor ese viaje, aunque fuera en primera, era mucho más triste.

«Juanito», se dijo. Pensaba en él cada día. En todos los momentos en los que sentía que le había fallado, y juzgaba que eran demasiados. Suya era la margarita que había bordado el año anterior. Una margarita blanca, de un blanco puro, casi glaciar, llena de hermosura. Pequeña. Juan siempre sería Juanito. Una flor delicada, que podía parecer distinta a las demás pero que no lo era en realidad. Y hecha con puntadas de dolor y de tristeza, aunque con el deseo de que una vez completada se mostrara como una flor feliz. Le pesaba no haber estado más por él, por un niño con miedo, frágil, extremadamente sensible, del que siempre cuidaba Lucía. Se sentía culpable de no haberse encargado ella de los cuidados de su hijo, y no solo de las últimas semanas de vida, sino siempre.

Con su marido apenas habían hablado sobre Juanito, sobre su muerte y sobre su dolencia. Hasta el momento en que Leonor, entre sollozos, le anunció la enfermedad, Manuel no supo que su hijo era homosexual. Mientras ella lloraba, él asumió el sida de Juanito con frialdad, incluso con cierta indiferencia. Su marido vivía en un mundo aparte. Estaba mucho más delgado, apenas comía. Y había comenzado a beber a todas horas, no solo cuando estaba en el bar. Ya no conservaba la imagen de hombre de éxito. Seguro que le dolía también la muerte de su hijo. Seguro.

Vicenta, Adela, Consolación, Inés, Inmaculada, Antonia... Todas las chicas de Leonor, sus mujeres, las que trabajaban con ella, habían sentido la muerte de Juanito, se lo hicieron saber en todo momento. Las compañeras de la plataforma, de la asociación de vecinos. Incluso Nico había ido al funeral. El flamante teniente de alcalde que de tanto en tanto sonaba para ocupar algún alto cargo de la administración.

El padre Benvenuty, que seguía siendo un revolucionario, celebró una ceremonia realmente bonita. Le sorprendió los pocos amigos del barrio que acudieron. Los pocos amigos que tenía Juanito en la Satélite. La mayoría de los chicos que asistieron al funeral eran de fuera, de Barcelona, algunos catalanes y todos como él, de los que les gustaban los chicos. «Homosexuales», dijo Lucía. «Gais», apuntó Esperanza. «Mariquitas», pensó Leonor. «Aunque a un hijo se le quiere igual, al menos yo», añadió en sus pensamientos.

La muerte de su madre le dolía, pero la de Juanito la desgarraba.

A las ocho de la mañana el tren expreso procedente de la barcelonesa estación de Sants hizo entrada en la ciudad andaluza. En el exterior de la pequeña estación estaba el hermano mayor de Leonor, Antonio, esperándola con su Dyane 6. Así quedaron en la última llamada de teléfono que mantuvieron la noche anterior: «Yo te estaré esperando ahí fuera».

Leonor caminó hacia él cargada con una pesada maleta de piel marrón. La luz era distinta a Cornellà, como el poco ruido y el escaso trajín que había a esa hora de la mañana. El mayor de todos los hermanos había cumplido sesenta años y tenía el pelo completamente negro, pero era un color artificial, fruto del tinte. Vestía pantalones y camisa de trabajo.

—Hermana, ¿has tenido buen viaje? —le preguntó. Sin esperar respuesta, cogió la maleta y la colocó en la parte posterior del vehículo.

—Hace frío —dijo Leonor al subir al coche, que olía a terruño, a campo.

—Ya sabes: «Hasta el 40 de mayo no te quites el sayo». Aún hace tiempo de brasero.

—En Barcelona hacía menos frío que aquí.

Antonio se encogió de hombros. Ese gesto le recordó a Juanito, que siempre lo repetía de niño. Nunca supieron decir de quién lo había sacado, quizá de su hermano. Antes de ir a

Barcelona, vivían todos en el cortijo. Pasaban muchas horas juntos. «Quizá ahí Juanito, siendo un bebé, se fijó en que lo hacía su tío Antonio», pensó Leonor.

El hombre tenía puesta la vista en la carretera. Abandonaron Córdoba en cuestión de minutos. La estación estaba casi a las afueras. Al girar una calle, de repente, el continuo urbano y los edificios dieron paso a los campos de cultivo, de olivos y de vides, que parecían pintados en pequeños cerros, unos enormes tumultos que se sucedían uno tras otro. Circulaban en dirección a Málaga, con destino a Montilla.

—¿Madre está en el tanatorio?

—¿En el tanatorio? —preguntó extrañado su hermano—. Está en casa.

—En su casa.

—Claro, Leonor. ¿Dónde va a estar?

—Vamos directamente, ¿no?

—Pues eso.

La ilusión de los viajes de cada verano emergía mientras avanzaban por la estrecha carretera rodeada de colinas en las que se alternaban los olivares y las viñas. Algo se removía en su interior, algo que le alimentaba el alma, aunque en casa pensaba cada vez menos en Montilla, y ya había descartado por completo la idea de regresar al pueblo a vivir.

—Hay más olivos, ¿no? No recuerdo tantos la última vez que vinimos.

—Europa... Ahora parece que se cultive en función de las ayudas. Y te dan más por fanegas de olivos que de vid, así que se plantan más olivos —dijo Antonio, que seguía mirando fijamente a la carretera.

Su hermano se había convertido en un anciano. Ella sentía también los años. Después de todo ya era abuela y tenía cincuenta y cuatro años. Su madre había muerto con ochenta y uno, una de las más longevas de Montilla. «Así acabó con la cabeza, la pobre», pensó Leonor.

Antonio condujo el Dyane 6 hasta la casa que sus padres tenían en el pueblo, cerca de iglesia del Santo. No era la casa de los recuerdos de su infancia, sino la de los veranos de después de instalarse en Barcelona. Su hermana Carmela estaba allí, y también sus sobrinas, algunas primas y las mujeres que conocían de toda la vida a su madre, muchas mejor que ella. Habían colocado el cuerpo de la anciana en la habitación de abajo.

Leonor repartió besos y recibió abrazos y sentidos pésames de muchas personas que no se los dieron por la muerte de Juanito. Estaba segura de que todo el mundo en el pueblo sabía que su hijo que había muerto de sida. Allí esas cosas siempre se sabían, como seguro que había desconocidos o gente de la que no se acordaba que quizá estaban más al día de su vida que algunos vecinos de su barrio, y eso que Leonor, la de las manifestaciones, la de la Plataforma de Mujeres y la asociación de vecinos, era popular.

Fue un día sumamente largo. Como lo fue el siguiente, aunque pudo ir un rato a casa de su hermana Carmela a descansar y a asearse. Al tercer día tuvo lugar el funeral en la iglesia del Santo, y a continuación trasladaron el cuerpo al cementerio.

Hacía mucho frío.

Los trabajadores de la funeraria retiraron la pesada losa del panteón familiar, donde reposaba el patriarca Antonio, y colocaron el ataúd con el cuerpo de María del Valle junto al de su marido, en el nivel inferior.

Se marcharon todos mientras cerraban la tumba.

—Mañana te recojo a las seis y te llevo a la estación —dijo Antonio.

—Gracias, hermano.

—¿Vosotros ya no regresaréis al pueblo? —preguntó Carmela, que caminaba a su lado.

—¿Nosotros? No creo...

—Pues estando Manuel en paro, aquí podría encontrar algo, o al menos podríais vivir con menos.

—La verdad es que tenemos dinero ahorrado y el piso pagado, y yo también ingreso cosiendo. Ahí no hemos notado la crisis, todavía. Ya tenemos la vida allí. Nuestras hijas, la nieta... Durante mucho tiempo, allí te sientes de aquí, pero luego te das cuenta de que cuando estás aquí ya eres de allí.

—Siento mucho lo de Juanito —dijo su hermana.

—Ya me lo dijiste.

—Sí, pero siento no haber ido al funeral. Solo fue una llamada por teléfono, y ¡recontra!, que era mi sobrino. Somos familia, somos hermanas —continuó Carmela, realmente apenada.

—Lo somos. Pero cada una tenemos nuestra vida en un extremo de un largo camino —sentenció Leonor.

Laura

1992

Poco tenía que ver aquel pedazo del litoral de Barcelona con lo que fue. Eran historia tanto los chiringuitos, aquella especie de barracas con mesas de distintos tamaños y sillas desaparejadas plantadas en la arena, como las fábricas que llegaban casi al agua. Una parte de las viviendas, algunas de la cuales construidas casi de noche y a escondidas, habían dado lugar a un paseo cuidado y artificial junto al mar, flanqueado de modélicos edificios de ladrillo rojo, de aquellos que pesaban y que estaban destinados a unos pocos bolsillos. Detrás de aquella nueva barrera litoral, donde incluso se podía encontrar un McDonald's, en aquel momento un *rara avis* en Barcelona, permanecían las viviendas más destartaladas y antiguas, con pasado obrero, que se mezclaban con las fábricas y los almacenes que se mantenían con vida en aquel barrio de la capital catalana que en el pasado fue conocido como el Manchester catalán.

Toda el área metropolitana, no solo Barcelona, estaba de resaca. Los Juegos Olímpicos la habían transformado y modernizado por completo. Los ochenta, en particular su tramo final, fueron los años de las rehabilitaciones completas y de las obras nuevas que se extendían por casi toda Barcelona con formas firmes, duraderas y simétricas, nada que ver con su pasado. Nuevas ramblas, jardines y todo tipo de espacios en los que respirar al aire libre, y locales comerciales que serían ocupados poco a poco.

Esperanza apretó también el paso al ver que lo hacía el hombre a quien seguía. Estaba segura de que se trataba de Eusebio Expósito, más conocido como el Llanero Solitario, nacido en 1926 en L'Hospitalet aunque su familia procedía de Murcia. Aquel anciano de sesenta y seis años mantenía los rasgos duros en el rostro. Al antiguo policía político y torturador franquista, al asesino de Quico Santiago, pareja de su hermana Lucía y padre de Laura, se le veía en buena forma.

Esperanza trabajaba en una serie de reportajes para *El Noticiero* que exploraban las vidas de «antiguos criminales», como los llamaba la publicación: herramientas de la represión del régimen franquista, policías y militares con mala baba, entre los que también se contaba un número importante de sádicos, que habían creado la leyenda macabra de los últimos años del franquismo y que permanecían impunes. Esperanza contaba sus historias a partir de testigos, y luego los localizaba y remataba los reportajes escribiendo sobre su día a día. En la mayoría de los casos, a pesar de ser criminales políticos, gozaban de una más que llevadera existencia en libertad, si es que habían llegado a pisar la prisión. Y casi siempre disfrutaban de una jubilación dorada, retribuida con una cuantiosa pensión. Uno de aquellos torturadores, que ahora parecía un afable ancianito —eso sí, con un velero amarrado en el Club Náutico de Barcelona—, le contó que ellos valían por lo que sabían, por lo que callaban y que, en el fondo, los periodistas empezando por ella misma no tenían ni puta idea de nada.

El nombre del asesino de Quico aparecía en una lista que le habían facilitado al redactor jefe de *El Noticiero*, y que Esperanza estaba convencida de que tenía su origen en el Ministerio del Interior. Tanto quien elaboró aquel compendio de delincuentes fascistas como su jefe ignoraban los lazos sangrientos que unían a aquel tipo con la reportera estrella de aquel diario de tamaño mediano que conseguía importantes portadas.

Esperanza no llamó a Lucía cuando leyó el nombre del Llanero Solitario. No tenía pensado escribir aquella historia. Aun así, quería trabajarla como todas las demás, para que el asesino notara su aliento, para acabar por situarse frente a él y provocarle un cierto temor. Era su venganza, la que hacía en nombre de todas las mujeres de su familia. De su hermana, pero sobre todo de su sobrina.

El asesinato de su cuñado no fue la única fechoría cometida por aquel hijo de un trabajador del Metro de Barcelona del que se desconocían las ideas políticas, pero que abrazó las franquistas con pasión una vez acabada la guerra. El padre del temido policía ejerció de delator de compañeros anarquistas, socialistas y comunistas atrapados por la entrada en Barcelona de las tropas marroquíes, navarras y del Tercio de Nuestra Señora de Montserrat. Fueron fusilados en el Camp de la Bota, contiguo a las barracas donde el torturador viviría su niñez.

El Llanero Solitario salió de aquella zona más nueva de la urbe olímpica y se adentró en las calles de naves industriales y pisos destartalados.

Era evidente el contraste entre la nueva ciudad, luminosa y olímpica, y la que persistía no muy lejos de allí, en la zona de la Mina y sus alrededores, una suerte de Barcelona bajo la alfombra. Esperanza frecuentaba algunos de los locales de copas del barrio, a los que había acudido con amigas y ahora también con compañeros del trabajo. Aunque vivía en Poble Sec, en una de las calles que quedaban en la falda de la montaña de Montjuïc, y la redacción de *El Noticiero* estaba en el Paralelo, allí es donde había que acudir si se quería tomar una copa y bailar algo de rock tras cerrar la edición correspondiente. En algunos bares era más fácil encontrarse con determinados compañeros de redacción que en el propio diario.

Paredes, que así se llamaba el redactor jefe, estaba disfrutando con la serie de viejos criminales del franquismo, que consiguió una amplia repercusión en toda España al desenmascarar, entre otros, a un torturador al que llamaban Billy el Niño. Resultó ser el remedo del Llanero Solitario en Madrid, mucho más joven que Eusebio Expósito, pero a quien se relacionaba con la muerte de al menos un estudiante durante la dictadura. Los franquistas, no obstante, lo consideraban un héroe por su lucha contra los GRAPO. Al poco de ser ascendido, en el año 1981, abandonó el cuerpo policial para fundar una empresa de seguridad conocida por moverse en sucios negocios y emplear a otros policías corruptos. Se decía que el Llanero Solitario fue uno de los maestros de Billy el Niño, por lo que a Paredes le costó aceptar que Esperanza le pidiera no publicar su reportaje, sin darle muchas explicaciones.

—Este torturador, el Expósito, es un desgraciado. Vive con una buena pensión, pero ya está fuera del circuito, aunque pueda tener algo de influencia. Te traeré otra historia mucho mejor, la de un hijo de puta que hacía de delator y que ahora es el alcalde del pueblo de la Costa Brava donde veraneaba.

Paredes accedió: era su reportera estrella.

Esperanza tenía en sus manos toda la historia de Eusebio Expósito. Recopiló las declaraciones de varias personas que sufrieron sus abusos y torturas, en la comisaría de Via Laietana o donde al tipo le vino en gana. También obtuvo el testimonio de una chica que fue víctima de agresiones sexuales. Conocía a Lucía. Conocía a Quico. Sabía de la militancia política de su hermana y de su cuñado, pero hasta aquel momento no tomó plena conciencia de todo aquello, porque la detención por el asesinato de Quico se demoró más de la cuenta y hubo varios testigos, además de su hermana.

El Llanero Solitario entró en un portal. Esperanza caminó hacia esa misma puerta, la de un edificio de tan solo tres vecinos. La dirección se la había proporcionado uno de sus informadores, un joven policía que aseguraba que en el cuerpo todavía quedaban muchos fachas, y que eran una lacra para todos.

Eusebio Expósito fue condenado a dieciocho años. El juez, que consideró que la víctima y el asesino iban bebidos y que se trató de una trifulca en la que el policía casi se vio obligado a asesinar a Quico, era simpatizante del partido de extrema derecha Fuerza Nueva. La presión política, más que la mediática, porque el caso no tuvo una especial relevancia en unos años en los que eran habituales los asesinatos políticos, contribuyó a la reducción de la pena. En prisión, el Llanero Solitario continuó cobrando su nómina de funcionario público y, al salir de la cárcel, gracias a la amnistía de 1987, solicitó la jubilación del Cuerpo Nacional de Policía. Ahora percibía una cuantiosa pensión.

Esperanza lo tenía todo documentado. La periodista entró en el portal y subió a la primera planta. No tenía necesidad de hablar con Eusebio Expósito: tenía información y fotografías como para escribir un libro. No tenía necesidad de llamar a la puerta de su vivienda, de correr el riesgo de plantarse en solitario ante las fauces de un asesino. Pero llamó al timbre. Después de todo, no estaba allí para escribir aquella historia.

Silencio.

Esperanza llamó una segunda vez. Se escucharon pasos al otro lado de la puerta. Apareció ante ella un hombre menudo, corpulento, completamente calvo y con la cara apretada.

—¿Tú vendes enciclopedias? —preguntó el pistolero retirado, si es que los asesinos se jubilan, en un tono que a Esperanza le sonó a amenaza. «Son imaginaciones mías o tantos años dedicándose a eso», pensó.

—Buenos días. ¿Eusebio Expósito?

—Depende —continuó con la chulería.

—Soy periodista del periódico *El Noticiero* —anunció, esperando que le dieran un portazo en la cara, aunque eso no pasó. Aquel tipo parecía que la escuchaba—. Estoy escribiendo sobre usted, sobre algunos incidentes en los que se vio envuelto en la dictadura —continuó. El tipo seguía sereno, tranquilo, a pesar de aquella mirada siempre amenazante—. También sobre el caso de Quico Santiago...

Ahí se le apretó más el rostro, como si fuera a ladrar o a saltar, pero se reprimió.

—Por aquello ya cumplí condena, ya hubo un juicio... Los periodistas sois como los rojos. Solo os gusta remover mierda, desenterrar a muertos, pero no os preguntáis si esos muertos merecían morir.

Esperanza se puso nerviosa. Tomó aire, pero disparó:

—¿Y se merecían morir?

—Sí, la mayoría sí. A lo mejor alguno no, a veces hay equivocaciones, pero no tantas.

—¿También se merecían las torturas las personas a las que torturó?

—Putos rojos. ¿Torturas? Hacía mi trabajo, así se vivía mejor, no como ahora... Había control.

—Y las mujeres de las que abusó, ¿también se lo merecían?

El tipo sonrió.

—¿Tú también quieres? Ninguna se quejó —afirmó mientras se bajaba la bragueta y se sacaba el pene. Esperanza fue consciente por primera vez del peligro con el que convivieron Lucía y las demás víctimas de aquel tipo, y vio con otros ojos las manifestaciones a las que acudía su madre cuando ella era una niña. La impunidad de un asesino que no dudaba en mostrarle el miembro a una periodista.

Esperanza se dio la vuelta, no dijo nada. Sola, en aquel rellano, en un edificio que podía estar vacío o con más individuos como aquel, se sintió frágil y vulnerable. Desapareció de un plumazo la seguridad que le proporcionaba ser periodista de *El Noticiero*, salir en la radio, ser invitada a todo tipo de actos protocolarios que se organizaban en Barcelona. Allí era la presa de una alimaña.

Bajó a toda prisa las escaleras. Escuchaba sus pasos, su respiración.

—¡Tu hermana Lucía ni se lo pensaba! ¡Qué bien chupaba la muy puta! —dijo el Llanero Solitario soltando una sonora carcajada que la estremeció.

En la calle, levantó la mano y pidió un taxi hasta su casa en el barrio de Poble Sec. No dejó de temblar en todo el trayecto, era imposible no pensar en lo evidente: Expósito sabía quién era ella y qué hacía allí. La periodista había dejado de ser el gato que perseguía al ratón.

—Hablaré con Paredes, alguien se ha ido de la lengua

porque ese tipo sabía perfectamente quién era yo y parece que incluso me estaba esperando—dijo en voz alta en su piso. Por la ventana observaba la montaña de Montjuïc—. Tengo que hablar con Nico: Lucía y Laura pueden estar en peligro. ¿Y yo?

El amigo de su hermana, el chico del barrio de toda la vida que había hecho carrera y que ahora era del delegado del Gobierno en Cataluña. No había recurrido a Nico en sus investigaciones, aunque sabía que no eran de su agrado. Cuando se manda nunca gusta que se remueva mierda, aunque no sea la propia. Pero esto era distinto. Lucía mantenía relación con él, y él con el barrio. Además, durante los últimos meses había coincidido con Nico en diversas ocasiones: los Juegos Olímpicos habían llenado de actividad ciudadana su agenda. «Para lo que quieras, Esperanza», le había dicho.

Se sentía frágil, como nunca se sintió.

«No es la primera vez que te encuentras con un asesino», se dijo al pensar en alguna de las entrevistas e historias que había escrito recientemente, con las que había ganado popularidad y que incluso le habían valido unos minutos de radio.

Se quitó los zapatos de tacón. Se sentó en el sofá del comedor. No iría a la redacción. Ya le había pedido a Paredes trabajar en casa, como hacía cuando escribía los grandes reportajes. Aunque ese no lo fuera a escribir.

Laura.

Pensó en su sobrina de catorce años. Le había propuesto pasar un fin de semana de chicas en Barcelona, aprovechando las fiestas de la Mercè: compras, paseo por el centro con ambiente festivo y conciertos. Llamó a casa de su hermana Lucía.

—¿Laura?

—Hola, tata. ¿Este fin de semana me voy contigo?

—Para eso te llamaba.

—¡Claro que sí! Si no molesto...

—Mi sobrina favorita nunca molesta.

Laura sonrió. Su tía Espe hacía que siempre se sintiera especial. Estuvieron hablando algunos minutos más y le explicó cuatro chismes de sus compañeras. Al acabar, la menor bajó a la calle en busca del banco que por lo usual ocupaba su grupo de amigas. No siempre estaban las mismas chicas, porque iban entrando y saliendo. Como ella, que tenía el grupito de las de la calle y las del colegio, aunque en más de una ocasión coincidían unas y otras.

Era septiembre, aún hacía calor y aquel año empezaba las clases en el instituto. Había nerviosismo: EGB era historia. Entre las amigas que la esperaban en el banco, no todas estudiarían Bachillerato. Algunas habían optado por la Formación Profesional, para hacer de administrativas, principalmente; otras deberían repetir octavo de EGB y alguna, al cumplir los catorce años y con lo mal que se le daban los estudios, buscaría trabajo, aunque los padres confiaban en que eso le serviría para centrarse un poco y retomar las clases.

—¿Vamos esta tarde al Kaos? ¿Tú te apuntas, Laura? —preguntó Silvia, una de las chicas que, junto con Eva, iría con ella al instituto.

Antes de que Laura contestara, esta última le acercó una litrona.

Laura le pegó un trago a la cerveza. Quemaba.

—¿Y esto? —preguntó mientras le devolvía la botella a Eva.

—Cerveza.

—Sí, ya sé que es cerveza. Pero aquí nos pueden ver.

—¿Y qué? Además, tampoco hay tanta gente —contestó

Silvia antes de encender un cigarrillo. Desde aquel verano todas fumaban y bebían, aunque siempre lo hacían más a escondidas que aquel día.

—Vas fuerte —dijo Laura, que también aceptó un pitillo.

Era del paquete de Winston que tenían en común entre todas. Lo habían comprado en el bar del viejo Serafín, que miró hacia otro lado.

—¿Vamos a ir al Kaos? —insistió Eva—. Los viernes por la tarde son gratis para las chicas. Mejor hoy que mañana.
—La discoteca, que estaba en un polígono industrial entre L'Hospitalet y Cornellà, tenía mala fama pero programaba a media tarde sesiones especiales dirigidas a los menores de edad en las que se vendía igualmente alcohol. Por la noche, el local lo frecuentaban los cabezas rapadas. Los skins, después de los raperos, eran una plaga en toda el área metropolitana desde hacía unos meses.

—¡Mucho chunda-chunda! —exclamó Laura, que cada día escuchaba más música heavy y rock. Otras chicas del grupo tenían gustos parecidos, como Nirvana y Héroes del Silencio, pero no estaban sentadas en el banco en ese momento.

—Así salimos un poco del barrio. No nos vamos a quedar toda la tarde en el banco —insistió Vane.

—No sería la primera vez —apuntó Laura—. Venga, me apunto a ir esta tarde. Pero mañana me voy con mi tía a su piso.

—¡La famosa periodista! —exclamó Silvia, divertida.

—Joder, sí que lo es —sentenció Vane. Laura mostró una pequeña sonrisa llena de orgullo.

—Y es buena tía. Yo de mayor quiero ser como ella —se arrancó Laura—. Vive en su piso ella sola, cuando le da la gana está con un tío y cuando no quiere está sola... Vive en

Barcelona, ha conseguido salir del barrio y no trabaja en la Seat, que aquí parece que es lo máximo que puedes conseguir. ¡Tiene un par de ovarios! Ella sí que triunfa. —Y no le hizo falta decirlo, pero lo pensó: no como su madre.

—¡Brindemos por ella! —exclamó Lidia, alzando la litrona.

1993

Laura debería estar a esa hora en el instituto, no en una zona indefinida entre Cornellà y Sant Joan Despí, junto a la imponente masía de Can Tirel, que entonces contaba todavía con una pareja de masoveros, guarda y custodia del pasado y la esencia de un imponente edificio cuyas paredes caían a pedazos sin la protección de un techo que ya había cedido. La masía, pretérita señora de aquellos terrenos, estaba rodeada de edificios y antiguas naves industriales, y tenía como vecinas más próximas a las vías del tren que en una dirección conducían a Barcelona y, en la otra, a Sant Feliu de Llobregat y Molins de Rei.

—¿Quieres? —le preguntó Marcos.

La chica asintió y cogió el Winston que le ofrecía su compañero de clase. Laura aspiró profundamente el pitillo. «No vamos a hacer campana, vamos a alargar el patio», le había asegurado el chico aquella misma mañana para convencerla de no regresar al instituto al acabar la hora del bocadillo. Era una de las muchas novedades del instituto: a media mañana les dejaban salir a la calle a desayunar, aunque no siempre regresaban todos. Laura era la primera vez que lo hacía. Tampoco pasaba nada. Un par de faltas. Los profesores no llamaban a casa por eso. Al fin y al cabo, todos tenían más de catorce años, la edad legal para trabajar si querían. Nadie les obligaba a ir.

El resto del grupo optó por no saltarse la clase. La invitación de Marcos era solo para aquella chica de ojos verdes.

La idea, de todas formas, era volver antes de que terminase la clase de Latín, la última de la mañana, coger la mochila y volver a casa como si nada.

—Todavía queda —dijo Marcos pasándole de nuevo el cigarrillo.

—¡Solo me has dejado la tacha! —exclamó Laura mientras se ponía en pie y hacía aspavientos.

Él comenzó a reír. Laura era una chica de pelo largo y pantalones negros elásticos, delgada, cara afilada y camiseta de Manowar. Finalmente había adoptado la estética heavy metal, como unas cuantas de sus amigas. Ya no iban al Kaos, al chunda-chunda. Ahora, si no les dejaban entrar en algún bar musical de heavy o rock, se quedaban en un banco de la calle. Marcos, aquel chico de pelo castaño y media melena, era otro de los pocos heavies del instituto, aunque su rollo se inclinaba hacia el grunge: pantalones rotos, casaca militar y camisa de cuadros.

Se reían. Era simpático y sabía que a él le gustaba, aunque Laura no lo tenía tan claro.

Marcos acabó el cigarrillo. Lo estrelló contra unas hierbas secas.

—A ver si vas a provocar un fuego —dijo Laura.

—A eso jugábamos cuando éramos pequeños. A apagar los fuegos que de tanto en tanto había en los matorrales. ¿En Sant Ildefons no jugabais a eso? —preguntó el chico, que era de Almeda.

Lucía negó con la cabeza.

—En Sant Ildefons había más tocho. También había descampados, pero no teníamos naturaleza salvaje. Solo los jardines de Can Mercader, aunque siendo yo pequeña ya estaban arreglados. Mi madre dice que aquello era prácticamente una selva cuando ella era niña y adolescente, y que incluso iban allí a cazar con escopetas, en medio de Cornellà.

—Bueno, nosotros teníamos el río, pero ya sabes cómo apesta. Y ahora mejor, pero cuando llovía todo se inundaba. Dicen los viejos que allí antes se pescaba y que más de uno se bañaba.

—Algo me ha contado mi abuela, que cada dos por tres había manifestaciones. Me explicó que una vez que llovió mucho estaban viviendo en una cueva y se les cayó encima. ¡En una cueva! —exclamó Laura, pero al ver que el chico se acercaba levantó la mano y preguntó—: ¡¿Qué haces?!

—Voy a besarte.

—Ni se te ocurra —contestó Laura. Marcos no supo cómo reaccionar. Extrañado, se quedó sin palabras—. Es que no me gustas, somos amigos…

—¿Me prefieres como amigo? —preguntó él.

Laura asintió.

—Joder, empújame directamente a las vías del tren. ¿Tú no sabes que eso es lo peor que le puede decir una tía a un tío? Que lo prefiere como amigo.

—Es que es así —dijo Laura, molesta ante tanta indignación.

Al principio creyó que Marcos bromeaba, pero no era lo que sucedía.

—Pues vete a la mierda —zanjó el chico, que dio por terminada la conversación y se fue caminando hacia el centro de la ciudad.

Laura se quedó un rato sentada, viendo cómo se alejaba.

Indignada. Dolida. Vejada. Incluso maltratada. En cierto estado de *shock* al entender que la relación con aquel chico, a quien creía su amigo, había cambiado en unos segundos simplemente por haberle negado un beso. ¿Ella estaba obligada a dárselo?

—¡Gilipollas! —gritó justo cuando pasaba un tren de cercanías en dirección a Sant Feliu de Llobregat.

Marcos se había dejado el paquete de Winston. Laura se encendió otro cigarrillo. Sabía a rayos, el humo le pesaba en la garganta. Pensó en qué haría su tía Esperanza en aquel caso.

—¡Marcos! ¡Vete a la mierda! —gritó de nuevo—. ¡Paso de ti! ¡*Cagao*!

Sin lugar a duda es lo que habría dicho su tía, que se había convertido en su modelo de referencia. Cómo no serlo. Salió del barrio y estudió una carrera universitaria, vivía en Barcelona, trabajaba en un periódico y ahora incluso aparecía en televisión. Era el orgullo de todo un barrio al que seguía yendo, sobre todo, para verla a ella.

Esperanza era distinta a su madre, que casi siempre parecía amargada o agobiada. Con Lucía nunca mantuvo una conversación como hacía con su tía. Su madre trabajaba en una fábrica, como otras muchas mujeres; su tía había triunfado, aunque no lo había tenido fácil.

Laura miró el reloj de pulsera. Apuró el cigarrillo y corrió hacia el instituto para llegar a tiempo a la última clase del día: cogería la mochila, haría como si no hubiera pasado nada y se iría a comer a casa de los abuelos. «La abuela estará cosiendo en casa y el abuelo... en el bar de Serafín», pensó. «Tata, seguro que lo consigues», se dijo Laura.

Su tía le contó el día antes que tenía una entrevista de trabajo en *La Vanguardia*. José Antonio Aranda, redactor jefe de Sociedad del histórico diario barcelonés, la había citado en la sede de la calle Pelai, en pleno corazón de la ciudad de Barcelona, para conversar antes de la hora de comer.

Esperanza entró en el edificio modernista por la enorme puerta giratoria de madera, de las que pesaban de verdad. Todo era noble allí dentro, hasta los mostradores que quedaban a un lado del vestíbulo donde varias personas atendían a los ciudadanos, algunos de ellos con porte distinguido.

—¿Le puedo ayudar en algo? —preguntó un chico de su edad, completamente calvo y que vestía un elegante traje azul.

—He quedado con José Antonio Aranda.

El joven hizo como si de pronto fuera consciente de quién era ella, de que era una cita importante de la que le habían avisado.

—Soy Esperanza…

—Sí, enseguida aviso al señor Aranda —dijo el chico sin dejar que ella acabara la frase. Desapareció casi de inmediato.

A los pocos segundos se presentó un hombre regordete con un bigote prominente, gafas redondas y pelo cano. Sonreía con hoyuelos. Ella lo conocía de vista, no estaba convencida de que hubieran hablado nunca.

—Querida Esperanza —dijo con afabilidad—. Bienvenida a *La Vanguardia* —continuó tras estamparle dos besos. La condujo primero hasta un espacio intermedio, donde una mesa y unos señoriales asientos de madera que parecían tallados en la pared, con un enorme mapamundi de fondo, advertían al visitante que estaba a punto de entrar en el gran medio de comunicación de la burguesía catalana, un diario más que centenario que era también una pieza importante en la estructura de poder en Cataluña.

El periodista lo estaba pasando realmente bien. Le pidió que le siguiera por otro pasillo y entraron en la redacción.

—Ahí están los fotógrafos. Los hay muy buenos, pero son fotógrafos... —dijo José Antonio Aranda mientras señalaba hacia un espacio donde había dos hombres sentados ante una pantalla de ordenador. La pequeña sala comunicaba con el cuarto oscuro para el revelado de las imágenes.

—Y nosotros somos periodistas, no fotógrafos —soltó espontáneamente Esperanza.

El redactor jefe de Sociedad se giró.

—¡Exacto! —dijo entusiasmado—. Condenados a entendernos, pero no nos soportamos.

—Es lo que decía mi jefe.

—¿Paredes?

—No, otro redactor jefe que tuve en el semanario en el que descubrimos el caso de la heroína que entraba por el puerto.

—Me acuerdo. Fue un muy buen reportaje: *Vivir bajo la alfombra*.

—Hace mucho tiempo de ese reportaje, es de mis inicios...

—Hace mucho tiempo que te sigo... Ya hemos llegado —dijo el experimentado periodista a la vez que abría la puerta de una grandiosa sala, repleta de lujosos y grandes tomos expuestos en vitrinas. Una enorme mesa y unas poderosas sillas presidían la estancia—. Bienvenida, aquí es donde celebramos los aquelarres, que es como en la casa llamamos a los consejos de redacción. Es, quizá, la sala más noble de *La Vanguardia*.

—Muy bonita.

—¿Y sabes por qué te he citado?

—No sé si me atrevo a decirlo...

—Me encantó tu serie sobre los criminales franquistas. Bien trabajada, bien explicada, elaborada con tacto y buen gusto. Te he leído con otros temas que has publicado, y me gusta también la mirada que tienes más allá de las murallas de Barcelona. Del extrarradio. ¿Sabes? Yo tampoco soy de Barcelona, soy de Badalona. ¿Tú eres de L'Hospitalet?

—No, no... De Cornellà. De Sant Ildefons...

—¿De la Satélite? ¡Me encanta! Esperanza, te he llamado porque te quiero fichar. Quiero que trabajes con nosotros. Conozco a Paredes... ¿Él sabe algo?

—Algo sospechaba que podría pasar... La verdad es que le dije que me había convocado a una reunión. No podía hacerlo a escondidas.

—Bien hecho: eso es lealtad. La verdad es que se ha cabreado un huevo conmigo cuando le he dicho que te quería fichar para Sociedad y para el diario... Pero también se ha alegrado.

—Estoy muy bien en *El Noticiero*...

—Aquí también lo estarás y jugarás en primera división. ¿Qué me dices?

Esperanza tomó aire. Sonrió.

—Que no se le puede decir que no a *La Vanguardia*.

—¡Chica lista! Vamos a Casa Leopoldo y lo celebramos con un guiso de rabo de toro y una buena botella de Chivas de postre. Luego ya te enseñaré la redacción. Hoy estamos un poco más tranquilos, porque los jefes están en Martorell.

—¿Por lo del rey?

—El mismo.

El día en que Laura descubrió que Marcos no era más que un gilipollas y que Esperanza fichó por *La Vanguardia*, Seat vivía uno de los momentos más importantes de su historia: el estreno de la nueva planta en el norte del Baix Llobregat, en Martorell, después de treinta y cuatro meses de obras faraónicas.

La empresa automovilística aún era una de las más importantes de España, aunque desde finales de los años ochenta era propiedad de los alemanes de Volkswagen, accionistas mayoritarios después de que el Gobierno central les hubiera vendido su participación en la empresa. La nueva fábrica que se inauguraba en Martorell era uno de los compromisos adquiridos por los nuevos propietarios. Juan Carlos I encabezaba la comitiva de una populosa inauguración en la que estaba presente Lucía. Coincidía con su turno.

—Ya viene el rey —anunció una voz en el patio de la factoría, si es que aquello podía considerarse una fábrica: la nueva planta de Seat en Martorell era una ciudad. Y aquellas construcciones parecían casi cualquier cosa menos naves industriales.

—El maestro Yoda lo estaba esperando —comentó Berta en referencia a Jordi Pujol, el presidente de la Generalitat, aunque en el tono no se detectaba un atisbo de crítica ni intención de ofender.

Pujol se había convertido en un símbolo más de Cataluña, de las dos Cataluñas. Acuñó aquello de que era «catalán el que vive y trabaja en Cataluña», quien quería serlo, un mensaje que calaba en la Barcelona metropolitana, donde conseguía un importante número de votos. Aunque en la Cataluña metropolitana se habían extendido varios dichos sobre el presidente, uno de los gritos más habituales en el barrio era quizá el «¡Que pague Pujol!» cuando a algún joven le llamaban la atención por colarse en el metro.

En la nueva Seat, más de mil trabajadores, una ínfima parte del total de la plantilla, entre los que se hallaban también los miembros del comité de empresa, aguardaban la llegada de las autoridades.

—Aquí tenemos al heredero de Franco, paseándose por la fábrica como si todos fuéramos sus vasallos —escupió Berta.

Lucía no dijo nada, tampoco le dio tiempo. Unos individuos con gafas de sol, traje y un pin con el escudo de España se acercaron a ellas y, sin mediar palabra, las invitaron a salir de aquella nave en la que casi se podía comer en el suelo. En el exterior, en una zona ajardinada, se encontraron con otros trabajadores que fumaban un pitillo, vigilados a cierta distancia por otros dos de aquellos tipos de traje oscuro.

—Parece que sois también sospechosas —dijo Salvador, miembro de un sindicato anarquista que estaba junto a otros compañeros de su formación.

A Lucía no le hizo falta preguntar. Aquel era un grupo de anarquistas, folloneros, marroneros y bocazas.

—No entiendo qué hago con vosotros, y no lo digo por ti, Berta —dijo Lucía sin ironía, aunque a la vez recordaba el momento en que coincidió con el rey, en su visita a Sant Ildefons en 1976, cuando le gritó «¡Viva la República!» y salió corriendo. Era imposible que la relacionaran con aquella anécdota.

—Eres una rebelde —contestó Berta—. Esto es la policía secreta. Son los mismos fachas de siempre, aunque ahora vayan de agentes secretos. ¡Panda de Mortadelos!

El grupo empezó a reír. También lo hizo Lucía, sorprendida todavía de que la hubieran incluido en aquella camarilla y descartando por completo que la identificaran con lo ocurrido veinte años antes. Por otro lado, nunca se había dado de baja de Bandera Roja. Aunque tampoco hizo falta: el partido se desintegró. Desde la muerte de Quico, no había vuelto a mantener ninguna actividad sindical, ni siquiera a título personal. Pensó en Juanito, que muchas veces la había animado a que se dedicara a la política. «Eras una mocosa y una revolucionaria. Y no tenías miedo, al contrario que yo: yo siempre tenía miedo», le decía. Pensaba en su hermano y lloraba por dentro. Pensaba en Quico y lloraba aún más.

—¿Un pitillo? —le ofreció Berta.

—Hace mucho que no fumo... Bueno, dame uno.

Lo cogió, lo encendió. El humo le quemó las entrañas y casi se mareó al instante. Pero se mantuvo en pie, Lucía siempre estaba en pie.

—Parece que te haya jodido —dijo su compañera.

—¿El qué?

—El que te hayan relacionado con los folloneros de la fábrica.

—Bueno, me ha sorprendido.

—Por tu pasado.

—Muchos, con el mismo pasado o incluso más radicales, ahora son miembros de partidos políticos y forman parte de gobiernos. Y no todos de partidos de izquierdas, que los hay de todos los colores. ¿Sabes? Quizá ha sido algo hiriente, porque en el fondo te tratan como si fueras un peligro, pero a mi pareja la asesinaron y en cambio el que lo hizo está en la calle.

—Y vienen el rey y el enano, y te ponen en el patio.

Lucía le dio otra calada al cigarrillo y lo tiró. Una cosa es que siempre se mantuviera en pie, firme y valiente; otra bien distinta, que tuviera ganas de cagarse encima porque la nicotina estaba produciendo unos efectos laxantes que no eran los más indicados para ese momento.

—Me voy a sentar un rato en el césped —anunció finalmente.

—Te acompaño —señaló Berta.

Estaba mareada. Más que sentarse, se tumbó. El sol calentaba. El vacío en aquel extremo de la mastodóntica planta era agradable. Sintió cómo Berta se tendía a su lado, cómo aquella chica que era unos cinco más joven que ella, que acababa de cumplir los treinta y cuatro, si no se equivocaba, le rozaba el brazo y luego la pierna. La sensación le resultó muy agradable. A Lucía se le contraía el estómago, un placentero escalofrío le recorría todo el cuerpo. Berta le acariciaba el brazo con el dedo índice.

—Se te ponen los pelos de punta.

Lucía no dijo nada. Sonrió. Su compañera siguió. Tenía los ojos cerrados. Desde hacía mucho tiempo, desde hacía demasiados años, la acompañaba una pesada carga que nunca la abandonaba. Tantos años. Quizá toda la vida.

Al menos era la sensación. Una vida caprichosa. Qué diferente habría sido todo si Quico viviese.

—Vosotras... ¿ahora os va el rollo tijeritas? —gritó Bernard, uno de los encargados de planta. Un tipo de unos cincuenta años que no podía ser más burro porque entonces caminaría a cuatro patas.

Lucía seguía tumbada. Ya no estaba mareada. Ya estaba bien. Berta sí que se incorporó.

—Tú eres pero que muy, muy gilipollas, ¿no?

—Oye, que por mí podéis ser tortilleras si os va el rollo, pero hay que volver a currar.

—Pero es que eres imbécil. Yo ya sé que a un payaso como tú no le tengo que dar explicaciones de con quién follo, pero además tampoco tengo que soportar esos comentarios.

Lucía abrió los ojos. Berta se arrimó a Bernard, como si estuviera a punto de partirle la cara. El encargado dio dos pasos atrás.

—Como sigas así, te abro un expediente y de patitas a la calle —dijo con voz titubeante.

El resto de los que estaban en el patio los rodearon.

Lucía se levantó y caminó con paso firme hasta el corrillo. Cogió a Berta del brazo y la separó de Bernard. Le dio un beso en la boca sin pensárselo. En aquellos labios carnosos tan agradables.

—Luego si quieres nos vamos a tomar algo —dijo sin más.

Sin pensar en el qué dirían, en si era verdad que ahora le gustaban las mujeres, en si de una vez por todas se había vuelto loca.

1995

Laura estaba orinándose. No aguantaba más. Por eso no le gustaba beber cerveza y prefería el calimocho. Era probar el jugo de cebada y al momento sentía que le iba a explotar la vejiga. El tramo final de coche hasta llegar allí fue todo un suplicio.

—No puedo más, tías —anunció al resto de las amigas, que seguían dando tientos a las botellas de Xibeca que quedaban. Al menos, la cerveza no estaba caliente—. Voy a mear entre esos dos coches —anunció. Se metió entre un Opel Corsa y un Citroën AX, se bajó los pantalones elásticos y soltó un intenso chorro que, según descargaba, le proporcionaba una sensación de paz. Le importaba un bledo que la pudieran ver los demás. ¿Y qué? Aquello era un caso de extrema necesidad. Además, no estaban en Cornellà: era Barcelona, Marina para más señas, la zona de la ciudad con los locales más guais en los que bailar a ritmo de rock y de heavy. También de grunge. «Lo que pasa en Marina, se queda en Marina», se dijo.

En Cornellà estaba Tijuana, en L'Hospitalet quedaba Hangar. Pero poco más. Luego todo eran discos de chunda-chunda, básicamente. Exterior sí que era de música heavy, pero siempre con las mismas caras, los mismos babosos y, ahora, no se sabía por qué, estaba atiborrado de cabezas rapadas. Aquel local apestaba. Pasaba algo muy parecido en Cómpliche, una discoteca de dos plantas: en la inferior, la música era para makineros y se llenaba de skins; en la superior, podía sonar desde Metallica o Nirvana hasta Seguridad Social.

—¿Hacemos un Señor Lobo? —preguntó Lidia, vecina del barrio, compañera de instituto y del banco de delante de casa, su mejor amiga, mayor de edad y conductora de un Renault 11 que le cedió su padre al sacarse el carnet de conducir. Esa noche iban solo cinco chicas, las que cabían en el coche.

A Laura y Lidia las acompañaban Vane, que era la que más ligaba y que a Laura le parecía una modelo, Araceli, que tenía la habilidad de tropezarse en cualquier lugar por plana que fuera la superficie, y Encarni, quizá la más seria del grupo de esa noche, pero también una de las suyas. Las cinco eran heavies, aunque en diferente grado: Laura, en un término medio; Encarni, la que más, rozando el trash metal y seguidora de grupos como Sepultura y los Ktulu del barrio de Bellvitge; y Vane, la menos de todas. Quizá eran heavies porque buscaban una alternativa a un mundo adolescente y juvenil dominado por la estética de los raperos y los cabezas rapadas. Y de todas las chicas que se reunían en el banco, y eso incluía también a Vane, eran a las que más les gustaba salir de fiesta en aquel rincón de la gran metrópolis. Marina era todavía un pedazo de la zona industrial de Poblenou, pero también un reducto musical y estético del heavy y del rock, aunque ya existieran Bóveda, una discoteca pija, y Dixie, un bar musical al que también solían ir, quizá más por la tarde, en el que sonaba todo tipo de música pero mucho pop. «Ya solo falta que un día los de Metallica se corten el pelo», había dicho Encarni en más de una ocasión, ignorando que eso ocurriría precisamente al año siguiente.

—Entonces ¿un Señor Lobo? —preguntó Laura.

—Huele fatal —dijo la Vane.

—Pues no respires —bromeó Araceli, que estuvo a punto de tropezarse con un árbol. Ya habían perdido la cuenta de las veces que se había caído por las escaleras del instituto. Y cuando acababa de rodar, siempre sucedía lo mismo: se levantaba de un saltito, se sacudía y allí no había pasado nada.

—Vas taja, taja, ¿no? —le preguntó Araceli a Vane, a quien no le había hecho gracia el comentario.

Ella podía hacer las bromas que quisiera, pero el sentido del humor no era una de sus virtudes.

—Pues como vamos todas —sentenció Laura, que las agarró a las dos del brazo y les señaló el destino, que no era otro que Señor Lobo: un pequeño local alargado, no muy lejos del Tanatorio Sancho de Ávila, atestado de jóvenes de caminar pegajoso y con una atmósfera cargada de tabaco. La cola para entrar era interminable, mucho mayor que la de Zeleste, la mítica sala de conciertos que también funcionaba como discoteca, pero al estilo Marina, sin música tecno ni mákina.

—Joder, parece que todo el mundo quiere que le revienten el culo —apuntó Lidia con acidez, en referencia a la nueva leyenda urbana que corría en las últimas semanas sobre el local. Se contaba que un grupo de skins se adentró una noche entre el tumulto de heavies, que habitualmente se agolpaba en el interior, y se resguardó en el lavabo. Allí, los cabezas rapadas esperaron a un chico de larga melena, lo metieron en uno de los habitáculos del retrete y le introdujeron un botellín de cerveza en el ano para luego reventárselo en el interior. Leyendas urbanas. Una más.

—¡Qué bruta eres! —soltó Laura a Lidia, la única que no había bebido ya que era quien conducía. También era la más reticente a coger el coche por la noche, no por miedo, sino porque entonces ella no podía emborracharse. Por eso prefería que fueran a Marina en coche los domingos por la tarde, en los que como mucho caían dos o tres cervezas.

—La verdad es que tiene que ser un coñazo si está tan lleno como parece —sentenció Encarni. Sobria en palabras, o quizá por eso, ejercía de alguna manera el liderazgo en el grupo. Se hacía escuchar.

—¿Vamos a Bóveda? —intervino Vane, aunque el resto negaron casi a la vez.

—Y si vamos a aquel sitio nuevo, ¿cómo se llamaba? ¿La Última Frontera? —apuntó Laura.

—¡Por mí sí! —exclamó Araceli muy animada. También quería indicar así su oposición a la propuesta de Vane de ir a la disco pija de Marina. La única que había. Aunque Bóveda no era ni mucho menos pija, solo algo menos alternativa que el resto.

—El pueblo ha hablado —sentenció Encarni—. ¿Por dónde es, Lauri?

—Por allí —dijo.

—Hostia, perdonad, perdonad —las frenó un tipo de unos cuarenta años, cargado con una garrafa de agua de cinco litros vacía. Vestía tejanos y camisa blanca, sin chaqueta a pesar de estar en invierno. Aunque el frío fuera débil. Las chicas no dijeron nada, no les dio tiempo—. A ver si me podéis ayudar, por favor, es que me he quedado sin gasolina y, hostias, no llevo dinero ni nada. Nada, con cien pesetas o así que me podáis dejar, ya llego a La Mina.

La Mina. El barrio de Sant Adrià de Besòs no era nombrado por casualidad, formaba parte del guion del relato.

—Ya nos lo pediste hace unas semanas —dijo Laura—. Vaya palo que cada vez que vayas para casa te quedes sin gasolina.

El tipo se la quedó mirando, aunque no perdió la sonrisa. La cara de «darme algo, chicas». Pero ellas empezaron a reírse. El alcohol consumido tenía mucho que ver en aquella reacción.

—Hay que ganarse la vida, chicas —dijo el tipo, que se encogió de hombros y se fue a buscar a otro grupo de chicos que caminara por aquel pedazo industrial de Barcelona, reconvertido en la zona de ocio metropolitana para aquellos que quisieran huir de las discotecas más habituales.

El grupo de chicas llegó al poco a La Última Frontera, en el límite de Marina. No se pagaba entrada porque era un bar musical, otro de los atractivos de aquella área. Las cinco chicas entraron directas hacia la barra, donde pidieron dos rondas de chupitos de tequila, la forma más barata de recuperar el puntillo de embriaguez que comenzaban a perder y aumentarlo, al menos, un nivel.

La bebida quemaba, casi no se notaba el limón de después. Se los habían servido con sal gruesa, pero no importaba.

—Este tequila sabe a rayos —dijo eufórica Araceli, que estuvo a punto de tirarle el cubata a un chico que bailaba a su lado.

—Lo importante es el ciego —añadió Laura. Sin comentar nada, fue a por otros cuatro chupitos de tequila que se bebieron de un trago, ya sin limón ni sal. La bebida le quemó el gaznate. El calor le subió de golpe a la cara. La alta graduación cumplió con su cometido.

—Voy ciega —anunció Laura—. ¿Alguien tiene un cigarrillo? —preguntó mirando a Lidia, que habitualmente tenía tabaco.

—No, tía. A ver si te compras.

—¡Hola! —Apareció de pronto un chico que al menos tenía treinta años. El local no era precisamente de jovenzuelos.

—¿Tienes un cigarrillo? —le preguntó Laura.

—Sí, ojos verdes —dijo mientras sacaba un Camel de la cajetilla—. ¿Y tú qué me das a cambio?

El chico no estaba mal. Ella nunca lo hacía. Sin lugar a duda, era el alcohol. Laura se le acercó y le dio un pico. Luego le mordió el labio y acabó con un pequeño morreo con lengua en el que él se mantuvo estático.

—Joder, así te doy la cajetilla entera —contestó el chico, que le tendió el pitillo y, casi al momento, echó mano del mechero para darle fuego.

—Gracias, ya tuve suficiente —dijo Laura, que sin decir nada más se alejó del grupo y se adentró en el centro de la sala mientras por los altavoces comenzaba a sonar *Iberia sumergida*, la canción de Héroes del Silencio. Los de Zaragoza, aunque no eran heavies sino de rock siniestro, estaban entre los grupos favoritos de Laura, que comenzó a bailar y a cantar aquel tema de su nuevo disco, *Avalancha*, como si estuviera poseída. A continuación sonó *Oveja negra*, de Barricada, otra de sus canciones preferidas que, aunque no era ninguna novedad, solía estar entre las habituales de los bares musicales de la zona.

—Hola, ojos verdes —dijo el chico de antes.

Laura seguía a su bola, bebida, mareada, agitándose con el «Balas blancas, balas blancas para la oveja negra» de Barricada. El tipo seguía allí, moviéndose torpemente, tratando de seguir el ritmo de la voz ronca del Drogas.

—¿Qué quieres? —preguntó finalmente Laura.

—Que si quieres otro cigarrillo.

Ella se rio. Él se la quedó mirando.

—Pírate, *pasmao* —contestó la chica antes de seguir bailando.

Al poco se sumaron a su alrededor el resto de las amigas, y el chico desapareció.

—Esto está lleno de puretillas, pero la música es buena —apuntó Araceli.

—Yo sigo pensando que teníamos que haber ido a Bóveda. Esto está lleno de ancianos salidos y viejóvenes —dijo Vane mientras señalaba a los grupos de treintañeros y algunos cuarentones que bailaban a su alrededor—. Es que aquí tiene que haber peña de la edad de tu madre, Laura.

Pero ella seguía bailando, dándolo todo. Pensó en su madre e hizo una mueca con la cara. Aquel estaba siendo su año de la ira. Con Lucía iba, al menos, a una o dos peleas por día. Porque no hacía nada en casa. Y tenía razón. Porque pasaba del instituto. Y era cierto. Seguramente aquel curso lo suspendería todo o casi todo. Porque faltaba continuamente a clase. Tampoco era mentira. De hecho, ya la habían expulsado varios días por hacer campana. Un castigo que, en el fondo, tenía poco sentido si el objetivo era mentalizarla para ir a clase.

A Laura solo le importaba salir de fiesta con las amigas. Pero lo que le decía su madre de que tenía pocas cosas en la cabeza... Eso sí que realmente no era así. Quizá tenía demasiadas.

—¿Quieres una de estas? —le dijo de nuevo el chico del pitillo. En la mano le enseñaba una pequeña pastilla—. Es un ácido.

—Y para esto quieres que te la chupe al menos, ¿no? —contestó Laura.

—Al menos.

—Pues ¡que te follen! —exclamó Laura entre carcajadas

antes de golpearle la mano. La pequeña y colorida pastilla salió volando y se perdió en la sala.

Encarni se percató del movimiento y de cómo aquel tipo, antes apacible y de apariencia inocente, contraía la cara y con los ojos ensangrentados se abalanzaba sobre su amiga y la cogía por la camiseta, dejándole la barriga y una parte del sujetador negro al descubierto.

—¡Serás puta! —gritó el chico justo en el momento en que Encarni se situaba a su lado y con el hombro le golpeaba la cara. Lidia se interpuso y los que estaban a su alrededor se arremolinaron todavía más.

—¡Te voy a partir la cara! —amenazó el chico a Laura, que seguía bailando como si todo aquello no fuera con ella.

Aparecieron de pronto dos armarios que debían de ejercer de guardias de seguridad y, en vez de arremeter contra el chico, cogieron a Laura cada uno por un brazo y se la llevaron en volandas hasta la puerta. Sus amigas corrían detrás de ellos. Al llegar a la calle, uno de los de seguridad le propinó un sólido puñetazo en la barriga que la dejó sin aire. Laura pensó que le había atravesado el estómago. La tiraron al suelo y la dejaron vomitando mientras llegaban sus amigas.

—Niñata de mierda, ¡vete para tu puto barrio! —gritó el chico del cigarrillo y la pastilla, uno de los habituales del local y el suministrador oficial de droga en un garito en el que pocos acababan por casualidad. Había seguido a los dos seguratas hasta la puerta.

—Comemierda hijo de puta, muy valiente con dos gorilas para que te cuiden el culo —farfulló Lidia, mientras ayudaba a levantar del suelo a Laura—. Tú lo que eres es un mierda. ¡Mariconazo!

El individuo se metió en el local. El portero de la entrada permanecía inmóvil, como si la cosa no fuera con él.

—Joder con el cabrón. Esto nos pasa por venir a un sitio nuevo —dijo Araceli.

—Ya dije yo que teníamos que haber ido a Bóveda —insistió Vane, que nunca renunciaba a una buena oportunidad.

—¿Estás bien, Laura? —le preguntó Encarni.

Ella asintió. Ya por su propio pie, aunque con la mano apoyada contra la barriga, cogió del suelo un *panot*, una de aquellas baldosas típicas de Barcelona que estaba medio levantada en la acera.

Lo sostuvo con la mano derecha. Miró un momento al luminoso que anunciaba el nombre del local y lo lanzó con fuerza. El portero se agachó para que la loseta no le impactara en la cabeza. El rótulo de La Última Frontera estalló en mil pedazos.

Laura comenzó a reír con fuerza.

Cogió otro *panot* y lo lanzó, ahora sí, contra la puerta.

Lucía se había quedado dormida en el sofá cuando sonó el teléfono de casa. Se incorporó de un salto, con el corazón a mil. Una llamada a esas horas nunca era buena, y menos cuando Laura había salido de noche. Con la luz apagada y el comedor iluminado tan solo por las farolas de la calle, descolgó el teléfono. Al otro lado se oía una voz grave.

—Sí, sí, dígame. Sí, soy yo. Sí, enseguida voy, sí, sí... No se preocupe. Sí, gracias por todo, sí, sé dónde están. Gracias.

Lucía colgó y acto seguido llamó a una de las empresas de taxis que se anunciaban a todas horas en Radio TeleTaxi, la emisora de un famoso cordobés, Justo Molinero, que se había convertido en una de las estrellas radiofónicas de Cataluña al haberse consolidado entre los oyentes catalanes de origen andaluz. Lucía no tuvo que vestirse. Tampoco hizo nada por acicalarse un poco. Salió enseguida a la calle a esperar a que llegara el taxi, que tardó muy poco tiempo en presentarse a la puerta del edificio. Le sonaba la cara del conductor, debía de ser también del barrio. En menos de cinco minutos, Lucía estaba ya de camino a la comisaría de la Policía Nacional de La Verneda. Allí estaba retenida su hija Laura.

Eran las cuatro de la madrugada. Cornellà dormía, apenas había tráfico. El taxista tomó la Ronda en la frontera con Esplugues. La carretera de circunvalación se construyó antes de los Juegos Olímpicos con el objetivo de rodear Barcelona y permitir que los conductores alcanzaran diferentes puntos de la ciudad sin tener que cruzarla. Sin embargo, las rondas se habían convertido en las nuevas murallas de la gran Barcelona de finales del siglo XX, que se había extendido hacia las ciudades metropolitanas y de alguna forma constituía casi un continuo urbano. Una misma masa de calles y edificios con muy pocos solares vacíos, un conjunto de ciudades fundidas en un extrarradio que compartía aceras pero donde no todo era aún igual.

El taxi avanzó por la ronda del Litoral y se internó en la falda de la montaña de Montjuïc. Lucía, desde la parte trasera del vehículo, se fijó en la oscuridad del Mediterráneo, que contrastaba con las luces y la actividad de la zona portuaria, a pesar de ser de madrugada. Un enorme crucero atracado no tenía nada que envidiar al de *Vacaciones en el mar*, la serie de televisión que veía Lucía cuando Laura era tan solo un bebé. Y ahora la habían llamado de la comisaría: «Señora, tiene que venir a buscar a su hija. Está bien, pero se ha metido en un problema», le había dicho el policía por teléfono.

No le hizo falta ni entrar en las dependencias policiales. En la puerta de entrada esperaba Laura junto con varias amigas, pero también su hermana Esperanza. No le hizo falta preguntar nada.

—Un camello ha pegado a Laura, porque ella le había tirado al suelo un ácido que le estaba ofreciendo. A la niña la han echado del local y la han golpeado. Ha cogido un par de baldosas y las ha lanzado contra la entrada. Pero ya está, Lucía, todo está arreglado. El local no va a hacer nada porque se les caería el pelo: han dejado entrar a una menor y le han vendido alcohol. Además del tema de las drogas y de que la han golpeado. He hablado con el comisario y ya está todo arreglado. Nico también ha hecho una llamada... Después de todo, es el delegado del Gobierno y la Policía Nacional depende de él —dijo Esperanza.

Laura estaba detrás de su tía, aunque cogida de la mano.

Lucía se quedó inmóvil. Sin decir nada. Sin saber si tenía que darle un beso y un abrazo a su hija o soltarle una torta con la mano abierta. Y con respecto a su hermana pequeña, lo mismo. Estaba paralizada tratando de asimilar toda la información que le acababa de proporcionar Esperanza, aunque a la vez se preguntaba por qué la policía le había entregado a ella su hija, por muy periodista famosa que fuera y por mucho que hubiera hablado con el comisario o con Nico.

—Nosotros ya nos vamos, señora Lucía, que no se vaya a hacer tarde y nuestros padres se preocupen —dijo Lidia que, tras la detención de su amiga, acudió a la comisaría con el Renault 11.

Fue ella quien llamó a la tía Esperanza. Se lo pidió Laura, mientras que, desde las instalaciones policiales de La Verneda, se ponían en contacto con Lucía al ser su hija una menor. Laura se mantuvo en silencio.

—Vamos a casa. Os llevo yo —dijo Esperanza, que no solo tenía carnet de conducir sino también coche, el último modelo de Seat Ibiza, cuyos tapizados y embellecedores había montado Lucía en la fábrica de Martorell.

Laura seguía en silencio. Su madre también. Hicieron el camino de vuelta escuchando la radio. Lucía, sentada en el asiento del acompañante, completamente erguida. Abandonaron la Ronda. Las calles de Cornellà estaban prácticamente vacías. Un par de hombres de origen magrebí caminaban por la calle cargando un pequeño petate. Desde hacía un par de años, emigrantes del norte de África, principalmente de Marruecos, habían comenzado a habitar en el barrio. La nueva inmigración, decían algunos. Trabajaban en las fábricas de siempre, pero la mayoría estaban en la construcción. Se contaban por centenares y muchos no tenían documentación.

Esperanza detuvo el flamante Seat Ibiza delante de la puerta del piso de su hermana que, sin poder aguantar más, estalló.

—De qué coño vas. ¿De qué coño vas? ¡De qué coño vas! —exclamó Lucía en una secuencia que crecía de volumen e intensidad mientras se giraba hacia los asientos traseros.

Laura no dijo nada. Miraba al suelo.

—¡¿Que de qué coño vas?! —insistió Lucía—. ¡Que tienes diecisiete años! ¡Que eres una niña! Que encima que te dejo salir de noche... ¿Tienes que destrozar un bar? ¿Y borracha? ¿Te tengo que ir a buscar a una comisaría?

—Hostia, Lucía, joder, a ver que la niña... —trató de intervenir Esperanza, mientras Laura se hundía y se hacía pequeña en el asiento trasero.

—Que la niña... Que la niña ¿qué? —Lucía se giró hacia su hermana pequeña—. La niña según para qué es una mujer, pero luego pasa del instituto. Le van a quedar todas y como siga así va a mandar su vida a la mierda.

Laura empezó a llorar. Demasiadas emociones, demasiada contención en los últimos meses. Salió del coche y echó a correr hacia el piso. Lucía salió tras ella. También Esperanza. La chica subió las escaleras, abrió la puerta con su llave y se tumbó en la cama. Nunca había llorado tanto. Su madre entró en la habitación.

—Tienes que espabilar, Laura, ¡tienes que espabilar! ¡Vas a mandar tu vida a la mierda!

—Hostia, Lucía, tranquila, deja a la niña —dijo Esperanza, que también había seguido los pasos de su sobrina.

—¿Que la deje tranquila? ¿Y tú por qué no nos dejas tranquilas a nosotras? —preguntó Lucía, que ahora cargaba contra su hermana—. ¿Tienes que aparecer siempre con ese halo de divinidad? La chica de barrio que ahora es todo menos chica de barrio. Una pija de Barcelona que cuando viene a sus humildes orígenes hay que respetarla, hay que venerarla, porque está por encima de los demás.

—Se te está yendo la olla, directamente se te está yendo la olla... —replicó Esperanza.

—No sé qué maldita autoridad te da el no sé qué para estar por encima del resto —arremetió Lucía.

—Paso.

—Sí, eso es lo que has hecho siempre, hermanita. Pasar de los demás, ir a tu puta bola y pensar solo en ti. ¡Egoísta! —continuó Lucía, que sentía cómo afloraba la rabia contenida de tantos años y de tantos silencios. Ya no estaba que saltaba por Esperanza, en su rabia aparecían la muerte de Juanito y el asesinato de Quico. Había estallado. La herida mal suturada del día que liberaron al Llanero Solitario se había abierto en canal.

Laura dejó de llorar. Se giró, aunque permaneció tumbada en la cama. Su tía estaba a punto de explosionar y lo hizo.

—¿Pero de qué coño vas? Ya tuvo que hablar otra vez la

Dramas, a la que todo le ha salido mal y que se ha tenido que esforzar mucho más que el resto. ¡Oh!, la luchadora incansable por la libertad... —contraatacó Esperanza.

—No he sido una egoísta como tú, periodista estrella. Juanito estuvo enfermo. Juanito murió. No lo trataste como a un hermano, para ti en sus últimos años fue un extraño. Yo no he sido una egoísta como tú.

—¡Y una mierda! Sí que lo has sido, y una envidiosa de mierda, porque papá y mamá... ¿me hacían más caso a mí? En fin, Lucía... Lo de Juanito, eso es muy sucio, Lucía. Cómo te gustan los muertos, joder, cómo te gustan los muertos.

—¿Qué quieres decir?

Laura se levantó de la cama.

—Qué bueno fue para ti que matasen a Quico... Así has tenido siempre un drama que utilizar, un drama al que abrazarte —afirmó Esperanza, airada, aunque se arrepentía de cada una de las sílabas al mismo tiempo que las pronunciaba.

Lucía le dio un tortazo a su hermana pequeña.

—¿Sabes lo que es vivir con dolor? ¡¿Lo sabes?! —preguntó Lucía antes de echarse a llorar como una niña.

Esperanza no supo reaccionar a la bofetada. Se marchó enfadada, a grandes zancadas. Bajó a la calle y, ya en su Seat Ibiza, se derrumbó y arrancó también a llorar. Mientras tanto, Laura vomitaba de nuevo, esta vez en el lavabo del piso de dos habitaciones. Demasiado alcohol y demasiadas emociones.

1996

Leonor se levantó con frío. En plena primavera. Sentía el vacío de la casa. A su lado, yacía inerte Manuel, que había muerto durante la noche. Ella tenía la impresión de que, entre las nebulosas del sueño, había notado el momento en que su marido expiraba.

Manuel se marchó en silencio.

Leonor no lloró, aunque no fue porque no sintiera su muerte. Llevaba casi toda la vida con Manuel. Leonor no lloró porque ya había llorado demasiado en su vida. Al observar el cuerpo de su marido, se sintió culpable por imaginar cómo hubiera sido su existencia sin él. Lo había pensado muchas veces, aunque hubiera asumido continuar a su lado y borrar esa idea de su cabeza. Fuera como fuese, ya no estaba. Leonor le besó, casi como un acto reflejo. Estaba frío. Rígido. Manuel ya no estaba.

Leonor se dirigió al comedor en busca del teléfono góndola rojo. Estaba en una mesita, junto a la lámpara y el sofá. Suspiró. A pesar del presentimiento, no se había acercado a Manuel hasta el momento de despertarse. Miró la hora en el reloj de pared. «Las niñas deben de estar despiertas», pensó cuando ya había descolgado el teléfono. Llamó a Lucía. Era la mayor. Era sábado. Estaba en casa. La que estaba más cerca.

Su hija descolgó a los dos tonos.

—Buenos días, Lucía, soy la mama.

—¿Ha pasado algo? —preguntó, sorprendida por la hora de la llamada y el tono solemne empleado por su madre.

—El papa está muerto.

—¿Cómo que está muerto?

—Ha fallecido esta noche. No ha sufrido. Ha sido durmiendo. Yo estaba acostada a su lado. He sentido cómo se iba, pero no me he levantado, no he sido plenamente consciente de lo que pasaba. No ha sufrido, se ha ido en paz. La muerte que a mí también me gustaría. Todo está bien, hija mía.

Lucía no sabía qué decir. Su madre continuó hablando:

—Ven a casa en cuanto puedas. Llamaré ahora a Andrés, al cobrador de los muertos, pero me tienes que ayudar a prepararlo todo. La niña, Laura, que no venga todavía.

—No tardo, mamá. No, no llevaré a Laura. Está durmiendo la mona. Cuando se haya despertado, al mediodía, me vendré a casa y le diré. Llamo al ambulatorio para que vaya un médico para certificar la defunción.

—Avisa a tu hermana Esperanza.

Silencio.

Leonor lo sintió. Un silencio abrumador.

—Tenemos que estar juntas, Lucía. Avisa a Esperanza, no me gusta que estéis enfadadas. Ni tú ni ella tenéis a tantas personas... Sois hermanas, hija, y las dos igual de cabezonas. Os queréis, aunque seáis tan diferentes. Cariño, eres la mayor. Eres también la más fuerte de todas nosotras. Tienes que cuidar de Esperanza como cuidas de Laura, como cuidaste siempre de Juanito. Así que Lucía... Llama a tu hermana. Ahora avisaré al de los muertos.

—Ahora voy, mamá.

Colgaron casi a la vez.

Sus hijas se creían muy diferentes, pero se parecían demasiado. Leonor no negaba que Esperanza fuese la mimada. Era la pequeña. Había vivido otra vida: la del barrio con pocos descampados y del trabajo estable, sin maleta de cartón ni miseria. La vida desahogada, con la posibilidad de estudiar en la universidad. Lucía había mamado la incertidumbre y la tristeza. La injusticia. Pero tenía buen corazón. Todas lo tenían.

Leonor cogió de nuevo el auricular del teléfono góndola y marcó otro número. Al tercer tono de la llamada, alguien descolgó.

—Hola. Buenos días, ¿está Andrés?

—¿Quién pregunta por él? —preguntó una voz femenina. Leonor no estaba llamando a la oficina de la compañía, sino a su casa. Era el teléfono que ponía a disposición de sus clientes que pintaban canas, como él también hacía. Quien estaba al otro lado era su mujer o su hija. Sabía que tenía una chica de la edad de Lucía. ¿O quizá era dos años mayor?

—Soy una clienta de toda la vida. De la Satélite. Leonor, la que cose, la mujer de Manuel que había trabajado en la Montesa...

—Supongo que es por...

—Sí.

—Le acompaño en el sentimiento, señora Leonor. Ahora se pone mi marido.

Leonor pensó que, si era la mujer, debía de estar acostumbrada a llamadas así, casi en cualquier momento.

Se escucharon pasos.

—¿Dígame? —preguntó el cobrador de Santa Lucía.

—Hola, Andrés. Soy Leonor, la costurera. Manuel, el de la Montesa, ha fallecido esta noche.

Esas señas eran más efectivas que un apellido, casi que la propia dirección.

—La acompaño en el sentimiento. Ahora mismo voy para allí.

El recibo de los muertos fue el primer pago regular que Manuel y Leonor se permitieron a su llegada del pueblo. Así, una vez fallecidos, regresarían al lugar de donde habían venido. Una suerte de conclusión del círculo.

Era un pago habitual entre los inmigrantes, como si así se sintieran más seguros, como si así perdurara la relación con lo que habían dejado atrás, lo que con el paso del tiempo jamás se recupera. Aunque llegara el día en que renunciaran a regresar, en que supieran que solo volverían después de muertos.

Pero era mejor quedarse para que los recordaran los que estaban a su lado, conscientes de que quienes quedaron atrás, o se habían olvidado de ellos o ya habrían fallecido. Al llegar la muerte, lo que tuvieran ya no sería nada. Y cualquier duda que pudiera existir se disipó con el fallecimiento de Juanito. Fue enterrado en El Papiol.

Leonor se aseó.

Se vistió, dejó un traje limpio y planchado a los pies de la cama y se tumbó junto a Manuel a la espera de que llegaran sus hijas, de que lo hiciera la funeraria. Y se volvió a sentir culpable al pensar cómo habría sido la vida sin él, un pensamiento frecuente que ahora, con él de cuerpo presente, la hacía sentir mal.

Llamaron a la puerta. Se abrió cuando estaba de camino. Era Lucía. Su hija mayor la abrazó. Lloraba.

—¿Has llamado a Esperanza? —preguntó su madre.

—La he llamado. También al médico.

Desde la noche que detuvieron a Laura apenas habían

hablado. Y habían pasado ya varios meses. En aquel tiempo, Lucía había pensado mucho en Juanito. Siempre lo hacía, pero había recordado sobre todo sus palabras sobre la importancia de vivir la vida, delante de aquella bodega de Sants. No quería estar enfadada con Esperanza, aunque fuera una pedante y una pija que había renunciado al barrio. Para Lucía era muy parecida a Manuel, pero quizá lo eran todas, ella también. Lucía se sentía bien, estaba feliz desde que había comenzado la relación con Berta. Ni ella misma se lo creía, seguramente ni Juanito lo habría hecho. Estaba con ella y ya está, sin plantearse si ahora le gustaban las mujeres, si ya no le gustaban los hombres. Berta la hacía sentir bien y eso era lo único que le importaba.

—¿Papá está vestido?

—Sigue en pijama. Está muy rígido y la verdad es que no me veo con ánimos... Pero que está para ver, el pijama es de los nuevos y se lo puso ayer noche. He pensado que los de la funeraria han de estar más que acostumbrados a vestirlos. Les he dejado un traje a los pies de la cama. ¿Te puedes ocupar si viene la funeraria? Voy a avisar a Carmela, a los del pueblo, también a algunos compañeros de la Montesa... Creo que también tengo el teléfono del señor Reverter... A ver si sigue vivo, que supongo que sí. Pienso que a tu padre le gustaría que viniera a su funeral.

—Haz, mamá. No te preocupes.

—Y Lucía. No te enfades más con tu hermana. Ni te imaginas lo que echo de menos a mi hermana Rosa, el no tenerla a mi lado...

—Es diferente.

—No, no lo es. Créeme —dijo la anciana a la vez que acariciaba con cariño la mano de su hija mayor. Se dirigió al comedor en busca del teléfono.

Lucía suspiró y entró en la habitación de sus padres, donde estaba el cuerpo de Manuel.

Los muebles del cuarto apenas habían cambiado en todos aquellos años. Las paredes, sí: estuvieron empapeladas con un papel de rayas de colores y luego con uno con motivos florales. Ahora estaban pintadas de blanco. Lucía sonrió. Le vino a la mente una imagen, la de su padre con un cigarrillo en la boca, sin camisa, con el pecho lleno de vello, al lado de la mesa de la cocina instalada en el comedor, cortando con un cúter una tira de papel pintado. Lo compraban en una droguería que estaba de camino del centro. También aquella cola fría y pegajosa que utilizaban. Recordaba a Juanito, que se pegaba a sí mismo a la pared. Y el enfado de su padre... Con Quico también habían llegado a empapelar el piso antes de que llegara con fuerza su sustituto natural: el estuco de color blanco que aún resistía en la habitación de sus padres. Eso sí, se hicieron un armario a medida que ocupaba toda la pared, de madera clara y lacada. La cama era la de siempre, con un cabecero de madera de los que pesaban y que no combinaba para nada con las dos mesitas, mucho más nuevas y de conglomerado blanco, como la cómoda que estaba justo delante de la cama. Encima del cabecero, presidía la habitación un viejo crucifijo que un año su madre se trajo del pueblo.

Lucía se fijó en su padre, tumbado en la cama. Parecía que dormía.

Había cumplido, no hacía mucho, sesenta y cuatro años. No tenía ninguna duda: su padre murió el día que los japoneses compraron Montesa. La fábrica seguía funcionando, aunque ahora también fabricaban las motos Honda y se rumoreaba con fuerza que la trasladarían a Santa Perpètua de Mogoda.

Siempre se quejó de que su padre vivía aparte del resto,

sin su familia, y que aquellos últimos años se había encerrado en su soledad.

—Nosotros tampoco te preguntamos. Quizá deberíamos haber estado más por ti, papá. Pero la verdad es que te encerraste siempre —dijo Lucía delante del cadáver de su progenitor.

A pesar del *rigor mortis* no tenía la cara apretada. Se le veía sumamente relajado. Se sentó al pie de la cama, donde estaba la ropa que había preparado su madre. Se escuchó el timbre de la entrada. Hizo el amago de ir a abrir la puerta. Su madre, a la que había estado escuchando cómo hablaba por teléfono, se anticipó. Sabía quién había llegado por los pasos. Era Esperanza. Habló un poco con su madre antes de entrar en el dormitorio.

—Hola, Lucía.

Esperanza abrazó a su hermana mayor sin pensárselo un solo momento. Aunque fue un abrazo frío. Aún le dolía la torta que le dio unos meses atrás, cuando fueron a buscar a Laura a comisaría. Era consciente de que ella también fue muy dura con su hermana: otra vez la mención del asesinato de Quico. Ya se habían peleado por eso. Su recuerdo convertido en un arma hiriente. Pero si entonces aquel encuentro fue un choque de trenes en toda regla, ahora que se reencontraban no iba a ser como si no hubiera sucedido nada. Las dos tenían el orgullo suficiente para impedir que así fuera. Esperanza percibió también la dureza de su hermana mayor, aunque su padre estuviera de cuerpo presente.

—¿Cómo estás? —preguntó Lucía.

—Bien. Gracias por avisar —dijo la hermana pequeña.

—Mal que nos pueda pesar, somos hermanas. —Lucía pensaba en Juanito. Veía a su progenitor y pensaba en su hermano—. No me tienes que agradecer nada, ¿no?

—Supongo que no.

Esperanza se acercó a la cama, hasta su padre. Ella sabía también qué es el trabajo cuando se convierte en tu vida. *La Vanguardia* no era solo un empleo, un sitio donde bregar un puñado de horas a cambio de un salario, unas semanas de vacaciones y ya está. Para ella, ser periodista era una forma de estar en la vida, de relacionarse con los demás, con el espacio y con la sociedad. Lo que hacía su padre. Lo entendía, lo comprendía. *La Vanguardia* era el diario que se compraba en Sant Ildefons los domingos, incluso por quienes no leían los periódicos habitualmente. Se publicaban los anuncios clasificados, los de venta de coches y de pisos, las ofertas de empleo. Estaba en el diario decano en un momento en que no abundaban los trabajadores de origen humilde. Su salario, que no era malo, había mejorado muchísimo, y contaba con mucho más reconocimiento entre la élite que antes. La élite, de la que forman parte algunos periodistas, puede ser una burbuja, pero es muy diferente formar parte de ella a solo imaginar que existe.

—Fue durmiendo, ¿no? —preguntó Esperanza.

—Sí, voy a ver si mamá necesita algo. ¿Te quedas?

La hermana pequeña asintió.

Se sentó junto a su padre, al lado del traje que su madre había colocado a los pies de la cama. No recordaba haberlo visto nunca con el rostro tan relajado. Al contrario de lo que le habían contado sus hermanos, a ella nunca le había pegado. Pocas veces lo vio enfadado con ella. Lucía en una cosa sí que tenía razón, aunque no se lo reconocería. Ella era la mimada, la niña de los ojos de Manuel cuando estaba en casa, cuando hacían algo de vida familiar. Ella también había percibido el cambio cuando su padre dejó de trabajar. «Estaba deprimido», pensó. Lo había pensado más veces. Se lo había dicho a su madre. Quizá ella se hubiera podido implicar más, haberlo ayudado, pero desde que había comenzado a trabajar de periodista tenía poco tiempo. Era su trabajo. Su vida. Nadie mejor que su padre la podría entender.

Esperanza escuchó la puerta de la casa. Los pasos de su madre, de su hermana y de una tercera persona. Los tres entraron en la habitación. A las dos mujeres las acompañaba Andrés, el cobrador de los muertos. A Esperanza le pareció que nunca envejecía: más bajo que ella, pero de un metro setenta y pico, corpulento, pelo cano de siempre, mandíbula poderosa y gran nariz. Era gallego, originario de la provincia de Ourense, de Xinzo de Limia. Estudió en el pueblo, por lo que, en vez de en una fábrica, entró a trabajar en una correduría de seguros, donde llevaba toda la vida y que ya era suya.

—Y esta es mi pequeña, Esperanza —dijo Leonor a modo de saludo.

—La famosa periodista. Sí, la periodista. Ahora te leo en *La Vanguardia* —contestó el agente de seguros a la vez que le daba a estrechar su fría y corpulenta mano—. Ya le he dicho a su madre y a su hermana que ahora vendrán los de la funeraria para llevar a su padre al tanatorio cuando haya venido el médico. Esta misma mañana se quedará allá instalado. Pasado se hará el funeral y el sepelio en Roques Blanques.

—¿Pasado mañana? ¿Mañana no? —preguntó Esperanza.

—Su madre quiere un día más y estoy para cumplir los deseos de quien vive situaciones así, que viviremos todos. Aunque llegado el momento no nos enteremos —contestó Andrés mostrando una sonrisa inmaculada—. ¿Cómo quiere que lo vistan?

—Con un traje nuevo que tiene. El último que se compró cuando todavía trabajaba en Montesa. Quizá le vaya un poco ancho, pero se lo puedo arreglar con la máquina que tengo en casa.

—No se preocupe. Eso en el tanatorio si hace falta se lo arreglan. ¿Se lo hizo usted el traje?

—Se lo podría haber hecho... Le gustaba vestir bien. Cierro los ojos y lo tengo presente cuando éramos jóvenes, cuando llegamos a Barcelona en el Sevillano. Lucía era una niña, Juanito... Juanito también. Pobre Juanito. Esperanza no era ni una idea. Veo a Manuel vistiendo un traje viejo gris, que durante mucho tiempo fue el único que tuvo. Entonces estaba muy delgado y tenía la piel quemada por el sol, lo que hacía que contrastaran todavía más sus ojos claros... Llevaba gorra.

Sonó un timbre repetitivo. Agudo. Continuo. Ni Leonor ni Lucía ni el agente de seguros tenían claro qué era aquello. Esperanza sí. Era su nuevo teléfono móvil, un aparato que ya se vendía en los centros comerciales y que los gurús tecnológicos aseguraban que cambiaría el mundo y la forma de relacionarse, en un momento en que internet también se extendía en los hogares, aunque fuese a ritmo de módem. En el diario tenían una conexión a internet mucho más rápida que la doméstica y cada día más se comunicaban a través de los correos electrónicos.

—Disculpad —dijo Esperanza, que fue a buscar el bolso para coger el teléfono—. Debe de ser del trabajo, el número no lo tiene mucha más gente. Es muy nuevo... Ahora os lo daré.

Esperanza se ausentó de la habitación, donde Andrés se despidió de su cliente de toda la vida, a quien volvería a ver en el tanatorio y en el cementerio. Continuó explicando a la viuda y a su hija mayor los pormenores de todo el servicio.

Al poco tiempo de llegar el cobrador de Santa Lucía llegó

el médico y, después, los trabajadores de la funeraria, que recogieron al finado y la ropa que más tarde le pondrían «en las oficinas». La presencia del coche fúnebre no pasó desapercibida y, al cabo de unos minutos, varias mujeres le preguntaban a Leonor si podían hacer algo por ella. El barrio era también como un pueblo de miles de personas, concentrado en unas pocas calles, entre las que se extendió la noticia de que el marido de Leonor, la que cosía y daba trabajo, la de la Plataforma de Mujeres, había muerto así de pronto, por la noche y tranquilo. A pesar de ser sábado y hacer buen día, la noticia generó un cierto revuelo a las puertas del inmueble cuando el finado abandonó el barrio en el coche de la funeraria.

Leonor recibió en la calle las primeras condolencias, los primeros besos y abrazos. Se podría decir que la ceremonia fúnebre comenzó allí, delante de su casa, en la calle. Fue una despedida muy concurrida, no tanto por el carácter del finado, que nunca llegó a crear lazos estrechos en el barrio, como por el de la viuda, que había tejido una extensa red de relaciones. El interés generado por la mañana aumentó con el paso de las horas, una vez que, ya vestido con su último traje, Manuel esperaba en el velatorio.

Hasta el tanatorio se acercaron muchos vecinos, pero también algunos compañeros de Montesa. También hizo acto de presencia el señor Reverter que, tras dar el pésame a la viuda y a la hija mayor, estuvo charlando durante más de una hora con Esperanza, a la que aseguraba que se habían conocido en un acto del Ayuntamiento o del Círculo del Liceo. No lo recordaba bien, pero les había presentado algún conocido común.

El señor Reverter, aunque anciano, mantenía el mismo porte elegante: delgado, con la barba cuidada ahora completamente cana, su corte de pelo matemático y la sonrisa ordenada. Como si por él no hubieran pasado los años. Manuel, y eso que en la funeraria habían hecho un buen trabajo a juicio de Leonor, parecía mucho más viejo que su protector.

A Esperanza le produjo un cierto resquemor saber que su padre no le había hablado de ella.

—Supongo que no le contó nada porque comencé a trabajar de periodista justo después de que se quedara sin trabajo.

—Sí, puede ser. Seguro. Nunca digirió bien quedarse sin trabajo, ¿no? —preguntó el señor Reverter a Leonor.

—Montesa era su familia —sentenció la viuda.

—¿Le puedo ayudar en algo? —preguntó Lucía a una mujer que debía de tener su misma edad. Acababa de cumplir cuarenta y dos años. Era una mujer menuda pero esbelta, pelirroja, que desde la puerta de la sala observaba con prudencia pero sin perder detalle, y que saludó al señor Reverter con dos besos cuando este abandonó el tanatorio.

—¿Manuel era tu padre? —preguntó la desconocida.

Lucía asintió.

—Pues te acompaño en el sentimiento.

—¿Era compañera de trabajo?

—¿Yo?

—Como conoce al señor Reverter...

—No, no. Trabajaba para él, pero no en Montesa. Aunque sí conocí a tu padre. Era bueno y os quería.

—Gracias —contestó Lucía, extrañada—. ¿Quiere entrar?

—Me marcho. Era un buen hombre. A lo mejor no supo cómo decir que os quería, pero os quería mucho... —dijo la menuda pelirroja antes de desaparecer en dirección a la puerta del tanatorio. Lucía se la quedó mirando, sin percibir que su madre había llegado a su lado.

—¿Esa quién era? —preguntó Leonor.

—No sé, madre. Me ha dicho que trabajaba para el señor Reverter.

—¿Y olía a jazmín?

—¿Qué pasa? —preguntó Laura, que se había acercado hasta su madre y su abuela. Junto a ella estaba Esperanza.

—Nada, cariño —dijo Leonor acariciando a su nieta—. Voy para dentro, que sigue llegando gente. ¿Esta niña no es muy pequeña para que esté aquí tanto rato? —le preguntó a Lucía.

—Tiene ya dieciocho años. No es ninguna niña… —contestó Lucía—. Laura, quizá sí que podrías ir ya para casa.

—No, mejor me quedo con vosotras.

Esperanza le apretó el brazo.

—No tardaremos en irnos todas. Voy con mamá —dijo Lucía a su hermana y a su hija, y se retiró a la sala del velatorio donde su padre estaba de cuerpo presente.

Justo en ese momento entraban para dar el pésame algunos concejales. Su madre era todo un símbolo del movimiento asociativo. La misa, al día siguiente, la oficiaría en el mismo tanatorio el padre Benvenuty. El párroco se había ofrecido esa misma tarde.

—¿Estás bien? —preguntó Esperanza a su sobrina.

—Sí, triste. El abuelo era un hombre un tanto difícil… pero conmigo era cariñoso.

—Supongo que todos acabamos poniéndonos corazas y mi padre se puso muchas. Vivir no siempre es fácil.

Laura sonrió.

—Vaya frase, tita, y más diciéndolo en un sitio como este, que está lleno de muertos.

—También hay muchos vivos…

—¿Vas a hacer las paces ya con mi madre? —preguntó directamente Laura.

—¿Ella quiere hacerlas conmigo?

—Yo quiero que las hagáis.

—Ni te preocupes por eso, cariño...

—Sí que me preocupo.

—A mí me preocupan tantas fiestas, si te digo la verdad.

—Pareces mi madre —apuntó Laura.

Esperanza se la quedó mirando. Sonrió a su sobrina.

—Tú para las dos eres lo que más queremos.

Después del capítulo de la comisaría, Laura no había bajado la intensidad de sus fiestas. Había seguido con los colocones, sin probar drogas como la farlopa o las pirulas, pero sí algún que otro porro, aunque tampoco le veía mucho la gracia: provocaban muchísimo sueño. No había renunciado a las borracheras y alguna vez acabó vomitando en casa en plena noche, sin que su madre se despertara.

Una semana después del entierro del abuelo Manuel, Laura iba tan colocada que se quedó durmiendo la mona en un portal de Marina hasta que la despertaron unos vecinos que estaban a punto de llamar a una ambulancia. Aquella noche, de pronto, se dijo que ya estaba harta. Aunque semana a semana fuera perdiendo intensidad, le costó enterrar del todo el año de la ira.

1997

Laura se despertó en la habitación que fue de su madre, en el piso de la calle Álamo. Desde la muerte de su abuelo, iba a dormir algunos días con su abuela. Leonor no se lo había pedido, porque se valía perfectamente sola como lo había hecho siempre, pero le agradaba la compañía de su nieta. Cuando acabó el instituto, Laura se instaló en el piso de su abuela con la excusa de que tenía que estudiar para la selectividad, ya que necesitaba sacar una buena nota para entrar en Comunicación Audiovisual. El año de la ira, como ella misma también lo llamaba, acabó al poco de morir Manuel, sin que el fallecimiento fuera su origen o su causa. Simplemente, una cosa coincidió con la otra. Un año de rebeldía en el que las ausencias a clase fueron continuas, como también los suspensos, por lo que acabó repitiendo COU. En su segundo año en el curso de acceso a la universidad, por el contrario, se convirtió en la mejor estudiante de todo el instituto, con las notas más altas. Nunca había estudiado tanto como lo hizo para la selectividad.

Laura se levantó de la cama que había sido de su madre y que después se convirtió en la de Esperanza. El colchón era nuevo, lo había comprado Leonor con motivo de la llegada de su nieta al piso. Estaba extremadamente duro. Todavía en pijama, la chica fue a la cocina, donde su abuela preparaba la comida para el mediodía. Olía a guiso. Aunque hiciera calor, Leonor cocinaba un plato de cuchara al menos una vez a la semana.

—Buenos días. ¿Ya te despiertas? ¿Quieres unas tostadas? —preguntó la abuela.

Laura asintió y se sentó en la pequeña mesa de la cocina. Repasó con la mirada todos aquellos muebles verdes de madera conglomerada, el granito gris de Porriño, el orden de todos los utensilios, la limpieza aséptica que se repetía en la cocina y en el resto de la casa. Incluso la pata de jamón que había sobre el mármol de la cocina, al que su abuela llamaba poyo, estaba cortada con precisión. Leonor le sirvió el café con leche en la mesa y fue a tostar un par de rebanadas de pan de payés.

—¿Los exámenes de la selectividad cuando los tenías? ¿La semana que viene?

—Sí, abuela, ya casi están.

La mujer de sesenta y tres años dispuso las tostadas en un plato y las aliñó con un chorrito de aceite. Laura se fijó en sus manos, pequeñas y suaves. Las manos de su abuela siempre le habían parecido preciosas.

—¿Bajarás al taller? —preguntó Laura.

—Dentro de un rato, pero ya tengo que ir pensando en retirarme.

—¿De coser?

Leonor asintió.

—Hay otras chicas más jóvenes, además ahora... Comienza a haber muchos embrollos: que si los contratos, que si la seguridad social, que no sé qué, y la verdad es que ya no tengo edad... Con los ahorros, la pensión de viudedad y la paga que me puedan dar, ya tengo suficiente.

La abuela se sentó al lado de la nieta.

—¿Y te irás al pueblo cuando te retires? —preguntó Laura—. A Montilla —insistió, al ver que Leonor no parecía tener claro lo que le estaban preguntando.

—¿Al pueblo a qué?

—Hay gente que se va al pueblo cuando se jubila. Los abuelos de mi amiga Vane se han ido, y los de Encarni también.

—Nosotros allí no tenemos casa. Me podría ir con mi hermana Carmela, que es quien me acoge cuando vamos, pero no me veo ni pasando temporadas allí.

—¿Pero mis bisabuelos no tenían una casa muy grande? Me suena de haber ido cuando era pequeña alguna vez con mi madre —dijo Laura.

—Poco has ido tú, a lo mejor la última vez con ocho o nueve años... Sí, mis padres tenían una casa muy grande cerca de la iglesia del Santo, pero ya no es nuestra. Está cerrada prácticamente desde que murió mi madre y la vendimos. Se ha echado a perder de estar cerrada y ahora creo que la tirarán abajo para construir unas casas pareadas. Mi hermano Antonio me ofreció que me la quedara entonces, pero ni lo veía tu abuelo, lo de tener casa allí, ni yo tampoco. Ya teníamos nuestra vida aquí —continuó Leonor—. Quien regresa es porque tiene casa, porque se la hizo en su momento con esa ilusión o porque tiene pocas cosas que le aten aquí... O se fue más joven. ¿Yo qué voy a hacer sola allí?

—No sé, supongo que reencontrarte con tu pasado —dijo Laura.

—Eso no siempre es bueno —añadió con una mueca Leonor.

La nieta se quedó pensativa.

—La tienes siempre presente.

—No te entiendo, Laura.

—La tela de las margaritas, la que me has enseñado varias veces, lo de la flor que bordas cada año en recuerdo de lo que ha pasado en los últimos trescientos sesenta y cinco días... Lo sigues haciendo. Es una forma de no desprenderte del pasado.

La abuela asintió.

—Es una forma de recordar. De tratar de atrapar el tiempo. Eso es algo que comencé a hacer en el Sevillano. Ni te imaginas cómo íbamos en ese tren... Las margaritas fue una forma de enfrentarme a la incertidumbre, porque veníamos en ese tren tu abuelo, tu madre, tu tío y yo. Y no sabíamos qué nos íbamos a encontrar aquí, cómo íbamos a salir adelante. Hay mucha gente que dice que no es lo mismo, pero yo veo a los marroquíes y a los africanos que se juegan la vida cruzando en patera el Estrecho... Pues me recuerdan a nosotros. Ellos lo hacen esperando que lo que encuentren al otro lado, en tierra, sea mejor que lo que dejan atrás. Pero también encontrarán miserias, como las que nos encontramos nosotros, y quien se aproveche de ellos, quien imponga su voluntad desde una posición de poder, porque eso siempre ha pasado y pasa.

—Menudo discurso, abuela. Y luego mi madre es la política...

—Tu madre lo ha pasado muy mal, Laura. Ahora todo parece lejano, que ya lo hemos olvidado y tu generación no sabe lo que era aquello... A tu padre lo mató un policía. Lo asesinó un torturador, un tipo que tenía atemorizado a todo el mundo, como asesinaron también a los padres del abuelo Manuel.

Leonor miró el reloj de la cocina. Tenía que, al menos, acercarse un momento al taller porque había un pedido nuevo de pantalones bermudas.

—Lo cierto es que me gustaría saber más de nuestro pasado.

—Da para una película —dijo Leonor, sin ver cómo a su nieta le comenzaban a brillar los ojos.

Laura tuvo claro en ese momento que ya había encontrado el tema del documental que tenía pensado grabar ese verano. Porque se había propuesto pasar la selectividad con nota suficiente para estudiar Comunicación Audiovisual, pero también grabar un modesto documental. Un par de meses atrás se había gastado todos los ahorros en una cámara de vídeo con la idea de realizar algún reportaje. Había hecho sus pinitos, pero tenía ganas de probar con un largometraje.

—¿Por qué no nos vamos todas al pueblo? Quiero decir, la tía Espe, mamá, tú y yo. Las cuatro mujeres de la familia.

—Eso estaría bien por tu tía y por tu madre... No han acabado de hacer las paces y me duele que estén tan distantes una de otra. Quizá no soy la más indicada para hablar, cuando con mi hermano y mis hermanas he tenido tan poca relación, por la distancia y por... —Un halo de tristeza envolvió a Leonor al pensar en Rosa, pero sonrió al ver que su nieta aguardaba a lo que iba a decir—. Yo no sé si quiero ir al pueblo este año, y menos en verano con el calor. Ya hablé con mi hermana Carmela que iría en otoño. Pero me haría muy feliz que fuerais las tres.

Laura sonrió.

—Tus deseos son órdenes para mí.

A la semana, Laura se enfrentó a los temidos exámenes de selectividad. Los superó sin demasiado sufrimiento, a pesar de los dos días seguidos de pruebas, mañana y tarde, y del calor que padeció en las aulas de la facultad de Biología, en la Diagonal de Barcelona. Cada día, tras la jornada de exámenes, la comitiva de estudiantes del barrio, entre los que estaban sus amigas de siempre, pasaban la tarde noche en la terraza de un bar ubicado enfrente del mercado de Sant Ildefons. Recogió las notas a las tres semanas. La calificación de acceso le garantizaba una plaza en la facultad de Ciencias de la Comunicación de la Universidad Autónoma de Barcelona, donde se matricularía en Comunicación Audiovisual. Era la única persona de su instituto que estudiaría en aquella facultad. Su madre pidió un día de fiesta para acompañarla en tren a formalizar la matrícula.

—Este año quiero ir al pueblo —dijo Laura, cuando regresaban a Cornellà.

—¿Cómo que quieres ir al pueblo? Pensaba que me ibas a decir que volvías ya a casa, que estás más en el piso de la abuela que en el nuestro —dijo Lucía. En realidad, le gustaba que su hija pasara tanto tiempo con su abuela. Le hacía compañía, se acercaba a la matriarca de la familia. Y ella necesitaba un descanso y reencontrarse consigo misma, después del año de la ira de su hija.

—Me gustaría ir a Montilla. No he ido mucho, hace años que no voy... Y tenemos mucha familia, me gustaría verla de nuevo. Y quiero hacer un documental sobre la familia, aunque sea solo para nosotras.

Tras las buenas notas y el cambio de comportamiento de su hija durante los últimos meses, no podía negarse.

—¿Y cuándo te quieres ir?

—Mi idea es ir en agosto, en tren. La abuela me ha dicho que hablaría con su hermana Carmela... Le propuse a la abuela que fuéramos todas.

—¿Todas? —preguntó Lucía.

—La abuela, la tita Espe, tú y yo... A lo *Thelma y Louise*, pero sin caernos por el barranco. —La referencia a la película dirigida por Ridley Scott fue premeditada. Era la favorita de su madre, quizá junto con *Pretty Woman*. Laura las había visto con ella siendo una niña. La alusión le hizo gracia a Lucía.

—Pues con tu tía estamos casi a punto de empujarnos una a otro por ese barranco...

—Va, mamá. La abuela no quiere ir porque hace mucho calor, pero podríais venir las dos.

—Tu tía está muy liada haciendo de periodista estrella —dijo Lucía, que no había dejado de escuchar esa cantinela de la reconciliación desde la muerte de su padre. Su madre le insistía a menudo en que se acercara a Esperanza, en que acabaría por arrepentirse de haberse distanciado de su hermana, como le sucedió a ella con Rosa—. Ve al pueblo, habla con tu tía Espe... Y ya veremos.

Una mujer de la edad de su abuela, regordeta y vestida completamente de negro, se la quedó mirando unos segundos sin darse cuenta de que Laura no la escuchaba porque en su reproductor CD portátil la música sonaba a todo trapo: Pau Donés le cantaba a una flaca. El cantante de Jarabe de Palo, con su cálida voz, era en buena parte el culpable de que los gustos musicales de Laura se hubieran ampliado y de que estuviera abandonando la estética heavy. El año de la ira había pasado, era universitaria y estaba dispuesta a grabar un documental sobre su familia con su propia cámara de vídeo.

—¿Perdone? —dijo Laura tan fuerte que gran parte del pasaje del tren Estrella con destino a Montilla dirigió la mirada hacia donde se encontraba.

—¿Te vas a bajar en la siguiente? —preguntó aquella viajera que había subido al tren poco después de las cuatro de la tarde. «¿Había sido en Andújar?», pensó Laura mientras observaba a la señora. Estaba cansada. Llevaba casi nueve horas sentada en aquel butacón de camino al pueblo—. Niña, que si te vas a bajar —insistió la mujer, con la nariz arrugada—. Es que si no te mueves no voy a poder salir. ¿No ves que soy gorda?

El tren comenzó a detenerse y Laura seguía medio caída en el incómodo asiento, con las piernas estiradas. El luminoso del vagón anunciaba que la próxima parada era Montilla. La mujer vestida completamente de negro decidió que había pasado el tiempo de las preguntas y, sin esperar ningún gesto de aquella muchacha que se veía de la capital y que quizá estaba drogada —era lo que pensaba—, se abrió paso con un movimiento firme e invasivo de sus sólidas piernas, como uno de esos enormes barcos que rompen el hielo en latitudes extremas. Casi tiró a Laura.

—Señora, un momento, que también me bajo en esta parada.

La mujer vestida completamente de negro hizo oídos sordos y continuó empujando.

«Mon-ti-lla».

La voz metálica del sistema de megafonía interno sonaba a analógica.

Laura, no sin dificultades, consiguió recomponerse y coger las mochilas que había acomodado en el compartimento sobre su cabeza. Se sumó a quienes desfilaban por el pasillo. Conforme se acercaba a la salida, notaba la sequedad del ambiente y el calor, una sensación que no recordaba pero que a la vez le era familiar. Al llegar a la puerta quedó cegada por la luminosidad del abrasante exterior. En el andén, le costó unos segundos hacerse a la claridad, justo el tiempo transcurrido hasta que el tren se puso de nuevo en marcha.

—¿Laura? ¡Laura! —gritó alguien en cuanto se apeó.

Quien la llamaba era Antonio, el gran Antonio, el mayor de todos los primos de su madre, que era hijo de tío Antonio, el primogénito del abuelo Antonio. Había superado la cincuentena y le había prometido a Lucía que él se ocuparía de «la niña», de su sobrina. «De la cordobesa sin traje de faralaes», como le gustaba decir negando cualquier catalanidad de su familia que vivía en Cataluña. Antonio estaba de pie encima del asiento de un remolque de color verde enganchado a un pequeño tractor, la mula mecánica.

Saludaba enérgicamente.

—¡Laura! ¡Laura! —gritaba una y otra vez.

Ella sonrió.

—¡Que soy el Antonio! ¡Que soy el Antonio! —continuó él, agitando la mano.

Laura devolvió el saludo. Aunque solo la había visto cuando era una niña, quizá una bebé, no parecía haber tenido ningún problema para reconocerla a lo lejos, al bajar del tren. Laura caminó con paso firme, cargada con las mochilas. En una de ellas llevaba la cámara, con la que había estado grabando durante el viaje. Detrás de Antonio no había nada, solo un amplio descampado de hierbas amarillentas, medio asfaltado, donde unos coches estaban aparcados de forma desordenada. Algunos parecían abandonados. Antonio, que era enorme, seguía agitando la mano con energía, aunque no se intuía ningún movimiento que hiciera pensar que en algún momento bajaría del remolque y la ayudaría a cargar con el equipaje bajo aquel sofocante calor.

—¡Laura! ¡Que te pesa el culo! —dijo de pronto y soltó una fuerte carcajada.

Laura miró a su alrededor. De golpe se le había secado la boca. Antonio, el mayor de los primos de su madre, en edad y en tamaño, solo abandonó el asiento de un salto cuando la prima catalana llegó a su lado. Sin pensárselo, se abalanzó sobre ella y le dio un abrazo tan fuerte que casi la dejó sin aire, una falta de oxígeno a la que contribuyó el olor rancio que desprendía su camisa, casi acartonada, y el sudor de todo un día, seco pero pegado a la piel.

—Coño, Laura, eres una mujer... Cuando te vi la última vez eras una enana... Pues tengo yo un mocito que es más o menos de tu edad y no es mal chaval. Para ingeniero agrónomo me va —dijo a la vez que cogía las dos mochilas. Aquel olor, el calor, los cerros cercanos repletos de olivares y viñas... En Cornellà no los recordaba, pero también la abrazaron en cuanto bajó del tren.

—¿Cómo me has reconocido? La última vez que vine debía de ser una niña —dijo Laura.

—No te he reconocido. He gritado tu nombre y tú me has hecho caso. Aunque tampoco es que viajara mucha juventud... ¿A que tú eres la hija de mi prima Lucía?

—Sí.

—Pues ya está, mi sobrina segunda. Acerté. Vámonos de aquí, que el calor todavía aprieta y debes de estar cansada.

Antonio puso en marcha la mula mecánica, cuyo motor ensordeció y apestó de combustible aquella escena bucólica. Laura se sentó en el remolque, junto al primo de su madre. Aquello comenzó a trotar.

—La última vez viniste con tu madre y tus abuelos. Eras una mocosa —dijo Antonio y le dio una fuerte palmada en la espalda.

El primo grande estaba realmente emocionado por la visita. A ritmo de mula mecánica, abandonaron la estación de tren y avanzaron por una de las tres grandes avenidas del pueblo, aunque el conglomerado de casas no comenzaba hasta unos centenares de metros más allá, detrás de una enorme bodega. Montilla, tierra de vinos. Laura se quedaría esos días en la casa de la tía abuela Carmela, donde también se alojarían Lucía y Esperanza. Laura había convencido a su madre para que bajara al pueblo unos días después, pero también a su tía. La abuela Leonor apretó para que las dos hermanas viajasen al pueblo, al reencuentro de Laura, de sus raíces y de ellas mismas.

—Mira, esa de allí es la casa de tus bisabuelos. De los padres de tu abuela Leonor —dijo Antonio, sin borrar la sonrisa de su cara tostada por el sol, y no solo del campo—. También estuviste aquí de niña.

El primo de Lucía paró el motor de la mula mecánica. En medio de una calle de casas blancas encaladas, de pavimento marrón. Aquella era la casa del pueblo. A Laura le resultaba familiar. De formas redondeadas, la fachada estaba cuidada aunque se notaba que la vivienda llevaba tiempo vacía.

—No hay nadie, ¿no? Me dijo mi abuela que la habían vendido para hacer unas casas pareadas. No podríamos entrar, ¿no? —preguntó Laura.

—Entrar ahora, no, pero se lo puedo pedir a los de la constructora. Dicen que la abuela, tu bisabuela, sí que sigue ahí dentro. Siempre escuché que hablaba con los muertos y dice la tía Carmela que no se ha querido marchar del todo. También lo comentan las viejas que viven al lado de la casa. Con alguna tuvo alguna cosa, y parece que la teman más muerta que en vida —afirmó Antonio, serio y solemne—. En principio, esta casa era para tu abuela si se quería venir al pueblo... O si queríais vosotras. Mi padre siempre dijo que era una tontería venderla, que entre tantos tocaría a cuatro chavos y que, si no os la quedabais vosotras, os cerrabais la puerta a volver al pueblo. Pero la tía Leonor, tu abuela, dijo que tururú, que ella no se iba a venir y que como mucho pasaría unos días en casa de su hermana Carmela... ¿Sabes? A mi padre, conforme se hace viejo más le pesa que dos de sus hermanas se marcharan de Montilla. Ahora aquí se vive bien, mucho mejor que en la capital. Y él como es el mayor... pues le duele que sus dos hermanas se tuvieran que marchar. La tía Rosa seguro que no volverá... Pero, mira, si después de esta visita os lo pensáis, yo creo que se le dice a la constructora y a lo mejor la podríamos recuperar. Pero también te digo que, si no se hace nada pronto, se acabará cayendo a pedazos.

—No creo que nos vengamos al pueblo. Mi abuela tiene allí su vida, y yo o mi madre... Pues es muy complicado. La tía Espe tampoco... —dijo Laura.

—¿No? ¿Y os vais a quedar toda la vida en Cataluña? Mi padre siempre dice que sois cordobeses sin gorro. Yo por eso a tu madre le dije que tú eres una cordobesa sin traje de faralaes —continuó Antonio, orgulloso de su ocurrencia.

—Espera un momento —dijo Laura, que sacó la cámara de vídeo de una de las mochilas. La encendió. Comenzó a grabar.

—¿Y eso?

—Quiero rodar un documental de la familia. Quiero dedicarme al cine, a los documentales.

—Anda, como la Esperanza, que es periodista...

—Bueno, es otra cosa —contestó Laura. Se sentó de nuevo en el remolque y guardó la cámara.

—Si quieres saber de la familia, no todo está perdido —dijo Antonio antes de poner en marcha el tractor—. Yo entiendo a mi padre, pero a mí también me da pena que no nos conozcáis, que hayáis hecho vuestra vida, que es normal, cuando está aquí toda vuestra gente. Vuestra sangre.

Laura lo observó y le sonrió. El cansancio del viaje comenzaba a hacer mella.

La casa de la tía Carmela estaba en las afueras del pueblo, pero el pequeño tractor se plantó allí en poco rato. Era una vivienda unifamiliar de media fachada de mármol y con una bella reja de hierro que se doblaba sobre sí misma. A un lado la flanqueaba un feo edificio de ladrillo, en cuyos bajos había un bar; al otro, una casita encalada con un tejado de color oscuro.

El primo cargó con las mochilas hasta la entrada. Cuando aún no habían abierto la puerta de metal, que daba acceso a un pequeño recibidor al final del cual se veía una segunda puerta, en este caso de barrotes, apareció la tía Carmela. Vestía completamente de negro. El tío Juan Antonio, su marido, murió poco antes que Manuel. Carmela era como su abuela Leonor, pero más mayor, en tamaño y en edad. La anciana se lanzó sobre Laura, a la que estrujó hasta casi dejarla sin respiración. De ella sí se acordaba. Era quien de normal acompañaba en el viaje hasta Barcelona a la matriarca María del Valle, cuando iba a pasar una temporada en casa de su abuela Leonor. No iba y venía y ya está, sino que solía quedarse unos días en el piso de la calle Álamo. Era una mujer dura pero dulce a la vez. La única que, junto con su bisabuela, los visitó en Cornellà durante todos aquellos años.

—Pasa, niña, pasa. Antonio, no te embobes con las musarañas, como siempre, y entra el equipaje de la niña, que vendrá cansada. ¿Pero cómo es que habéis tardado tanto? Un poco más y ya no venís ni a cenar. Y eso que tú eres el grande y el que tendría que ser más responsable —le dijo al sobrino sin un ligero atisbo de dulzura. Era una orden marcial, pura y dura.

—Esta es la que de verdad manda en la familia —susurró Antonio a Laura.

—Venga, por Dios, déjate ya de tonterías —siguió Carmela.

Si fuera, en la calle, a última hora de la tarde, el calor aún apretaba, dentro de la vivienda el ambiente era fresco. Todo estaba en penumbra. En una esquina del enorme comedor, junto a un televisor que nadie había puesto en marcha en años, nacían unas blancas escaleras de mármol que daban a la planta superior. Una cocina con un sofá parecía el verdadero centro neurálgico de la casa. Allí estaba la puerta que daba acceso al patio interior, rebosante de plantas y cuyas ventanas daban también al comedor.

—Ahora tengo echado el toldo del patio para que no entre el calor. Tu habitación está arriba, al lado de la mía. En un rato subiré para abrir las persianas y así se va refrescando para la noche. Bueno, niña, cuéntame cómo está la familia. ¿Cómo está tu abuela? Mira que mi hermana Leonor... que no haya querido venir...

La tía abuela Carmela repasó a los miembros de la familia uno por uno. Aunque no eran tantos. A pesar del tiempo transcurrido, lamentó la muerte de Juanito por el sida, por aquella enfermedad que parecía que ya no existía pero que en el pueblo, contaba, también se había llevado a más de uno. Recordó también la muerte de su hermana Rosa, a la que Laura no conoció. Le cogió las manos cuando mencionó la muerte de Quico, su padre, aunque la anciana apenas lo había tratado. Y lamentó la muerte de Manuel, aunque se santiguó antes de hablar de su abuelo.

—No fue un mal hombre, al contrario que Rafa. Los de

su sangre… todavía son malos. Esos se las hicieron pasar canutas a mucha gente, entre otros a la familia de tu abuelo. ¡Sobre todo a sus padres! —exclamó la tía Carmela.

—¿Qué quieres decir?

—Cuando la guerra, lo que de eso sí que ha pasado mucho tiempo. Tú sabes que a los padres de tu abuelo los mataron, ¿no?

Laura asintió. Con eso tuvo suficiente su tía para seguir.

—El padre de tu abuelo Manuel era rojo, estaba metido en política. Cuando comenzó la Guerra Civil se quedó en el cortijo, como otros muchos, como si nada. Además, el cortijo era uno de aquellos que llamaban de la República, que se lo habían quitado al marqués y que los trabajadores habían comenzado a trabajar. Que eso lo hacían todos: qué iban a hacer los pobres, si de algo tenían que comer. Mis padres también lo hacían, aunque el padre de tu abuelo era uno de los cabecillas, al estar metido en política… Pues cuando llegaron al pueblo los que llamaban los nacionales, los franquistas, fueron buscando a unos cuantos… La familia de mi cuñado Rafa, que se casó con mi hermana Rosa que en paz descanse, eran de los que iban buscando y matando a gente. A los padres de tu abuelo, por ejemplo. Luego lo crio una tía suya, la Azucena, pero qué mala era la muy hija de puta —escupió la anciana—. ¿Todo esto no te lo han contado? —preguntó desconcertada, ante el interés de Laura.

—Lo cierto es que el abuelo no era de contar muchas batallitas. Sí que hablaba de cuando llegaron en el Sevillano… Que al principio lo pasaron mal, pero que luego empezó todo a ir mejor cuando entró a trabajar en la Montesa. Sí que hablaba mucho de la Montesa. Lo cierto es que el abuelo no hablaba mucho del pueblo… La abuela me ha explicado algo más. Ahora me cuenta muchas cosas, también porque para estudiar de cara a la selectividad me fui a su piso y he estado muchos días con ella. Digamos que antes... bueno, que ha habido una temporada larga en que todas estas cosas me daban un poco igual. Pero ahora quiero saber.

—¡Recontra! —exclamó la anciana—. Cuando yo era joven no se podía hablar de esas cosas, y ahora que se puede no se habla, a los jóvenes no os interesa. Pero que la gente que se fue de aquí no lo hizo por gusto. Que había hambre, y la había porque hubo una guerra. Yo no sé quién tuvo la culpa, pero ahora parece que la gente se marchaba de viaje a Barcelona. Y no, era por el hambre. Eso aquí también se ha olvidado... Venga, niña, vámonos a ver familia que ya refresca. Tenemos muchas cosas de qué hablar. ¿Tampoco te han dicho que las mujeres de nuestra familia somos medio brujas?

—Algo sé.

—Y tiramos las cartas. Tu abuela nunca quiso aprender, aunque algo se le quedó. A tu madre le dije de enseñarla, pero luego no se dio la ocasión. A ti te puedo enseñar... Vaya si te enseñaré.

Aunque durante los primeros días, en más de un momento y de dos Laura se preguntó qué hacía allí en el pueblo rodeada de familiares a los que no conocía, en un sitio en el que el fuerte calor marcaba el ritmo de vida, a las dos semanas se había aclimatado del todo y notaba que incluso se le había pegado algo de acento en el habla.

El día a día, si se podía, consistía en una huida constante del sol en las horas críticas. Se buscaba refugio dentro de las casas o en la enorme piscina del Poli, el Polideportivo Municipal, al que se llegaba tranquilamente en el Peseta, como llamaban al autobús que recorría todo Montilla. Cuando entró en servicio, ningún familiar de Laura conocía la fecha con exactitud, el billete costaba una peseta, y se quedó para siempre con ese mote. Otro nombre curioso era el de Los Catalanes, las líneas de autobuses que conectaban Montilla con el centro de Córdoba. Se decía que una de las primeras empresas en operar esta ruta, posiblemente en carro o en diligencia, la pusieron en marcha unos catalanes que tampoco nadie recordaba. En Cornellà, los Catalanes era como se conocían los ferrocarriles que operaba la Generalitat. Estaban los Catalanes y estaba la Renfe.

Laura se acostumbró pronto a «sus gentes», como se habría afirmado en cualquier documental de La 2, gracias a que había descubierto a sus primas segundas y terceras y a muchos otros familiares, algunos de su misma edad. En Barcelona no tenía apenas familia: la más cercana se contaba con los dedos de una mano. En su grupo de amigas de Montilla, en cambio, todas tenían lazos familiares. «Es un mundo aparte, cuando es también mi mundo», pensaba Laura, aunque pronto descartó que tuviera la capacidad de recordar quién era prima en qué grado y quién tío o tía segundo, tercero o lo que fuera. Renunció a la complejidad de los árboles genealógicos y se refería a todos como «familia», como se hacía allí. Trabó una relación muy estrecha con María José, un año menor que ella, que también comenzaría sus estudios universitarios cuando acabara el verano. Cursaría Historia y era quien le había hecho de guía por el pueblo, cuna del Inca Garcilaso de la Vega y de Gonzalo Fernández de Córdoba, el Gran Capitán.

Laura y María José, antes de que apretara el calor, iban a dar algunos paseos por el campo. Su prima la acompañaba a los lugares que se habían identificado como villas romanas, donde los restos de cerámica romana afloraban a simple vista. También fueron un día en bicicleta a Piedra Luenga, un enorme diente de roca en medio de la campiña cordobesa, que fue primero una mina prehistórica y después una mina de hierro romana.

—Por aquí se suele ver a muchos piteros —le aseguró María José en aquella visita, en referencia a los que se acercaban a los yacimientos arqueológicos para llenarse los bolsillos.

Juntas recorrieron todos aquellos enclaves, entre olivares y viñedos, donde se libró la batalla de Munda entre las legiones de Julio César y las de Pompeyo el Joven, un episodio decisivo para que el general que conquistó la Galia se convirtiera en el amo y señor de Roma. Hasta que lo asesinaron.

Laura y María José también visitaron Córdoba, incluidas la Mezquita y la ciudad de Medina Azahara, que estaba en las afueras. Ese día fueron en coche con José Antonio y Mateo, que tenían un viejo AX. Uno era primo segundo o tercero de María José y el otro, un amigo. Laura se enrolló una noche con Mateo en Las Camachas, una suerte de restaurante o bar, al lado del polideportivo, que por las noches funcionaba como discoteca de verano. Allí aprendió otra palabra desconocida, el «cacharrito»: un cubata, preferiblemente de whisky, con refresco de lima. Laura y Mateo se enrollaron una vez y ya está. Su año de la ira ya había pasado, y a María José, que no era mucho de salir, le sorprendió las pocas ganas de fiesta que tenía su prima catalana, más interesada en conocer Montilla y la historia de su familia.

A Laura le maravillaba aquel patrimonio tan virgen y a ras de suelo. Ese pasado histórico tan rico que le relataba María José: restos de cerámica ibera, romana, árabe y medieval en prácticamente cada esquina o en la ladera del castillo, entre viñas. Un pasado legendario tan a mano que a Laura le sorprendía aún más cuando recordaba que en su barrio todo era asfalto. Ahí se acababa su historia.

Aunque algunos descampados ya hubieran dado paso a los parques y que en algunas fábricas ahora completamente destartaladas se estuvieran poniendo en marcha equipamientos, o incluso se hablase de crear nuevas y más grandes bibliotecas, y aunque Can Mercader ya fuera un enorme y agradable parque metropolitano, el patrimonio y el pasado no estaban presentes en Cornellà, salvo un pequeño castillo que se conservaba en el centro. Todo era industrial.

María José también la orientaba en el quién es quién de una familia tan extensa como la suya. En esas semanas, Laura descubrió un pasado que no era suyo y grabó varias horas para el recuerdo, hablando con los mayores de la familia. La tía Carmela era la principal estrella del documental. María José, que era una de sus nietas, se había instalado también con ella y con Laura, por lo que la anciana, que ninguna noche faltaba a la cita de sentarse a la puerta de su casa con una silla de madera y asiento de mimbre, estaba doblemente contenta.

Lucía llegó a las dos semanas. Tras las reticencias iniciales, le había confirmado a su hija que viajaría al pueblo: «Si ya me lo ha insistido mi madre, ya veo que entre las dos habéis decidido que este año he de ir al pueblo». Laura habló con su madre de la importancia de que hiciera las paces con su hermana, igual que lo había hecho con su tía Espe. Leonor reforzó ese mensaje, que lo formuló casi como una última voluntad, aunque la Patrona gozaba de una salud de hierro.

Lucía viajaba a Montilla en el mismo tren que en Sants había cogido Laura. Esperanza, que llevaba unos días de vacaciones en Cabo de Gata, iría en coche unos días después. Al menos ese era el plan inicial.

—Ahí llega tu madre —anunció María José al ver aparecer un tren. Laura grababa con la cámara la entrada del convoy en el andén principal de la estación de Montilla.

—El reencuentro —anunció la chica.

Laura se había acostumbrado incluso a las tórridas temperaturas. Eran las seis de la tarde, la misma hora en la que ella llegó, pero ya no notaba tanto el calor como durante los primeros días. Con María José alternaban las excursiones y los días de descanso en las enormes piscinas municipales de Montilla y de los pueblos vecinos. Y cuando no, pasaban largas sobremesas en casa de Carmela, donde Laura había redescubierto la siesta. El lento transcurrir del tiempo había dejado de ser tedioso. No había visitado a todos los parientes que tenía desperdigados en el pueblo y todavía no había ido a grabar en el lugar más especial en toda la historia familiar: el cortijo. Y la visita no sería un problema, ya que el primo Antonio era el guarda de la finca, pero prefería esperar a que llegasen su madre y su tía.

El tren se detuvo.

Laura siguió grabando. Tenía ganas de ver a su madre. Durante muchos años había sido de alguna forma su enemiga, pero en aquel momento, quizá por esas dos semanas rodeada de un nuevo entorno que le era prácticamente ajeno, estaba ansiosa de tenerla a su lado. Le apetecía charlar con ella, recordar y preguntar. Con su madre nunca había hablado de chicos y de determinados problemas; para esas conversaciones, si era necesario acudir a una mujer adulta, la elegida siempre fue Esperanza. Su tía ejerció de hermana mayor y amiga, pero de las que no chinchan. Durante el año de la ira, en el que los adultos se convirtieron en seres que no la comprendían, Esperanza fue la excepción. A su tía Espe siempre la podía llamar si tenía algún problema. Con su madre no se libraba de la bronca y quizá de un posterior castigo.

Se abrieron las puertas del tren. Laura y María José aguardaban en el andén. La primera grababa hacia la puerta por la que ella había bajado dos semanas antes, en el tren que la llevó a Montilla. Lucía salió justo por la puerta anterior, arrastrando una maleta de ruedas lila. Las saludó con la mano. A Laura le sorprendió que su madre vistiera unos pantalones tan cortos y una camiseta de tirantes. Lucía llevaba unas enormes gafas de sol y un corte de pelo más corto y moderno de lo habitual, porque había pasado por la peluquería dos días antes.

—Os quedáis aquí mirando, grabando con la cámara, pero nadie viene a recibirme. Jolín, María José, ¡qué grande estás! Bueno, como mi niña. La última vez que te vi eras una renacuaja. Dadme un beso al menos, ¿no? —soltó de corrido Lucía al plantarse delante de las dos chicas.

En mitad de semana y a principios de agosto, fue la única pasajera que se apeó en la pequeña estación de Montilla, ubicada en un extremo de la población y rodeada de grandes bodegas. Laura bajó la cámara y fue a darle un beso. Su madre se anticipó y la achuchó como hacía tiempo que no lo hacía. Casi la dejó sin aire.

—Mamá... —dijo Laura tratando de zafarse.

—Es que, cariño, primero los días en el piso de la abuela, y ahora dos semanas aquí sola... Pues te echo de menos —dijo Lucía con afecto—. ¿Cómo va el documental?

—Bien, bien...

María José fue a darle dos besos. La madre de Laura se los devolvió, acompañando el último de un nuevo abrazo.

—Qué grande estás, María José... Tengo ganas de ver a tu madre. Además de prima, es una de mis mejores amigas, de antes de que nos fuéramos a Barcelona y de después también, cuando venía cada verano. Cuánto me alegro de estar aquí, no tenía que haber dejado pasar tanto tiempo sin venir... —continuó Lucía.

Laura observaba a su madre: se la veía realmente contenta. Lucía le mostró una sonrisa enorme, de las que le dejaban marcados los hoyuelos, de las que hacía tiempo que no dibujaba, de las que le iluminaban los ojos. Aunque el día anterior estuvo a punto de cancelar el viaje y esa misma mañana se dirigió con desgana a la estación, al alejarse de Barcelona, al adentrarse en aquellos paisajes de la campiña cordobesa, el ánimo le cambió.

—A tu hija ya no la vamos a dejar marchar, se va a quedar con nosotros. Pero es que, como pase unos días más, ya no va a querer volver —contestó María José.

—Hacía mucho tiempo que no venía. Me acuerdo cuando ella era muy pequeñita, un verano que vinimos, que al poco de regresar a Cornellà se vino a mi cama a llorar, porque decía que echaba de menos el ruido de la calle en el pueblo, de las personas que hablaban y de los niños que jugaban. Supongo que algo tiene el pueblo, nuestras raíces o lo que sea... Yo nunca pienso en venir, pero cuando estoy aquí es como si me abrazara. En fin... Vamos a casa de la tía Carmela, a ver si me acoge a mí también. Después de todo es mi madrina. Bueno, a mí y a Esperanza, que al final hoy estaremos todas juntas en Montilla.

—¿La tita Espe? ¿Pero no venía dentro de cuatro días porque antes no podía? —preguntó ilusionada Laura.

—Tu tía ha de volver al trabajo antes por algo que nos contará. Tiene que acortar las vacaciones, así que ha decidido que se venía antes al pueblo, porque si no, no podría venir. Me ha llamado al móvil y me ha dicho que venía en su coche —dijo Lucía mientras mostraba un enorme aparato con la pantalla de color verde.

Laura no se podía creer que su madre se hubiera comprado un móvil, que tenía antena y todo.

—¿Te has comprado un teléfono?

—Sí, hija, sí. Como la jet set. Ya que hemos bajado al sur, tendremos que ir a Puerto Banús... Había una oferta, te viene con mil pesetas en llamadas. Yo creo que es como la droga, te lo dejan barato para engancharte. En fin, el progreso, aunque yo no sé si esto de los móviles acabará funcionando. Tampoco uno va a querer llamar y que le llamen todo el rato, ¿no? Tu tía me dijo hace unas cuatro horas, cuando estaba por Valencia, que iba a recoger en el apartamento y que esta tarde venía a Montilla. Así que le vamos a ocupar todo a la chacha Carmela antes de tiempo. Venga, vamos, que hace calor.

Laura veía a su madre alegre y animada. Más contenta que en mucho tiempo. Berta seguía yendo a casa, aunque no tan a menudo. Desde hacía semanas quedaba con un compañero de trabajo que se llamaba Carles.

—¡Qué calor hace! —se quejó Lucía mirando a la explanada que se abría al otro lado del tren, junto al pequeño edificio de la estación—. ¿Tenemos que ir andando hasta la casa de la tía Carmela?

De pronto sonó un claxon. Un viejo Seat Ibiza se abrió paso en la explanada, levantando una polvareda.

—Viene el tito Juan —contestó María José.

—¡Mi primo! —exclamó Lucía.

El coche ardía tanto como el exterior. Sin aire acondicionado y a plena hora de la siesta, se apretaron todas como pudieron dentro del pequeño vehículo, en el que parecía que había más polvo que en la calle. La bofetada de aire cálido los acompañó hasta plantarse en la puerta de la casa de la tía Carmela. La anciana se fundió en un abrazo con Lucía y lloró.

—Ahora me da pena que Leonor no haya venido —dijo Carmela.

—Tía, vendrá en octubre, me encargó que te lo dijera en cuanto te viera, porque sabía que te ibas a poner triste —dijo Lucía mientras le secaba las lágrimas a la hermana de su madre—. Además, a lo mejor se viene un poco más que dos o tres semanas. Estuvimos charlando hace un par de días y ya se está tomando más tranquila lo de la costura. No lo va a dejar, porque está a gusto, igual que seguirá haciendo cosas por el barrio, pero irá cediendo el testigo a las chicas.

—Pero ya que han venido ustedes, podría haber venido ella —insistió Carmela.

—Mi madre quería que viniéramos las tres. Nos ha insistido mucho, aunque sé que no es la única que lo quería y que estaba detrás de ese deseo —dijo Lucía mirando a Laura—. Quería que las tres nos reencontráramos con el pueblo y creo que también con nosotras mismas.

—Vamos para adentro que hace mucha calor —sentenció la tía Carmela.

Esperanza llegó a Montilla un par de horas después, cuando se subían las persianas y se comenzaban a abrir las ventanas y las puertas metálicas. Normalmente había dos puertas en las casas. La primera era de acero y servía para protegerse del calor porque quedaba a pie de calle. Casi todo el día estaba entornada y por la noche, o a la hora de la siesta, se cerraba a cal y canto. Había un pequeño descansillo entre esa puerta y la segunda, que solía ser de reja con cristales y que era el acceso real a la vivienda. El timbre de la entrada, de hecho, solía estar en esta segunda puerta.

Esperanza aparcó su flamante Volkswagen Golf último modelo y de acabados deportivos delante de la puerta de la tía Carmela. Le costó decidirse a viajar a Montilla, ya que, aparte de Laura, era la que menos tiempo había pasado allí. Al contrario que su hermana, nunca tuvo un grupo de amigas o de primas con las que hacer vida de pueblo. Era la más pequeña de todas y cuando aún jugaba con muñecas sus primas ya salían. Y los hijos de los primos, como María José, eran entonces muy pequeños, en algunos casos bebés. Esperanza bajó a Montilla con sus padres hasta los diecisiete años, y de eso ya habían transcurrido catorce. Casi media vida. El pueblo que ella vivió no era el de su hermana mayor, ni siquiera el de su sobrina Laura, aunque su huella estaba muy presente y había sabido llegar hasta la casa de la tía Carmela sin la necesidad de utilizar un mapa.

Pero ¿qué hacía allí con aquel calor? Hacer feliz a su madre, que le había pedido que hiciera el viaje y que sellara de una vez la paz con Lucía, porque habían pasado demasiado tiempo alejadas la una de la otra. Aunque nunca hubieran estado muy unidas, no podían perder los lazos. Esperanza también quería hacer feliz a su sobrina, a la que cuidó tantas veces de pequeña y escuchó de adolescente, que le había pedido que fuera al pueblo, que quería grabar un documental sobre las raíces familiares.

Esperanza accedió, aunque tuviese las vacaciones programadas: una semana en Sudáfrica con un grupo de colegas periodistas, donde se reencontró con Miki, aquel fotógrafo del semanario comarcal que ahora era corresponsal en el continente africano para Associated Press. Se enrollaron. Quedaron en llamarse, en no perder el contacto, pero con el convencimiento de que lo suyo había estado bien para una semana de verano. Tras la experiencia africana, la idea de Esperanza era pasar una semana en Cabo de Gata: sol y playa en un apartamento en Las Negras que una compañera del diario le dejaba a buen precio. Había tenido que acortar la estancia en el apartamento y avanzar el remate de las vacaciones en Montilla, con su hermana y su sobrina. El director de *La Vanguardia* la había llamado durante sus días de descanso, en pleno agosto, para ofrecerle nada más y nada menos que la corresponsalía del diario en Londres. Le había favorecido una carambola: un compañero quería volver a Barcelona y otro se quería marchar a Washington, donde se jubilaba el corresponsal. Esperanza debería ponerse las pilas con el inglés, pero se trataba de una oportunidad laboral que no podía rechazar. Eso sí, se incorporaría a su nuevo destino la última semana de agosto para coordinar el relevo con su compañero.

Esperanza apagó el motor del coche y abandonó el confort del aire acondicionado del Golf para plantarse en mitad de aquella calle que parecía regresar poco a poco a la vida. Empujó la puerta exterior de metal de la casa de la tía Carmela. Quemaba. Enseguida sintió el frescor que emergía del interior de la vivienda. Tocó el timbre, que estaba junto a la cancela. Sonó una aguda campana. A continuación, unos pasos.

—¡Ya está aquí la estrella de la familia!

El anuncio lo realizó desde el interior de la casa, al otro lado de la puerta, un hombre pelirrojo, con una barriga enorme y una camisa manchada de sudor. Esperanza no se acordaba de su nombre, pero sabía que era hijo de la tía Carmela, quizá el segundo, porque sabía que tenía tres.

—Ya sale en la televisión y todo —añadió una voz más

familiar. Era la de Laura, que fue hasta la puerta acompañada de su madre, María José y otras chicas de su edad. Lucía abrió la puerta y se quedó mirando a Esperanza. Las dos plantadas, una delante de la otra, como si estudiaran cuál iba a ser el siguiente movimiento de quien tenían delante.

Lucía sonrió y se acercó a Esperanza. Abrazó a su hermana pequeña, que no opuso resistencia. No recordaba cuándo fue la última vez que Lucía la había abrazado de verdad. Quizá con la muerte de Manuel, al finalizar la ceremonia de despedida en el tanatorio, en uno de esos momentos en que los sentimientos son los que rigen los movimientos. Pero antes de aquel día, no lo recordaba.

—Tenemos que hablar. Por mamá, pero también por nosotras —susurró Lucía a Esperanza, que asintió.

Laura se lanzó a los brazos de su tía. «Mi niña», dijo Esperanza.

Los dos días de las hermanas en Montilla fueron de visitas a familiares. Una noche acabaron en las fiestas de La Rambla, una población cercana; la otra, cenando flamenquines de más de cincuenta centímetros en Moriles, la ciudad con la que Montilla compartía el apellido de sus vinos.

Laura lo grababa casi todo. A ambas hermanas les preguntaban a menudo por qué no había ido su madre con ellas. «Vendrá cuando haga menos calor, para el otoño», decía Lucía. Y a Esperanza, de tanto en tanto, también le pedían cómo era que no tenía pareja. «Por ahora no la necesito», contestaba la periodista, que se había convertido en el orgullo de la familia. Alguna prima mayor y la propia tía Carmela se ofrecieron a presentarle algún mozo que estuviera bien. Lo que agradeció y también descartó.

Al tercer día, Laura organizó junto con María José la esperada visita al cortijo. El escenario fundamental para su documental sobre la familia. La misma finca en que Lucía vivió hasta que se marcharon a Barcelona, donde el primo Antonio, el mayor de todos, ejercía ahora de responsable. Esperanza se puso al volante de su Golf que, a las seis y media de la tarde, abandonó el tórrido casco urbano en dirección a la población de Nueva Carteya. Cerca de aquella zona, Laura había visitado unos antiguos graneros romanos que durante la Guerra Civil habrían servido para encerrar a algunos de los detenidos antes de darles café, como al general Queipo de Llano le gustaba llamar a las ejecuciones. Abandonaron la carretera principal siguiendo las indicaciones de María José, que los condujo por una pista de tierra flanqueada de vides cargadas de uvas. En apenas unos días comenzaría la vendimia. Se adentraron por esa vía unos cinco minutos más hasta plantarse delante del cortijo, que se levantaba en medio de una llanura de viñas que Lucía recordaba mucho más grande. El paso del tiempo ya era evidente desde la distancia: el blanco del encalado se había oscurecido y algunas paredes se confundían con el terruño. El primo Antonio les esperaba delante de una gran puerta metálica de color verde. Debía de haber escuchado el coche desde lejos.

—Se te ha puesto el coche guapo, tita —dijo Laura, que a cada giro de volante había maldecido el firme inestable que al paso de los neumáticos se convertía en una descontrolada polvareda.

Todas bajaron del coche. Lucía estaba emocionada. Le dio dos besos rápidos a Antonio y atravesó aquella puerta destartalada sin esperar a las demás. Esperanza, Laura, María José y Antonio siguieron sus pasos. Lucía se detuvo en el centro del patio del cortijo, junto al pozo que abasteció a quien allí vivió con unos rudimentarios muretes de piedra y un techado de madera. Ya no se utilizaba, pero seguía en buen estado.

—No había vuelto al cortijo desde el primer año que vinimos al pueblo, después de irnos a Barcelona —dijo Lucía—. Ningún verano más. Mi padre no quería venir, al menos con nosotros, porque a veces sí que visitaba aquí a su tía. Mi madre creo que tampoco regresó después de aquel verano... No me suena que comentara nada.

Laura comenzó a grabar a su madre, que seguía plantada en el gran espacio central, que hacía de plaza y de punto de encuentro. Recorría con la mirada cada una de aquellas fachadas irregulares que la rodeaban y recordaba en voz alta el nombre de quien vivía en cada casa cuando era niña... Antonio la corregía, si era necesario.

—¿Y tú viniste, tita? —preguntó Laura a Esperanza.

—Nunca. He escuchado las historias que cuenta mi madre, incluso Lucía alguna vez me ha contado algo, pero esta es mi primera vez. Sí que es una visita emocionante... —reflexionó mientras mostraba delante de la cámara la periodista que era—. Tú estás haciendo un documental sobre nuestros orígenes, y aquí están. El campo, la miseria que había y la necesidad de dejarlo todo y emigrar —continuó Esperanza, impostando un poco la voz, como si estuviera presentando un programa de televisión.

—Creo que esa de allí es la casa en la que me crie —interrumpió Lucía—. Salimos de allí para meternos en una cueva de Sant Joan Despí. Parece otra vida.

—Sí, esa era, prima. Te acuerdas bien de la casa —dijo Antonio—. Aquella de allí es donde vivía la tía de tu padre, que antes de la guerra fue la de sus padres. Pero la que dices es la de la familia. Ahora guardo allí un tractor pequeño para labrar...

Laura grababa todo el rato. No perdía detalle desde el visor de la cámara. Lucía, sin añadir nada más, echó a caminar hacia el que fuera su hogar. Esperanza la acompañaba a distancia, también en silencio, observándola con aquellas enormes gafas de sol de folclórica que llevaba.

Laura las seguía con la cámara. De repente era consciente de las pocas veces que su madre le había hablado de su vida antes de llegar a Barcelona, aunque solo fuera una niña. La abuela Leonor le contó que habían vivido en una cueva en Sant Joan Despí hasta que lograron comprar el piso, que su suerte cambió cuando al abuelo lo contrataron en Montesa, y que durante un tiempo también vivieron en casa de su hermana Rosa, la que se había muerto... Con todo el desprecio, de Rafa, un tipo taciturno que rondaba por el pueblo, nunca le dijo mucho más que se trataba de un individuo que se pasaba todos los días en el bar. En los ochenta regresó a Montilla tras vender el piso de la Satélite y ya no se volvió a saber nada de él. O al menos eso le contaba la abuela.

—Mira, Laura, esta es la casa en la que me crie yo —dijo Lucía, que no hacía mucho había cumplido cuarenta y tres años, pero que en aquel viaje se mostraba especialmente extraña, quizá demasiado cercana—. Era de mis abuelos. Mis padres vivían con ellos.

Entraron en el pequeño habitáculo, que tenía el suelo deshecho y apestaba a gasolina. El último en pasar al interior fue el primo Antonio.

—Es por el tractorcillo. El olor, digo, pero ya no quedaba nada dentro cuando me hice yo cargo del cortijo. Ni aquí, ni en muchas casas.

Lucía pasó de la alegría al lloro. Poco a poco. Como los recuerdos que le venían a la mente. Tomó aire. Esperanza la abrazó. Lo agradeció de verdad.

—Siempre estaba con dos niñas —recordó la hermana mayor—. Con la prima Engracia y con Araceli. Y me acuerdo de los abuelos Antonio y María del Valle. A casa de la tía de papá no solíamos ir, aunque estaba aquí al lado. Era una mujer muy triste. La tía Azucena. Me acuerdo cuando de niña estuvimos en su casa. Todavía vivía en el cortijo en el primer verano que vinimos al pueblo, cuando ya nos habíamos ido a Barcelona... Luego, el otro año que vinimos al final del verano... ¿Te acuerdas, Antonio? En plena fiesta de la vendimia. No es que diera miedo ni que fuera huraña, sino que era una mujer muy triste. ¿Sigue viva?

—Murió hace años, pero sola. Fue de las pocas personas que estuvo viviendo en el cortijo hasta el final. Poca gente fue a verla. Sí que era desgraciada. Aunque no me extraña —dijo Antonio.

—¿Por qué? —preguntó Esperanza.

—Por la guerra. Se quedó sola. Vuestro padre Manuel no tenía una familia muy grande, pero los mataron a todos menos a ella, para que se hiciera cargo del crío. Pero a la tía Azucena también le hicieron muchas perrerías... —continuó el primo.

—Mataron a casi toda su familia, pero no a ella ni a mi padre. Parece todo un poco extraño, ¿no? Ya los podrían haber matado a todos —dijo Esperanza.

«Cómo se nota que es periodista», pensó Laura, todavía detrás de la cámara, consciente de lo poco que sabía de su familia. De lo poco o nada que se hablaba de esas cosas en casa de sus abuelos. Estaba segura de que nunca escuchó a su abuelo contar nada de aquello: sus batallitas siempre fueron las de Montesa.

—Supongo que hay cosas que se nos escapan. El abuelo Antonio y la abuela María del Valle siempre se ha dicho que intercedieron. Yo qué sé. El abuelo era el encargado del cortijo y la verdad es que tenía la casa más grande, después de la del marqués... Menos lujosa, eso sí.

—Pero se sabe dónde están enterrados —habló Laura desde detrás de la cámara—. Todo el mundo dice que están en una fosa común. No sé, se tendrían que desenterrar...

—Es un tema que cada vez está más presente. En la zona de León, por Ponferrada, estaban diciendo de constituir una asociación para recuperar esas fosas —interrumpió Esperanza—, pero en este país todavía es un tabú.

—Es remover dolor —dijo Antonio.

—Es enterrar a tus muertos —contestó Lucía.

—¿Podemos ir a la casa de la tía del abuelo? Había sido la de sus padres, ¿no? —dijo Laura.

—Podemos ir si queréis —contestó Antonio mirando a las dos mujeres, que asintieron—. Si no recuerdo mal, se llamaban Juan y Lucía.

La madre de Laura asintió.

—Sí, mis padres nos pusieron nuestros nombres por ellos —dijo Lucía.

La casa era más pequeña. Una gran sala que hacía de comedor y de cocina, que daba a dos habitaciones, una del tamaño de una despensa. En la estancia principal había una bella alacena agujereada por la carcoma. Lucía pasó la mano por el viejo mueble, sepultado bajo una montaña de polvo.

—Supongo que fue una época en la que hubo tanto dolor que por eso es mejor no hablar —sentenció Antonio con algo de retraso.

Lucía abrió uno de los cajones. Bajo lo que parecía un viejo doble fondo, aparecieron unos papeles. Introdujo la mano. En un primer plano encontró una imagen que le resultaba familiar: el único retrato que existía de sus abuelos paternos, una foto que parecía dibujada. Su madre le contó en diversas ocasiones que era el objeto de más valor con el que viajaron a Barcelona.

—¿Qué es eso? —preguntó Antonio.

—Es una foto de mis abuelos, los padres de mi padre. Y no parece una copia... Estuvo mucho tiempo colgada en el comedor de casa. Era de lo poco que había cuando compraron el piso mis padres. Por eso me acuerdo, resaltaba... Ahora la veo y no tengo ni idea de cuándo desapareció de la pared, porque estuvo muchos años colgada... —contestó Lucía.

—Pues alguien la trajo hasta aquí —sentenció Antonio.

—Debajo hay cartas. Igual también son de mis padres, quizá las trajeron un verano.

Laura había dejado de grabar. La conversación sobre la Guerra Civil y el dolor la había removido a ella también por dentro. Pensaba en su padre. En su asesinato. En que tampoco se hablaba de su muerte en casa. Fue entrar allí dentro y, de alguna forma, sucumbir a la tristeza.

—De mi padre nunca hablamos —interrumpió la joven, con ganas de llorar.

En sus palabras no había rabia, pero sí dolor. Instintivamente, su tía Esperanza la abrazó. Lucía se guardó las cartas en la mochila, sin ser consciente de aquel acto. Se giró hacia su hija.

—No me hablas de papá. Ni cuando era niña ni después —continuó Laura, cuyas lágrimas le caían por las mejillas. Lucía se echó también a llorar. A Esperanza se le humedecían los ojos.

—Para ahorrarte el dolor, pero pienso cada día en él. Y cuando no pienso en él, me siento culpable. Cuando eras una bebé, te hablaba de tu padre. Pero un día dejé de hacerlo, no quería que sintieras la ausencia, que compartieras ese dolor... —dijo Lucía.

—Pero parece que no forme parte de nuestras vidas, como si no lo hubieran matado, como si no hubiera existido.

A mi padre lo asesinaron y ni siquiera lo hemos hablado más de diez minutos —continuó Laura—. Quiero sentarme contigo, quiero hablar de ello. Quiero saber también quién lo asesinó, porque sí, porque sé que está en la calle. Quiero verlo, pero sobre todo no quiero olvidar, porque no puedo.

Esperanza pensó en ese momento en su encuentro con el Llanero Solitario, años atrás. Sabía que ya no vivía en Barcelona, que se había ido a vivir a un piso de Torredembarra. La mantenían al corriente sus contactos, policías formados en la democracia que veían en ese antiguo compañero una lacra para el uniforme, que poco tenía que ver ya con ellos.

—Iremos a casa de tus otros abuelos. Tienen muchas cosas guardadas de Quico —dijo Lucía.

—Lo sé, ellos sí que me han contado cosas, pero quiero que me las cuentes tú… —respondió Laura.

Lucía se acercó a su hija, la abrazó con fuerza.

—Lo haré, cariño, lo haré…

Esperanza se acercó a ellas.

—Nunca he pensado que te aprovecharas del dolor. Tienes que ser muy fuerte para hacer frente a la vida después de que te haya pasado algo así —añadió la hermana pequeña, que también lloraba copiosamente. Llevaba días dándole vueltas al día que discutió con su hermana. Su madre le había insistido en la importancia de que superasen aquello, que se quisieran a pesar de sus diferencias.

—Gracias —dijo Lucía entre sollozos—. Te quiero muchísimo. Eres buena tía y además te lo has currado. Juanito también te adoraba.

Lucía le abrió los brazos. Antonio y María José tampoco podían aguantarse las lágrimas. La flamante periodista se sumó al abrazo. Lucía pensó en su madre. Esa reconciliación era lo que ella buscaba propiciando aquel viaje.

Laura, Esperanza, Lucía, María José y Antonio estuvieron al menos dos horas más en el cortijo. Hablaron, lloraron y recorrieron las diferentes casas hasta que comenzó a anochecer. Cuando salieron de la finca, fueron a cenar al centro de Montilla. María José se excusó, Antonio también.

Las dos hermanas y Laura acabaron en uno de los famosos restaurantes de toda la vida, comiendo una de las especialidades: pez espada.

—El retrato de los abuelos, estoy convencida que es el de casa... Lo he dejado en la vieja alacena. Si padre lo trajo en su momento... No sé, por algo quiso que estuviera allí. Estoy segura de que no era una copia. Pero sí he cogido estas cartas. Por la letra parecen de papá —dijo Lucía. Le acercó los papeles a Esperanza, que se quedó pensativa.

—¿Y deberíamos leerlas? —preguntó la hermana pequeña.

—¿Eso lo dice la periodista? Reflexionad vosotras, yo no lo tengo claro. Voy al lavabo y cuando regrese lo comentamos.

Lucía cogió el pequeño bolso y se dirigió a los servicios, que estaban al fondo del local. Caminó por un pasillo estrecho, enlosado hasta el techo, hasta que llegó a un reducido recibidor donde se abrían las puertas del lavabo de mujeres y el de hombres. El suyo estaba vacío. Al salir, casi se dio de bruces con un anciano decrépito, no muy alto, que entraba en el baño.

—Lucía —le dijo aquel hombre. Le sonaba la cara. Tenía el pelo completamente sucio, a mechones, y parecía que le chorreaba aceite. La dentadura maltrecha, con varios dientes podridos. Estaba encorvado y llevaba unos pantalones cortos oscuros, que dejaban a la vista unas delgadas y finas piernas que, como sus brazos, eran pellejos—. Soy tu tío Rafa, bonita —añadió.

Y después de un día de emoción, de alegría, de liberación, se sintió por un momento de nuevo atrapada, insegura, débil. Pero no iba a ceder.

—Yo no tengo ningún tío Rafa —dijo, tajante, Lucía.

El anciano sonrió exhibiendo sus dientes podridos.

—Sí, sí que lo tienes —dijo tambaleándose. Estaba bebido—. Yo soy tu tito Rafa, el que te acogió en casa cuando vinieron tus padres, primero en la cueva y luego en el piso de la Satélite... ¡Hasta le encontré trabajo a tu padre! ¿Y qué hicieron ellos? Nada. Nunca me lo agradecieron y tu madre además le hizo algo a mi Rosa, le metió algo en la cabeza, por su culpa se mató. Y luego me echó el mal de ojo, estoy seguro, aquella tarde en el tanatorio... Por su culpa mi vida se fue al carajo.

—No le conozco de nada, déjeme pasar —dijo Lucía, tratando de avanzar. Rafa le cogió el brazo. Tenía la mano mojada de sudor. Pero aun así se lo apretaba con fuerza.

—¿No me conoces? Yo a ti sí que te conozco... La Lucía la comunista, la revolucionaria. Pues tú también me debes mucho... Si no fuera por mí te habrían pegado un tiro como a tu marido ese que tenías en la Seat...

La mujer se lo quedó mirando. Se revolvió. Se desprendió de su mano. Estaba nerviosa, a punto de llorar, pero de la rabia.

—¿A ti te debo la vida? Tú mataste a mi tía. Los tuyos mataron a Quico.

El anciano decrépito la observó serio, en silencio, tambaleándose, para sonreír de nuevo.

—Te han comido la cabeza... Tu madre y su familia siempre han ido de dignos. ¿Sabes quién dio el chivatazo de donde se escondían tus abuelos, los padres de tu padre? —continuó Rafa—. Tu abuelo Antonio. Ellos sabían dónde se escondían. El marqués fue a preguntarles. Luego les hicieron las perrerías que les hicieron... Y tu tía Rosa... Ella se tiró por el balcón. Mira, niña, ni siquiera soy el origen de su desgracia. ¿Tú sabías que tu padre y ella estuvieron enamorados? Poca gente en este pueblo lo sabe, pero yo me enteraba de todo. Lo que pasa es que Rosa, la Rubia, era demasiado para el pobretón de tu padre, que se tuvo que conformar con Leonor. Rosa salió ganando conmigo, vaya si salió ganando. Pero Rosa era de esas mujeres que siempre quieren lo que no tienen. Y ni siquiera me sirvió para darme un hijo. ¡Yerma! Y yo le di todo, no le faltó de nada, y hasta os tuve que meter en mi casa. ¿Sabes qué? Sin mí no seríais nada. ¡Habríais acabado tirados y muertos de hambre! —exclamó Rafa—. ¡Todos!

—¡Vete a la mierda!

El anciano trató de agarrar el brazo de Lucía, que se zafó de nuevo. Justo en ese momento apareció un camarero que se interpuso entre la mujer y el viejo.

—¿Ya la estás liando otra vez, Rafael? ¿Pero no te tengo dicho que no molestes a la gente? —dijo el chico con la bandeja en la mano—. ¿Está usted bien, señorita?

El anciano se apaciguó.

—Es que es una sobrina mía que no veo de hace mucho, de cuando vivía en Barcelona.

Lucía lo observó con rabia.

—No conozco de nada a este señor. Al salir del baño no me dejaba pasar. ¿Puede llamar a la policía?

El camarero se puso en guardia.

—Usted no se preocupe, que enseguida me llevo a este señor para fuera y no la vuelve a molestar a usted. Va, venga Rafael, a la calle o te vas a dormir la mona en cualquier banco del parque —continuó el camarero, que acompañó hasta la salida al anciano, que se desdibujó por completo.

Lucía entró de nuevo en el lavabo. Se miró en el espejo. Estaba roja, acalorada. Se mojó la cara con agua, se apoyó con las dos manos en la pila. Tomó aire. Cuando dejó de tener los sentimientos a flor de piel regresó adonde estaban su hermana y su hija. Habían comenzado a hojear las cartas.

—Hay algunas cartas fechadas después de que los papás llegaran a Barcelona. Hay alguna de padre dirigida a la tía Rosa.

Lucía las recogió todas.

—¿Qué pasa? —preguntó extrañada Esperanza—. ¿Estás bien? Parece que hayas visto a un fantasma.

—Quizá tienes razón, quizá no tenemos derecho a leerlas —dijo Lucía mientras las guardaba en el bolso—. Brindemos por nosotras, chicas.

A los tres días, Esperanza regresó a Barcelona.

Laura y su madre se quedaron dos semanas más. Desde Montilla vieron cómo Esperanza, tras asumir la corresponsalía en Londres de *La Vanguardia*, aumentaba sus colaboraciones en las televisiones y las radios. El 31 de agosto de aquel 1997 murió en París Lady Di y Esperanza era una de las pocas periodistas españolas desplazadas al Reino Unido que en aquel momento no estaba de vacaciones.

1999

Leonor preparaba la cena de Nochevieja en el piso de la calle Álamo. Lucía le había dicho que acudiría con Carles, un contable muy educado, catalán, de su misma edad, que era su pareja en ese momento. Se conocieron en el sindicato, porque su hija de nuevo estaba metida en esas cosas, aunque ahora militaba en UGT. El chico, además de contable y ugetista, era amigo también de Nico, el exteniente de alcalde, que después de desempeñar el cargo de delegado del Gobierno en Cataluña dejó la política y montó una consultoría o algo así, según le había contado Lucía, sobre nuevas tecnologías.

A la cena también asistiría Laura acompañada por Arnau, un muchacho que tenía veintiún años, como ella, y que era de Barcelona, del Eixample. Aunque universitario, no lo había conocido en la facultad. Estudiaba Filología catalana y estaba haciendo las prácticas en un instituto de Cornellà.

Esperanza, por el contrario, iría sola. Viajaba esa misma tarde desde Londres. En el aeropuerto de El Prat, cogería un taxi hasta el piso de Leonor.

Las celebraciones de Navidad en Cornellà siempre fueron de poca gente. Las grandes reuniones familiares, como las de otros muchos vecinos, eran para el verano.

«Pan, hace falta pan», se dijo Leonor, que cogió algunas monedas de un pequeño centro en la mesa del comedor. El 1 de enero de aquel año se había introducido una nueva moneda, el euro, que sustituiría la peseta en 2002. «No nos acostumbraremos nunca a esto de pagar en euros, que alguien me diga qué daño hacen las pesetas», se dijo la mujer de sesenta y cinco años, que había decidido que se jubilaría durante el año que entraba. Leonor solo había cotizado a la Seguridad Social los últimos tres años, aunque hubiera trabajado toda la vida. Lo de coser faldas, como limpiar escaleras, siempre se había hecho sin asegurar. Pero con la pensión de viudedad tenía más que suficiente. Y si no, estaban los ahorros de dos vidas, la suya y la del difunto Manuel.

Adela se haría cargo del negocio, con la condición de que Leonor le echara una mano. «Aunque si se cumple lo que se dice, esta noche se acabará todo», pensó Leonor, en referencia al efecto 2000 del que los medios de comunicación hablaban desde hacía meses. Si tenían razón, con el cambio de milenio todos los equipos informáticos fallarían o dejarían de funcionar.

—Si nos vamos al carajo, lo tendremos merecido —dijo en voz alta la mujer antes salir a por el pan. No se había acordado de comprar y aquella noche haría falta.

En el rellano se encontró con una vecina.

—Buenas noches, señora Leonor —dijo María Fernanda, una chica ecuatoriana que vivía en su misma planta desde hacía tres meses.

La presencia en el barrio de familias de origen marroquí había aumentado mucho durante los dos o tres últimos años, aunque más recientemente también habían comenzado a llegar algunas chicas procedentes de Sudamérica, sobre todo de Ecuador. Aquellas mujeres dejaban a los suyos en casa y emigraban a Cornellà para trabajar de limpiadoras. «España va bien, como diría el Bigotes», se dijo Leonor en referencia a la frase acuñada un par de años atrás por el presidente del Gobierno, José María Aznar, líder del conservador Partido Popular, para definir la buena situación económica del país. Aznar derrotó en 1996 a Felipe González, el histórico dirigente de los socialistas. La derecha regresó al poder veinte años después de la muerte de Franco. Incluso había gente del barrio que habían votado por Aznar. Aunque a Leonor no le gustaba, tampoco lo percibía como una amenaza. Lucía lo llevaba mucho peor, y por eso había vuelto a las andadas con el sindicato. Su hija siempre decía que los peperos se estaban dedicando a hacer creer a todo el mundo que eran clase media, que con su «España va bien» ocultaban las miserias de todas las liberalizaciones, que colocaban a sus amigos al frente de empresas estatales y construían una oligarquía mucho más poderosa que la del franquismo, aunque el control lo siguieran ejerciendo las mismas familias de origen fascista que nunca se disculparon por sus tropelías.

—Buenas noches, María Fernanda. ¿Tienes con quien celebrar la Nochevieja?

—Sí, señora. Hemos quedado con unas amigas.

—Eso está bien.

—Feliz Año Nuevo.

—Feliz salida y entrada del año —contestó Leonor, entrando en el ascensor. Mientras bajaba a la calle, pensaba en la vecina sudamericana. «¿Me verá a mí como yo veía a la señora Montserrat?», se preguntaba.

La Plataforma de Mujeres seguía activa. Ahora ocuparía el local donde Leonor había tenido su negocio, donde ahora no trabajaba nadie. Aun así, allí se seguiría cosiendo. Habían creado un taller para enseñar costura a las mujeres inmigrantes. Era la forma de ayudar a que se integraran en el barrio. Además, si se trataba de ir a coser, las mujeres de origen marroquí eran menos reticentes a asistir, y sobre todo lo eran también sus maridos.

Al salir a la calle, le pareció que todo el mundo tenía prisa. «A ver si es verdad que esta noche se va a acabar el mundo», se dijo Leonor.

La panadería estaba a dos calles. El negocio lo montó un par de años atrás José, un chico de la edad de Esperanza, en el bajo de un edificio. Había decidido quedarse en el barrio, cuando no muchos jóvenes lo hacían. Lucía vivía en Sant Ildefons, pero alguna vez le había hablado de la idea de mudarse a Abrera o a Martorell, a una casa que estuviera cerca de la fábrica de Seat. No tenía aún carnet de conducir y así el trabajo le quedaría más cerca. Laura, aunque todavía no había acabado la carrera, tampoco veía claro lo de quedarse en Cornellà. «Vendrán más María Fernandas y más familias magrebíes. Nos toman el relevo», pensó la abuela.

—Buenas tardes, señora Leonor, justo íbamos a cerrar.

—¿Qué tal tu madre, José?

—Bien, bien. Esta noche vamos a cenar a su casa.

—¿Te queda algo de pan? Me estoy haciendo vieja... Y me olvidé.

—Pero si está usted en la flor de la vida. Espere que algo encontraré.

Aquellos eran años de muchos cambios. Tan solo en aquel 1999, que si la entrada del euro y la condena de la peseta a desaparecer en tres años, que si juzgaban a Bill Clinton porque había mantenido relaciones sexuales con una secretaria, que si terremotos, que si la guerra de Yugoslavia... En junio se celebraron las elecciones locales y ganaron de nuevo los socialistas, aquel alcalde que tenía el apellido del pueblo, aunque no era de allí, sino de Iznájar, también en Córdoba.

—Aquí tiene. ¿Le vale con estas dos barras de medio? —preguntó el panadero.

—Me vale.

—Pues se las regalo.

—No, oye que...

—Nada, nada, señora Leonor. Feliz salida y entrada del año.

—Gracias, José, y dale recuerdos a tu madre.

En la calle hacía todavía más frío. Al entrar en el piso, Leonor fue recibida por un cálido abrazo. También por un ligero olor a gas. Sus hijas le insistían en que cada vez que saliera a la calle apagase la estufa de bombona, pero no lo había hecho. Iba a tardar poco. Miró el vaso de agua que había dejado encima. Todavía quedaba líquido. Y desde allí se fijó en las margaritas bordadas en la tela de saco. Meses atrás, Esperanza y Lucía la ayudaron a «modernizar el piso»: cambio de sofá, algunos muebles nuevos, pintura de otro color y muchas cajas que revolver. Su hija pequeña dio con la tela de las margaritas, que ya lucía treinta y ocho flores bordadas, todas distintas. Nunca hay un año igual que otro, todo momento es diferente al que le precedió y al que vendrá. Esperanza le buscó un marco y no tardaron en colgarlo justo encima del mueble donde habían colocado las antiguas y bonitas tijeras con forma de garza de la señora Montserrat.

Leonor observaba el cuadro: «Es mi vida. Es nuestra vida, Manuel».

La factoría de Montesa iba a desaparecer. La demolerían. En el solar construirían bloques de pisos, muchos de ellos de vivienda social, parques y oficinas. Pirelli también había cerrado y en sus terrenos se iban a levantar enormes edificios de oficinas, rodeados de zona verde. Se llenaban los últimos descampados de la Satélite, ahora Sant Ildefons, y ya no quedaba ni rastro de las acacias ni de un triste campo de cultivo.

«María Fernanda no vive en una cueva, pero lo suyo tampoco no es fácil. Marido y dos niños pequeños se ha dejado en casa», se dijo Leonor.

Entró en la cocina. El picoteo estaba preparado: langostinos —cómo no—, huevos rellenos, queso y un poco de jamón. Había cocinado bacalao con tomate y carne en salsa. Y las uvas, varios racimos para dar la bienvenida al nuevo año, las había comprado en el mercado. Se volvió a acordar de Manuel y, como casi siempre, se sintió culpable. Le hubiera gustado decir que fue el amor de su vida, pero la verdad es que no tuvo ningún amor.

Leonor se sentía mal al pensarlo... pero era así. Cuando se conocieron se gustaron, y ella se casó convencida, pero luego nada, luego vio que el chico del cortijo era tan callado como parecía, que lo de vivir como si tuviera miedo era algo que no se podía enmendar. Cuando comenzó a trabajar en Montesa y cambió, el Manuel que a ella le hubiera gustado se lo quedó la chica que olía a jazmín. Leonor conocía las habladurías en el pueblo sobre que a él le gustaba la Rubia. Y a Rosa, Manuel. A veces se preguntaba si aquella era la razón por la que le había empezado a gustar a ella: siempre se quiere lo que no se tiene, se idealiza lo que no se posee. Y mejor así, porque muchas veces, cuando llega, se produce el chasco.

El chasco. Pobre Manuel. ¿Pobre? Con Rosa seguramente habría sido otra persona, como con la chica que olía a jazmín. Ninguna persona es igual para otra. Se puede parecer, pero también es completamente distinta. Y ninguna persona puede cambiar; quizá un poco, pero es puro maquillaje. Nada más. Creer que se puede cambiar a alguien es engañarse a una misma. Al menos, era lo que pensaba Leonor.

Rosa. Su hermana. Siempre la quiso, y también la envidió, sí. ¿Cómo iba a negarlo? Por eso también se sentía a veces culpable. La lloraba. La quería. Maldito Rafa. Regresó al pueblo. Aunque ya casi nadie se acordaba de que era un chivato, en todos aquellos años no creó ningún tipo de lazo afectivo. Decían que malvivía como podía, rodeado de suciedad en la casa que fue de su familia en la sierra, como una alimaña.

La Navidad es un cuchillo de doble filo, porque la cabeza se llena de recuerdos tristes. De los que ya no están. Leonor se acordó de sus padres, y también de Quico, de cómo se lo arrebataron cruelmente a su hija y a su nieta... Y se acordó de su hijo. Su Juanito. «Tan delicado, tan bueno. Una madre no debería enterrar nunca a sus hijos», pensó recordando el dicho. Se sintió culpable de nuevo. De haber dejado que su hijo se muriera. Como si le hubiera fallado. Porque ella sentía que no hizo lo suficiente por él. Del sida, cuya gravedad se olvidaba a pesar de seguir asolando África, poco pudo hacer para curarlo, pero lo podría haber ayudado más en los últimos años. Que no le dijeran nada hasta casi el final aún le pesaba, aunque no culpaba a nadie, solo a sí misma.

Lloró. Sonó el timbre de la puerta del piso. Se secó las lágrimas y recordó aquella vieja promesa incumplida: que no volvería a llorar. Con el tiempo, muchas promesas son solo mentiras.

Leonor abrió la puerta y allí estaban Lucía, Esperanza y Laura, acompañadas de Arnau y Carles.

—Ya estamos aquí —dijeron todos a la vez.

Leonor pensó de nuevo en Juanito, en Rosa y en Manuel. En sus padres y en todos los que habían formado parte de su historia. En el dolor, pero también en el amor y la felicidad que se entrelazaban en cada una de las margaritas que había tejido en la tosca tela de saco.

Se sintió feliz al ver a sus hijas juntas y a Laura en medio de las dos. Feliz por lo que tuvo y por lo que entonces tenía. Las asperezas y las alegrías... Era su vida.